어니스트 헤밍웨이
Ernest Miller Hemingway
1899. 7. 21~1961. 7. 2

《무기여 잘 있어라》 집필 무렵의 헤밍웨이

1899년 7월 21일 미국 일리노이 주 시카고 근처의 오크파크에서 태어났다. 의사인 아버지와 성악가인 어머니 사이에서 풍족한 유년 시절을 보냈고, 어릴 때부터 아버지를 따라다니며 사냥과 낚시를 배웠다. 이때의 기억은 그의 초기 걸작 단편집《우리들의 시대에(In Our Time)》(1924)의 토대가 되었다. 1917년 고등학교 졸업 후 시카고의《캔자스 시티 스타》에서 6개월간 기자로 일하며, 간결하고 힘 있는 헤밍웨이 특유의 '하드보일드' 문체를 익히기 시작했다. 이듬해에 1차 세계대전에 참전하여 이탈리아 전투에 운전병으로 투입되지만 중상을 입고 밀라노의 적십자병원에 입원했다. 이곳에서 일곱 살 연상의 미국인 간호사 아그네스 폰 쿠로브스키와 사랑에 빠지고, 이때의 경험은《무기여 잘 있어라(A Farewell to Arms)》(1929)를 비롯한 그의 여러 작품에 모티브가 되었다.

1921년《토론토 스타》의 유럽 특파원 자격으로 파리에 주재하면서 거트루드 스타인, 에즈라 파운드, 스콧 피츠제럴드 등 당대의 유명 작가들과 교류하기 시작했다. 1926년 삶의 방향을 상실한 젊은이들의 방황과 환멸을 사실적으로 그린 첫 장편《태양은 다시 떠오른다(The Sun Also Rises)》를 발표하여 일약 미국 문단의 총아로 주목을 받고, 이어 1차 세계대전의 참전 경험을 토대로 한 두 번째 장편《무기여 잘 있어라》를 발표해 세계적 작가의 반열에 올랐다. 이때 그의 나이 서른이었다. 그 후《킬리만자로의 눈(The Snow of Kilimanjaro)》(1936),《프랜시스 매컴버의 짧고 행복한 생애(The Short Happy Life of Francis Macomber)》(1936)와 같은 뛰어난 단편들을 발표하고, 1940년 스페인 내전을 소재로 한 장편《누구를 위하여 종은 울리나(For Whom the Bell Tolls)》를 통해 다시 한 번 작가로서의 명성을 굳혔다.

이후 오랜 침체기 끝에 1952년 완성한《노인과 바다(The Old Man and the Sea)》는 100여 쪽 분량의 짧은 이야기임에도 불구하고《라이프》지에 발표되자마자 이틀 만에 500만 부가 팔리며 엄청난 반향을 일으켰다. 이 작품으로 퓰리처상과 노벨문학상의 영예를 안으면서 20세기 미국 문학의 거장으로 자리매김했다. 그러나 건강이 악화되면서 우울증과 알코올중독증에 시달리던 헤밍웨이는 몇 차례의 자살 시도와 입원을 반복하다 1961년 7월 2일 오하이오 케첨의 자택에서 엽총으로 자신의 생을 마감했다.

무기여 잘 있어라

시공 헤밍웨이 선집

A Farewell to Arms

무기여 잘 있어라

어니스트 헤밍웨이 지음
김성곤 옮김

시공사

일러두기

1. 이 책은 1929년 출간된 어니스트 헤밍웨이(Ernest Hemingway)의 《무기여 잘 있어라(A Farewell to Arms)》를 우리말로 옮긴 것이다.
2. 번역은 스크리브너(Scribner) 출판사에서 2003년 발행한 문고판을 대본으로 사용했다.
3. 본문에 등장하는 영어를 제외한 외국어는 원작에서 해석 없이 쓰인 경우 작품의 분위기를 고려하여 독음으로 표기하고 각주를 달았다. 단, 독자의 가독성을 해친다고 판단되는 경우는 본문에 함께 병기했다.
4. 본문의 주는 모두 옮긴이 주이다.

차례

1부 7
2부 107
3부 209
4부 303
5부 369

해설 폭력과 폐허와 죽음의 세계에서 425
　　　길 잃은 세대의 고립과 고뇌
　　　　　　어니스트 헤밍웨이 연보 439

1부

1장

 그해 늦은 여름, 우리는 산으로 이어지는 평원과 강을 마주보고 있는 어느 마을의 민가에서 지내고 있었다. 강바닥엔 햇빛을 받아 바싹 마르고 하얗게 빛나는 자갈과 조약돌들이 깔려 있었고, 수로에선 맑고 푸른 물이 빠르게 흐르고 있었다. 군대가 민가 옆을 지나 길을 따라 내려가면, 그들이 일으키는 먼지로 나뭇잎과 나무줄기들은 뿌옇게 먼지를 뒤덮어썼다. 그해에는 나뭇잎들이 일찍 떨어졌다. 군대가 길을 따라 행군하고, 먼지가 일고, 바람에 나뭇잎들이 떨어지고, 그러고 나면, 뿌옇고 황량한 도로엔 떨어진 나뭇잎들만 여기저기 굴러 다녔다.
 들판은 풍성했다. 과일나무로 가득 찬 과수원들이 도처에 있었다. 그러나 들판 너머 산들은 갈색으로 벌거벗고 있었다. 산에서는 전투가 벌어지고 있었고, 밤이면 폭격으로 인한 섬광을 볼 수 있었다. 어둠 속에서 그건 여름 하늘의 번개처럼 보였다. 그러나 밤이면 시원했고, 폭풍우가 올 것 같지는 않았다.
 때로 어둠 속에서 창문 아래로 군인들이 행군하는 소리가 들렸고, 대포들이 포차에 실려 가는 소리도 들려왔다. 밤에는 지나가는 행렬들이 더 많았다. 안장 양쪽에 탄약들을 싣고 가는 노새들, 병사들을 태운 잿빛 트럭들, 캔버스로 덮은 짐을 가득 실은 트럭들이 느리게 지나갔다. 낮에는 큰 대포들을 실은 포차들이 지나갔는데 대포의 긴 포신은 초록색 나뭇가지로, 포차는 덩굴로 위장되어 있었다. 북쪽으로는 계곡 너머로 밤나무 숲이 있었고, 그 뒤로는 강 이편으로 또 다른 산이 보였다. 그 산을 빼앗기 위해 전투가 벌어지고 있었지만 성공적이지는 못했다. 가을비가 내리자 밤나무 잎들이 다 떨어져 벌거벗은 나뭇가지가 드러났고, 몸통들은 비에 젖어 까맣게 보였다. 포도밭의 잎들도 다 떨어져 앙상했다. 그렇게 가을 시골 풍경은 비에 젖고 갈색으로 변해 죽어가고 있었다. 강에는 안개가 피어올랐고, 산에는 구름이 낮게 드리웠으며, 트럭들은 길에 진흙을 튀기며 달려가고 있었고, 외투를 입은 병사들은 비에 젖고 진흙투성이였다. 병사들의 총도 젖었고, 외투 속 허리띠 앞에 무겁게 매달린 두 개의 가죽 탄약 상자에는 가늘고 기다란 6.5밀리 탄창이 들어 있었다. 그 때문에 배가 불쑥 튀어나와 병사들은 마치 임신 6개월쯤 되어 보였다.

아주 빨리 달리는 작은 잿빛 차들도 있었다. 대개 운전병 옆에 장교가 하나 앉아 있고, 뒷좌석에도 장교들이 타고 있었다. 그런 차들은 트럭들보다 더 심하게 흙탕물을 튀겼다. 특히나 질주하는 차 뒷좌석, 두 명의 장군 사이에 몸집이 너무 작아 얼굴도 잘 안 보이고 모자 끝과 좁은 등만 보이는 장교가 탔다면, 그건 국왕일 가능성이 컸다. 그는 우디네*에 살았고, 날마다 그런 식으로 전황을 살피러 나왔다. 전황은 아주 좋지 않았다.

겨울이 시작되자 끝없이 비가 내렸고, 비와 함께 콜레라가 퍼졌다. 하지만 전염병은 7천 명의 병사만 죽이고 곧 수그러 졌다.

*이탈리아 북부에 있는 도시.

2장

그다음 해에는 이탈리아군이 여러 곳에서 승리했다. 계곡과 밤나무들이 자라는 언덕 너머의 산도 점령했고, 남쪽 고원에 있는 들판 너머에서도 승전했다. 8월에는 우리 부대도 강을 건너 고리치아*에 있는 민가에 주둔했는데, 분수대가 있고 담장이 쳐진 그 집 정원에는 그늘을 드리운 고목나무가 많았으며, 집 옆에는 자줏빛 등나무 넝쿨이 있었다. 1마일도 채 떨어지지 않은 산 너머에서 전투가 벌어지고 있었지만, 마을도 좋고 우리가 머무르는 집도 아주 좋았다. 집 뒤로는 강이 흐르고 있었다. 우리는 마을은 쉽게 탈환했지만, 그 너머의 산들은 아직 빼앗지 못하고 있었다. 오스트리아군이 전쟁이 끝나면 다시 이곳으로 돌아오려 하는 것 같아 다행이었다. 공격을 해도 군사적으로 약간의 피해를 줄 뿐 마을만큼은 파괴하지 않았기 때문

---

*이탈리아 북동부 슬로베니아와의 국경 지대인 이손초 강 유역에 있는 도시로, 1차 대전 당시 이탈리아와 오스트리아의 격전지였다.

이다. 민간인들도 피난을 가지 않고 계속 거기 살고 있었다. 길 옆에는 병원과 카페가 있고, 포병대에 딸린 두 개의 유곽이 있었다. 하나는 사병용, 또 하나는 장교용이었다. 여름이 끝나면서 밤은 서늘해졌고, 마을 너머로는 전투가 계속되었다. 전투가 벌어진 곳 근처의 철교는 포탄 자국으로 얼룩졌고, 강 옆 터널은 부서져 있었다. 광장으로 향하는 길과 광장 주변에는 나무들이 늘어서 있었다. 마을에는 여자들도 있었고, 가끔 차를 타고 지나가는 국왕의 긴 목과 염소수염 같은 회색 턱수염도 볼 수 있었다. 포탄을 맞은 집들은 벽이 허물어져 내부가 훤히 들여다보였으며, 정원과 도로에는 석회 가루와 잡석들이 널려 있었다. 카르소*에서는 전황이 좋아지고 있었고, 풍경도 작년 가을과는 아주 달랐다. 전쟁도 변하고 있었다.

  마을 너머 산에 있던 참나무 숲도 사라졌다. 우리가 이곳으로 들어왔던 여름에는 녹색이었지만, 지금은 부러진 나무와 그루터기와 파헤쳐진 땅만 남아 있었다. 가을이 끝나가던 어느 날, 참나무 숲이 있던 산에 가보니 구름이 몰려오고 있었다. 구름이 빠른 속도로 산을 덮자 태양이 칙칙한 누런색으로 변하며, 모든 것이 잿빛이 되었다. 구름이 산 아래까지 내려와 우리를 감싸자 눈이 오기 시작했다. 눈은 바람을 타고 사선으로 내리며 드러난 맨땅을 덮었다. 튀어나온 나무 그루터기와 대포들 위에도 눈이 쌓이고 참호 뒤로 쌓인 눈 사이로 임시 화장실로 가는 길이 생겼다.

  나는 마을로 돌아가서 장교용 유곽에서 동료와 아스티 와

---

*지중해 북부 아드리아 해에 있는 해안 지방.

인을 마시며, 창문으로 눈 내리는 풍경을 바라봤다. 눈은 천천히 그러나 많이 쏟아지고 있었다. 그 눈을 보며 우리는 올해도 다 갔다는 생각을 했다. 강 상류의 산들은 아직 점령하지 못하고 있었다. 아니, 강 너머 산들은 하나도 빼앗지 못한 상태였다. 모두 내년으로 미뤄졌다. 동료는 군종신부가 눈으로 진창이 된 곳을 조심스럽게 피해 지나가는 것을 보고, 그를 부르려고 창문을 두드렸다. 신부는 우리를 올려다보더니 미소를 지었다. 동료가 손짓으로 들어오라고 했다. 신부는 머리를 흔들더니 계속 걸어갔다. 그날 밤 우리는 식당에서 스파게티 코스 요리를 먹었다. 포크로 면발을 말아 입에 넣는 사람도 있었고, 그냥 마구 쑤셔 넣는 사람도 있었다. 모두가 진지하고 신속했다. 그런 다음 우리는 짚으로 싼 1갤런들이 와인도 따라 마셨다. 술통은 쇠로 된 받침대에 들어 있었고 목 부분을 검지로 잡아당기면 맑은 자줏빛의 멋진 액체가 술잔에 부어졌다. 식사가 끝나자 대위가 신부를 놀리기 시작했다.

 젊은 신부는 얼굴이 쉽게 빨개졌다. 우리처럼 군복을 입기는 했지만 회색 상의 왼쪽 가슴 주머니 위엔 벨벳으로 수놓인 검붉은 십자가가 있었다. 더위는 내가 전부 다 알아듣도록 엉터리 영어가 섞인 이탈리아어로 말했다.

 "신부님이 오늘 여자들하고 놀았대." 대위가 신부와 나를 바라보며 말했다. 신부는 얼굴을 붉히더니 미소를 지으며 고개를 흔들었다. 대위는 곧잘 그를 놀렸다.

 "아니라고? 오늘 신부님이 여자들하고 있는 걸 봤는데." 대위가 말했다.

 "아니에요." 신부가 대답했다. 다른 장교들도 신부를 놀리는 걸 재미있어했다.

"여자들하고 안 놀았대." 대위가 놀렸다. "신부님은 절대로 여자들하고는 안 논대." 대위는 내 눈을 바라보며, 또한 신부에게서도 눈을 떼지 않은 채 내 잔에 술을 채웠다.

"신부님은 매일 밤 5대 1로 놀아.*" 식탁에 앉아 있던 장교들 모두가 웃었다. "알아들었어? 신부는 매일 밤 5대 1로 논다고."

그는 손짓을 해가며 요란하게 웃었다. 신부는 그 말을 농담으로 받아넘겼다.

"교황은 오스트리아가 이기길 원해." 소령이 말했다. "프란츠 요제프**를 좋아하거든. 그에게서 돈이 나오니까. 하지만 난 무신론자야."

"《검은 돼지》라는 책 읽어보셨나요?" 동료 중위가 신부에게 물었다. "제가 빌려드릴게요. 그 책이 제 신앙심을 흔들어놨죠."

"그건 더럽고 사악한 책입니다. 설마 그 책을 진짜 좋아하지는 않겠죠?" 신부가 말했다.

"읽을 가치가 있는 책이야. 나쁜 신부들 이야기지. 재밌어." 중위가 나를 보며 말했다. 나는 신부에게 미소 지었고, 신부도 촛불 너머로 미소 지으며 내게 말했다. "그 책 읽지 마세요."

"내가 그 책 빌려줄게." 중위가 내게 말했다.

"모든 사상가들은 다 무신론자들이야. 그렇다고 프리메이슨을 믿는 건 아니지만." 소령이 말했다.

---

*자위를 한다는 영어식 표현.
**1차대전 당시 오스트리아의 황제.

"전 프리메이슨은 믿습니다. 고결한 조직이죠." 중위가 말했다.

그때 누군가가 들어왔고, 열린 문 사이로 눈이 내리는 것이 보였다.

"눈이 오니 이제 더 이상 공격은 없겠네요." 내가 말했다.

"물론이지. 자넨 휴가나 가. 로마나 나폴리나 시칠리아로." 소령이 말했다.

"아말피*로 가. 내가 아말피에 있는 가족에게 얘기해놓을게. 자넬 아들처럼 예뻐하실 거야." 중위가 말했다.

"팔레르모로 가."

"카프리로 가."

"아브루치를 구경한 후 카프라코타로 가서 우리 가족을 만나보는 건 어때요?" 신부가 내게 말했다.

"아브루치라니, 거긴 여기보다 눈이 더 오잖아요. 저 친구는 농부들을 보고 싶은 게 아니에요. 문명과 문화의 중심지로 보내야죠."

"예쁜 여자들한테 보내야죠. 나폴리에 있는 곳들 주소를 줄게. 거긴 예쁜 여자애들이 많아. 포주 엄마들하고 같이 있는. 하하하." 대위가 그림자놀이를 하듯 손가락을 펴고 엄지를 올리자 벽에 손 그림자가 비쳤다. 그는 다시 엉터리 영어가 섞인 이탈리아어로 말했다. "들어갈 때는 이렇다가," 그는 엄지손가락을 가리키더니 다시 새끼손가락을 가리키며 말했다. "나올 때는 이렇게 되지." 모두들 웃음을 터트렸다.

*이탈리아 캄파니아에 있는 해안 도시.

"이거 봐." 대위는 다시 손을 펴며 말했다. 또다시 촛불이 벽에 그림자를 비추었다. 그는 엄지손가락부터 시작해 나머지 네 손가락에 차례로 이름을 붙였다. "소토테넨테(소위), 테넨테(중위), 카피타노(대위), 마조레(소령), 테넨테콜로넬로(중령). 너는 엄지로 당당하게 들어갔다가 새끼가 되어 나오는 거야!" 모두가 웃었다. 대위의 손가락 게임은 재미있었다. 그는 신부를 보며 다시 외쳤다. "매일 밤 신부는 5대 1로 논다네!" 모두가 또다시 웃었다.

"자네는 당장 휴가나 가." 소령이 말했다.

"내가 같이 가서 구경시켜주고 싶어." 중위가 말했다.

"귀대할 때는 축음기를 가져와."

"오페라 음반도 가져와."

"카루소*를 가져와."

"카루소는 안 돼. 곡소리를 내잖아."

"곡소리라도 카루소처럼 불러보고 싶지 않아?"

"그자는 곡을 해. 곡을 한다고!"

"난 중위가 아브루치에 가면 좋겠어요." 신부가 말했다. 그러자 사람들이 야유를 했다. "거기 가면 사냥도 할 수 있고, 사람들도 아주 친절해요. 춥지만 날씨는 좋아요. 우리 가족과 같이 지내세요. 우리 아버지는 유명한 사냥꾼이에요."

"자, 우리 문 닫기 전에 유곽에나 가지." 대위가 말했다.

"잘 가세요." 내가 신부에게 말했다.

"잘 가요." 신부가 말했다.

---

*엔리코 카루소(1873~1921). 이탈리아의 전설적인 테너 성악가.

3장

내가 다시 전선으로 돌아왔을 때, 우리 부대는 아직도 그 마을에 주둔하고 있었다. 근처에는 더 많은 대포들이 와 있었고, 봄이 찾아와 있었다. 들판은 초록색으로 물들었고, 포도넝쿨에도 작은 초록색 새싹이 돋아났으며, 거리의 나무들에도 나뭇잎이 나기 시작했다. 바다에서는 미풍이 불어왔다. 언덕이 있는 마을과 언덕들 사이 오목한 분지에 있는 오래된 성, 그 너머 산들에도 갈색 사이로 초록색이 보였다. 대포가 늘었고, 새로 지어진 병원들이 보였으며, 거리에는 영국 남자들과 때로는 여자들도 보였다. 폭격에 부서진 집들은 더 늘어난 것 같았다. 날씨는 봄날답게 따뜻했다. 나는 담벼락에 비친 따뜻한 햇살을 받으며 가로수 길을 따라 걸었다. 우리 부대는 여전히 같은 민가에 주둔하고 있었고, 그 집만큼은 모든 것이 내가 떠날 때와 똑같았다. 문이 열려 있었고, 병사 하나가 바깥 벤치에서 햇볕을 쬐고 있었다. 옆문에는 앰뷸런스 한 대가 대기하고 있었다. 민가로 들어가자 대리석 바닥과 병원 냄새가 났다. 봄이 온 것 외에는 모든 것이 떠날 때와 똑같았다. 커다란 방을 들여다보니 소령이 책상에 앉아 있었다. 열린 창문으로 햇살이 들어오고 있었다. 소령은 내가 온 것을 모르고 있어서, 나는 들어가서 보고를 할까 아니면 먼저 2층으로 가서 씻을까 고민하다가 결국 2층으로 올라갔다.

리날디 중위와 같이 쓰는 내 방은 뜰이 내려다보이는 곳이었다. 창은 열려 있었고, 내 침대는 정돈되어 있었으며, 내 물건들도 벽 제자리에 걸려 있었다. 철모와 네모난 주석 통 속에 든 방독면도 여전히 같은 못걸이에 걸려 있었다. 내 납작한 트렁크는 침대 발치에 놓여 있었고, 그 위에 기름으로 닦아 번쩍이는 내 겨울 군화가 올려져 있었다. 푸르게 빛나는 팔각형 총신과 뺨에 잘 밀착되는, 멋진 진한 밤색 개머리판의 내 오스트리아제 저격용 권총도, 두 침대 사이에 걸려 있었다. 거기에 맞는 망원경은 잠가놓은 트렁크 속에 담겨 있으리라. 자기 침대에서 자고 있던 리날디가 내가 들어오는 소리에 깨더니 일어나 앉으며 말했다.

"차우(안녕)! 멋진 시간 보냈어?"

"그럼, 근사했지."

우리는 악수를 했다. 그가 내 목에 팔을 두르더니 키스를 해서 나는 "웩!" 하고 소리를 질렀다.

"이런, 더럽잖아. 그동안 어디서 뭘 했어? 당장 다 털어놔." 그가 말했다.

"안 간 데가 없었지. 밀라노, 피렌체, 로마, 나폴리, 빌라 산 조반니, 메시나, 타오르미나······."

"뭐야, 기차 시간표 외워? 멋진 모험도 좀 했어?"

"그럼."

"어디서?"

"밀라노, 피렌체, 로마, 나폴리……."

"알았어. 어디가 최고였어?"

"밀라노."

"젤 처음 도착한 곳이라 그랬겠지. 여자는 어디서 만났어? 코바*에서? 어디 갔었는데? 어땠어? 당장 다 말해. 밤새 같이 있었던 거야?"

"물론이지."

"흥, 그건 아무것도 아냐. 여기에도 예쁜 여자들이 왔어. 전선에는 처음 와보는 풋내기 아가씨들이야."

"그거 멋진데."

"내 말 안 믿는 건 아니지? 오후에 같이 가서 봐. 예쁜 영국 여자들도 있어. 난 바클리 양에게 반했어. 같이 가서 보여줄게. 바클리 양과 결혼할지도 몰라."

"일단 씻고 귀대 보고를 해야 해. 별일 없었어?"

"네가 떠난 뒤론 별일 없었어. 그저 동상에 걸리고, 황달에 걸리고, 임질에 걸리고, 자해를 하고, 폐렴에 걸리고, 위궤양에 걸렸지. 매주 바위 파편에 다치는 사람들도 나오고. 하지만 진짜 부상자들도 있긴 해. 다음 주에는 전투가 다시 시작된다는 말도 있어. 정말 그럴 것 같아. 그나저나 내가 바클리 양과 결혼하는 게 잘하는 일일까? 물론 전쟁이 끝나고 말이야."

"그럼." 나는 그렇게 대답하고 대야에 물을 부었다.

---

*밀라노 스칼라 극장 근처 상점가에 있는 유명한 카페.

"오늘 밤, 다 말해줘. 난 잠 좀 더 자야겠어. 피로를 풀어야 바클리 양에게 멋지게 보일 테니까." 리날디가 말했다.

나는 군복과 셔츠를 벗고 대야의 찬물에 몸을 씻었다. 타월로 몸을 문지르며 방을 둘러보고 밖을 내다봤다. 리날디는 눈을 감고 침대에 누워 있었다. 그는 미남이고 내 또래였으며, 아말피 출신이었다. 자신이 외과의사인 걸 자랑스러워했으며 나와 아주 친했다. 그렇게 보고 있는데, 그가 눈을 떴다.

"돈 좀 있어?"

"응."

"50리라만 꿔줘."

나는 손을 닦은 다음, 벽에 걸려 있는 군복 주머니에서 지갑을 꺼냈다. 리날디는 침대에 누운 채로 돈을 받아 반으로 접어 반바지 주머니에 넣고는 웃으며 말했다. "바클리 양에게 부자처럼 보여야 하거든. 넌 내 좋은 친구이자 재정적 후원자야."

"이런 망할 놈." 내가 말했다.

그날 밤 나는 군종신부 바로 옆에 앉았는데, 그는 내가 아브루치에 가지 않았다는 걸 알고는 갑자기 상처받은 얼굴이 되었다. 자기 아버지에게 내가 간다고 편지를 썼고, 그쪽에서도 준비를 하고 날 기다렸다는 것이다. 나도 신부만큼이나 기분이 언짢아졌고, 도대체 왜 그곳에 가지 않았는지 알 수가 없었다. 나는 그곳에 가고 싶었지만, 일이 꼬여 가지 못하게 된 사정을 신부에게 설명했다. 드디어 신부도 사정을 이해했고 문제는 해결되었다. 나는 술을 많이 마셨고, 그런 다음 커피와 스트레가*

---

*식후에 마시는 이탈리아산 리큐어.

를 마셨다. 나는 술에 취해 인간이 어떻게 하고 싶은 일을 못하게 되는지, 왜 결코 그럴 수 없는지를 떠들어댔다.

　다른 장교들이 논쟁을 벌이는 동안 나는 계속 신부를 붙들고 말했다. 정말로 아브루치에 가고 싶었다고, 추위로 길이 쇠처럼 얼어붙는 곳, 춥고 건조해서 눈가루가 보송보송하며 눈 속에 산토끼 발자국이 있는 곳, 농부들이 모자를 벗으며 '도련님!' 하고 부르는 곳, 사냥하기에 좋은 그곳으로 가지 못했다고, 내가 간 곳이라고는 담배 연기 자욱한 밤의 카페, 술에 취해 사방이 빙빙 돌아 그걸 멈추게 하려고 벽을 바라봐야만 하는 술집이 전부였다고 말했다. 술에 취해 잠이 들며 그게 인생의 전부라고 생각했고, 문득 깨어났을 때 옆에 있는 여자가 누군지 몰라 기묘한 흥분을 느끼던 밤들, 어둠 속에서 모든 것이 너무나도 비현실적이고 너무나 들떠 있어서, 이것이 전부다, 전부다, 신경 쓰지 말자 하며 밤에는 또 아무렇지 않게 같은 일을 반복했다고 말했다. 그러다 갑자기 모든 것이 염려되어, 잠이 들었다 그런 기분으로 아침에 깨어나면, 거기 있던 것은 모두 다 사라져버리고 모든 것이 날카롭고 단단하고 선명하게 드러나 화대를 두고 싸우기도 했다고. 때로는 기분 좋게 깨어나 다정하고 따뜻한 분위기로 아침과 점심을 먹을 때도 있지만, 때로는 좋은 느낌은 다 사라져버려 거리로 뛰쳐나갔다고, 하지만 또 다른 날과 밤이 시작될 뿐이었다고 말했다. 나는 밤에 대해서, 그리고 낮과 밤의 차이에 대해서, 또 낮이 아주 맑고 춥지 않은 이상 얼마나 밤이 더 나은지 말하려 했다. 그러나 할 수 없었다. 지금도 그렇다. 하지만 겪어본 사람은 알 것이다. 신부는 그런 경험이 없었지만, 내가 정말로 아브루치에 가고 싶었지만 그러지 못했다는 것을 이해했다. 그리고 비록 서로 많이 다르다 해도 취향이 비슷한 우리는, 여전히 좋은 친구라는 것도. 그는 언제나 내가 모르는 것들을 많이 알고 있었고, 내가 배웠지만 잊어버린 것들을 상기시켰다. 하지만 나는 당시에는 그 사실을 알지 못하고 나중에야 깨달았다. 우리는 식당에 앉아 있는 내내 이야기를 나눴고, 식사가 끝나고도 얘기를 계속했다. 우리가 말을 멈추었을 때 대위가 소리쳤다. "신부님은 행복하지 않아요. 여자가 없어서 그래요."

"나는 행복합니다." 신부가 말했다.

"신부님은 행복하지 않아요. 신부님은 오스트리아가 전쟁에서 이기기를 바라고 있어요." 대위가 말했다. 다른 장교들은 듣고만 있었다. 신부가 고개를 저으며 말했다.

"아닙니다."

"신부님은 우리가 공격하지 않기를 바라죠? 그렇죠?"

"아니요. 전쟁 중에는 우리도 공격을 해야죠."

"공격해야죠. 공격합시다!"

신부는 고개를 끄덕였다.

"그만 괴롭혀." 소령이 말했다. "그는 좋은 사람이야."

"어쨌거나 신부가 혼자 결정할 수 있는 사안은 아니지." 대위가 말했다. 우리는 모두 일어나서 식당을 떠났다.

4장

 다음 날 아침 나는 옆 건물 정원에 있는 포대(咆隊)에서 나는 소리에 잠이 깼다. 창문으로 스며드는 햇살을 보며 침대에서 일어났다. 창문으로 가서 밖을 내다보니 자갈길은 젖어 있었고, 잔디도 이슬에 젖어 있었다. 포대는 두 번 대포를 쏘았고, 그때마다 뜨거운 열기가 훅 몰아쳐 창문을 흔들고 내 파자마 앞섶을 펄럭이게 했다. 대포는 보이지 않았지만 분명 우리 바로 위로 쏘고 있었다. 대포들이 옆에 있는 것은 짜증났지만, 그래도 더 큰 것이 아니어서 다행이었다. 정원을 내다보니, 트럭이 출발하고 있었다. 나는 옷을 입고 아래층으로 내려가 부엌에서 커피를 마시고 차고로 갔다.
 긴 차고 지붕 아래 열 대의 차가 늘어서 있었다. 지붕이 있고 앞부분이 뭉툭한 회색 앰뷸런스들은 이삿짐 운반용 밴 같은 모양이었다. 마당에서는 정비병들이 차 한 대를 수리하고 있었다. 석 대는 산 위의 응급 치료소에 가 있었다.
 "저 대포는 폭격을 받은 적이 없나?"

"없습니다, 시뇨르 테넨테(중위님). 작은 언덕이 보호해주고 있어서요."

"앰뷸런스들은 어때?"

"좋은 편입니다. 이놈은 별로지만, 다른 차들은 잘 굴러갑니다." 그는 그렇게 말하고는 일을 멈추고 웃었다. "휴가는 잘 다녀오셨나요?"

"그래."

그는 점퍼에다 손을 닦고 능글맞게 웃었다. "재미 좀 보셨나요?" 다른 녀석들도 모두 킥킥댔다.

"그럼." 내가 말했다. "이 차는 뭐가 문제지?"

"모든 게 다 문제죠."

"지금은 뭘 고치고 있나?"

"베어링을 갈아 끼우고 있습니다."

나는 그들이 일하도록 자리를 떠났다. 방금 본 앰뷸런스는 엔진이 열려 있고 부품들이 작업대 위에 흐트러져 있어, 볼썽사납고 텅 비어 보였다. 나는 차고로 들어가 다른 차들을 살펴봤다. 어떤 것들은 막 세차를 했고, 몇몇은 먼지가 쌓여 있었지만 대체로 깨끗한 편이었다. 긁히거나 찢어진 타이어는 없나 유심히 살펴봤지만, 다 좋아 보였다. 내가 전에 감독할 때와 별 차이가 없었다. 내 임무는 앰뷸런스 부속품 입고 여부를 살피고, 부상자들과 환자들을 신속하게 산속의 야전 응급 치료소로부터 후송 치료소로 옮긴 다음, 서류에 의거해서 병원으로 이동시키는 것이었다. 하지만 내가 그곳에 있으나 없으나 그 모든 일은 잘 돌아가고 있었다.

"부속품을 구하는 데 어려움은 없나?" 내가 공병 하사에게 물었다.

"없습니다, 시뇨르 테닌테."

"급유소는 어디에 있지?"

"같은 장소에 있습니다."

"알았다." 나는 그렇게 말하고 다시 숙소 건물로 들어와 식탁에서 커피를 한 잔 더 했다. 커피는 희미한 회색빛이었고, 연유를 넣어 단맛이 났다. 창문 밖으로는 아름다운 봄이 펼쳐져 있었다. 코가 건조한 느낌이 드는 게 날이 더워질 모양이었다. 그날 나는 산의 응급 치료소에 갔다가 오후 늦게야 돌아왔다.

내가 떠나 있는 동안 전세는 좋아진 것 같았다. 듣기로는 아군의 공격이 곧 시작된다고 했다. 소령은 우리가 속해 있는 사단이 강 상류를 공격할 거라며, 앰뷸런스들이 있을 만한 지점을 알아보라고 했다. 공격은 강 상류를 따라 좁은 계곡 위를 지나 언덕으로 퍼져 나갈 것이다. 따라서 앰뷸런스 초소는 강에서 최대한 가까워야 하고, 위장을 해야 했다. 물론 장소 지정은 최종적으로는 보병대가 결정하지만, 실제로 그 일을 하는 건 우리 앰뷸런스 부대였다. 그런 일을 할 때면 우린 전투 요원이 된 기분이었다.

온통 먼지를 뒤집어쓴 나는 2층으로 올라가 씻었다. 리날디는 침대에 앉아 《휴고 영문법》 책을 읽고 있었다. 그는 군복에 군화를 신고 있었으며 머릿기름까지 바른 상태였다.

나를 보더니 그가 말했다. "같이 바클리 양을 만나러 가."

"싫어."

"같이 가서 날 좀 좋게 말해줘."

"으, 알았어. 씻고 올 때까지 기다려."

"씻고 오면 바로 가는 거야."

나는 씻고 와서 머리를 빗은 후 바로 출발하려 했다.

"잠깐만. 한잔하고 가야지." 리날디는 그렇게 말하며 트렁크에서 술병을 꺼냈다.

"스트레가는 안 마셔." 내가 말했다.

"아냐. 이건 그라파*야."

"좋아."

그는 두 잔을 따랐고, 우리는 잔을 부딪쳤다. 아주 독한 그라파였다.

"한 잔 더?"

"좋아." 내가 말했다. 두 잔씩을 마시고, 리날디가 술병을 치웠고, 우리는 아래층으로 내려갔다. 마을은 더웠지만, 해가 지고 있어서 아주 상쾌했다. 영국 병원은 독일인들이 전쟁 전에 지은 빌라에 있었다. 바클리 양은 정원에 다른 간호사와 같이 있었다. 우리는 나무 사이로 그들의 흰 제복을 보면서 다가갔다. 리날디가 경례를 부쳤다. 나도 경례를 했지만, 좀 더 점잖게 했다.

"처음 뵙겠어요." 바클리 양이 말했다. "중위님은 이탈리아인이 아니시군요, 그렇죠?"

"그렇습니다."

리날디는 다른 간호사와 웃으며 이야기를 하고 있었다.

"그런데 왜 이탈리아군에 계세요?"

"진짜 군인이라고도 할 수 없습니다. 앰뷸런스 부대에 있으

---

*와인 찌꺼기를 증류해서 만드는 이탈리아 브랜디.

니까요."
"그래도 이상해요. 왜 그러셨죠?"
"모르겠습니다. 말로 설명할 수 없는 것도 있으니까요."
"그래요? 난 모든 걸 말로 설명할 수 있다고 배웠는데요."
"멋지네요."
"계속 이런 식으로 대화를 해야 하나요?"
"아뇨." 내가 대답했다.
"다행이네요. 그렇죠?'
"그 지팡이는 뭔가요?" 내가 물었다. 바클리 양은 키가 아주 컸고, 간호사 제복으로 보이는 옷을 입고 있었으며, 금발에 연한 갈색 피부, 회색 눈을 갖고 있었다. 나는 그녀가 매우 아름답다고 생각했다. 그녀의 손엔 가죽이 감겨진, 장난감 말채찍 같은 가느다란 지팡이가 들려 있었다.
"작년에 전사한 청년의 것이에요."
"안됐네요."
"아주 좋은 사람이었어요. 저와 결혼할 예정이었는데, 솜강*에서 전사했답니다."
"끔찍한 전투였죠."
"거기 계셨나요?"
"아뇨."
"그 전투가 끔찍했다는 말은 저도 들었어요. 여기선 그런 전투는 없더군요. 그 사람 가족이 이 지팡이를 보내줬어요. 어머

---

*프랑스 피카르디 지방에서 영국해협으로 흘러드는 강. 1차대전 격전지 중 하나로 1916년 이곳에서 영국군과 독일군의 전투가 벌어졌다.

니가요. 부대에서 보낸 유품 중 하나라고 해요." 그녀가 말했다.

"약혼한 지는 오래되었나요?"

"8년요. 우리는 같이 자랐어요."

"그런데 왜 진작 결혼하지 않았나요?"

"모르겠어요. 그땐 제가 바보였나봐요. 그이가 원하면 뭐든지 해줄 수 있었는데, 그땐 그게 그 사람에게 좋지 않을 것 같았어요."

"무슨 뜻인지 알겠습니다."

"누군가를 사랑해본 적 있나요?"

"아니요." 내가 대답했다.

우리는 벤치에 앉았고, 나는 그녀를 바라보았다.

"머리칼이 예쁘네요."

"마음에 드세요?"

"아주 마음에 듭니다."

"그 사람이 죽었을 때 다 자르려고 했죠."

"그럼 안 되죠."

"그 사람을 위해 뭔가를 하고 싶었어요. 뭐든 상관없이. 그 사람이 원하면 뭐든 줄 수 있었어요. 그 사람이 뭘 원하는지 알기만 했더라면⋯⋯. 이제 와 생각하면 전 그 사람과 결혼할 각오도 돼 있었던 것 같아요. 하지만 그땐 그런 내 마음을 나도 몰랐어요. 그래서 그 사람이 전쟁에 나간다고 하자 어쩔 줄 몰라 했던 것 같아요."

나는 아무 말도 하지 않았다.

"그때는 아무것도 몰랐어요. 그 사람이 더 힘들어질지 모른다고 생각했죠. 결혼하면 그가 군대 생활을 견딜 수 없을 것 같앉어요. 결국 그는 죽었고 모든 것이 끝나버렸어요."

"글쎄, 그럴까요?"

"그럼요." 그녀가 말했다. "모든 것이 끝나버렸잖아요."

우리는 리날디가 다른 간호사와 얘기하는 것을 바라보았다.

"저 여자는 누군가요?" 내가 물었다.

"퍼거슨이에요, 헬렌 퍼거슨. 중위님 친구는 군의관이죠?"

"네, 아주 훌륭한 군의관이죠."

"다행이에요. 전선 근처에는 훌륭한 의사가 드물어요. 여긴 전선에서 가깝죠?"

"아주 가깝죠."

"어리석은 전쟁이에요." 그녀가 말했다. "하지만 여긴 아름다워요. 공격이 있을 예정인가요?"

"네."

"그럼 일이 많아지겠네요. 지금은 일이 없어요."

"간호사 일은 한 지 오래되었나요?"

"1915년 말부터 시작했죠. 그 사람이 참전하자마자요. 내가 일하는 병원으로 그 사람이 올지도 모른다고 생각했어요. 총검에 찔려 머리에 붕대를 감고 오거나, 어깨에 총상을 입고. 그림 같은 상상을 한 거죠."

"여긴 그림 같은 전선입니다." 내가 대답했다.

"맞아요. 사람들이 프랑스가 지금 어떤 상황인지 제대로 안다면, 이렇게 전쟁이 계속되진 않을 거예요. 그 사람은 총검에 찔리지 않았어요. 폭탄으로 산산조각 나버렸죠."

나는 아무 말도 하지 않았다.

"전쟁이 언제까지나 계속될까요?" 그녀가 물었다.

"아뇨."
"무엇이 전쟁을 끝낼까요?"
"누군가가 지쳐서 항복하겠죠."
"우리가 먼저 지칠 거예요. 프랑스에서 항복하고 말 거예요. 솜 강에서와 같은 상황이 벌어지면 지쳐서 항복하겠죠."
"여기선 항복하지 않을 겁니다."
"그렇게 생각하세요?"
"그럼요. 작년 여름에 아주 잘 싸웠거든요."
"그래도 지쳐서 항복할지 몰라요. 누구라도 그럴 수 있어요."
"그건 독일군도 마찬가지죠."
"아뇨. 그들은 안 그럴 거예요." 그녀가 말했다.
우리는 리날디와 퍼거슨 양에게로 갔다.
"이탈리아가 좋아요?" 리날디가 영어로 퍼거슨 양에게 물었다.
"네, 정말 좋아요."
"무슨 말인지 모르겠어." 리날디가 머리를 흔들었다.
"아바스탄차 베네(아주 좋아한대)." 내가 이탈리아어로 통역해주자 그는 머리를 흔들며 말했다.
"좋긴 뭐가 좋다구. 아가씨는 영국을 좋아하시겠네요?"
"별로요. 전 스코틀랜드 사람이거든요."
리날디는 멍한 표정으로 나를 바라봤다.
"그녀는 스코틀랜드 사람이래. 그래서 영국보다는 스코틀랜드가 좋대." 내가 이탈리아어로 말해주었다.
"하지만 스코틀랜드가 영국이잖아."
내가 그 말을 퍼거슨 양에게 통역해주자 그녀가 말했다.

"스코틀랜드는 영국이 아니에요."

"아니라고요?"

"절대 아니에요. 그리고 우린 영국 사람을 좋아하지 않아요."

"영국인을 좋아하지 않는다고요? 그럼 바클리 양도 싫어하나요?"

"그건 다른 문제죠. 모든 걸 문자 그대로 받아들이면 안 된답니다."

잠시 후, 우리는 작별 인사를 하고 떠났다. 숙소로 돌아오는 길에 리날디가 말했다. "바클리 양은 나보다 자네를 더 좋아하는 것 같아. 분명해. 난 그 작은 스코틀랜드 여자가 마음에 들어."

"좋은 여자 같았어." 너가 말했다. 사실 난 그 여자를 별로 주의 깊게 보지는 않았다. "그 여자 좋아해?"

"아니." 리날디가 대답했다.

5장

다음 날 오후, 나는 다시 바클리 양을 만나러 갔다. 그녀가 정원에 없어서, 나는 앰뷸런스가 들어갈 수 있는 빌라의 옆문으로 들어갔다. 안에 만난 수간호사가 바클리 양이 근무 중이라고 알려줬다. "아시다시피 지금은 전쟁 중이라서요."

나는 잘 알고 있다고 대답했다.

"중위님이 이탈리아군 소속의 그 미국인인가요?" 그녀가 물었다.

"네."

"왜 그랬나요? 왜 우리 군에 입대하지 않았지요?"

"잘 모르겠습니다. 지금이라도 그렇게 할 수 있나요?"

"지금은 안 될 거예요. 말해봐요. 왜 하필 이탈리아군에 입대했죠?"

"제가 그때 마침 이탈리아에 있었고, 이탈리아 말을 할 줄 알아서요."

"아, 나도 배우고 있는데 아름다운 언어죠."

"누군가는 2주 만에 배울 수 있다고 하더군요."

"2주 갖고는 안 되죠. 벌써 몇 달째 이탈리아어를 배우고 있어요. 7시 이후에 그녀를 만나러 오세요. 그때면 일이 끝날 거예요. 하지만 이탈리아 군인들을 많이 데려오지는 마세요."

"하지만 이탈리아어가 아름답다고 하셨잖습니까?"

"안 돼요. 이탈리아 군복이 아무리 멋져도 그건 안 돼요."

"안녕히 계세요."

"아 리베데르치, 테넨티."

"아 리베데즐라*." 나는 경례를 붙이고 밖으로 나갔다. 외국인에게 이탈리아식으로 경례를 하는 건 언제나 어색했다. 이탈리아식 경례는 외국으로 수출하면 안 될 것 같았다.

날은 무척 더웠다. 아까 나는 강 상류의 플라바**에 있는 교두보까지 가보았다. 공격은 거기서 시작될 예정이었다. 작년 말만 해도 그곳으로 진격하는 건 불가능했다. 재 너머 부교까지 가는 길이 하나밖에 없었고, 그 길도 적의 기관포와 박격포의 사정거리인 1마일 안에 놓여 있었기 때문이다. 더구나 공격을 위한 군수물자를 실어 나르기에도 너무 좁아, 오스트리아군은 그 길을 언제라도 아군의 도살장으로 만들 수 있었다. 하지만 지금 이탈리아군은 그 길을 건너 오스트리아군 지역 쪽으로 뻗어 있는 1마일 반 정도의 지역을 교두보로 확보한 상태였다. 그러나 작전상 위험한 지역이라 오스트리아군이 점령당한 채 가만히 있진 않을 것이다. 추측컨대 양쪽이 다 참고 있는 상황

---

*다시 보자는 뜻의 이탈리아어. 헤어질 때 하는 말로 위의 "아 리베데르치"도 같은 의미이다.
**고르치아와 마찬가지로 이손초 강 유역에 있는 소도시.

이었다. 오스트리아군 역시 강 하류에 교두보를 확보하고, 이탈리아 국경으로부터 불과 몇 마일 떨어지지 않은 산허리에 참호들을 파놓고 있었기 때문이다. 그곳에 있던 작은 마을은 완전히 폐허가 되어 있었다. 기차역의 잔해와 부서진 철교가 남아 있었지만, 가릴 것 없이 탁 트인 곳에 위치해 있어 그걸 보수해서 다시 사용할 수는 없었다.

나는 차를 언덕 아래 임시 의무대에 놓아두고 좁은 길로 강을 향해 내려간 다음, 산등성이에 가린 부교를 건너 폐허가 된 마을의 참호들을 지나 경사진 도로의 가장자리를 따라 걸어갔다. 이탈리아 병사들은 모두 참호 속에 대기하고 있었다. 로켓포들은 포병대를 지원하거나 전화선이 끊기면 신호를 보내야 할 때를 대비해, 발사 준비를 한 상태였다. 주위는 조용하고 덥고 더러웠다. 철조망 너머로 오스트리아군의 진지를 바라봤다. 아무도 보이지 않았다. 나는 참호 하나에 들어가 전부터 알던 대위와 술을 한 잔씩 한 후, 다시 부교를 건너 돌아갔다.

산을 넘어 지그재그로 그 부교까지 갈 수 있는 넓은 도로가 새로 만들어지고 있었다. 그 길이 완공되면 공격이 시작될 것이다. 도로는 가파르게 좌우로 휘어지며 숲을 관통하고 있었다. 모든 병력은 그 길로 진격할 것이며 빈 트럭, 마차, 환자를 실은 앰뷸런스, 그리고 돌아가는 차량들은 모두 좁은 구(舊)도로를 이용하게 될 것이다. 응급 구호소는 오스트리아군 쪽의 강가 언덕 아래 세워질 것이고, 들것을 든 의무병들은 부교를 통해 부상병들을 실어 올 것이다. 공격이 시작되면 바로 그렇게 될 것이다. 내 보기에, 새로 만든 길의 마지막 1마일 정도는 오스트리아군의 박격포 사정거리에 들어 수많은 병사들이 죽거나 다칠 것 같았다. 그러나 나는 이 마지막 위험지역을 지나 앰뷸런스들을 숨겨놓고 부교에서 실려 오는 환자들을 기다릴 수 있는 안전한 지점을 발견했다. 나는 그 새 길을 운전해서 가보고 싶었지만, 아직 완성되지 않은 상태였다. 길은 넓고 아주 잘 닦여 있었으며 산 쪽의 숲 속 공터에서 보니 방향도 좋았다. 앰뷸런스에는 좋은 철제 브레이크가 장착되어 있고 게다가 내려올 때는 텅 비어 있을 테니 수월할 것이다. 나는 좁을 길을 운전해 돌아왔다.

두 명의 이탈리아 헌병이 내 차를 세웠다. 포탄이 떨어졌고, 대기하는 동안 세 발이 더 떨어졌다. 77밀리였다. 휘파람 소리를 내며 번쩍거리는 불꽃과 함께 떨어진 그 포탄들로 인해 길은 회색 연기로 뒤덮였다. 잠시 후 헌병들이 다시 가라고 손짓했다. 나는 포탄이 떨어져 움푹 파인 곳을 피해 운전해갔다. 화약 냄새와 폭발로 헤집어진 진흙 냄새, 그리고 산산조각 난 돌 냄새가 났다. 나는 고리치아의 우리 숙소로 돌아왔고, 좀 전에 말한 대로 바클리 양을 만나러 갔지만 그때 그녀는 근무 중이었던 것이다.

나는 저녁을 빨리 먹고는 다시 영국 병원으로 갔다. 병원으로 쓰이는 그 빌라는 크고 아름다웠으며 소나무들이 많았다. 바클리 양은 정원 벤치에 앉아 있었고 퍼거슨 양도 함께였다. 그들은 나를 반기는 것 같았고, 잠시 후 퍼거슨 양이 먼저 실례한다면서 자리를 비켜주었다.

"난 떠나는 게 좋겠어요. 나 없이 둘만 있는 게 더 좋을 것 같으니."

"가지 마, 헬렌." 바클리 양이 말했다.

"가야 해. 편지 쓸 게 좀 있어서."

"안녕히 가십쇼." 내가 말했다.

"헨리 씨도요."

"검열에 걸릴 만한 건 쓰지 마시고요."

"걱정 마세요. 여기가 얼마나 아름답고, 이탈리아 군인들이 얼마나 용감한지만 쓸 거니까요."

"그럼 훈장을 받을 겁니다."

"그럼 좋겠죠. 안녕, 캐서린."

"나도 금방 들어갈 거야." 바클리 양이 말했다. 퍼거슨 양은 어둠 속으로 사라졌다.

"좋은 사람이네요." 내가 말했다.

"그럼요, 좋은 사람이죠. 간호사니까요."

"바클리 양도 간호사죠?"

"아, 아니에요. 저는 VAD*예요. 우리도 일은 열심히 하지만 아무도 안 믿어줘요."

"왜요?"

"평상시에는 우릴 안 믿어요. 전투가 치열해져서 바빠지면 믿죠."

"간호사랑 무슨 차이가 있는데요?"

"간호사는 의사처럼 자격증을 따는 데 오래 걸려요. VAD는 단기 과정이구요."

"그렇군요."

"이탈리아군은 여자들이 이렇게 최전선 가까이 있는 걸 원

---

*1차대전 당시의 구급 간호 봉사대.

치 않아요. 그래서 우리 모두 아주 조심스럽게 처신하고 있어요. 밖에도 안 나가요."

"그래도 나는 여기 들어왔잖아요."

"그야 우리가 격리된 건 아니니까요."

"전쟁 이야기는 그만합시다."

"그건 너무 힘들어요. 전쟁 이야기를 안 할 수는 없어요."

"그래도 그만합시다."

"좋아요."

우리는 어둠 속에서 서로를 마주 보았다. 그녀가 너무 아름다워 그녀의 손을 잡았다. 그녀는 가만있었다. 나는 그 손을 꼭 잡은 채 그녀를 껴안았다.

"안 돼요." 그녀가 말했다. 하지만 나는 손을 내리지 않았다.

"왜 안 돼요?"

"그냥 안 돼요."

"괜찮아요. 제발." 나는 그렇게 말하며 그녀에게 키스하려고 어둠 속에서 몸을 앞으로 굽혔다. 그러자 갑자기 눈에서 불이 번쩍했다. 그녀가 내 뺨을 때린 것이다. 그녀의 손이 내 코와 눈을 때려서, 반사적으로 눈물이 나왔다.

"미안해요." 그녀가 말했다. 내가 유리해졌다는 걸 느낄 수 있었다.

"아닙니다. 잘하셨어요."

"정말 미안해요." 그녀가 말했다. "난 다만 비번인 간호사는 쉽게 굴 거라 생각하는 걸 참을 수가 없었어요. 다치게 하려고 그런 건 아니에요. 다친 건 아니죠?"

그녀는 어둠 속에서 나를 바라봤다. 화가 났지만, 마치 체스 게임을 하고 있는 것처럼 몇 수 앞이 내다보이는 기분이었다.

"맞을 만한 행동이었어요. 전혀 기분 상하지 않았어요." 내가 말했다.

"가엾어라."

"알다시피 난 그동안 웃기는 삶을 살아왔습니다. 이렇게 영어로 말할 기회도 없었고요. 그러다가 당신이 너무 아름다워서 그만." 나는 그녀를 바라봤다.

"말도 안 되는 소리 말아요. 미안하다고 했잖아요. 그러니 화해한 거죠?"

"그래요. 그리고 잠시 전쟁을 잊을 수도 있었네요."

내 말에 그녀는 웃었다. 그녀가 웃는 건 처음이라 그 얼굴을 지켜봤다.

"중위님은 좋은 분이세요."

"아뇨. 그렇지 않습니다."

"좋은 분이세요. 키스하셔도 돼요."

나는 그녀의 눈을 바라보고는, 아까처럼 그녀를 안고 키스했다. 꼭 껴안은 채 강하게 입을 맞추며 그녀의 입술을 열려고 노력했다. 그러나 그녀의 입술은 굳게 닫혀 있었다. 나는 여전히 화가 나 있었고, 품에 안긴 그녀의 몸은 떨고 있었다. 너무 꼭 껴안아 그녀의 심장박동 소리가 들렸다. 드디어 입술이 열리고 그녀의 머리가 내 손에 기댄 채 뒤로 젖혀졌다. 잠시 후 그녀는 내 어깨에 기댄 채 울기 시작했다.

"헨리, 내게 잘해줄 거죠, 그렇죠?" 그녀가 말했다.

될 대로 되라지, 뭐. 나는 그렇게 생각하며 그녀의 머리를 다독이고 어깨를 부드럽게 애무했다. 그녀는 울고 있었다.

"잘해줄 거죠, 그렇죠?" 그녀는 나를 올려다보았다. "우린 낯선 삶을 살게 될 거니까요."

잠시 후 나는 그녀와 함께 빌라 문까지 걸어갔다. 그녀는 안으로 들어가고 나는 걸어서 돌아왔다. 숙소로 돌아와 2층 방으로 올라가니 리날디가 침대 위에서 나를 바라봤다.

"바클리 양하고는 진전이 있어?"

"우린 그냥 친구일 뿐이야."

"뭘, 발정난 개처럼 기분 좋아 보이는데."

나는 그 말을 이해하지 못해 물었다.

"뭐라고?"

그가 다시 설명해주었다.

"기분은 네가 좋아 보이는데, 발정……."

"그만두자. 이러다가 좋은 일을 모독하게 될 것 같아." 그는 그렇게 말하며 웃었다.

"잘 자." 내가 말했다.

"잘 자, 강아지."

나는 베개로 그의 촛불을 쓰러뜨린 다음, 어둠 속에서 침대로 들어갔다.

리날디는 초를 집어 들고 다시 불을 붙인 다음 책을 읽기 시작했다.

6장

나는 이틀 동안 의무대 초소에 나가 있었다. 근무를 마치고 돌아왔을 때는 밤이 너무 늦어서 그다음 날 저녁에야 바클리 양을 만날 수 있었다. 그녀가 정원에 나와 있지 않아서 병원 사무실에서 그녀가 내려올 때까지 기다렸다. 사무실로 사용되는 그 방 벽을 따라 서 있는 페인트칠을 한 나무 기둥들 위에는 대리석 흉상들이 놓여 있었다. 열린 문으로 보이는 복도에도 흉상들이 늘어서 있었다. 온통 대리석인 그것들은 죄다 비슷비슷해 보였다. 조각상은 늘 따분하지만 청동상은 그나마 나았다. 하지만 이곳은 온통 대리석 흉상뿐이라 공동묘지처럼 보였다. 피사에 가면 멋진 공동묘지가 있었다. 제노바는 형편없는 대리석들을 보러 가는 장소였다. 이곳은 아주 부유한 독일인의 빌라라 저 흉상들은 분명히 꽤 비쌀 것이다. 조각가는 누구고 얼마나 받았을까. 흉상의 모델들은 집주인의 가족일까. 어쨌든 그것들은 한결같이 고전적이었다. 그 외에는 뭐라 말할 게 없었다.

나는 모자를 들고 의자에 앉아 있었다. 고리치아에서도 철모를 쓰도록 되어 있었지만 너무 불편했고, 아직 민간인들이 철수하지 않은 마을에서 그러고 있으면 무슨 연극을 하는 것 같았다. 나는 의무대 초소에 갈 때는 철모를 쓰고, 영국제 방독면도 휴대했다. 지급된 지 얼마 안 된 진짜 방독면이었다. 자동 권총도 휴대하고 다녀야 했다. 군의관과 의무 장교도 예외는 아니었다. 지금도 등 뒤에 있는 권총이 느껴졌다. 권총을 휴대하지 않으면 체포당한다. 리날디는 권총집에 휴지를 잔뜩 넣어 다녔다. 나는 진짜 권총을 휴대하고 다녔지만, 사격 연습을 하기 전까지는 무장 강도가 된 기분이었다. 내 총은 총신이 짧은 7.65구경 아스트라였는데, 반동이 너무 심해 처음에는 무얼 맞힐 엄두도 못 냈다. 과녁 아래를 조준하고 우스꽝스러울 정도로 짧은 총신의 반동에 익숙해지려고 노력한 결과, 드디어 20보 떨어진 곳에서 목표물을 1야드 반경 내에서 맞히게 되었다. 그러자 총을 휴대하는 것이 어색하지 않았고, 곧 별다른 의식 없이 등 뒤에 총을 차고 다니게 되었다. 다만 영어를 하는 사람들을 만나면 그러고 다니는 게 여전히 멋쩍었다. 계속 의자에 앉아 대리석 마루와 기둥과 대리석 흉상들을 보며 바클리 양을 기다리고 있자니, 병원 당번병 하나가 의심스럽게 나를 바라봤다. 프레스코 벽화들은 나쁘지 않았다. 벗겨져 떨어지기 시작한 프레스코 벽화들은 언제나 좋았다.

 나는 캐서린 바클리가 복도를 내려오는 것을 보고 일어섰다. 나를 향해 오는 그녀는 그다지 커 보이지 않았지만, 아름다웠다.

 "안녕하세요, 헨리." 그녀가 말했다.

 "그동안 잘 지냈습니까?" 내가 말했다. 당번병이 의자 뒤에서 듣고 있었다.

"여기 앉을까요, 아니면 정원으로 나갈까요?"

"나갑시다. 밖이 더 시원해요."

나는 그녀의 뒤를 따라 정원으로 나갔다. 당번병이 계속 우리를 주시했다. 자갈길에 들어섰을 때, 그녀가 말했다. "그동안 어디 계셨어요?"

"초소에 나가 있었습니다."

"쪽지라도 보낼 순 없었어요?"

"그럴 생각은 못했습니다. 곧 돌아올 줄 알았거든요."

"그래도 그렇게 했어야죠."

우리는 병원 차도를 벗어나 나무 아래를 걸었다. 나는 그녀의 손을 잡은 다음, 멈춰 서서 그녀에게 키스했다.

"어디 갈 데 없을까요?"

"없어요." 그녀가 말했다. "그냥 여기서 산보나 해야 해요. 정말 오랜만에 오셨네요."

"겨우 3일밖에 안 됐는데. 그리고 이렇게 돌아왔잖습니까."

그녀는 나를 바라보았다. "저를 사랑하세요?"

"물론입니다."

"전에 저를 사랑한다고 하셨죠. 그렇죠?"

"그래요. 사랑해요." 거짓말이었다. 나는 전에 그녀에게 사랑한다고 한 적이 없었다.

"그럼 캐서린이라고 부르세요."

"캐서린." 우리는 걷다가 나무 아래에 멈춰 섰다.

"밤이 되어 나는 캐서린에게 돌아왔다, 라고 해봐요."

"밤이 되어 나는 캐서린에게 돌아왔다."

"정말 돌아온 거죠, 그렇죠?"

"그래요."

"당신을 너무 사랑하게 돼서 견디기 어려웠어요. 또 떠나지는 않겠죠?"

"난 언제나 돌아올 거요."

"아, 당신을 너무나 사랑해요. 손을 다시 거기 놔줘요."

"그다지 멀리 간 것도 아니었는데." 나는 몸을 돌려 그녀의 얼굴을 바라봤다. 내가 키스하자 그녀는 눈을 감았다. 나는 그녀의 감은 두 눈에도 키스했다. 그녀는 약간 제정신이 아닌 듯했다. 하지만 그래도 좋았다. 이제 어떻게 되든 상관없었다. 적어도 매일 저녁 장교용 유곽에 가는 것보다는 나았다. 거기 여자들은 마구 기어오르고, 다른 장교들과 위층으로 올라가는 사이에도 관심의 표시로 모자를 거꾸로 쓰곤 했다. 나는 캐서린 바클리를 사랑하지 않았고, 앞으로도 그럴 생각은 없었다. 이건 브리지 같은 게임이었다. 카드 대신 말로 하는. 그러니 돈이나 무언가를 건 게임처럼 해나가면 된다. 무얼 건 게임인지는 아무도 말하지 않았지만, 어쨌거나 나는 괜찮았다.

"어디 갈 곳이 있으면 좋겠는데." 내가 말했다. 나는 사랑을 나누려고 달아오른 남자의 곤란을 겪고 있었다.

"갈 곳이 없어요." 그녀는 다시 제정신으로 돌아온 상태였다.

"그럼 저기 가서 잠시 앉읍시다."

우리는 편편한 돌 벤치에 앉았고, 나는 캐서린 바클리의 손을 잡았다. 그녀는 자기 몸에 팔을 두르는 건 허락하지 않았다.

"많이 피곤하세요?"

"아뇨."

그녀는 잔디를 바라보더니 말했다.
"이건 끔찍한 게임이에요, 그렇죠?"
"게임이라니?"
"모르는 척 말아요."
"정말 모르겠어요."
"당신은 좋은 사람이에요. 그리고 본인도 알다시피 노련하고요. 하지만 이건 끔찍한 게임이에요."
"늘 그렇게 사람들 생각을 읽어요?"
"늘 그런 건 아니에요. 하지만 당신 생각은 읽을 수 있어요. 날 사랑하는 척하지 말아요. 오늘 밤은 이것으로 충분해요. 다른 할 말이 있나요?"
"하지만 난 당신을 사랑해요."
"제발 불필요한 거짓말은 하지 마세요. 난 작은 쇼를 했을 뿐이고, 이제 끝났어요. 난 안 미쳤어요. 정신 나간 게 아니라고요. 가끔은 그러기도 하지만."
나는 그녀의 손을 지그시 잡았다. "캐서린."
"캐서린이라, 이상하게 들리네요. 여태까지와는 다르게 발음하는 것 같아요. 하지만 당신은 멋져요. 아주 좋은 남자예요."
"군종신부도 그렇게 말하더군요."
"그래요, 당신은 좋은 사람이에요. 또 올 거예요?"
"물론이에요."
"날 사랑한다고 말할 필요는 없어요. 당분간은 됐어요." 그녀는 일어서서 손을 내밀었다. "잘 가요."
나는 그녀와 키스하고 싶었다.
"안 돼요. 너무 피곤해요."

"그래도 키스해줘요." 내가 말했다.

"너무 피곤해요."

"키스해줘요."

"그렇게 원해요?"

"그래요."

우리는 키스했고, 그러다 그녀가 갑자기 몸을 돌렸다. "그만해요. 잘 가요." 우리는 문까지 걸었고, 그녀는 안으로 들어가 복도 아래로 내려갔다. 그녀의 움직임을 더 보고 싶었지만, 그녀는 사라져갔다. 나는 발길을 돌렸다. 밤은 더웠고, 산에서는 전투가 계속되고 있었다. 산가브리엘레* 쪽에서 대포의 섬광이 번쩍였다.

나는 빌라 로사** 앞에서 멈춰 섰다. 셔터는 내려져 있었지만 영업 중이었다. 안에서 누군가가 노래를 하고 있었다. 나는 숙소로 돌아갔다. 옷을 벗고 있는데, 리날디가 들어오더니 말했다.

"아하! 뭐가 잘 안 되는 모양이군. 우리 아가가 혼란스러워하는데."

"어디 갔었어?"

"빌라 로사에. 가서 많이 배웠지. 다들 노래도 불렀어. 자네야말로 어디 갔다 왔어?"

"영국 여자한테."

"내가 그 여자와 안 엮인 게 천만다행이로군."

---

*이탈리아 북동쪽의 마을.
**장교용 유곽. 붉은 집이라는 뜻이다.

7장

다음 날 오후에 나는 산에 있는 첫 번째 초소에서 돌아와 차를 임시 수용소에 세웠다. 그곳은 부상병들과 환자들을 서류에 의거해 분류해서 각기 다른 병원으로 보내는 곳이었다. 그날은 내가 운전을 맡아 나는 차 안에 있었고, 운전병이 서류를 가지러 갔다. 날씨는 더웠고 하늘은 푸르렀으며, 길은 먼지로 뒤덮여 허연색이었다. 나는 피아트 차의 높은 좌석에 아무 생각 없이 멍하니 앉아, 지나가는 연대를 바라봤다. 병사들은 더워서 땀을 흘리고 있었다. 철모를 쓴 병사들도 있었지만, 대부분은 배낭에 철모를 매달고 있었다. 병사들의 철모는 너무 커서 귀까지 덮고 있었고, 장교들은 더 잘 맞는 철모를 쓰고 있었다. 그들은 바실리카타 연대 소속으로, 절반쯤이 먼저 지나가고 있었다. 깃에 있는 적백색 줄무늬로 소속을 알 수 있었다. 그들이 지나가고 한참 후에야 뒤처져 있던 낙오병들이 지나갔다. 땀에 젖고 먼지를 뒤집어쓴, 피곤한 모습이었다. 어떤 병사들은 상태가 심각했다. 낙오병 무리가 다 지나간 후에 병사 하나가 나타났다. 절뚝거리며 걷던 그는 걸음을 멈추더니 길가에 주저앉았다. 나는 차에서 내려 그에게로 다가갔다.
"무슨 일인가?"
그는 나를 보더니 일어섰다.
"계속 가겠습니다."
"뭐가 문제인가?"
"……전쟁이죠."
"다리는 왜 그래?"
"다리를 다친 게 아닙니다. 탈장입니다."
"그런데 왜 차를 타지 않았지? 병원에는 왜 안 갔고?" 내가 물었다.
"병원에 안 보내줍니다. 저희 연대 중위님은 제가 의도적으로 탈장대를 풀었다고 생각하시거든요."
"어디 좀 보지."
"밖으로 삐져나오고 있습니다."
"어느 쪽인가?"
"여깁니다."
나는 만져보았다.
"기침을 해봐."
"그럼 더 커질 겁니다. 오늘 아침보다 두 배나 커졌습니다."
"앉아. 부상병들 서류를 받자마자, 자네를 군의관에게 데려다 주겠네." 내가 말했다.
"제가 고의로 그랬다고 할 겁니다."
"그들은 자네를 어쩌지 못해. 이건 부상이 아니야. 전부터 그랬지, 안 그래?" 내가 말했다.

"하지만 전 탈장대를 잃어버렸습니다."
"그들이 병원에 보내줄 거야."
"여기 있으면 안 되나요, 테넨테?"
"안 돼, 서류가 하나도 없잖아."
운전병이 차에 태운 부상병들의 서류를 갖고 밖으로 나왔다.
"네 명은 105 야전병원이고 두 명은 132 야전병원입니다." 그가 말했다. 강 너머에 있는 그 병원들이었다.
"자네가 운전해." 나는 운전병에게 그렇게 말하고는 탈장된 병사를 부축해서 차에 태웠다.
"영어를 할 줄 아십니까?" 그가 물었다.
"그래."
"이 빌어먹을 전쟁을 어떻게 생각하십니까?"
"지옥이라고 생각하네."
"정말 지옥입니다. 맙소사, 지옥이에요."
"미국에서 살다 왔나?"
"네, 피츠버그에서요. 중위님이 미국인일 줄 알았습니다."
"내 이탈리아어는 괜찮지 않았어?"
"그래도 알아봤습니다."
"미국인이 또 있었네요." 탈장이 된 병사를 바라보며 운전병이 말했다.
"중위님, 저를 도로 저희 연대로 데리고 가실 건가요?"
"그래."
"그곳 군의관이 제가 탈장이 있다는 것을 압니다. 전 탈장대를 버리고 상처를 악화시켜 전선에 가지 않으려 했고요."
"알겠네."

"다른 곳으로 데려다 주시면 안 되나요?"

"최전방이라면 가장 가까운 응급 의무 초소로 데려갈 수 있지. 하지만 여기 후방에선 서류가 필요해."

"부대로 돌아가면, 저는 수술을 받은 다음 최전방에 붙박이로 보내질 겁니다."

나는 잠시 생각해보았다.

"중위님도 최전방으로 가고 싶지는 않으시죠?" 그가 물었다.

"물론이지."

"제기랄, 정말 거지 같은 전쟁 아닙니까?"

"들어봐. 자네가 길에서 넘어져 머리에 혹이 나면 내가 돌아오는 길에 자네를 병원으로 데려갈 수 있어. 여기서 잠깐 세워줘, 알도." 우리는 길옆에 차를 세우고, 그 병사를 내려주었다.

"그럼 여기에 계속 있겠습니다. 중위님." 그가 말했다.

"또 보세." 내가 말했다. 우리는 계속 가다가 1마일 정도 앞서 가던 그 연대를 지나쳐 다리의 교각 사이로 빠르게 흐르는, 눈 녹은 물로 흐려진 강을 건넜다. 그런 다음, 들판을 가로지르는 길을 타고 두 야전병원에 부상병들을 인계했다. 돌아올 때는 내가 운전대를 잡고 피츠버그에서 살다 왔다는 그 병사를 찾으러 갔다. 우리는 그 연대를 다시 지나쳤는데, 그들은 더 느려져 있었고 더위에 애를 먹고 있었다. 그런 다음 낙오병들을 지나쳤다. 잠시 후 길가에 서 있는, 말이 끄는 앰뷸런스가 보였다. 두 사람이 탈장된 병사를 부축해 그 앰뷸런스에 싣고 있었다. 그들은 그를 데리러 온 것이었다. 그는 나를 향해 고개를 흔들었다. 철모는 벗겨지고, 이마에서는 피가 흐르고 있었다. 코의 피부가 벗겨져 있고, 피가 묻은 반창고와 머리칼에는 먼지가 수북했다.

"이마에 혹 좀 보세요, 중위님!" 그가 소리 질렀다. "소용없어요. 그들이 저를 데리러 왔어요."

숙소로 돌아왔을 때는 5시였다. 나는 세차하는 데로 가서 샤워를 했다. 그런 다음 열린 창문 앞에서 내의와 바지를 입고 책상에 앉아서 보고서를 썼다. 이틀 내로 공격이 시작될 것이고, 나는 앰뷸런스들과 같이 플라바로 갈 것이다. 편지를 써야 한다는 것은 알지만, 미국에 편지를 써본 지가 하도 오랜만이라 너무나도 힘들게 느껴졌다. 정말이지 아무것도 쓸 것이 없었다. 나는 두 장의 군사용 엽서에, 다른 말들은 다 지워버리고 단지 잘 있다고 쓴 부분만 남겼다. 그러면 충분할 것이다. 미국에선 이런 군사용 엽서를 좋아한다. 이상하고 수수께끼처럼 보이니까. 이상하고 수수께끼 같은 건 이 지역도 마찬가지였다. 하지만 오스트리아군과 벌였던 다른 전투에 비하면, 암울하나마 형편이 나았다. 오스트리아 군대는 나폴레옹에게 승리를 안겨주기 위해 만들어진 군대였다. 어떤 나폴레옹이든지 간에.* 나는 우리에게도 나폴레옹이 있으면 좋겠다고 생각했지만, 우리에게는 뚱뚱하고 혈색 좋은 일 카도르나 장군**과, 길고 가는 목과 염소수염을 기른 키 작은 비토리오 에마누엘레 국왕뿐이었다. 전선의 우측에는 아오스타 공작이 있었다. 위대한 장군이 되기에는 지나치게 잘생겼지만 어쨌든 남자다웠다. 많은 사람들이 그

---

*나폴레옹 1세나 나폴레옹 3세나 상관없다는 의미.
**루이지 카도르나(1850~1928). 이탈리아 육군 원수. 당시 참모총장이었다.

가 왕이 되기를 원했고 이미 왕처럼 보였다. 그는 왕의 숙부였고 제3군을 지휘하고 있었다. 우리는 제2군 소속이었다. 제3군에는 영국군 포병 중대가 있었다. 밀라노에 갔을 때 나는 그 포병 중대 소속 병사 두 명을 만났는데 그들은 아주 상냥했고, 함께 재미있는 저녁을 보냈었다. 그들은 체구가 컸고, 수줍어했으며, 당혹스러워했고, 무슨 일이든지 고맙게 여겼다. 나도 그 영국 포병 중대 소속이면 싶었다. 그랬더라면 삶이 훨씬 더 단순했을 것이다. 하지만 그랬더라면 아마 전사했을지도 모른다. 이 앰뷸런스 부대에선 전사하지 않을 것이다. 물론 앰뷸런스 부대에서도 전사자는 나온다. 영국군 앰뷸런스 운전병들도 때로 전사한다. 하지만 나는 죽지 않을 것이다. 적어도 이 전쟁에서는. 이 전쟁은 나와 아무런 상관이 없었다. 그저 영화 속 전쟁처럼 느껴져 위험하다는 생각이 들지 않았다. 하지만 제발 좀 끝났으면 좋겠다. 어쩌면 이번 여름에 끝날지도 모른다. 오스트리아군이 무너질지도 모른다. 그들은 다른 전쟁에서도 늘 그랬으니까. 도대체 이 전쟁은 어찌 될까? 모두가 프랑스는 끝났다고 했다. 리날디는 프랑스군이 반란을 일으켜 파리로 진격했다고 했다. 그래서 어떻게 됐냐고 묻자, 그는 "아, 진압됐어"라고만 말했다. 나는 전쟁이 없는 오스트리아에 가보고 싶었다. 검은 숲에도 가고 싶었고, 하르츠 산맥*에도 가고 싶었다. 그런데 하르츠 산맥은 어디 있는 걸까? 카르파티아 산맥에서도 전쟁이 벌어지고 있었는데, 좋은 곳인지는 모르지만 왠지 그곳에는 가고 싶은 마음은 없었다. 전쟁이 없다면 스페인에

*독일 중부의 휴양지.

도 가고 싶었다. 해가 지자 시원해지기 시작했다. 저녁을 먹은 후에 캐서린 바클리를 만나러 가야겠다. 그녀가 지금 여기 있다면 얼마나 좋을까. 그녀와 함께 밀라노에 있을 수 있다면 얼마나 좋을까. 코바에서 식사를 한 다음, 더운 저녁에 비아 만초니*를 걸어 내려가 운하를 건넌 다음, 그녀와 함께 호텔에 들고 싶었다. 어쩌면 그녀도 승낙하리라. 나를 전사한 자기 남자 친구라고 생각할 수도 있지 않은가. 호텔 정문으로 들어가면 짐꾼이 모자를 벗어 인사할 것이고, 나는 접수대로 가서 열쇠를 달라고 할 것이고, 그녀는 엘리베이터 옆에 서 있을 것이다. 우리는 엘리베이터를 탈 것이고, 엘리베이터는 층마다 서면서 아주 천천히 올라갈 것이다. 드디어 우리 층에 도착하면, 우리를 기다리던 보이가 엘리베이터 문을 열어줄 것이다. 그녀가 내리고, 내가 내리고, 우리는 복도를 걸어 내려간다. 내가 객실 문에 열쇠를 꽂을 것이고, 들어가서는 전화로 얼음이 가득한 은제 양동이에 든 카프리 비안코**를 주문할 것이다. 그럼 양동이에 얼음 부딪히는 소리가 복도에서 들려올 테고, 보이가 노크를 하면 문밖에 놓고 가라고 하겠지. 너무 더워서 우리 둘 다 옷을 하나도 걸치지 않고 있을 테니까. 열린 창밖으로는 지붕 위를 날아다니는 제비들이 보이고, 어두워진 후 창가로 가면 건물 위를 날며 사냥하던 작은 박쥐들이 날개를 접고 나무에 앉아 있겠지. 우리는 술을 마시고, 문은 잠겨 있고, 무더운 방, 시트 한 장, 온 밤, 그렇게 우린 더운 밤 밀라노에서 내내 사랑

---

*밀라노에서 가장 번화한 거리.
**이탈리아 카프리 섬에서 생산되는 화이트와인.

을 나누겠지. 그렇게 되어야만 해. 빨리 저녁을 먹고 캐서린 바클리를 만나러 가야지.

장교 식당에 들어가니 모두가 말이 너무 많았고, 나도 술을 마시지 않으면 그들과 어울릴 수 없을 것 같아 와인을 마셨다. 나는 군종신부와 함께 아일랜드(Ireland) 대주교*에 대해 이야기했다. 고결한 사람인 그가 부당한 대우를 받고 있는 듯했고, 나도 미국인이기에 일말의 책임감이 느껴졌다. 사실 나는 그 일에 대해 전혀 몰랐지만 그래도 아는 척했다. 대주교가 오해로 그런 대우를 받고 있다고 그렇게나 열심히 설명하는 신부 앞에서, 그 일에 대해 전혀 몰랐다고 하면 예의가 아닐 것 같아서였다. 나는 대주교의 이름이 멋지다고 생각했다. 미네소타 출신의 주교는 아주 근사한 명칭을 만들어냈다. 미네소타의 아일랜드. 위스콘신의 아일랜드, 미시간의 아일랜드. 더욱 멋진 것은 그 이름이 섬(island)과 발음이 같다는 점이었다. 로카가 말했다. 그게 다가 아니죠, 더 중요한 문제가 있어요, 네, 신부님, 아마도요, 신부님, 아닙니다, 신부님, 그렇겠죠, 신부님, 그 문제는 저보다 신부님에 더 잘 아시잖습니까. 신부는 좋은 사람이었지만 지루했고, 장교들은 좋은 사람들도 아니었지만 지루했으며, 왕은 좋은 사람이었지만 지루했고, 와인은 나빴지만 지루하지는 않았다. 와인을 마시면 치아의 에나멜이 벗겨져 입천장에 붙는다.

"그래서 그 신부는 감옥에 갔습니다." 로카가 계속 말을 이었다. "그의 몸에서 3퍼센트 이자의 공채가 발견되었기 때문이

---

*존 아일랜드(1838~1918). 미국 미네소타 주 세인트폴 성당의 초대 대주교.

죠. 물론 프랑스에서 일어난 일입니다. 여기 같으면 절대 체포되지 않죠. 그는 5퍼센트의 공채에 대해선 전혀 모른다고 했어요. 그 사건은 베지에서 일어났고, 마침 제가 그곳에 있었기 때문에 그에 관한 내용을 신문에서 다 읽었어요. 그 신부를 만나러 감옥에도 갔고요. 그가 공채를 훔친 건 분명했어요."

"전혀 믿을 수가 없군." 리날디가 말했다.

"마음대로 생각해. 하지만 난 여기 우리 신부님을 위해 이 이야기를 한 거야. 아주 유용한 정보니까. 신부님은 내 얘기를 고마워하실 거야." 로카가 말했다.

신부는 미소를 지으며 말했다. "계속해요. 듣고 있으니까요."

"물론 그 공채 중 일부는 설명이 되지 않지만, 신부는 3퍼센트 공채와 몇 개의 지역 채권도 갖고 있었어요. 어느 지역 것이었는지는 까먹었지만. 그래서 나는 감옥으로 가서, 자 이게 이야기의 초점인데, 그의 감방 밖에 서서 마치 고해성사를 하러 온 것처럼 말했어요. 축복해주세요, 신부님, 당신은 죄를 지었습니다. 라고요."

모두가 박장대소했다.

"그래, 그 신부가 뭐라고 하던가요?" 신부가 물었다. 로카는 그 말을 무시하고, 내게 그 농담을 설명하려고 했다. "내 말 뜻 알겠어?" 제대로 알아들으면 엄청 재미있는 농담 같았다. 그들은 내게 술을 더 따라주었고, 나는 샤워기 밑에 세워놨던 영국 사병 이야기를 해주었다. 소령은 열한 명의 체코슬로바키아 병사와 헝가리 상병 이야기를 했다. 술을 좀 더 마신 다음, 나는 동전을 발견한 기수 얘기를 들려줬다. 소령은 이탈리아에도 그

비슷한 얘기가 있다며 밤에 잠을 못 이루는 공작부인 얘기를 해 줬다. 그때 신부가 자리를 떴고, 나는 북서풍이 부는 새벽 5시에 마르세유에 도착한 세일즈맨 이야기를 했다. 소령은 내가 술이 상당히 세다는 말을 들은 적이 있다고 말했고, 나는 그 말을 부정했다. 소령은 사실일 거라고, 주신 바쿠스의 시체를 걸고 그 말이 사실인지 아닌지 테스트하자고 했다. 바쿠스가 아닙니다, 바쿠스가 아니에요. 내가 말했다. 아냐, 바쿠스야, 소령이 말했다. 그러면서 바시, 필리포 빈센차와 술잔이건 컵이건 술 시합을 해보라고 했다. 그러나 바시는 안 된다고, 이미 나보다 두 배 이상 마셔 시합이 가능하지 않다고 했다. 나는 그건 못된 거짓말이라고, 바쿠스건 바쿠스가 아니건 간에, 필리포 빈센차 바시건 바시 필리포 빈센차건 간에, 이놈은 저녁 내내 한 방울도 안 마셨다고, 그나저나 네 이름이 정확히 뭐냐고 했다. 그러자 바시가 네 이름은 프레데리코 엔리코*냐 엔리코 프레데리코냐고 대꾸했다. 내가 바쿠스는 집어치우고 둘 중 누가 센지 가려 보자고 하자, 소령이 우리 둘의 머그잔에 레드와인을 따라주며 시작하라고 했다. 그러나 와인을 절반쯤 마시자 나는 더 계속하고 싶지가 않았다. 또한 가야 할 곳이 있다는 게 생각났다.

"바시가 이겼어요. 그가 저보다 세요. 전 가야 해요." 내가 말했다.

"저 친구는 정말 가야 해요. 데이트가 있거든요." 리날디가 말했다.

"난 가겠네."

*이 소설의 주인공 프레더릭 헨리의 이탈리아식 이름.

"그럼 다음으로 미루지. 자신 있을 때 붙어봐." 바시는 그렇게 말하며 나를 툭 쳤다. 탁자 위에는 여전히 불 켜진 초들이 있었고, 장교들은 모두 기분 좋은 상태였다. "자, 소인은 이만 물러갑니다." 내가 말했다.

리날디가 나를 따라 나왔다. 함께 잠시 문밖에 서 있는데, 그가 말했다. "취해서 가는 건 좋지 않아."

"난 안 취했어, 리닌. 정말이야."

"커피콩이라도 좀 씹어."

"필요 없어."

"가서 가져올게, 아가야. 그동안 술 깨게 좀 걷고 있어." 그는 볶은 커피콩을 한 움큼 들고 돌아왔다. "씹어, 이 친구야. 신에게 자네 행운을 빌겠네."

"바쿠스에게?" 내가 말했다.

"나하고 같이 가."

"난 괜찮다니까."

우리는 마을을 통과해 걸었고, 나는 계속 커피콩을 씹었다. 영국 병원 빌라의 차량 진입로에서 리날디는 작별 인사를 했다.

"잘 가. 근데 좀 들어왔다가 가지." 내가 말했다.

그는 머리를 흔들며 말했다. "아냐. 난 더 단순한 쾌락이 좋아."

"커피콩 고마웠어."

"아무것도 아냐, 이 사람아. 아무것도 아냐."

나는 차량 진입로를 따라 내려갔다. 사이프러스 나무들의 윤곽이 선명했다. 뒤돌아보니, 리날디가 나를 지켜보고 있었다. 나는 그에게 손을 흔들었다.

나는 캐서린 바클리가 내려오기를 기다리며 빌라의 응접실에 앉아 있었다. 누군가가 복도를 걸어 내려왔다. 나는 일어섰다. 하지만, 캐서린이 아니라 퍼거슨 양이었다.

"안녕하세요. 캐서린이 오늘 밤엔 만날 수 없다고, 미안하다고 전해달래요."

"섭섭하군요. 아픈 건 아니죠?"

"몸이 좋지는 않아요."

"내가 많이 섭섭해한다고 전해주시겠습니까?"

"그럴게요."

"내일은 만날 수 있을까요?"

"그럴 거예요."

"고맙습니다. 그럼, 안녕히 계세요."

문밖으로 나오자, 갑자기 외롭고 공허해졌다. 그동안 나는 캐서린과의 만남을 아주 가볍게 생각해왔다. 오늘도 술을 마시느라 하마터면 그녀를 보러 오는 걸 잊을 뻔도 했다. 그러나 막상 그녀를 만날 수 없게 되자, 외롭고 텅 빈 것 같았다.

8장

다음 날 오후, 우리는 밤에 강 상류에서 공격이 시작될 것이며, 앰뷸런스 네 대가 출동한다는 소식을 들었다. 모두들 자신만만하게 전략적 지식을 떠들어댔지만, 사실 어떻게 될지 아무도 몰랐다. 나는 선두에 선 앰뷸런스를 타고 가다가, 영국 병원 입구를 지날 때 운전병에게 정지하라고 말했다. 그러자 뒤에 오는 다른 차들도 정지했다. 나는 다른 차 운전병들에게 계속 가라고 하면서, 우리가 코르몬스로 가는 분기점에서 따라잡지 못하면 기다려달라고 말했다. 나는 서둘러 병원 차도를 지나 응접실 안으로 들어가 바클리 양을 불러달라고 했다.

"지금 근무 중인데요."

"잠깐만 만날 수 없을까요?"

그들은 당번병을 보내 알아보겠다고 했고, 잠시 후 그녀가 함께 나타났다.

"몸이 좀 나아졌는지 보려고 들렀습니다. 당신이 근무 중이라고 했지만 그래도 만나게 해달라고 했어요."

"아주 좋아요. 어젠 더위를 먹었나봐요." 그녀가 말했다.
"이제 가야 해요."
"잠깐 문밖으로 나갈거요."
"정말 괜찮아요?" 밖으로 나와 내가 물었다.
"그럼요. 오늘 밤에 돌아와요?"
"아뇨. 플라바에서 쇼가 있어서요."
"쇼라고요?"
"별거 아닐 겁니다."
"언제 돌아와요?"
"내일."
그녀는 목에서 무언가를 풀어 내 손에 놓으며 말했다. "성 안토니오예요. 내일 밤에 무사히 돌아오세요."
"천주교 신자는 아니죠?"
"아니에요. 하지만 성 안토니오는 영험하다고들 해서요."
"잘 간직할게요. 그럼 안녕."
"안 돼요. 작별 인사는 안 돼요." 그녀가 말했다.
"알았어요."
"얌전히 굴고 몸조심하세요. 안 돼요. 여기서 키스하면 안 돼요."
"알았어요."
뒤를 돌아다보니, 그녀가 계단에 서서 손을 흔들고 있었다. 나는 손에다 키스를 한 다음 그녀에게 날려 보냈다. 그녀가 다시 손을 흔들었고, 나는 차량 진입로를 벗어나 앰뷸런스에 올라탔다. 차가 출발했다. 성 안토니오는 작고 하얀 금속 상자 안에 들어 있었다. 나는 상자를 열어 그걸 내 손바닥에 쏟았다.

"성 안토니오군요." 운전병이 말했다.
"그래."
"저도 갖고 있어요." 그는 오른손으로 군복 단추를 푼 다음, 셔츠 속에서 그걸 꺼냈다.
"보세요."
나는 내 성 안토니오를 다시 상자 속에 집어넣은 다음, 가느다란 금줄과 함께 내 가슴 주머니에 넣었다.
"목에 안 거세요?"
"안 걸어."
"거시는 게 좋아요. 그러라고 만든 거니까요."
"알았어." 나는 목걸이 고리를 열어 줄을 목에 건 다음 다시 고리를 채웠다. 성자는 내 군복 위에 매달려 있었다. 나는 군복 목 부분을 풀고 셔츠 칼라의 단추도 푼 다음, 가슴 안으로 성자를 떨어뜨렸다. 차를 타고 가는 동안 내내 가슴에서 성자가 든 금속 상자가 느껴졌지만, 그런 후에는 까맣게 잊어버렸다. 부상당한 후, 나는 다시는 그 성자를 찾지 못했다. 응급 의무 초소에서 누가 집어 갔을 것이다.

다리에 도착하자 우리는 속도를 냈으며, 곧 앞쪽에서 다른 차들이 내는 먼지가 보였다. 길은 굽어 있었고, 저 멀리서 조그맣게 보이는 차 석 대가 먼지를 날리며 나무들 사이를 달리고 있었다. 우리는 그 차들을 앞지르고 언덕으로 오르는 길에서 방향을 틀었다. 호송 대열 맨 앞차에 타면 기분이 좋다. 나는 등을 기대고 편하게 앉아 눈앞에 펼쳐지는 시골 풍경을 바라봤다. 우리는 강 근처 언덕 초입을 달리고 있었으며, 길은 꼭대기에 눈이 쌓여 있는 고산지대로 이어지고 있었다. 뒤를 돌아다보니, 군용차 석 대가 피어오르는 먼지 사이로 열심히 따라오고 있었다. 우리는 짐을 실은 노새의 긴 행렬과, 그 옆을 걷고 있는 검은 술이 달린 붉은색 모자를 쓴 병사들을 지나쳤다. 저격수들이었다.

 노새 행렬 너머로는 길이 텅 비어 있었다. 우리는 언덕을 올라간 다음, 긴 언덕 기슭을 넘어 강의 계곡으로 들어갔다. 길 양쪽으로 나무들이 서 있었고, 오른쪽으로는 맑은 강물이 빠르게 흐르고 있었다. 강은 얕았으며, 좁은 수로를 따라 모래와 자갈이 깔려 있었다. 때로 강물은 자갈이 깔린 도랑에서 비단처럼 반짝였다. 강둑 가까이에는 깊은 웅덩이가 있었고, 물은 하늘처럼 푸른빛이었다. 강 위에는 길로 이어지는 아치형의 돌다리가 있었다. 그 다리를 지나자 돌로 지은 농가들이 나타났다. 배나무들이 남쪽 벽과 낮은 돌담 주변에 촛대처럼 서 있었다. 길은 길게 계곡으로 이어졌고, 우리는 방향을 틀어 다시 언덕을 오르기 시작했다. 길은 밤나무 숲을 지나 가파른 오르막이 되더니, 드디어 산등성이와 수평이 되었다. 숲 너머 저 아래로 두 나라의 군대를 갈라놓은 강 줄기가 보였다. 우리는 산꼭대기로 이어지는 거친 군사용 도로를 따라 달렸다. 북쪽으로 보이는 두 개의 산은 어두운 초록색이었지만, 눈이 쌓인 곳은 햇빛 아래 희고 아름답게 반짝였다. 도로가 산등성이로 올라가자 세 번째 산이 보였다. 그 산은 더 높고 눈에 덮여 있었다. 분필처럼 하얀 그 산은 이랑이 져 있는데도 기묘하게 평원을 이루고 있었다. 그 너머 머나먼 곳에도 산들이 있었는데, 육안으로는 식별하기 힘들었다. 그 산들은 오스트리아 군대가 점령하고 있었다. 앞쪽으로는 오른쪽으로 굽어 도는 둥그런 길이 있었다. 내려다보니 나무들 사이로 뻗어 내려가는 길도 있었다. 그 아랫길에 군대와 트럭들과 산악용 대포를 운반하는 노새들이 있었고, 옆쪽으로 내려가면서 보니 강과 침목들이 깔린 철길과 그 철길이 지나가는 낡은 다리가 보였다. 그 다리 건너 언덕 아래로 우리가 빼앗으려는 조그만 마을의 부서진 집들이 보였다.

아래로 내려와 강 옆을 지나는 간선도로에 들어섰을 때는 이미 상당히 어두워져 있었다.

9장

도로는 혼잡했다. 양쪽으로 옥수숫대와 거적으로 만든 엄폐물들이 서 있고 그 위도 거적으로 덮여 있어, 마치 원주민 부락이나 서커스장 입구처럼 보였다. 우리는 그 거적 터널로 천천히 앰뷸런스를 몰았다. 터널을 빠져나오니 전에 철길이었던 공터가 이어졌다. 그 길은 강둑보다 낮게 움푹 꺼져 있었고, 강둑에는 보병들이 숨어 있는 참호들이 여기저기 보였다. 해가 지고 있었고, 위를 올려다보니 석양을 등진 반대쪽 언덕 위에 오스트리아군의 감시 초소가 보였다. 우리는 벽돌 공장 건너편에 주차했다. 몇 개의 깊은 참호와 벽돌 가마에 응급 진료소가 마련되어 있었다. 거기 내가 아는 군의관 세 명도 와 있었다. 소령과 이야기하면서, 전투가 시작돼 앰뷸런스가 부상병들로 가득 차면 옥수숫대와 거적으로 가려진 도로를 돌아 산등성이 간선도로로 가야 한다는 걸 알게 되었다. 그 중간에 앰뷸런스를 세워놓고 부상병들을 기다렸다가 그들을 초소로 데려가야 했다. 소령은 그 길 하나밖에 없다며, 막히지 않아야 할 텐데 하고 걱정했다. 길을 덮어놓은 것은 그러지 않으면 강 건너 오스트리아군에게 다 보이기 때문이었다. 여기 벽돌 공장에서는 강 건너에서 날아오는 소총과 기관총 세례를 피할 수 있을 것이다. 강에는 부서진 다리 하나뿐이었다. 폭격이 시작되면 공병대가 다리를 하나 더 세울 것이고, 보병대는 강이 굽어지는 얕은 곳을 건널 것이다. 끝이 위로 올라간 콧수염을 기른 소령은 자그마했다. 그는 리비아 전투에 참가해서 받은 두 개의 상이 휘장을 달고 있었다. 그는 전황이 좋아지면 나도 훈장을 받을 수 있을 거라고 말했다. 나는 그렇게 말해줘서 고맙다고 대답했다. 나는 운전병이 쉴 수 있는 큰 대피호가 있는지 물었고, 그는 병사를 불러 내게 그곳을 보여주라고 했다. 그 병사와 함께 가보니 훌륭한 대피호였고, 운전병들도 아주 만족해했다. 나는 운전병들에게 쉬라고 하고 그곳을 나왔다. 소령이 다른 두 장교와 함께 술을 마시자며 나를 불렀기 때문이었다. 우리는 럼주를 마셨고 분위기는 화기애애했다. 밖은 어두워지고 있었다. 내가 언제 공격이 시작되느냐고 묻자, 어두워지면 시작된다고 했다. 나는 다시 운전병들이 있는 대피호로 돌아갔다. 그들은 잡담을 하고 있다가 내가 들어가자 말을 멈췄다. 나는 그들 모두에게 담배를 한 갑씩 나눠 줬다. 그 마케도니아산 담배는 너무 대충 말려 있어 피울 때 끝을 좀 비틀어줘야 했다. 마네라가 라이터를 켜서 다른 병사들에게 돌렸다. 라이터는 피아트 자동차의 라디에이터를 닮아 있었다. 나는 내가 들은 말을 그들에게 전했다.

"여기 올 때는 왜 초소가 안 보였죠?" 파시니가 물었다.

"길이 꺾인 곳 너머에 있으니까."

"길이 엉망진창이 되겠네요." 마네라가 말했다.
"적군이 폭격을 퍼부으면……."
"아마 그렇게 되겠지."
"식사는 언제 하죠? 지금까지 아무것도 못 먹었는데요."
"지금 가서 알아보지."
"저희는 여기 있을까요, 아니면 좀 둘러봐도 되나요?"
"여기 있는 게 좋을 거야."
 소령이 있는 대피호로 가서 식사가 언제 나오냐고 묻자, 소령은 곧 야전 취사반이 오면 운전병들이 스튜를 먹을 수 있을 거라고 말했다. 그는 또 운전병들에게 취사도구가 없으면 빌려주겠다고 했고, 나는 갖고 있을 거라고 말했다. 운전병들에게로 돌아와서, 음식이 오는 대로 먹게 해주겠다고 말하자, 마네라는 폭격이 시작되기 전에 음식이 왔으면 좋겠다고 했다. 그들은 내가 나갈 때까지 말없이 앉아 있었다. 그들은 모두 정비공으로 전쟁을 싫어했다.
 나는 나가서 앰뷸런스를 점검하고 다른 일은 없나 살펴본 후 다시 대피호로 돌아왔다. 우리는 벽을 등지고 앉아 담배를 피웠다. 밖은 거의 어두워져 있었다. 대피호의 흙은 따뜻하고 건조했다. 나는 벽에 기댄 채 앉아 휴식을 취했다.
"누가 공격하러 가나요?" 가부치가 물었다.
"저격병들이."
"저격병들 전원이요?"
"그럴 거야."
"저격병 수가 본격적인 공격을 할 만큼은 안 돼 보이던데요."
"본격적인 공격을 할 부대들 방패막이를 하는 거지."

"저격병들도 그걸 알고 있나요?"

"모를 거야."

"그렇겠지. 알면 공격하려고 하겠어?" 마네라가 말했다.

"아니, 그래도 공격하려고 할 거야. 저격병들은 바보거든." 파시니가 말했다.

"그들은 훈련이 잘된 용감한 병사야." 내가 말했다.

"가슴이 쩍 벌어지고 건강하긴 하지만, 바보예요."

"키는 척탄병들이 크지." 마네라가 말했다. 그 농담에 모두가 웃었다.

"중위님, 공격하지 않으려는 병사들 열 명 중 하나씩을 쏠 때, 그 자리에 계셨나요?"

"아니."

"정말이에요. 일렬로 쭉 세우더니 열 명째 되는 병사들을 골라 쐈어요. 헌병들이 그랬어요."

"빌어먹을 헌병 놈들." 파시니가 바닥에 침을 뱉었다. "하지만 아무리 그래도 키가 6피트가 넘는 척탄병들은 공격하러 나가지 않을 거야."

"모두가 공격하기 싫어하면 전쟁이 끝나겠지." 마네라가 말했다.

"척탄병들은 공격하기를 싫어하는 게 아니라 두려워하는 거야. 척탄병 장교들은 곱게 자란 좋은 가문 출신이거든."

"하지만 어떤 장교들은 홀로 공격에 나섰다던데?"

"출전하지 않으려는 두 장교를 쏘기도 했대."

"출전한 부대도 있었대."

"그럼 그 부대는 열 번째 병사를 사살하는 줄에 서진 않았겠군."

"헌병들이 쏜 병사 중 하나는 우리 마을 출신이었어. 척탄병답게 키가 크고 영리한 친구였지. 로마에서 늘 여자들을 끼고 다녔어. 헌병들과 같이 어울려서." 파시니는 그렇게 말하고는 웃었다. "그런데 지금 그 친구 집은 착검을 한 경비병이 지키고 있고, 아무도 그 친구 아버지나 어머니나 누이를 보러 가지 못해. 그 아버지는 민권도 상실하고 투표권도 상실했대. 법의 보호를 받지 못하게 된 거지. 그래서 누구든 그들 재산을 뺏을 수 있어."

"그렇게 하지 않았다면, 아무도 공격에 나서지 않았을 거야."

"그래. 이제는 알프스 산악병들도 공격 명령에 따를 거고, 근위대 병사들도 공격할 거야. 저격병들도."

"저격병들도 도망친 적이 있지. 그들은 그걸 잊으려고 하지만."

"이런 말 더 못 하게 하세요, 테넨테. 에비바 레세르치토(군대 만세)!" 파시니가 비꼬는 투로 말했다.

"자네들 심정은 잘 알아." 내가 말했다. "하지만 운전만 잘 하고 행동을 조심하면……."

"에 또…… 다른 장교들 앞에선 이런 말 하지 않으면 말이죠." 마네라가 내 말을 끝내주었다.

"이 전쟁은 끝나야 해." 내가 말했다. "하지만 한쪽이 전투를 중지한다고 전쟁이 끝나는 건 아니야. 우리가 전투를 중지한다면 사태는 더욱 나빠질 거야."

"더 나빠지지는 않을 겁니다." 파시니가 공손하게 말했다. "전쟁보다 더 나쁜 건 없으니까요."

"패배가 전쟁보다 더 나빠."

"전 생각이 달라요." 파시니가 여전히 공손하게 말했다. "패배해봤자 뭐 어때요. 집에 갈 수 있는데."

"적들이 뒤쫓아 와서 자네 집을 뺏어가고, 자네 누이를 뺏어가. 그게 패배야."

"모든 사람을 다 뒤쫓을 순 없어요. 각자 집을 지키면 되죠. 누이동생은 집 안에 있으라고 하고."

"자네를 목매달 거야. 자네를 찾아와 자기네 군대로 다시 징집할 거고. 앰뷸런스 운전병이 아니라, 보병으로 말이야."

"모든 사람을 다 목매달 순 없어요."

"다른 나라가 우리를 군인으로 만들 수는 없어요. 첫 전투에서 다 도망갈 테니까요." 마네라가 말했다.

"체코 병사들처럼요."

"자네들은 정복당한다는 게 뭔지 잘 몰라서 별로 나쁘게 생각하지 않는 거야."

"중위님, 이런 말을 해도 내버려두시는 건 고맙게 생각합니다. 하지만 전쟁보다 더 나쁜 건 없습니다. 저희는 운전병일 뿐이니 사실 전쟁이 얼마나 나쁜지 잘 몰라요. 하지만 전쟁이 얼마나 나쁜지 아는 사람들은 전쟁을 끝낼 수가 없어요. 너무 화가 나서요. 물론 전쟁이 얼마나 나쁜지 전혀 깨닫지 못하는 사람들도 있죠. 그저 장교들이 두려워 싸우는 병사들도 있고요. 그런 사람들 때문에 전쟁이 계속되는 겁니다." 파시니가 말했다.

"나도 전쟁이 나쁘다는 건 알아. 하지만 중간에 그만두는 게 아니라 끝장을 내야 해."

"전쟁은 끝나지 않아요. 전쟁에는 끝이 없어요."

"아냐, 끝이 있어."

파시니가 고개를 저으며 말했다.

"승리했다고 전쟁에서 이기는 게 아닙니다. 산가브리엘라를 뺏었다고 쳐요. 카르소와 몬팔코네와 트리에스테를 뺏었다고 쳐요. 그다음엔 어디로 가나요? 오늘 저 멀리 있는 산들 보셨죠? 그 산들도 다 뺏을 수 있다고 생각하세요? 오스트리아군이 싸움을 그만둬야 말이죠. 어느 한편이 싸움을 그만둬야 합니다. 우리가 먼저 그만두면 왜 안 되나요? 적들이 이탈리아를 다 점령한다 해도 피곤해서 결국 자기들 나라로 가버릴 겁니다. 고향으로요. 지금은 그러지 못해서 전쟁이 계속되고 있는 거고요."

"자네 참 말 잘하는군."

"우리도 생각을 합니다. 글도 읽고요. 무지렁이 농부가 아니라 운전병이에요. 이젠 심지어 농부들도 전쟁을 싫어해요. 모두가 이 전쟁을 싫어하고 있어요."

"나라를 조종하는, 어리석고 아무것도 모르는 계급 때문에 우리가 이 전쟁을 계속하고 있는 겁니다."

"그자들은 전쟁으로 돈도 벌지."

"대부분은 그렇지도 못해. 너무 멍청해서, 아무것도 얻지 못한 채 전쟁만 하고 있는 거지. 어리석으니까." 파시니가 말했다.

"이제 그만들 해. 아무리 중위님이 봐주신다 해도 좀 지나쳤어." 마네라가 말했다.

"중위님도 좋아하실 거야. 중위님도 우리 편이 되실 거야." 파시니가 말했다.

"그만들 하라고." 마네라가 다시 말했다.

"이제 식사하러 가도 되나요?" 가부치가 물었다.

"가서 보고 오지." 내가 말했다. 고르디니가 일어서서 나를 따라 나왔다.

"도와드릴 일 없나요? 아무 일이라도 괜찮아요."

그는 운전병 네 명 중에 가장 말수가 적은 사람이었다. "같이 가서 상황을 좀 보지." 내가 말했다.

밖은 어두웠고, 탐조등이 길게 산 위를 비추고 있었다. 이런 최전방을 지나는 군용 트럭들이 장착하는 큰 탐조등이었다. 트럭은 길에서 약간 벗어난 곳에 서 있었다. 장교는 탐조등 방향을 지시하고 있었고 사병들은 두려움에 떨고 있었다. 우리는 벽돌 공장을 지나 응급 치료소 본부 앞에 멈췄다. 치료소는 입구 외부가 초록색 나뭇가지로 덮여 있었으며, 햇볕에 마른 나뭇잎들이 어둠 속에서 밤바람에 바스락거렸다. 안에는 불이 켜져 있었다. 소령은 상자에 앉아 전화를 하고 있었다. 군의관 대위 중 하나가 공격이 한 시간 앞당겨졌다고 말했다. 그는 내게 코냑을 권했다. 나는 게시판과, 불빛에 빛나는 의료 장비들과, 대야와, 마개가 덮인 병들을 바라봤다. 고르디니는 내 뒤에 서 있었다. 소령이 전화를 끊고 일어서서 말했다.

"지금 공격이 시작되네. 전투가 다시 앞당겨졌다는군."

나는 밖을 내다보았다. 오스트리아군의 탐조등이 산 위에서 움직이고 있었다. 잠시 정적이 흐르더니, 우리 뒤쪽 포대에서 일제히 포격을 시작했다.

"사보이아*." 소령이 말했다.

"식사 말인데요, 소령님." 내가 말했다. 그러나 그는 내 말을

---

*'좋아', '잘 됐어'라는 의미의 이탈리아어.

듣지 않았다. 나는 다시 같은 말을 반복했다.

"아직 도착 안 했네."

커다란 포탄이 날아오더니 벽돌 공장 바깥에서 폭발했다. 다시 폭발음이 들리더니, 벽돌과 먼지가 비처럼 쏟아졌다.

"요기할 게 있습니까?"

"파스타 아시우타*가 조금 있네." 소령이 말했다.

"뭐든지 좀 갖고 가겠습니다."

소령이 당번병에게 뭐라고 말하자, 당번병이 사라지더니 양푼에 식어빠진 마카로니를 갖고 왔다. 나는 그것을 고르디니에게 주었다.

"치즈는 없습니까?"

소령이 투덜대며 당번병에게 뭐라고 하자, 당번병이 다시 몸을 숙여 참호로 들어가더니 하얀 치즈 4분의 1조각을 들고 나왔다.

"고맙습니다." 내가 말했다.

"밖에 안 나가는 게 좋을 거야."

입구 바깥에서 뭔가를 내려놓는 소리가 들렸다. 들것을 들고 온 두 명의 병사가 안을 기웃거렸다.

"데리고 들어와." 소령이 말했다. "왜 그러고 있나? 우리가 나가서 데리고 들어와야 해?"

두 명의 위생병이 부상병의 팔다리를 부축해 데리고 들어왔다.

"군복을 째." 소령이 말했다.

---

*건조된 면으로 만든 파스타. 우리가 흔히 접하는 파스타가 이것이다.

소령은 끝에 거즈가 붙은 외과용 핀셋을 들었다. 두 명의 대위가 야전잠바를 벗자 소령이 위생병에게 명령했다. "여기서 나가."
"우리도 나가자." 내가 고르날디에게 말했다.
"폭격이 끝날 때까지는 여기 있는 게 좋아." 소령이 어깨너머로 말했다.
"운전병들이 배가 고픕니다." 내가 말했다.
"그럼 알아서 해."
우리는 밖으로 나가 벽돌 공장을 가로질러 달려갔다.
폭탄 하나가 강둑 근처에서 터졌고, 또 다른 폭탄 하나가 소리도 없이 날아와 우리 옆에서 터졌다. 우리는 둘 다 납작 엎드렸다. 화염이 나고 폭발음이 들리자 화약 냄새가 진동했고, 부서져 떨어지는 벽돌 파편 소리가 음악처럼 들려왔다. 고르디니는 일어나서 대피호로 달려갔다. 나도 치즈를 들고 그를 따라갔다. 부드러운 치즈 표면이 벽돌 가루로 뒤덮였다. 대피호 속에는 세 명의 운전병이 벽을 등지고 앉아 담배를 피우고 있었다.
"자, 먹어라, 애국자들아." 내가 말했다.
"앰뷸런스들은 어떻습니까?" 마레나가 물었다.
"괜찮아."
"중위님은 폭격이 두렵지 않으세요?"
"물론 두렵지." 내가 말했다.
나는 나이프를 꺼내 날을 연 다음, 치즈 표면의 더러운 각질을 벗겨냈다. 가부치가 내게 마카로니 양푼을 건넸다.
"먼저 드십시오, 중위님."
"바닥에 놔. 다 같이 먹자고."

"포크가 없습니다."
"제기랄." 내가 영어로 말했다.
나는 치즈를 썰어 마카로니 위에 올리고 말했다.
"자, 모두 앉자." 그들은 앉아서 기다렸다. 내가 손가락으로 마카로니를 들어 올리자 덩어리가 길게 늘어졌다.
"더 높이 올리세요, 중위님."
팔 높이로 덩어리를 올리자 가닥이 풀어졌다. 나는 그걸 내려 입으로 빨아들인 다음 씹었다. 그런 다음 치즈를 한 입 물고 씹었고, 수통에 담긴 와인을 한 잔 마셨다. 와인에서는 녹슨 쇠맛이 났다. 나는 수통을 파시니에게 건네줬다.
"와인이 상했어요. 너무 뒀었나봐요. 제가 차에다 놔뒀거든요." 파시니가 말했다. 하지만 운전병들은 모두 수통에 턱을 바싹 갖다 대고 와인을 마셨고, 머리를 들어 마카로니 끝을 빨아먹었다. 나도 마카로니를 더 먹고 치즈까지 먹은 다음 다시 와인으로 입가심을 했다. 그때, 땅이 흔들리더니 무언가가 떨어지는 소리가 났다.
"420밀리 대형 곡사포나 박격포일 거야." 가부치가 말했다.
"산에는 420밀리가 없어." 내가 말했다.
"적들에겐 대형 스코다 포가 있어요. 그 포탄이 떨어진 구멍을 본 적이 있거든요."
"그건 305밀리지."
우리는 계속해서 먹었다. 기차가 출발하는 듯한 소음이 나더니, 지축을 뒤흔드는 폭발이 있었다.
"이 대피호는 충분히 깊지가 않아요." 파시니가 말했다.
"방금 그건 대형 박격포야."

"맞아요."

나는 치즈를 먹고 와인을 한 모금 마셨다. 다른 소음 사이로 기침하듯 쿨럭이는 소리가 들렸고, 그다음 추추추추 하는 소리가 들리더니 마치 용광로 문이 휙 열린 것처럼 섬광이 번쩍였다. 그러고는 휘몰아치는 바람과 함께 처음에는 흰색으로, 점차 붉은 색으로 변해가며 엄청난 폭발음이 들렸다. 숨을 쉬려고 했지만 쉴 수가 없었다. 몸이 나 자신으로부터 밖으로, 밖으로, 바람에 휩쓸려 송두리째 빠져나가는 느낌이었다. 몸 전체가 빠르게 밖으로 날려갔고, 내가 죽은 줄로만 알았다. 하지만 이내 그것이 착각이었음을 깨달았다. 그런 다음, 허공에 떠 있는가 싶더니 무슨 일이 일어난 것인지 느낄 새도 없이 바닥으로 떨어졌다. 숨을 쉴 수 있었고 의식이 돌아왔다. 땅은 갈라져 있었고, 눈앞의 나무 대들보는 부채처럼 갈라져 있었다. 머리가 깨질 듯한 가운데 나는 비명 소리를 들었다. 누군가가 소리를 지르고 있었다. 몸을 움직여보려고 했지만, 움직일 수가 없었다. 강 건너, 그리고 강을 따라서 기관포와 소총들이 발사되는 소리가 들려왔다. 커다랗게 첨벙하는 소리가 나더니, 예광탄이 하늘로 떠올라 하얀 빛을 내며 떠돌았고, 로켓포들이 공중으로 발사되었으며, 폭탄 소리가 들려왔다. 모든 것이 한순간이었다. 바로 옆에서 누군가가, "맘마 미아! 오, 맘마미아!*" 하는 소리가 들려왔다. 나는 몸을 잡아 빼고 뒤틀어서 겨우 다리가 자유로워지자 몸을 돌려 그 병사를 만졌다. 파시니였다. 내가 만지자 비명을 질렀다. 그의 두 다리가 내 쪽으로 향해 있

---

*'맙소사', '세상에'라는 뜻의 감탄사.

었는데, 어둠 속 희미한 빛을 통해 보니 무릎 위까지 완전히 부서져 있었다. 다리 하나는 없어졌고, 다른 하나는 힘줄과 바짓단에 간신히 매달려 있었다. 잘려나간 다리가 아직도 경련을 일으키고 있었다. 그는 팔을 물어뜯으며 신음했다. "오, 맘마 미아, 맘마 미아." 그리고는 "디오 테 살베, 마리아. 디오 테 살베, 마리아.(마리아님 살려주세요. 마리아님, 살려줘요.) 예수님, 나를 쏘아 죽여주세요. 그리스도여, 나를 쏴주세요. 맘마 미아, 맘마 미아, 오 순결하신 마리아여, 나를 죽여주세요. 그만. 그만. 그만. 오 예수님, 상냥하신 마리아님, 제발 이 고통을 멈춰주세요. 오 오 오 오 오." 그는 숨죽여했다. "맘마 미아, 맘마 미아." 그러더니 팔을 문 채로, 다리의 절단 부분은 경련하고 있는 채로 조용해졌다.

"포르타 페리티!(들 것 가져와!)" 나는 두 손을 모아 입에 대고 소리 질렀다. "포르타 페리티!" 나는 파시니에게 다가가 다리에 지혈대를 대주려고 했으나 움직일 수가 없었다. 다시 시도하니 다리가 약간 움직였다. 나는 팔과 팔꿈치로 몸을 겨우 움직였다. 파시니는 이제 조용해져 있었다. 나는 그 옆에 앉아 내 군복을 벗고 셔츠의 끝을 찢으려고 했다. 그러나 여의치 않자, 그 끝을 물고 찢어보려고 했다. 그러다가 그의 각반 생각이 났다. 나는 모직 양말을 신고 있었지만, 그는 각반을 차고 있었다. 운전병들은 모두 각반을 찬다. 하지만 이제 파시니는 다리가 하나 밖에 없었다. 지혈대를 만들려고 각반을 풀다가 그럴 필요가 없다는 걸 깨달았다. 파시니는 이미 죽어 있었다. 나는 그가 죽은 것을 확인했다. 이제 같이 있었던 세 병사의 위치를 파악해야 했다. 몸을 반듯이 하고 앉으려고 했는데, 그때 갑자기 인형의 눈이 감기듯 머릿속이 캄캄해졌다. 두 다리가 피에 젖어 따뜻하게 느껴졌다. 군화도 피에 젖었고 그 안의 발도 따뜻했다. 그제야 나는 나도 포탄에 맞았다는 것을 깨닫고, 몸을 구부려 손을 무릎에 얹어 보았다. 무릎이 없었다. 손으로 더듬거리자, 무릎이 정강이 쪽으로 내려가 있는 것이 만져졌다. 셔츠로 손을 닦는데, 참조등 불빛 하나가 천천히 아래로 내려왔고, 나는 내 다리를 보며 겁에 질렸다. 오 하느님, 여기서 벗어나게 해주세요. 하지만 세 명의 병사가 남아있었다. 운전병은 모두 넷이었다. 파시니가 죽었다. 그러면 세 명이 남지. 그때, 누군가가 내 겨드랑이 밑으로 손을 넣어 부축했고, 다른 사람이 내 다리를 들어올렸다.

"세 명이 더 있어." 내가 말했다. "하나는 죽었고."

"저 마네라입니다. 들것을 찾으러 갔는데 하나도 없었습니다. 좀 어떠십니까?"

"고르디니와 가부치는 어디 있나?"

"고르디니는 의무 초소에서 상처에 붕대를 감고 있습니다. 가부치는 중위님 다리를 잡고 있고요. 제 목을 잡으세요. 많이 다치셨나요?"

"다리를 다쳤어. 고르디니 상태는 어떤가?"

"괜찮습니다. 아주 큰 박격포 포탄이었어요."

"파시니는 죽었어."

"네, 압니다."

폭탄 하나가 다시 근처에서 터지자 모두 땅에 엎드렸고 그 바람에 나는 떨어졌다. "죄송합니다, 중위님." 마네라가 말했다. "제 목을 꼭 잡으십시오."

"또 나를 떨어뜨린다던 그렇게 하지."
"무서워서 그랬습니다."
"자네도 다쳤나?"
"저희 둘 다 조금 다쳤습니다."
"고르디니는 운전을 할 수 있을까?"
"못 할 겁니다."

의무 초소에 도착하기 전에 그들은 다시 한 번 나를 떨어뜨렸다.

"이 자식들이 정말." 나가 투덜댔다.

"죄송합니다. 중위님." 마네라가 말했다. "다시는 떨어뜨리지 않겠습니다."

의무 초소 앞에는 수많은 병사들이 어둠 속에 누워 있었다. 위생병들이 초소 안으로 부상병들을 실어 나르느라 들락날락하고 있었다. 그들이 들락거릴 때마다 열린 커튼 사이로 진료실의 불빛이 보였다. 죽은 병사들이 한쪽에 놓여 있었다. 군의관들은 어깨까지 소매를 걷고 일하고 있었고, 백정처럼 빨갛게 피를 뒤집어쓰고 있었다. 부상병을 운반할 들것이 절대적으로 부족했다. 어떤 부상병들은 시끄럽게 소리를 질렀지만, 대부분은 조용했다. 바람이 의무 초소 문 앞 그늘에 있는 나뭇잎들을 흔들어댔고, 밤은 추워지고 있었다. 병사들이 들것을 메고 끊임없이 진료실 들어가, 부상병을 내려놓고 다시 떠나가곤 했다. 내가 초소에 도착하자마자 마네라가 의무부사관을 데리고 왔다. 그는 내 두 다리에 붕대를 감으며 상처에 더러운 흙먼지가 많이 들어가지도 않았고 출혈도 많지 않다고 했다. 그러면서 가능한 한 빨리 후송시켜주겠다고 했다. 그러고는 다시 진료실 안으로 들어갔다. 마네라는 고르디니가 어깨와 다리가 부서져 운전을 못 한다고 했다. 자신은 괜찮으나 어깨가 뻣뻣해지기 시작했다고 했다. 그러면서 벽돌 벽에 기대앉았다. 잠시 후 마네라와 가부치는 부상병들을 잔뜩 싣고 이동했다. 운전을 할 수 있었던 거다. 영국군 운전병들이 앰뷸런스 석 대를 몰고 왔는데, 한 차에 두 명씩 타고 있었다. 얼굴이 창백해진 고르디니가 그들 중 하나를 내게 데려왔다. 그 영국군은 내게로 몸을 숙여 물었다.

"많이 다치셨나요?" 그는 키가 컸고, 쇠테 안경을 쓰고 있었다.

"다리를 다쳤어."

"별거 아니어야 할 텐데요. 담배 피우시겠어요?"

"고맙네."

"운전병 둘을 잃었다고 들었습니다."

"하나는 죽었고, 다른 하나는 자네를 데려 온 병사야."

"운이 없었군요. 저희가 중위님 부대 차량을 운전할까요?"

"마침 그걸 부탁하려던 참이었네."

"그럼 조심스럽게 몰고 가서 중위님 숙소에 갖다 놓겠습니다. 206부대 맞지요?"

"그래."

"멋진 곳이지요. 거기서 중위님을 뵌 적이 있습니다. 미국인이시라고 들었습니다만."

"그렇다네."

"저는 영국인입니다."

"정말인가?"

"제가 이탈리아인이라고 생각하셨어요? 저희 부대에도 이탈리아 병사가 있기는 합니다만."

"자네가 우리 앰뷸런스를 운전해준다면 고맙겠네."

"조심해서 다루겠습니다." 그가 일어서며 말했다. "여기 중위님 부하가 중위님 걱정을 많이 하면서 저보고 좀 만나보라고 했습니다." 그러면서 고르디니의 어깨를 다독거렸다. 고르디니는 움찔하며 미소를 지었다. 영국 병사는 유창한 이탈리아어로 고르디니에게 말했다. "이제 모든 것이 해결됐어. 중위님과도 얘길 나눴으니 됐지? 우리가 앰뷸런스 두 대를 운전할 거니까 걱정하지 마." 그는 잠시 사이를 두고 내게 말했다. "의무 관계자들을 만나, 우리가 중위님을 후송하도록 해보겠습니다."

그는 부상병들을 밟지 않으려고 조심하면서, 진료실 안으로 걸어갔다. 커튼 대용 담요가 열리며 불빛 속으로 그가 들어갔다.

"저 사람이 중위님을 잘 돌봐드릴 겁니다." 고르디니가 말했다.

"자네는 어떤가, 프랑코?"

"전 괜찮습니다." 그러면서 그는 내 옆에 앉았다. 잠시 후, 진료실 커튼이 열리더니 들것을 든 두 병사와 함께 키 큰 영국 병사가 나왔다. 그는 우리에게로 와서 데려온 병사들에게 이탈리아어로 말했다.

"이분이 바로 미국인 중위셔."

"난 여기 있겠네. 나보다 더 많이 다친 병사들이 많잖아. 난 괜찮아." 내가 말했다.

"어서 들어가시죠. 영웅이 되려 하지 마시고요." 그러더니 그는 이탈리아어로 말했다. "다리를 조심해서 들어. 다리를 다치셨으니까. 이분은 윌슨 대통령*의 아들이야." 그들은 나를 들어 진료실로 데리고 갔다. 모든 병상에서 수술이 진행되고 있었다. 작은 체구의 소령은 화가 난 듯 우리를 바라보더니 나를 알아보고는 외과용 핀셋을 흔들었다.

"사 바 비앙?(괜찮나?)"

"사 바.(괜찮습니다.)" 내가 대답했다.

"제가 데려왔습니다." 키 큰 영국인이 이탈리아어로 말했다. "이 사람은 미 대사의 외아들입니다. 상처를 봐주실 때까지 여기에 있다가 우리가 첫차로 후송하겠습니다."

그는 내게로 몸을 숙여 말했다. "제가 이곳 부관에게 서류를 만들라고 하겠습니다. 그러면 빨리 처리될 겁니다." 그러고는 몸을 굽혀 밖으로 나갔다. 소령은 핀셋들을 회수해서 대야에 넣었다. 나는 그의 손을 주시했다. 이제 그는 붕대를 감았다. 그러자 위생병들이 환자를 수술대 아래로 내렸다.

"제가 미국인 중위를 치료하겠습니다." 군의관 대위 중 한 사람이 말했다. 위생병들이 나를 들어서 수술대에 올려놓았다. 수술대는 딱딱하고 미끄러웠다. 주위에서는 강렬한 냄새가 났다. 화학약품 냄새, 그리고 달콤한 피 냄새. 그들은 내 바지를 벗겼고, 군의관 대위가 부사관에게 받아 적게 했다. "좌우 허벅지, 좌우 무릎, 그리고 우측 발에 찰과상 다수, 우측 무릎과 발에 깊은 상처. 두피 열상." 그는 상처를 누르며 물었다. "아픈가?" "제기랄, 아파요!" "두개골 골절 의심. 전투 중 부상. 이

---

*토머스 우드로 윌슨(1856~1924). 미국의 제28대 대통령으로 1차대전에도 참전했다.

렇게 기록을 남겨야 자해한 것이 안 되어 군사재판에 회부가 안 돼. 브랜디 한잔하겠나? 어쩌다가 이렇게 됐나? 뭘 하려고 했지? 설마 자살하려고 했나? 여기 파상풍 예방약 좀 줘. 그리고 두 다리에 십자 표시를 해. 고마워. 좀 씻어내고 소독한 후에 드레싱을 할 거야. 지혈은 아주 잘되고 있어."

서류를 들여다보며 부사관이 물었다. "부상 원인은요?"

군의관 대위가 내게 물었다. "무엇에 맞은 거야?"

나는 눈을 감고 대답했다. "박격포에요."

군의관은 내 피부 조직을 아프게 떼내면서 물었다. "확실한 거야?"

살을 절개할 때 속이 뒤틀리는 듯한 아픔을 느꼈지만, 참고 대답했다. "그럴 겁니다."

군의관 대위는 뭔가 흥미 있는 것을 발견한 것처럼 말했다. "적의 박격포탄 파편이 발견됨. 자네가 원한다면 이걸 더 자세히 살펴볼 수도 있어. 그러나 꼭 그럴 필요는 없어. 이젠 이걸 덮을 거야. 아픈가? 알았어. 하지만 나중에 올 고통에 비하면 이건 아무것도 아냐. 본격적인 고통은 아직 시작되지도 않았어. 이 친구에게 브랜디 한 잔 갖다줘. 충격 때문에 아직은 고통이 심하지 않겠지. 하지만 괜찮아. 상처가 감염되지 않으면 걱정할 건 없어. 요즘은 그런 일이 별로 없지. 머리는 좀 어때?"

"어이쿠, 아파요!"

"그럼 브랜디를 많이 마시진 말게. 두개골 골절이면 감염을 조심해야 하니까. 여긴 어때?"

전신에 땀이 솟는 것 같은 통증을 느끼며 소리를 질렀다.

"아파요!"

"골절이 확실하군. 붕대를 감아줄 테니 머리를 흔들지 말게." 그는 손을 엄청나게 빨리 움직여 붕대를 감았고, 이윽고 붕대가 팽팽해졌다. "좋아, 행운을 비네. 프랑스 만세!"

"저 친구 미국인이야." 다른 대위가 말했다.

"그래? 난 프랑스인인 줄 알았어. 전에도 본 적이 있는데 프랑스어를 잘하더라고." 그는 코냑을 반 잔이나 비우더니 말했다. "중상자들을 데려와. 파상풍 예방약도 좀 더 가져오고." 대위는 내게 손을 흔들었다. 사람들이 나를 들고 얼굴까지 담요를 덮은 다음, 밖으로 데리고 나갔다. 밖에서 의무부사관이 내 옆에 무릎을 꿇고 앉아서 질문을 해댔다. "성은요? 이름은요? 계급은? 출생지는? 무슨 부대 소속인가요?" 등등. "머리를 다쳐서 유감입니다, 중위님. 쾌유를 빕니다. 자, 이제 영국군 앰뷸런스 편으로 후송해드리겠습니다."

"난 괜찮네. 정말 고마워." 내가 말했다. 곧 소령이 말한 고통이 시작되었고, 지금 일어나고 있는 모든 일들이 실감이 나지 않았다. 잠시 후 영국군 앰뷸런스가 왔고 그들은 나를 들것에 실어 앰뷸런스 높이까지 들어 올린 다음, 차 안으로 밀어 넣었다. 내 옆에는 얼굴에 온통 붕대를 감은 부상병이 밀랍처럼 핏기 없는 코만 내놓고 누워 있었다. 그는 어렵사리 호흡을 하고 있었다. 위쪽에 매어놓은 띠 위로도 들것이 들어왔다. 키가 큰 영국군 운전병이 와서 들여다보았다. "조심해서 운전할게요. 편안하실 겁니다." 엔진이 돌아가고, 운전병이 앞좌석에 올라타는 것이 느껴졌다. 그가 브레이크를 풀고 클러치를 밟자 차가 출발했다. 나는 가만히 누워서 고통이 지나가기를 기다렸다.

앰뷸런스는 길을 따라 올라갔다. 교통 혼잡 때문에 서행을 했고 때로는 서거나 후진도 하더니, 드디어 빠른 속도로 올라가기 시작했다. 뭔가가 뚝뚝 떨어지는 게 느껴졌다. 처음에는 천천히 규칙적으로 떨어지더니, 나중에는 아예 쏟아져내렸다. 나는 운전병에게 소리를 질렀다. 그는 차를 세우고 좌석 뒷편의 구멍으로 들여다보며 물었다.

"무슨 일입니까?"

"내 위의 들것에 누운 부상병이 피를 흘리고 있네."

"금방 꼭대기에 도달할 겁니다. 저 혼자서는 들것을 꺼낼 수도 없어요." 그는 다시 차를 몰았다. 핏물이 계속 흘렀다. 어두워서 들것의 어느 부분에서 피가 흘러내리는지 알 수 없었다. 나는 몸을 옆으로 돌려 떨어지는 피를 피하려 했지만, 이미 내 셔츠는 피에 젖어 뜨뜻했고 끈적거렸다. 나는 추웠고 다리가 아파 죽을 지경이었다. 잠시 후 위에 있는 들것에서 떨어지는 피의 양이 줄어들더니, 다시 방울져 떨어지기 시작했다. 그러다가 들것 위의 부상병이 좀 더 편한 자세로 몸을 움직이는 소리가 들렸다.

"그 사람 좀 어떤가요?" 영국군이 소리 질러 물었다. "이제 거의 다 왔어요."

"죽은 것 같아." 내가 대답했다.

피는 이제 아주 느린 속도로 떨어지고 있었다. 해 진 후 고드름이 녹아 떨어지는 것 같았다. 밤에 오르막을 오르는 앰뷸런스 안은 매우 추웠다. 언덕 꼭대기의 야전병원에 도착하자, 위생병들이 들것을 내리더니 다른 들것을 집어넣었고 우리는 계속 달렸다.

10장

병실에 누워 있는 나에게 누군가가 오후에 방문객이 온다고 말해줬다. 날씨는 더웠고, 병실에는 파리가 많았다. 당번병은 종이를 가늘게 잘라 붙여 총채처럼 만든 막대기로 파리를 쫓았다. 그러면 파리들은 천장에 붙었다. 당번병이 파리 쫓는 것을 그만두고 잠이 들면 파리들은 다시 내려왔고, 나는 그것들을 입으로 불어 쫓다가 나중에는 얼굴을 감싸고 잠이 들었다. 날씨는 아주 더웠고, 잠에서 깨면 다리가 가려웠다. 당번병을 깨우자 그는 내 다리에 탄산수를 부어줬다. 그러면 침대가 젖어 시원해졌다. 깨어 있는 사람들은 병상 너머로 대화를 나누었다. 하지만 오후면 조용해졌다. 아침이면 세 명의 남자 간호사와 군의관이 회진을 와서 나를 침대에서 들어내 응급 진료실로 데려가 상처를 드레싱했고, 그동안 침대가 정리되었다. 응급 진료실로 가는 일은 별로 유쾌하지 않았다. 나는 나중에야 환자가 침대에 있는 채로도 침대를 정돈할 수 있다는 걸 알게 되었다. 그날 오후, 당번병이 탄산수를 붓자 침대가 시원해지며 편안해졌다. 당번병에게 발바닥을 긁어달라고 하고 있는데 리날디가 들어왔다. 그는 재빨리 들어와 침대로 몸을 굽혀 내게 키스했다. 그는 장갑을 끼고 있었다.

"그래 좀 어때? 기분은 어떻고? 내가 이걸 가져왔어." 그는 코냑병을 내밀었다. 당번병이 가져온 의자에 앉으며 리날디가 말했다. "좋은 뉴스가 있어. 자넨 훈장을 받을 거야. 은성 무공훈장을 받으면 좋겠지만 동성 무공훈장일지도 몰라."

"훈장을 왜 줘?"

"자네는 중상을 입었으니까. 자네가 영웅적인 행동을 했다면 은성 훈장도 받을 수 있대. 무슨 일이 있었는지 말해봐. 영웅적인 행동은 안 한 거야?"

"나는 치즈를 먹다가 폭탄에 맞았을 뿐이야."

"좀 진지해져봐. 폭탄을 맞기 전이나 후에 무슨 영웅적인 행동을 했을 거잖아. 잘 기억해봐."

"안 했어."

"병사를 업고 가지는 않았어? 고르디니 말로는 자네가 몇 사람을 업고 날랐다던데. 하지만 의무대 소령은 자네 상태론 그러지 못했을 거라고 말했대. 그가 훈장 추천서에 서명하는 사람이야."

"나는 아무도 업고 가지 않았어. 움직일 수도 없었어."

"그건 문제가 안 돼." 리날디가 말했다.

그는 장갑을 벗었다.

"자네는 은성 무공훈장을 받을 수 있어. 다른 병사들보다 먼저 치료받는 걸 거부했잖아."

"단호히 거부한 건 아니었어."

"그건 중요하지 않아. 자넨 부상을 입었다고! 또 늘 용감하게 최전선으로 나가려고 했잖아. 더욱이 이번 작전은 성공적이었고."

"아군이 강을 건넌 거야?"

"그럼. 포로를 거의 천 명이나 잡았대. 소식지에 다 나와 있지. 아직 못 봤어?"

"못 봤어."

"갖다 줄게. 성공적인 기습이었어."

"다들 잘 지내?"

"그럼. 우리는 다 잘 있어. 모두가 자네를 자랑스러워해. 어떻게 부상당했는지 정확하게 말해봐. 자넨 분명 은성 무공훈장감이야. 자, 말해봐. 모두 말해봐." 그는 잠시 말을 멈추고 생각에 잠겼다. "어쩌면 영국 훈장도 받을 수 있을지 몰라. 거기 영국 군인도 있었다면서. 그 사람에게 추천해주겠냐고 물어봐야겠어. 그 사람이 뭔가 할 수 있을 거야. 많이 아파? 술을 좀 마셔봐. 이봐, 코르크 마개 따는 것 좀 갖다주겠어? 난 그동안 대단한 수술을 했어. 자네도 봤어야 하는데. 소장을 3미터나 잘라냈다구. 《랜싯》*에 실릴 만한 일이지. 자네가 번역해준다면 《랜싯》에 기고할까 해. 내 의술은 나날이 좋아지고 있어. 이 가엾은 친구야, 기분이 좀 어때? 코르크 따개를 아직도 안 갖다주네. 자네가 너무 용감하게 참고 있어서 자네가 아프다는 것도 까먹었잖아." 그는 장갑으로 침대 모서리를 쳤다.

"코르크 따개 여기 있습니다. 시뇨르 테넨테." 당번병이 말

*영국의 저명한 의학 전문지.

했다.

"술병을 열게. 유리잔도 가져오고. 자, 마셔. 머리는 좀 어때? 자네 서류를 봤어. 골절은 없더군. 제1의무 진료소의 그 소령은 돼지 백정이야. 내가 자네를 맡았다면 아프지 않게 치료해줬을 텐데. 나는 매일 부드럽게 치료하는 법을 배우고 있고 점점 더 좋아지고 있어. 말이 많아져서 미안해. 자네가 부상당한 걸 보고 감동을 받아서그래. 자, 마셔. 좋지? 15리라나 준 거야. 좋을 거야. 별이 다섯 개나 돼. 이곳을 나가면 그 영국 병사를 찾아가서 자네가 영국 훈장을 받을 수 있도록 해볼게."

"영국은 그런 일로 훈장을 주지 않아."

"자넨 너무 겸손해. 연락장교를 보낼 거야. 그가 그 영국 병사를 주무를 수 있을 거야."

"바클리 양 봤어?"

"그녀를 데려올게. 지금 가서 데려올게."

"그러지 마. 고리치아 얘기나 해줘. 유곽 여자들은 어떻게 지내고 있어?"

"없어. 2주 동안이나 새 여자들이 안 와. 그래서 더는 거기 안 가. 지금 여자들은 여자라고 할 수 없잖아. 오래된 전쟁 동료지. 그런 여자들을 어떻게 품어."

"그래서 전혀 안 간단 말야?"

"새 여자가 왔나 가보기는 하지. 그냥 들르는 거야. 그 여자들도 모두 자네 안부를 물어. 그 여자들은 온 지 너무 오래됐으니 우리랑 친구나 마찬가지잖아. 민망한 일이지."

"다른 여자들은 전선에 오려고 하지 않겠지."

"아니야. 오려는 여자들은 많아. 행정이 엉망이라 못 오는 거지. 후방 대피소에 숨어 있는 녀석들에게 붙들려 있어서 그래."

"가엾은 리날디. 새 여자도 없이, 전선에서 혼자 쓸쓸히 보내고 있군."

리날디는 코냑을 또 한 잔 따라 마시더니 나에게도 권했다.

"자네한테도 해롭진 않을 거야. 자, 마셔."

코냑을 마시자 배 속까지 따뜻해졌다. 리날디는 또 한 잔을 따르더니 조용해졌다. 그러다 술잔을 들더니 말했다.

"자네의 영광스러운 상처를 위하여. 은성 무공훈장을 위하여. 말해봐. 이 더위에 내내 여기 누워 있으면 짜증나지 않아?"

"가끔은."

"이렇게 누워만 있는 건 생각만으로도 끔찍해. 나 같으면 미쳐버릴 거야."

"자넨 이미 미쳤어."

"자네가 빨리 돌아오면 좋겠어. 연애질하다 야밤에 돌아오는 녀석이 없으니 놀릴 사람도 없고, 돈을 꿀 사람도 없어. 피를 나눈 전우가, 내 룸메이트가 그리워. 괜히 부상이나 당해가지고 말이야."

"신부를 놀려먹으면 되잖아."

"신부 놀리는 걸 좋아하는 건 내가 아니라 건 대위야. 난 신부를 좋아해. 필요하다면 신부를 불러줄게. 그도 자네를 보러 오고 싶어 해. 자네를 만난다고 준비를 거창하게 하던데."

"나도 그를 좋아해."

"알고 있어. 가끔은 자네와 신부가 이상한 사이가 아닌가 생각했다니까."

"무슨 말도 안 되는 소리야."

"때때로 정말 그렇게 생각했다니까. 안코나 여단 제1연대에도 그런 녀석들이 있잖아."

"야, 꺼져버려."

그는 일어서서 장갑을 꼈다.

"아, 역시 자네를 놀려먹으니 재밌군. 자네에겐 자네를 좋아하는 신부도 영국 여자도 있지만, 따지고 보면 우린 서로 비슷해."

"난 자네랑 달라."

"아냐, 우린 비슷해. 자네는 진정한 이탈리아인이야. 온통 불이랑 연기뿐, 속은 텅 비었거든. 자넨 미국인인 척할 뿐이야. 우린 형제야. 서로 사랑하고 있다고."

"나 없어도 얌전히 지내야 해." 내가 말했다.

"바클리 양을 보내줄게. 나보단 그녀랑 있는 게 더 좋겠지. 자네는 순수하고 달콤한 연애를 즐기니까."

"야, 꺼지라고."

"그녀를 보낼게. 자네의 아름답고 차가운 영국 여신을. 영국 여신이라 그런 여자는 숭배하는 것 말고는 쓸 데도 없지만. 영국 여자를 달리 뭐에 쓰겠어?"

"이런 무식하고 더러운 이탈리아 바보야."

"뭐라고?"

"무식한 이탈리아 바보라고."

"이탈리아 바보라. 그럼 자넨 얼음 가면을 쓴 이탈리아 바보야."

"이 무식한 놈, 멍청이." 그 말에 리날디가 발끈하는 것 같아 나는 더욱 놀려댔다. "넌 무식하고 경험 없고, 경험이 없으니 어리석기까지 해."

"그렇단 말이지? 내 자네의 여자 친구, 그 여신에 대해 한마디 해주지. 관계할 때 조신한 여신과 경험 많은 여자 사이엔 딱 한 가지 차이밖에 없어. 여신이 더 아프다는 거지." 그가 장갑으로 침대를 찰싹 내리쳤다. "그리고 여신이 그걸 좋아하는지도 알 수 없고."

"왜 화를 내고 그래?"

"화나서 하는 말이 아냐. 자넬 위해 하는 말이야. 수고를 덜어주려고."

"그게 유일한 차이라고?"

"그래. 하지만 너 같은 수많은 바보들은 그걸 모르고 있지."

"알려줘서 고맙군."

"더 이상 다투지 말자고. 난 자네를 아주 좋아해. 하지만 바보가 되진 마."

"알았어. 자네처럼 현명해질 게."

"화내지 말고 웃어. 한잔하고. 이제 정말 가야겠어."

"자넨 좋은 친구야."

"이제야 깨닫는군. 내면으로 보면 우린 같아. 전우잖아. 작별 키스나 하자."

"주책없기는."

"내가 정이 많은 사람이라그래."

그의 숨결이 다가오는 게 느껴졌다. "잘 있어. 곧 또 보러 올게." 그의 숨결이 멀어졌다. "자네가 원하지 않으면 키스 안 해. 자네의 영국 처녀를 보내주지. 잘 있어, 친구. 코냑은 침대 밑에 있어. 하루빨리 나아."

그는 가버렸다.

11장

해가 질 무렵 신부가 찾아왔다. 수프 그릇을 내가자 나는 누워서 일렬로 늘어서 있는 침대들을 바라보다가 창밖으로 저녁 미풍에 흔들리는 나무 꼭대기를 바라보고 있었다. 저녁이면 이 미풍 때문에 시원해졌다. 파리들은 천장과 철사로 매달린 전구에 붙어 있었다. 전깃불은 밤에 손님이 왔을 때나 무슨 일이 있을 때만 켜졌다. 석양의 어둠 속에 있으니 다시 어려진 것 같았다. 저녁을 일찍 먹고 침대에 누운 소년이 된 기분이었다. 당번병이 내 침대로 와서 멈춰 섰다. 누군가가 그 옆에 서 있었다. 신부였다. 키가 작고 얼굴이 갈색인 신부는 쑥스러워 하고 있었다.

"좀 어떤가요?" 신부가 물었다. 그는 가져온 꾸러미를 침대 옆 바닥에 놓았다.

"좋아요, 신부님."

그는 아까 리날리가 앉았던 의자에 앉아 어색한 표정으로 창밖을 내다보았다. 아주 피곤해 보였다.

"잠깐만 있겠습니다. 너무 늦은 시간이라서요." 그가 말했다.

"늦지 않았어요. 식당에 모이는 친구들은 잘 있나요?"

그는 미소를 지으며 말했다. "여전히 나를 놀리지요." 목소리에도 피곤이 묻어났다. "다행히 모두 잘 있어요."

"중위님도 무사해 보이니 다행입니다. 고통이 심하지 않으면 좋겠군요." 그가 덧붙였다. 그가 이렇게 피곤해 보이는 건 처음이었다.

"이젠 괜찮아요."

"식당에 있으면 중위님이 그리워요."

"나도 거기 있었으면 좋겠어요. 거기서 나눴던 대화가 그리워요."

"별거 아니지만 뭘 좀 가져왔어요." 그는 꾸러미를 집어 들었다. "이건 방충망이고, 이건 베르무트*예요. 베르무트 좋아해요? 이건 영국 신문들이고요."

"풀어서 보여주세요."

그는 기뻐하며 꾸러미를 풀었다. 나는 방충망을 집어 들었다. 그는 술병을 들어 보이고는 침대 아래 바닥에 내려놓았다. 나는 영국 신문 중 하나를 집어 들어 희미한 빛이 들어오는 창 쪽으로 돌려 헤드라인들을 읽었다. 〈뉴스 오브 더 월드〉였다.

"다른 것들은 삽화가 들어 있는 신문들이에요."

"이런 걸 읽을 수 있다니 기뻐요. 다 어디서 구하셨어요?"

"메스트레**에서 주문했죠. 더 많이 보내올 겁니다."

---

*와인에 여러 가지 향초와 약초를 가미한 혼성주.
**이탈리아 베네치아에 있는 도시.

"늘 제게 잘해주세요, 신부님. 베르무트 한잔하시겠어요?"
"고맙지만 중위님 거니까 갖고 있다가 마셔요."
"아니에요. 한 잔만 하세요."
"좋아요. 그럼 나중에 더 갖다줄게요."
당번병이 유리잔을 가져오고 병을 열었는데, 코르크를 깨뜨려서 코르크 끝이 술병 속에 가라앉았다. 신부는 실망한 표정이었지만 "괜찮아요. 상관없어요"라고 말했다.
"신부님의 건강을 위하여."
"중위님의 회복을 위하여."
우리는 술잔을 들고 서로 마주 보았다. 우리는 곧잘 이야기를 나누는 좋은 친구 사이였지만, 오늘 밤은 어색했다.
"무슨 일이세요, 신부님? 아주 피곤해 보이는데요."
"피곤하지만, 피곤할 권리는 없지요."
"더위 때문일 겁니다."
"아뇨, 지금은 봄인걸요. 그냥 기분이 좀 저조합니다."
"전쟁이 싫어지신 거군요."
"그 때문에 기분이 안 좋은 건 아닙니다. 하지만 전쟁이 싫은 건 맞아요."
"저도 전쟁이 좋진 않아요." 내가 말했다. 그러자 그는 고개를 저으며 창밖으로 눈을 돌렸다.
"그렇지 않아요. 중위님은 아직 전쟁이 뭔지 잘 몰라요. 용서하세요. 부상당한 분 앞에서 이런 말을 하다니."
"그냥 사고로 다친 거예요."
"부상은 당하셨어도 여전히 중위님은 전쟁이 뭔지 잘 몰라요. 그건 내가 알아요. 나도 제대로 보진 못했지만 느낄 수는 있어요."

"부상당하기 직전에도, 이런 얘기를 하고 있었어요. 파시니가 그런 말을 했죠."

신부는 술잔을 내려놓고는 무언가 다른 걸 생각하고 있었다.

"나는 병사들을 알아요. 나도 그들과 비슷하니까요."

"신부님은 달라요."

"아니에요, 난 정말 그들과 비슷하답니다."

"장교들은 아무것도 몰라요."

"일부 장교들은 알고 있어요. 아주 예민해서 전쟁이 얼마나 나쁜지 우리보다 더 잘 알고 있어요."

"대부분은 그렇지 않아요."

"교육이나 돈 때문은 아니에요. 뭔가 다른 거죠. 파시니 같은 사람은 교육 수준이 높고 돈이 많다고 해도 장교가 되길 원하진 않았을 겁니다. 나도 그렇고요."

"하지만 신부님은 장교예요. 저도 그렇고요."

"엄밀하게 말하면 아닙니다. 그리고 중위님은 이탈리아 사람도 아니잖아요. 하지만 사병들보단 장교들과 가깝게 지내죠."

"그들 사이에 무슨 차이가 있나요?"

"쉽게 말할 수는 없죠. 하지만 전쟁을 일으키는 사람들이 있어요. 이 나라엔 그런 사람들이 많아요. 물론 전쟁을 싫어하는 사람도 있지만요."

"첫 번째 부류가 두 번째 부류를 전쟁터로 내몬다는 말이군요."

"맞아요."

"그리고 저는 그들을 돕고 있고요."

"중위님은 외국인이에요. 애국자고요."

"전쟁을 싫어하는 사람들이 전쟁을 중단시킬 수 있을까요?"

"모르겠어요."

그는 다시 창밖을 봤다. 나는 그의 얼굴을 살펴보며 물었다.

"그들이 전쟁을 멈추었던 적이 있나요?"

"그들은 그럴 만큼 조직화되어 있지 않아요. 조직화되면 지도자가 그들을 팔아넘기고요."

"그럼 희망이 없다는 건가요?"

"그건 아니에요. 하지만 때로는 절망적이 되기도 합니다. 희망을 갖고 싶지만, 그렇게 되지 않는 때도 있어요."

"저절로 전쟁이 끝날지도 모르죠."

"그러기를 바라야지요."

"그 후엔 무얼 하실 건가요?"

"가능하면 고향 아브루치로 돌아갈 겁니다."

그렇게 말하는 그의 갈색 얼굴이 갑자기 밝아졌다.

"아브루치를 좋아하세요?"

"그럼요. 아주 좋아하죠."

"그럼 꼭 가세요."

"그럼 정말 좋겠어요. 거기서 신을 섬기며 신을 위해 봉사하며 살 수 있다면 좋겠어요."

"존경도 받으면서요."

"맞아요. 존경받으면서."

"그럼요. 신부님은 존경받으실 거예요."

"그렇지 않아도 상관없어요. 하지만 내 고향에선 누구나 신을 사랑한답니다. 농담이 아니에요."
"압니다."
그는 나를 바라보더니 미소를 지으며 말했다.
"하지만 중위님은 신을 사랑하지 않는군요."
"그렇습니다."
"주님을 전혀 사랑하지 않나요?"
"때로 밤이면 그분이 두렵기도 해요."
"그분을 사랑해야 합니다."
"전 누구를 사랑하는 타입이 아니에요."
"그렇지 않아요. 사랑할 수 있어요. 하지만 밤에 내게 털어놓았던 얘기는 사랑이 아니죠. 그건 욕정일 뿐이에요. 사랑을 하게 되면 상대를 위해 뭔가를 해주고 싶어져요. 희생하고, 봉사하고 싶어지죠."
"전 아무것도 사랑하지 않습니다."
"사랑하게 될 거예요. 꼭 그렇게 될 거예요. 그러면 행복해질 겁니다."
"전 행복해요. 언제나 행복했고요."
"내가 말하는 행복은 전혀 다른 거예요. 그런 행복은 가져보기 전에는 모릅니다."
"글쎄요. 제가 그런 행복을 가지게 되면 신부님께 알려드리죠." 내가 말했다.
"이거 너무 오래 있었고, 말도 너무 많이 했네요." 그는 정말로 미안해하고 있었다.
"아닙니다. 가지 마세요. 여자를 사랑하는 건 어떻습니까? 어떤 여자를 정말로 사랑하면, 그런 행복을 느낄 수 있나요?"

"그건 잘 모르겠네요. 여자를 사랑해본 적이 없어서요."

"어머니는 어떻습니까?"

"네, 어머니는 사랑했던 것 같습니다."

"신부님은 언제나 신을 사랑했나요?"

"어린 시절부터요."

"그렇군요." 그렇게 대답하고 나자 무슨 말을 해야 좋을지 몰라 잠시 망설이다가 이렇게 덧붙였다. "신부님은 좋은 소년이군요."

"맞아요, 나는 소년이죠. 그런데도 중위님은 나를 신부님이라고 부르지요."

"그게 예의니까요."

그가 미소 지었다.

"이젠 정말 가봐야 해요. 뭐 도와드릴 일이 없나요?" 그는 희망에 차서 물었다.

"없어요. 그냥 이렇게 이야기하는 걸로 충분해요."

"장교들에게 안부 전해줄게요."

"선물 고맙습니다."

"별거 아닌데요, 뭘."

"또 오세요."

"그럴게요, 그럼 안녕히 계세요." 그가 내 손을 가볍게 두드리며 말했다.

"잘 지내세요." 나는 이탈리아 사투리로 말했다.

"차우." 그도 똑같은 사투리로 말했다.

어두운 병실의 침대 발치에 앉아 있던 당번병이 일어나서 그와 함께 나갔다. 나는 신부가 좋았고, 언젠가 그가 고향 아브루치로 돌아갈 수 있기를 바랐다. 지금 그는 장교 식당에서 놀림이나 받으면서도 잘 견뎌내고 있지만, 고향에서는 어떨지 생각해보았다. 그는 언젠가 내게 고향 마을 카프라코타에는 마을 아래로 흐르는 강물에 송어가 살고 있다고 말해주었다. 거기선 밤에 플루트를 연주하는 게 금지되어 있다고 했다. 왜요? 하고 묻자, 밤에 소녀들이 플루트 소리를 들으면 좋지 않아서죠, 라고 했었다. 거기서는 농부들이 그를 '돈'이라는 귀족 칭호로 부르고, 만날 때마다 경의의 표시로 모자를 벗는다. 그의 아버지는 날마다 사냥을 마치면 농부의 집에 들러 식사를 하는데 농부들은 그 방문을 늘 영광스럽게 생각했다고 했다. 외국인이 거기서 사냥하려면 전과가 없다는 증명서를 제출해야 하고, 그란사소디탈리아*에는 곰이 있는데, 거긴 너무 멀다고 했다. 아퀼라도 좋은 마을이며 여름밤이면 시원하다고 했다. 아브루티의 봄은 이탈리아에서 가장 아름다고, 그보다 더 좋은 건 가을에 밤나무 숲에서 하는 사냥이라고 했다. 새들은 포도를 먹어서 예쁘고, 농부들은 식사 대접을 영광으로 여기기 때문에 점심을 싸 갈 필요도 없다고 했다. 나는 그렇게 그가 한 얘기들을 생각하다가 잠이 들었다.

*이탈리아 아브루치 주에 있는 석회암 산지.

12장

 병실은 길고 우측에 창들이 나 있으며, 끝에 있는 문은 치료실로 연결되어 있었다. 늘어선 병상들 중 내 병상 쪽은 창을 바라보고 있었고, 다른 쪽 병상은 벽을 마주하고 있었다. 왼쪽으로 누우면 치료실 문이 보였다. 저 끝 쪽으로는 가끔 사람들이 들어오는 문이 또 하나 있었다. 누군가가 죽을 것 같으면 병상 주위로 장막을 쳐서 가렸다. 그래서 다른 부상자들은 장막 아래로 의사들과 남자 간호사들의 신발과 각반만 볼 수 있을 뿐, 그가 죽는 모습은 볼 수 없었다. 때로는 마지막 속삭임이 들려왔는데, 그러고 나면 신부가 장막을 걷고 나왔다. 그러면 남자 간호사들이 죽은 사람을 담요에 씌워 병상들 사이를 지나 복도로 나갔고, 나머지 사람들은 장막을 걷어 나갔다.
 그날 아침, 진료소의 책임자인 소령이 나에게 다음 날 여행을 할 수 있겠냐고 물었다. 그렇다고 하니, 그럼 내일 아침 일찍 나를 후송하겠다고 했다. 너무 더워지기 전에 떠나는 게 좋다면서.

병상에서 치료실로 옮겨질 때면 창밖 정원에 생긴 새 무덤들을 볼 수 있었다. 한 병사가 정원으로 통하는 문에 앉아, 정원에 묻힌 병사의 이름과 계급과 부대명을 십자가에 페인트로 써넣고 있었다. 그 병사는 병원의 잡일도 보았는데, 시간이 날 때는 오스트리아제 소총 탄창으로 라이터를 만들어주기도 했다. 군의관들은 아주 친절했고 솜씨도 좋아 보였다. 그들은 좀 더 좋은 엑스레이 기계가 있고, 수술 후 물리치료도 받을 수 있는 밀라노 육군병원으로 나를 후송하고 싶어 했다. 나 역시 밀라노로 가고 싶었다. 그들은 우리를 되도록 후방으로 보내고 싶어 했는데, 공세가 시작되면 모든 병실이 다 필요하게 될 것이기 때문이었다.

야전병원을 떠나기 전날 밤, 리날디가 우리 식당 모임의 소령을 데리고 찾아왔다. 그들은 내가 설립된 지 얼마 안 된 밀라노의 미군 병원으로 가게 되었다고 말해주었다. 미국 앰뷸런스 부대가 투입되기로 되어 있어, 그 병원은 그들과 이탈리아군에 소속된 미국 군인들을 돌봐주게 되었다고 했다. 적십자사에는 미국인들이 꽤 있었다. 미국은 독일에는 선전포고를 했지만, 오스트리아에는 하지 않고 있었다.

이탈리아인들은 미국이 결국 오스트리아에도 선전포고를 할 거라고 믿었다. 그래서 비록 적십자 소속 앰뷸런스 부대였지만, 미군이 오는 것에 상당히 흥분해 있었다. 그들은 내게 윌슨 대통령이 오스트리아에 선전포고를 할 것 같으냐고 물었고, 나는 시간문제일 뿐이라고 했다. 미국은 오스트리아에는 원한이 없지만, 독일에 선전포고를 했으면 오스트리아에게도 하는 것이 옳은 것 같았다. 그들은 미국이 터키에도 선전포고를 할 것 같으냐고 물었고, 난 그건 좀 의심스럽다고 대답했다. 나는 터키*가 미국 국민들이 즐겨먹는 새라서 그렇다고 농담을 했는데, 이탈리아인들은 그걸 못 알아듣고 혼란스러워하다가 내가 그렇다고 답한 것으로 오해했다. 불가리아는? 우리는 브랜디를 몇 잔 더 마셨고, 나는 술김에 미국이 불가리아에도, 일본에도 선전포고를 할 거라고 했다. 그러자 그들은 일본은 영국의 우방이라고 했다. 나는 빌어먹을 영국은 믿을 수 없고, 일본은 하와이를 원한다고 했다. 하와이가 어디 있느냐고? 태평양에 있지. 왜 일본이 하와이를 원하느냐고? 진짜로 원하지는 않아, 그냥 말뿐인 거지. 그러자 소령이 말했다. 일본인들은 춤과 약한 술을 좋아하는 멋지고 작은 사람들이야, 프랑스인들처럼. 그러자 리날디가 말했다. 우리는 코르시카 섬을 점령할 거고, 아드리아 해를 장악할 거야. 다시 소령이 말했다. 이탈리아는 로마 시대의 영광을 찾을 거야. 내가 로마는 싫다고, 너무 덥고 벼룩도 많다고 하자 소령이 말했다. 로마가 싫다고? 아뇨, 로마가 좋아요. 로마는 모든 나라의 어머니니까. 난 테베레 강물을 마신 로물루스**를 잊을 수가 없어요. 뭐라고? 아무것도 아니에요. 우리 모두 로마로 가자. 오늘 밤 로마로 가서 다시는 돌아오지 말자. 로마는 아름다운 도시야. 소령이 말했다. 내가 덧붙였다, 모든 나라의 부모죠. 그러자 리날디가 말했다, 로마는 여성형이니 아버지는 될 수 없어. 내가 말했다, 그럼 누가 아버지야? 성령? 신성모독은 하지 마. 난 신성모독을 한 게

---

*국가명 터키와 미국 사람들이 명절 때 즐겨먹는 칠면조(turkey)가 발음이 같은 걸 이용한 농담.
**로마를 건국했다는 전설 속의 인물.

아니냐. 알고 싶었을 뿐이야. 자넨 취했어. 누가 나를 취하게 했지? 내가 취하게 했지, 소령이 말했다. 난 자네가 좋고 더구나 미국이 참전했잖아. 그럼 죽 들이키겠습니다, 내가 말했다. 이봐 친구, 자넨 아침이면 떠나야 해, 리날디가 말했다. 로마로 갈 거야, 내가 말했다. 아냐 밀라노로 가야지, 밀라노로, 소령이 말했다. 거기서 수정궁도 보고 코바도 캄파리도 비피도 갈레리아도 봐야지. 자넨 운이 좋아. 그란이탈리아 레스토랑에도 가봐야죠, 거기서 조지에게 돈을 빌릴 거예요, 내가 말했다. 그러자 리날디가 말했다, 스칼라 극장에도 가야지. 내가 매일 밤마다 갈 거라고 말하자 소령이 말했다, 매일 밤 갈 돈은 없을 거야.

티켓이 아주 비싸거든. 할아버지 이름으로 일람불(一覽拂)어음을 끊죠, 내가 말했다. 뭐라고? 일람불어음요. 할아버지가 돈을 내든지, 내가 감옥에 가든지 하겠죠. 은행의 커닝엄 씨가 처리하겠죠. 난 일람불어음으로 살고 있다고요. 하지만 이탈리아를 위해 죽어가는 손자를 감옥에 보낼 할아버지가 어딨겠어요? 미국의 가리발디 만세, 리날디가 말했다. 일람불어음 만세, 내가 말했다. 이제 조용히 해, 벌써 조용히 해달라는 부탁을 여러 번 받았다구, 그런데 페데리코, 정말 내일이면 떠나는 건가? 소령이 말했다. 미군 병원으로 간다고 했잖아요, 아름다운 간호사들한테요. 야전병원의 수염 달린 간호사가 아니고요, 리날디가 말했다. 그래, 그래, 미군 병원에 가는 건 알고 있어, 소령이 말했다. 수염이 달려도 상관없어, 수염 기르고 싶은 사람 있으면 그러라고 해. 근데 소령님은 왜 수염을 기르지 않나요? 내가 말했다. 방독면을 쓸 때 집어넣을 수가 없잖아, 소령이 말했다. 집어넣을 수 있어요, 방독면에는 뭐든지 다 들어가요, 난 방독면을 쓴 채 토하기까지 했다구요, 내가 말했다. 조용히 좀 해, 자네가 전선에 있었다는 건 다 알고 있으니까, 우리 착한 친구, 자네가 가버리면 난 뭘 하고 살지? 리날디가 말했다. 자 이제 가야지, 점점 감상적이 되는구먼, 소령이 말했다. 다시 리날디가 말했다. 그나저나 깜짝 놀랄 만한 소식이 있어. 자네 영국 여자 친구 말이야, 자네가 날마다 찾아갔던 영국 간호사 말이야, 그녀도 밀라노로 가게 됐어. 그녀가 다른 간호사 한 사람과 밀라노의 미군 병원으로 전속됐어. 아직 미국에서 간호사들이 오지 않아서 그렇게 됐대. 오늘 부서 책임자하고 얘기했는데, 전선에 여자 간호사가 너무 많아 일부를 후방으로 보내게 됐대. 어때 친구, 좋지? 도시에 살면서 영국 여자가 돌봐주게 됐으니 말야. 젠장, 난 왜 부상을 입지 않지? 곧 그리 될지도 모르지, 내가 말했다. 우린 가야 해, 소령이 말했다. 우린 너무 시끄럽게 술을 마셨고 페데리코를 괴롭혔어. 가지 마세요. 아냐, 가야 해, 잘 있게, 행운을 비네. 등등 챠우. 챠우. 챠우. 빨리 돌아와, 친구, 그렇게 말하며 리날디가 내게 키스했다. 리졸 냄새가 나는군. 잘 가 귀염둥이. 잘 있어. 소령이 내 어깨를 살짝 두드렸고, 그들은 조용히 나갔다. 나는 상당히 취했지만 곧 잠이 들었다.

다음 날 아침, 우리는 밀라노를 향해 출발했고 48시간 후에야 도착했다. 여행은 힘들었다. 메스트레에 도착하기 전에 대피 선로에서 오랫동안 기다려야 했고, 아이들이 그걸 구경하러 왔다. 나는 그중 한 아이에게 꼬냑을 사오라고 시켰는데, 빈손으로 돌아와서 그라파밖에 없다고 말했다. 나는 그거라도 사오라고 했다. 그라파가 도착하자 나는 아이에게 잔돈을 심부름값으로 주었다. 내 옆자리 부상병과 나는 술에 취해 빈첸차를 지날 때까지 곯아떨어졌다. 깨어나자 속이 메슥거려 바닥에 토하고 말았다. 하지만 그건 아무것도 아니었다. 옆에 있던 부상병이 이미 여러 번 토해놓았기 때문이다. 나중에 갈증이 견딜 수 없이 심해진 나는 베로나 역에서 기차 옆을 지키며 앞뒤로 걸어 다니던 병사를 소리쳐 불렀고, 그가 물을 가져다주었다. 나는 술에 취한 옆자리의 조르제티를 깨워, 물을 주었다. 그는 어깨에 물을 부어달라고 하더니, 다시 쓰러져 잠이 들었다. 그 병사는 내가 준 잔돈도 받지 않고는 내게 물이 꽉 찬 오렌지를 갖다주었다. 나는 속껍질을 뱉어내며 그걸 빨아 먹고는, 밖에 있는 화물열차 옆을 오가며 지키고 있는 그 병사를 지켜보았다. 잠시 후 기차는 덜컹 하고 출발했다.

2부

13장

다음 날 새벽 나는 밀라노 역의 화물 조차장에 내렸다. 앰뷸런스가 나를 미군 병원으로 데려다주었다. 들것에 실려 앰뷸런스를 타고 가면서 나는 도대체 마을의 어디를 지나고 있는지 알 수가 없었다. 그러나 그들이 들것을 내려놨을 때 시장이 보였고, 문이 열린 와인 상점 앞을 비로 쓸고 있는 소녀가 보였다. 사람들은 길에 물을 뿌리고 있었고, 거리에서는 이른 아침의 냄새가 났다. 그들은 들것을 차에서 내려놓고 안으로 들어갔다. 수위가 그들과 함께 나왔다. 잿빛 콧수염을 기른 수위는 도어맨 모자를 쓰고, 소매 달린 셔츠를 입고 있었다. 들것이 엘리베이터에 잘 들어가지 않자, 그들은 나를 들것에서 내려 엘리베이터로 올라갈 것인지 아니면 계속 들것에 태워 계단으로 올라갈 것인지 의논했다. 그들은 엘리베이터를 타고 가기로 결정하고는, 나를 들것에서 들어냈다. "살살, 조심해서 내려줘." 내가 말했다.

엘리베이터는 꽉 찼고, 다리가 굽혀져 있어 심하게 아팠다.

"다리를 좀 펴줘." 내가 말했다.

"안 됩니다, 중위님. 공간이 없어요." 그 말을 한 병사는 팔로 나를 감쌌고, 나도 팔로 그의 목을 안았다. 그의 숨결에선 마늘 냄새와 레드와인 냄새가 섞인 금속성 냄새가 났다.

"살살 해." 다른 운전병이 말했다.

"이 새끼야, 살살 하고 있잖아!"

"그냥 살살 하라는 건데 뭘 그래." 내 발을 잡고 있는 병사가 말했다.

엘리베이터 문이 닫히고 철창문도 닫혔다. 4층을 누르는 수위는 걱정스러운 얼굴이었다. 엘리베이터가 천천히 올라갔다.

"무거운가?" 나는 마늘 냄새가 나는 병사에게 물었다.

"아닙니다." 그가 대답했다. 하지만 그는 얼굴에 땀을 흘리며 끙끙대고 있었다. 엘리베이터가 천천히 올라가더니 이윽고 멈췄다. 내 발을 잡고 있던 병사가 문을 열고 밖으로 나갔다. 우리는 발코니로 올라갔고, 거기에는 놋쇠 손잡이가 달린 문이 몇 개 있었다. 내 발을 잡은 병사가 벨을 눌렀다. 안에서 벨소리가 들렸지만 아무도 나오지 않았다. 그러자 수위가 계단으로 올라왔다.

"다들 어디 갔어요?" 들것을 든 병사들이 물었다.

"모르겠는데요. 또 아래층에서 자나." 수위가 말했다.

"가서 데려와요."

수위는 내려가는 대신 벨을 다시 한 번 누르고 문을 두드린 다음 문을 열고 안으로 들어가더니, 안경을 쓴 나이 든 여자와 함께 나타났다. 묶은 머리가 반이나 빠져 흘러내린 여자는 간호사 제복을 입고 있었다.

"무슨 말인지 모르겠어요. 이탈리아어를 몰라서요." 그녀가 말했다.

"제가 영어를 할 줄 압니다. 이 사람들은 저를 병실에 넣어 달라고 하고 있어요." 내가 말했다.

"준비된 방이 없어요. 환자가 올 줄 몰랐거든요." 그녀는 머리를 추스르더니, 근시인 듯 나를 자세히 들여다봤다.

"아무 병실이라도 좋습니다. 나를 내려놓을 곳 좀 알려주세요."

"정말 환자가 올 줄 몰랐어요. 그리고 아무 병실에나 들일 수는 없어요."

"아무 방이나 좋습니다." 내가 말했다. 그러고는 수위에게 이탈리아어로 말했다. "아무 방이나 좋으니 들어갈 곳을 알아봐주세요."

"방은 다 비어 있어요." 수위가 말했다. "중위님이 첫 환자예요." 그는 모자를 손에 들고 나이 든 간호사를 바라보았다.

"아무 데라도 좋으니, 제발 나를 데려가줘요." 아까부터 다리를 굽히고 있어 통증을 느끼고 있었는데, 이제 그 통증이 뼛속까지 전해졌다. 수위가 간호사와 문을 열고 들어갔다가 황급히 돌아와 말했다. "따라오세요." 그들은 나를 데리고 긴 복도를 지나서 블라인드가 내려진 어떤 방으로 갔다. 새 가구 냄새가 났다. 침대가 하나 있었고, 거울 달린 큰 옷장이 있었다. 그들은 나를 침대에 눕혔다.

"침대 시트는 깔아드릴 수가 없네요. 모아서 옷장에 넣고 자물쇠를 채워놨거든요."

나는 간호사의 말에는 대답하지 않고 수위에게 말했다. "내

주머니에 돈이 들어 있어요. 단추가 채워진 주머니에." 수위는 돈을 꺼냈다. 들것을 들고 온 병사들은 모자를 손에 쥐고 침대 옆에 서 있었다. "저 사람들에게 5리라씩 주고, 당신도 5리라를 가져요. 다른 주머니에는 내 서류가 들어 있으니 간호사에게 주고요."

들것 운반병들은 고맙다고 내게 경례를 했다. "잘 가게. 정말 고마웠네." 내가 말하자 그들은 다시 경례를 하고 떠나갔다.

"그 서류를 보면, 내 병세와 내가 어떤 치료를 받았는지 알 수 있어요." 내가 간호사에게 말했다.

간호사는 서류를 집어 든 다음 안경을 쓰고 읽었다. 세 장의 서류가 접혀져 있었다. "뭘 해야 할지 모르겠어요." 그녀가 말했다. "이탈리아어를 못 읽어서요. 난 의사의 명령 없이는 아무것도 못해요." 그녀는 울기 시작하더니, 서류를 앞치마 주머니에 집어넣었다. "미국 분이신가요?" 그녀가 울면서 물었다.

"네. 그 서류는 침대 옆 탁자에 놔두세요."

방은 어둡고 추웠다. 침대에 누워 있으니 방 저편 거울이 보였는데, 거기 무엇이 반사되어 보이는지는 알 수가 없었다. 수위가 여전히 침대 옆에 서 있었다. 인상이 좋았고 아주 친절했다.

"가도 돼요." 내가 그에게 말했다. "간호사님도 가셔도 돼요. 이름이 뭔가요?"

"워커요."

"워커 부인, 가도 돼요. 전 잠을 좀 잘게요."

방에 혼자 있게 되자 싸늘한 공기가 느껴졌다. 병원 냄새는 나지 않았다. 매트리스는 단단하고 편안했다. 나는 거의 숨도 쉬지 않고 가만 누워 있었다. 통증이 좀 가라앉자 기분이 좋아졌다. 잠시 후 물이 마시고 싶어 침대 옆에 달린 벨을 눌렀지만 아무도 오지 않았다. 그러다가 잠이 들었다.

깨어나서 주위를 둘러보니 덧창 사이로 햇빛이 들어오고 있었다. 커다란 옷장과 맨 벽과 의자 두 개가 보였다. 더러운 붕대가 감겨진 내 다리는 침대 밖으로 불쑥 튀어나와 있었다. 나는 다리를 안 움직이려고 조심했다. 목이 말라서 손을 뻗어 벨을 눌렀다. 문소리가 나서 보니 간호사가 들어왔다. 그녀는 젊고 예뻤다.

"안녕하세요." 내가 말했다.

"안녕하세요." 그녀가 침대로 오면서 말했다. "아직 의사 선생님에게 연락을 못했어요. 코모 호수에 가셨거든요. 환자가 올 줄은 아무도 몰랐어요. 그런데 어디를 다치셨나요?"

"다리와 발, 그리고 머리도요."

"성함이 어떻게 되시죠?"

"헨리, 프레더릭 헨리."

"씻어드릴게요. 하지만 의사 선생님이 오시기 전엔 붕대에는 손을 댈 수가 없어요."

"바클리 양이 여기 있나요?"

"아뇨, 그런 이름 가진 사람은 여기 없어요."

"내가 여기 도착했을 때 울던 간호사는 누구인가요?"

간호사는 웃었다. "워커 부인 말씀이군요. 야간 근무여서 지금은 잠들었어요. 그녀는 환자가 올 줄 전혀 몰랐어요."

이야기하는 동안 그녀는 내 옷을 벗겼다. 붕대 외에는 모두 벗겨내고 부드럽게 나를 씻겨주기 시작했다. 기분이 아주 좋았다. 머리에도 붕대가 감겨져 있었는데, 그녀는 그 둘레를 돌아가면서 잘 씻겨주었다.

"어디서 부상당하셨나요?"

"플라바 북쪽의 이손초에서요."

"거기가 어딘데요?"

"고리치아 북쪽이에요."

그녀는 어느 쪽도 전혀 모르는 게 분명했다.

"통증이 심하세요?"

"아뇨. 그렇게 심하지는 않아요."

그녀는 체온계를 내 입 속에 집어넣었다.

"이탈리아인들은 겨드랑이에 넣는데요." 내가 말했다.

"말하지 마세요."

그녀는 체온계를 꺼내어 보더니 흔들었다.

"몇 돈가요?"

"환자는 알면 안 돼요."

"그러지 말고 가르쳐줘요."

"거의 정상이에요."

"열이 난 적은 없어요. 다리에는 낡은 쇳조각들이 박혀 있지만요."

"무슨 말씀이세요?"

"박격포 파편들, 낡은 나사들, 침대 스프링 같은 것들 말입니다."

그녀는 고개를 흔들며 미소 지었다.

"다리에 이물질이 들어 있다면, 그것들이 염증을 일으켜서 열이 났을 거예요."

"좋아요. 뭐가 나오는지 두고 봅시다." 내가 말했다.

그녀는 방을 나가더니, 아까 본 나이 많은 간호사와 같이 들어왔다. 그들은 나를 그대로 놓아둔 채 침대를 정리했다. 그런 광경은 처음 보았는데, 아주 훌륭한 솜씨였다.

"여기 책임자는 누군가요?"

"밴 캠픈 양이에요."

"간호사는 모두 몇 명이죠?"

"우리 둘뿐이에요."

"더 늘어나진 않나요?"

"더 올 거예요."

"언제쯤요?"

"모르겠어요. 아픈 사람치고는 질문이 많군요."

"난 아픈 게 아닙니다. 부상당한 거죠."

그들이 침대 정리를 끝내자, 나는 깨끗한 침대 시트를 밑에 깔고 또 한 장은 덮고 누웠다. 워커 부인은 밖에 나가더니 파자마를 들고 돌아왔다. 그들이 그걸 내게 입혀주자 온몸이 쾌적하고 깨끗해진 느낌이었다.

"저한테 아주 잘해주시는군요." 내가 말했다. 게이지 양이라 불리는 간호사가 킥킥댔다. "물 한 잔 마실 수 있을까요?"

"물론이죠. 그런 다음 아침식사를 하세요."

"아침은 생각 없습니다. 덧창을 좀 열 수 있을까요?"

덧창을 열자 어두운 방으로 밝은 햇빛이 쏟아져 들어왔다. 발코니 너머로 창밖을 내다보니, 집들의 지붕과 굴뚝이 보였다. 지붕 너머로는 하얀 구름과 푸른 하늘이 보였다.

"다른 간호사들은 언제쯤 올까요?"

"왜요? 우리가 잘해주고 있지 않나요?"

"아주 잘해주고 있어요."

"환자용 소변기를 사용해보시겠어요?"

"한번 써보죠."

그들이 나를 도와 일으켜주었지만 소용없었다. 그래서 나는 그냥 누운 채 열린 창 너머 발코니를 내다보았다.

"의사는 언제 오나요?"

"올 때까진 몰라요. 코모 호수로 전화를 해봤지만 연락이 안 돼요."

"다른 의사는 없나요?"

"그분밖에 없어요."

게이지 양은 물 주전자와 유리잔을 가져다주었고, 나는 물을 석 잔이나 마셨다. 그들이 떠난 다음 잠시 창밖을 내다보다가 다시 잠이 들었다. 나는 점심을 조금 먹었고, 오후에는 책임자인 밴 캠픈이 나를 보러 왔다. 그녀는 나를 좋아하지 않았고, 나도 그녀가 좋지 않았다. 그녀는 체구가 작고 의심으로 가득 차 있었으며, 그 자리가 과분한 여자처럼 보였다. 많은 질문을 해댔으며, 내가 이탈리아군에 있는 것을 다소 수치스럽게 생각하는 것 같았다.

"식사 때 와인을 마실 수 있을까요?" 내가 물었다.

"의사 선생님이 처방해주면요."

"그가 오기 전에는 안 된다는 말씀인가요?"

"물론이죠."

"의사가 오기는 하나요?"

"코모 호수로 전화를 했어요."

그녀가 나가자, 게이지 양이 들어와 말했다.

"밴 캠픈 양에게 왜 그렇게 무례하게 구셨어요?" 그녀는 아주 능숙하게 내게 무언가를 한 다음, 내게 물었다.

"그럴 의도는 아니었어요. 하지만 그 여자는 좀 안하무인이더군요."

"그녀는 중위님이 제멋대로이고 무례하다고 하던데요."

"전혀 아닌데요. 어쨌든 의사가 없는 병원이 어디 있습니까?"

"오실 거예요. 코모 호수에 전화해서 오시라고 했답니다."

"거기서 뭐 한답니까. 수영이라도 하나."

"아뇨. 거기 진료소가 있어요."

"다른 군의관을 채용하면 안 되나요?"

"쉬, 쉬. 착하게 구세요. 그러면 오실 거예요."

나는 수위를 불러달라고 부탁했고, 수위가 오자 그에게 이탈리아어로 와인 상점에 가서 친차노 한 병과 키안티 한 병, 그리고 석간신문을 사다 달라고 부탁했다. 그는 나가더니 잠시 후 신문지에 만 술병을 들고 왔다. 그는 신문지를 벗겼고, 나는 그에게 코르크 마개를 따서 와인과 베르무트를 침대 밑에 놓아달라고 부탁했다. 모두가 나간 후, 나는 침대에 누워 잠시 신문에서 전장 뉴스와 죽은 장교들 명단과 그들이 받은 훈장 목록 등을 읽다가, 손을 뻗어 친차노 술병과 시원한 유리잔을 배에 올려 반듯하게 세웠다. 그런 상태로 술을 마셨더니 배에 동그랗게 술병 자국이 났다. 마을의 지붕들 위로 어두워지는 하늘을 바라봤다. 그 위로 제비들이 둥글게 날고 있었고 쏙독새가 지붕 위를 맴돌았다. 나는 계속 술을 마셨다. 그러다가 게이지 양이 계란 술이 든 유리잔을 들고 오자, 술병을 침대 밑에 감췄다.

"밴 캠프 양이 여기 셰리*를 좀 넣었대요. 그녀에게 무례하게 구시면 안 돼요. 그녀는 나이도 있고 병원에서 막중한 책임을 지고 있어요. 워커 부인은 너무 나이가 들어 그녀에게 별 도움이 안 되고요."

"멋진 분이로군요. 고맙습니다."

"바로 저녁식사를 가져올게요."

"괜찮아요. 배는 안 고파요."

하지만 그녀는 저녁밥이 담긴 쟁반을 가져와 침대 위쪽 탁자에 놓았고, 나는 감사의 말을 전하고 조금 먹었다. 날이 어두워지자 탐조등 불빛이 하늘을 가로질렀다. 나는 잠시 그걸 바라보다가 잠이 들었다. 딱 한 번 무서운 꿈을 꾸다가 식은땀을 흘리며 깼지만, 꿈을 꾸지 않으려 애를 쓰다 다시 잠이 들었다. 그러다가 날이 밝기도 전에 깨서 수탉 울음소리를 들었고, 해가 뜰 때까지 그렇게 깨어 있었다. 피곤해 죽을 지경이었지만 날이 밝아서야 다시 잠들 수 있었다.

*에스파냐 남부에서 생산되는 화이트와인.

14장

잠에서 깨자 방 안에 햇빛이 가득했다. 나는 전선에 있는 줄로 착각하고 침대에서 기지개를 켰다. 다리가 아파서 내려다보니 더러운 붕대가 감겨 있었고, 그제야 내가 지금 어디에 있는지 생각이 났다. 나는 벨이 달린 줄로 손을 뻗어 벨을 눌렀다. 방 너머 복도로 벨 소리가 울리자 곧 누군가의 고무 밑창을 단 신발 소리가 들렸다. 게이지 양이었다. 밝은 햇빛에서 보니 그녀는 좀 나이 들어 보였고 그다지 예쁘지도 않았다.

"좋은 아침이네요. 잠은 잘 무주셨어요?" 그녀가 말했다.

"네, 고마워요. 이발을 좀 할 수 있을까요?"

"밤에 들렀더니 이걸 침대에 두고 주무시더군요."

그녀는 옷장 문을 열고 술병을 꺼냈다. 거의 비어 있었다. "다른 술병은 침대 밑에 넣어놨어요. 술잔을 달라고 하시지 그랬어요?"

"술을 못 마시게 할 줄 알았죠."

"같이 마실 수도 있었어요."

"게이지 양은 좋은 분이군요."
"혼자 마시는 건 좋지 않아요. 그러시면 안 돼요."
"알았어요."
"중위님 친구 바클리 양이 왔어요." 그녀가 말했다.
"정말요?"
"네. 난 그 여자가 싫어요."
"좋아하게 될 거예요. 아주 좋은 사람이에요."
그녀는 고개를 저었다. "물론 좋은 사람이겠죠. 몸을 이쪽으로 좀 옮기실래요? 좋아요. 아침식사 하시도록 씻어드릴게요." 그녀는 헝겊에 비누를 묻혀 따뜻한 물로 나를 씻겼다. "어깨를 올려요. 됐어요."
"아침 먹기 전에 이발을 할 수 있나요?"
"수위를 보낼게요." 그녀는 나갔다가 돌아와서 말했다. "수위가 이발사를 데리러 갔어요." 그러면서 헝겊을 대야 물에 적셨다.
수위가 이발사를 데려왔다. 양쪽 끝이 위로 올라간 콧수염을 단 50대 남자였다. 게이지 양이 일을 끝내고 나가자, 이발사가 내 얼굴에 비누칠을 한 다음 면도를 시작했다. 그는 아주 엄숙했고 말이 없었다.
"왜 말이 없어요? 무슨 새로운 뉴스 없나요?"
"무슨 뉴스요?"
"뭐든요. 마을에 일어난 일 같은 거요."
"지금은 전시입니다." 그가 말했다. "적들의 귀가 사방에 있어요."
나는 그를 올려다보았다. "얼굴을 움직이지 마세요." 그는 면도를 계속했다. "난 아무 말도 안 할 겁니다."

"도대체 왜 그래요?" 내가 물었다.

"나는 이탈리아인입니다. 적과는 말하지 않습니다."

나는 내버려뒀다. 만일 이자가 미쳤다면, 이자의 면도칼로부터 빨리 벗어날수록 더 좋을 것이다. 한번은 내가 그의 얼굴을 자세히 보려고 하자, 그가 말했다. "조심하세요. 면도칼이 예리합니다."

이발이 끝나자 나는 그에게 값을 지불했고, 반 리라의 팁을 주었다. 그는 팁으로 준 동전을 돌려주며 말했다.

"받지 않겠어요. 전선에 있지는 않지만 난 이탈리아인입니다."

"꺼지시오."

"그럼 물러가겠습니다." 그는 면도칼을 신문지에 싸면서 말했다. 그는 침대 옆 탁자에 동전 다섯 개를 그대로 둔 채 나가버렸다. 벨을 누르자 게이지 양이 들어왔다. "수위 좀 오라고 해주시겠어요?"

"그러죠."

수위가 들어왔다. 그는 웃음을 참느라 애를 쓰고 있었다.

"그 이발사 미쳤어요?"

"아닙니다, 시뇨리노. 그 친구 착각한 거예요. 제 말을 오해해서 중위님을 오스트리아 군인이라고 생각했대요."

"아, 그랬었군요."

"하하하. 웃기는 작자예요. 중위님이 한 번이라도 적의를 보였다면 그자는 틀림없이……." 수위는 검지로 목을 자르는 시늉을 해 보였다.

"하하하." 그는 가까스로 터져 나오는 웃음을 참고 있었다. "제가 중위님이 오스트리아인이 아니라고 말했더니, 하하하."

"하하하." 내가 씁쓸하게 웃으며 말했다. "웃지 마세요. 그자가 내 목을 잘랐더라면 어쩔 뻔했어요."

"그럴 리는 없습니다, 시뇨리노. 아니에요. 그 친구 오스트리아인을 두려워해요. 하하하."

"하하하, 이만 나가요."

그가 나간 뒤로도 복도에서 웃음소리가 들렸다. 다른 누군가가 복도를 걸어오는 소리도 들렸다. 나는 문을 바라보았다. 캐서린 바클리였다.

그녀는 방으로 들어와 침대로 다가왔다.

"오랜만이군요." 그녀는 싱그럽고 젊고 아주 아름다웠다. 내 평생 그렇게 예쁜 여자는 처음 보는 기분이었다.

"안녕." 내가 말했다. 바로 그 순간, 나는 사랑에 빠졌다. 내 안의 모든 것이 역류하고 있었다. 그녀는 문 쪽을 바라보고 아무도 없다는 것을 확인한 다음, 침대 가장자리에 앉아 몸을 굽혀 내게 키스했다. 나는 그녀를 끌어당겨 키스했고, 그녀의 심장박동 소리를 들을 수 있었다.

"사랑스런 사람, 여기까지 날 보러 와줘서 고마워요." 내가 말했다.

"여기까지 오는 건 어렵지 않았어요. 하지만 여기 머무르긴 힘들 것 같아요."

"여기 있어줘요. 아, 당신은 정말 아름다워." 나는 그녀에게 반해버렸다. 그녀가 여기 있다는 게 믿을 수 없어서 그녀를 꼭 끌어안았다.

"이러시면 안 돼요. 아직 몸이 안 좋잖아요."
"괜찮아요. 이리 와요."
"안 돼요. 아직 건강하지 않아요."
"난 건강해요. 제발."
"날 사랑해요?"
"정말 사랑해요. 당신에게 반했어요. 자, 어서."
"우리 심장박동 소리를 들어봐요."
"심장에는 관심 없어요. 그저 당신을 원해요. 당신에게 반했다고."
"정말로 날 사랑해요?"
"자꾸 같은 질문 하지 마요. 자, 자, 어서, 캐서린."
"하지만 잠깐 동안 만이에요."
"좋아요. 문 닫아요."
"이럴 수는 없어요. 이러시면 안 돼요."
"자, 말은 그만하고, 어서."

캐서린은 침대 옆 의자에 앉았다. 복도로 통하는 문은 열려 있었다. 걱정은 가라앉았고, 나는 그 어느 때보다 기분이 좋았다.
그녀가 물었다. "이제 내가 당신을 사랑한다는 걸 알았죠?"
"아, 당신은 아름다워. 여기 머물러줘. 당신을 보낼 순 없어. 당신에게 푹 빠졌으니까."
"우린 조심해야 해요. 방금 전 일은 미친 짓이었어요. 다시는 그런 짓을 해선 안 돼요."
"밤에는 괜찮아."
"정말 조심해야 해요. 다른 사람들 앞에서는 정말 조심해야만 해요."

"그럴게."

"그래야만 해요. 당신은 사랑스러워요. 당신도 날 사랑하죠, 그렇죠?"

"그 말은 이제 그만해. 그런 말 들으면 내 기분이 어떤지 모를 거야."

"그럼 조심할게요. 더 이상 귀찮게 안 할게요. 이제 가봐야 해요, 정말로요."

"바로 돌아와야 해."

"가능한 한 빨리 돌아올게요."

"안녕."

"안녕. 내 사랑."

그녀는 나갔다. 맹세코 나는 그녀와 사랑에 빠지고 싶지 않았다. 그 누구와도 사랑에 빠지고 싶지 않았다. 하지만 나는 그만 사랑에 빠져버렸고, 밀라노의 병상에 누워 온갖 상념에 젖었다. 하지만 나는 행복했다. 게이지 양이 들어왔다.

"의사 선생님이 오신대요. 코모 호수에서 전화를 하셨어요."

"언제 오신답니까?"

"오늘 오후에는 오실 거예요."

15장

오후까지는 아무런 일도 일어나지 않았다. 의사는 마르고 말수가 적은 조그만 사람이었는데 전쟁을 싫어하는 것 같았다. 그는 그런 불쾌감을 세련되고 섬세하게 감추면서 내 허벅다리에서 수많은 강철 파편들을 꺼냈다. 그는 스노(snow)인지 뭔지 하는 국부 마취제를 사용했다. 근육을 얼려, 프로브*와 메스와 핀셋으로 건드려도 통증을 느끼지 못하게 하는 약품이었다. 나도 마취된 부분을 명확히 알 수 있었다. 잠시 후 의사는 조심스러운 탐색에 지쳤는지, 엑스레이를 찍어보는 게 좋겠다고 했다. 프로브로는 충분하지 않다면서.

엑스레이는 오스페달레 마조레**에서 찍었는데, 그곳 의사는 다혈질에 유능하고 유쾌한 사람이었다. 어깨를 세우고 찍었기 때문에 환자도 기계를 통해 자기 몸속의 이물질을 볼 수 있

---

*의사들이 인체 내부 검사에 이용하는 길고 가느다란 기구.
**1456년 이탈리아 밀라노에 지어진 최초의 공공 병원 중 하나.

었다. 의사는 자기 수첩에 내 이름과 소속 연대와 소감 등을 써 달라고 했다. 그는 내 몸속의 이물질들이 추하고 고약하고 잔혹하다고 선언했다. 오스트리아군은 개자식들이라고도 했다. 내가 적을 몇 명이나 죽였냐고? 나는 한 명도 죽인 적이 없지만, 의사를 기쁘게 해주려고 수없이 많이 죽였다고 대답했다. 게이지 양이 나와 함께 있었는데, 의사는 그녀에게 팔을 두르면서 클레오파트라보다 더 예쁘다고 말했다. 그녀가 그 말을 알아들었을까? 클레오파트라는 이집트의 여왕이었다. 그렇다. 하늘에 맹세코 그랬다. 우리는 앰뷸런스를 타고 우리들의 작은 병원으로 돌아왔고, 여러 번 들것에 들리는 소동을 겪은 후에 나는 다시 내 병실로 돌아왔다. 엑스레이 사진은 그날 오후에 도착했다. 그 의사가 그날 오후는 반드시 보내준다더니 과연 그랬다. 캐서린 바클리가 그것을 내게 보여주었다. 원판은 붉은 봉투에 들어 있었는데, 캐서린이 그것들을 꺼내서 불빛에 비추었다. 우리는 같이 그 사진들을 보았다.

"저게 오른쪽 다리예요." 그녀는 그렇게 말하고는 사진들을 다시 봉투에 넣었다. "이건 왼쪽 다리고요"

"그건 저리 치우고, 침대로 와." 내가 말했다.

"안 돼요. 이걸 보여주려고 잠깐 들른 거예요."

그녀는 나갔고, 나는 누워 있었다. 더운 오후였고, 침대에 누워 있는 것이 지겨웠다. 나는 수위를 불러 구할 수 있는 신문을 몽땅 다 갖다달라고 부탁했다.

수위가 돌아오기 전에 세 명의 의사가 병실에 다녀갔다. 내 경험에 의하면, 임상 경험이 별로 없는 의사들은 서로 몰려다니며 의견을 공유한다. 맹장 수술을 제대로 하지 못하는 의사는 편도선 수술을 제대로 하지 못하는 의사를 추천하기 마련이다. 그 세 사람이 그런 의사였다.

"바로 이 청년입니다." 섬세한 손을 가진 이 병원 담당 의사가 말했다.

"안녕하시오." 턱수염이 나고 키가 크고 깡마른 의사가 말했다. 붉은 봉투에든 엑스레이 필름을 갖고 들어온 세 번째 의사는 아무 말도 없었다.

"붕대를 풀어볼까?" 수염 난 의사가 말했다.

"그럼요. 자 간호사, 어서 붕대를 풀어요." 이 병원 의사가 게이지 양에게 말하자 그녀는 붕대를 풀었다. 나는 다리를 내려다봤다. 야전병원에서는 신선하지 못한, 갈아놓은 햄버거 스테이크처럼 보였었다. 이제는 표피가 굳었고, 무릎은 부어올라 변색되었으며, 장딴지는 푹 들어가 있었지만 고름은 없었다.

"아주 깨끗하군요." 병원 의사가 말했다. "아주 깨끗하고 좋아요."

"흠." 수염 난 의사가 말했다. 세 번째 의사는 병원 의사의 어깨너머로 보고 있었다.

"무릎을 움직여보세요." 수염 난 의사가 말했다.

"못 합니다."

"관절을 테스트해볼까?" 수염 난 의사가 물었다. 그의 소매에는 별 세 개에 줄이 하나 있었는데, 선임 대위라는 뜻이었다.

"물론입니다." 병원 의사가 말했다. 두 사람이 내 오른쪽 다리를 붙잡고 굽혀보았다.

"아픕니다." 내가 말했다.

"좋아, 좋아, 조금 더 굽혀봐."

"그거면 됐어요. 더 이상은 안 됩니다." 내가 말했다.

"부분 관절 손상이군." 선임 대위가 말했다. 그는 허리를 펴고 일어섰다.

"필름을 다시 좀 볼까?" 세 번째 의사가 필름 중 하나를 건네주었다.

"아냐, 왼쪽 다리 사진을 줘."

"그게 왼쪽 다리 사진인데요."

"그렇군. 내가 다른 각도에서 보았군." 그는 그 사진을 돌려주고는 다른 사진을 한참 들여다보았다.

"이것 보이나?" 그는 불빛에 비치는 둥글고 명료한 이물질 중 하나를 가리켰다. 그들은 그 사진을 한참 들여다보았다.

"확실히 말할 수 있는 것은," 수염 달린 선임 대위가 말했다. "이건 시간문제라는 거야. 3개월, 어쩌면 6개월 정도 걸릴 거야."

"관절액이 다시 생겨나야겠죠."

"그래. 시간이 걸릴 거야. 포탄 파편이 포낭을 형성하기 전에는 집도하기 어려워."

"동의합니다."

"뭐가 6개월이란 말인가요?" 내가 물었다.

"파편들이 포낭을 형성하는 기간 말이오. 그래야 안전하게 수술할 수가 있소."

"믿을 수가 없군요." 내가 말했다.

"무릎을 잃고 싶지는 않겠지, 젊은이?"

"상관없습니다."

"뭐라고?"

"잘라내고 싶습니다." 내가 말했다. "대신 갈고리를 달죠."

"갈고리라니 무슨 소리야?"

"농담하는 겁니다." 병원 의사가 말했다. 그는 내 어깨를 아주 부드럽게 두드리며 말했다. "이 청년은 물론 무릎을 잃고 싶어 하지 않습니다. 아주 용감한 젊은이입니다. 은성 무공훈장에 추천되었죠."

"축하하네." 선임 대위가 그렇게 말하며 악수를 청했다. "난 다만 안전을 위해서 무릎 수술을 하기 전에 6개월을 기다리자는 걸세. 물론 다른 의견도 있을 수 있겠지만."

"대단히 고맙습니다." 내가 말했다. "군의관님 의견을 존중합니다."

선임 대위는 시계를 보더니 말했다.

"우린 가야 하네. 행운을 비네."

"저도 행운을 빕니다. 감사드리고요." 내가 말했다. 나는 세 번째 의사와도 악수를 했고, 그 의사가 말했다. "카피타노 바리니(바리니 대위), 테넨테 엔리(헨리 중위)." 그런 다음 세 사람 모두 병실을 나갔다.

"게이지 양." 내가 부르자 그녀가 들어왔다. "병원 의사한테 잠시 와달라고 해주세요."

병원 의사는 손에 모자를 쥐고 침대 옆에 와서 섰다. "날 보자고 했나?"

"네, 나는 수술을 기다리며 6개월이나 누워 있을 수는 없습니다. 선생님은 침대에 6개월 동안 누워 있어본 적 있나요?"

"내내 침대에만 있는 것은 아닐세. 우선 상처를 햇빛에 쬐야 하고, 그다음에는 목발 연습을 할 거네."

"6개월 후에야 수술을 한다고요?"

"그게 안전하다네. 이물질들이 포낭을 형성하고, 관절액이 재생될 때까지야. 그러면 무릎을 절개해도 안전하지."

"선생님도 정말로 제가 6개월을 기다려야 한다고 생각하시나요?"

"그게 안전하다네."

"그 선임 대위는 어떤 사람인가요?"

"밀라노에서 유명한 외과의사야."

"선임 대위죠?"

"그래, 하지만 뛰어난 외과의사야."

"저는 제 다리를 그 선임 대위의 손에 맡기고 싶지는 않습니다. 정말로 그렇게 실력이 좋았다면 소령이 되었겠죠. 전 선임 대위가 어떤 자린지 잘 압니다."

"정말로 뛰어난 외과의사라니까. 나라면 다른 사람보다는 그 사람 말을 듣겠어."

"다른 의사가 절 봐줄 수도 있나요?"

"물론 자네가 원하면 가능하지. 하지만 나라면 바렐라 박사의 말을 들을 걸세."

"다른 외과의사를 불러주실 수 있나요?"

"발렌티니에게 오라고 하겠네."

"그 사람은 또 누군가요?"

"오스페달레 마조레의 외과의사야."

"좋습니다. 정말 고맙습니다. 저는 정말이지 6개월 동안 병상에서 기다릴 수는 없습니다."

"병상에만 있는 게 아니래도 그러네. 우선 일광 치료를 받을 거고, 그다음에는 가벼운 운동을 하게 될 거야. 그런 다음 포낭이 생기면 수술하는 거지."

"하지만 6개월은 못 기다립니다."

의사는 모자를 쥐었던 섬세한 손가락을 펴며 미소 지었다. "다시 전선으로 돌아가고 싶어서 그러는 거지?"

"그러면 안 되나요?"

"아름다운 일이지. 숭고한 젊은이야." 그는 몸을 숙이고 내 이마에 아주 우아하게 키스했다.

"발렌티니 의사를 부르러 사람을 보내겠네. 걱정하지 말고 흥분하지도 말게. 말 잘 들어야 하네."

"한잔하시겠습니까?"

"아니, 난 술을 못해."

"한 잔만 하세요." 나는 수위를 불러 잔을 가져오게 하려고 벨을 눌렀다.

"아냐, 고맙지만 사양하겠네. 사람들이 날 기다리고 있어."

"그럼 안녕히 가세요."

"잘 있게."

두 시간 후에 발렌티니 박사가 방으로 들어왔다. 그는 잔뜩 서두르고 있었으며, 콧수염 끝이 위로 올라가 있었다. 그는 소령이었고, 얼굴은 갈색으로 그을었으며, 언제나 웃고 있었다.

"어쩌다가 이 지경이 되었나, 응?" 그가 물었다. "필름을 좀 보세. 그래, 그래. 바로 이거야. 자네는 염소처럼 건강하네. 이 예쁜 여자는 누군가? 자네 애인인가? 그럴 줄 알았네. 빌어먹을 전쟁이지? 여기는 느낌이 어때? 자네는 좋은 사람이야. 자네 다리를 새것처럼 만들어주지. 여기가 아프지? 물론 아플 거야. 의사들은 환자를 아프게 하기를 좋아하지. 의사들이 지금까지 자네에게 한 게 뭐지? 저 여자는 이탈리아 말을 못하나? 그럼 배워야지. 정말 미인이군. 내가 가르쳐줄 수도 있는데. 내가 여기 환자로 입원할까? 아냐 아냐, 여기 여자들이 임신을 하면 무료로 출산을 시켜주지. 저 여자가 이 말을 알아들었을까? 자네에게 잘생긴 사내아이를 낳아줄걸세. 그녀랑 금발 사내아이를 말이야. 정말 좋아. 정말 괜찮아 보여. 정말 아름다워. 나하고 저녁 같이 먹을 건지 물어봐줘. 아냐, 자네에게서 뺏어가지는 않아. 고마워요. 아주 고마워요, 아가씨. 이제 다 됐어요."

"이제 다 끝났네." 그는 내 어깨를 살짝 주물렀다. "붕대는 풀어놓게."

"한잔하시겠습니까?"

"한잔? 물론이지. 열 잔이라도 하겠네. 술이 어디 있나?"

"옷장 속에 있습니다. 바클리 양이 꺼내줄 겁니다."

"건배, 아가씨에게 건배. 정말 미인이군. 다음에는 이것보다 더 좋은 코냑을 갖다주겠네." 그는 콧수염을 닦았다.

"수술은 언제 할 수 있을까요?"

"내일 아침에. 그 전에는 안 돼. 위장이 비어 있어야 하거든. 속이 깨끗해야 해. 아래층에 있는 나이 든 여자에게 지시를 해놓겠네. 잘 있게나. 내일 보세. 내일 이것보다 더 좋은 코냑을 가져다주겠네. 편하게 있게나. 안녕. 내일 보세. 잠 잘 자게. 내일 일찍 보세나." 그는 문간에서 손을 흔들었다. 그의 갈색 어굴이 웃자 콧수염이 빳빳하게 올라갔다. 그의 소매에는 네모난 테두리 안에 별이 그려져 있었다. 그는 소령이었다.

16장

그날 밤, 발코니로 통하는 열린 창문으로 박쥐 한 마리가 들어왔다. 우리는 그 창문으로 마을 지붕 너머 야경을 바라보고 있었다. 그 창을 통해 들어오는 희미한 빛밖에 없어서 병실은 어두웠다. 박쥐는 무서워하지 않고 마치 밖에 있는 것처럼 실내를 이리저리 날아다녔다. 우리는 누워서 박쥐를 쳐다봤다. 조용하게 누워 있어서인지 박쥐는 우리를 보지 못한 것 같았다. 박쥐가 나간 후, 우리는 탐조등 불빛이 하늘을 가로지르는 것을 보았다. 그러고는 하늘은 다시 어두워졌다. 밤의 미풍이 불어왔고, 옆 건물 지붕 위에 있는 대공포 사수들의 말소리가 들렸다. 날씨가 추워서 병사들은 외투를 입고 있었다. 밤이지만 혹시 누가 들어올까 겁이 났지만, 캐서린은 모두 다 잠들었다고 했다. 우리는 같이 잠이 들었는데, 중간에 깨어보니 그녀가 없었다. 하지만 곧 복도를 걸어오는 그녀의 발소리가 들렸다. 그녀는 침대로 돌아와서, 아래층에 내려가보니 모두 잠들어 있더라고, 밴 캠픈 양의 방 밖에서 그녀의 자는 숨소리가 들렸다고 했다. 우리는 캐서린이 가져온 크래커를 나누어 먹고 베르무트를 조금 마셨다. 무척 배가 고팠지만 그녀는 어차피 아침이 되면 먹은 걸 다 토해내야 된다고 말했다. 나는 새벽까지 잤고, 일어나보니 그녀는 가고 없었다. 다시 돌아온 그녀는 싱싱하고 아름답게 보였고, 내 침대에 와서 앉았다. 입에 체온계를 물고 있는 동안 해가 떠올랐고, 우리는 지붕 위의 이슬 냄새와 옆 건물 지붕 위 병사들이 마시는 커피 향을 맡았다.

"산책을 나갈 수 있으면 좋을 텐데. 당신이 휠체어에 타고 내가 밀면서요." 캐서린이 말했다.

"내가 어떻게 휠체어에 앉아?"

"둘이서 하면 될 거예요."

"공원으로 가서 밖에서 아침을 먹을 수도 있겠군."

"하지만 우리가 진짜로 해야 할 일은 당신 친구 발렌티니 박사를 위해 수술 준비를 하는 거예요."

"그 사람 대단한 것 같아."

"난 당신이 좋아하는 만큼 그 사람이 좋진 않았어요. 하지만 아주 실력 있는 의사 같아요."

"다시 침대로 와, 캐서린." 내가 말했다.

"안 돼요. 지난밤에 멋지게 보냈잖아요."

"오늘 밤에도 야간 근무를 할 수 있어?"

"그럴 수도 있죠. 하지만 당신이 날 원하지 않을걸요."

"원할 거야."

"아니에요. 수술 받아본 적 없죠? 어떻게 변할지 몰라요."

"난 괜찮을 거야."

"당신은 아플 거고, 그럼 내겐 신경도 안 쓸 거예요."

"그럼 지금 와."

"안 돼요. 체온을 차트에 기입하고 당신 수술 준비를 해야 해요."

"날 진짜 사랑한다면 이리 와요."

"정말 철부지군요." 그녀는 내게 키스했다. "차트는 이상 없어요. 당신 체온은 언제나 정상이에요. 아름다운 체온이에요."

"당신도 모든 것이 아름다워."

"아니에요. 아름다운 체온을 가진 사람은 당신이에요. 당신 체온이 자랑스러워요."

"우리 아이들도 좋은 체온을 갖게 되겠지."

"우리 아이들 체온은 형편없을 거예요."

"발렌티니를 위해서 우리가 뭘 준비해야 하지?"

"별건 아니지만, 기분 좋은 일은 아니에요."

"그럼 당신이 하지 마."

"다른 사람이 당신에게 손대는 게 싫어요. 바보 같죠? 그들이 당신에게 손대면 화가 나요."

"퍼거슨도?"

"특히 퍼거슨이랑, 게이지랑, 그리고 그 사람 이름이 뭐더라?"

"워커?"

"그래요. 그리고 여긴 간호사가 너무 많아요. 환자가 더 들어오지 않으면 우리를 내보낼 거예요. 간호사가 네 명이나 되잖아요."

"환자가 더 올 거야. 그 정도 간호사는 필요해. 여긴 큰 병원이니까."

"환자가 더 왔으면 좋겠어요. 나를 다른 데로 보내면 어떡하죠? 환자가 없으면 그럴 거예요."

"그럼 나도 떠날 거야."

"바보 같은 소리 마세요. 당신은 아직 못 움직여요. 하지만 빨리 회복되면 같이 갈 수도 있겠죠."

"그런 다음엔?"

"어쩌면 전쟁이 끝나겠죠. 끝없이 계속되지는 않을 테니까요."

"난 금방 좋아질 거야. 발렌티니가 나를 고쳐줄 거야."

"멋진 수염도 있으니 그럴 거예요. 그리고 마취될 때, 우리 생각은 하지 말고 다른 걸 생각하세요. 마취에서 깨어날 때는 꽤 수다스러워지거든요."

"뭘 생각할까?"

"아무거나요. 우리 생각만 빼고요. 당신 친구들이나 다른 여자 생각을 해요."

"싫어."

"그럼 기도하세요. 그러면 엄청 좋은 인상을 주게 될 거예요."

"어쩌면 아무 말도 안 할지도 몰라."

"그래요, 어떤 사람들은 아무 말도 안 해요."

"나도 그럴 거야."

"너무 장담하지는 마세요. 당신처럼 좋은 사람이 허풍 떠는 건 어울리지 않아요."

"한마디도 안 할 거야."

"벌써 장담하는 거 봐. 그럴 필요 없어요. 그냥 의사들이 숨을 깊이 들이쉬라고 할 때, 기도를 하든지 시를 생각해요. 그럼 잘될 거고. 나도 당신이 자랑스러울 거예요. 사실은 이미 자랑스럽지만요. 당신 체온은 완벽하니, 베개를 나라고 생각하고 껴안고 어린애처럼 잠들면 돼요. 아니면 베개를 다른 여자로 생각하든가요. 예쁜 이탈리아 여자로."

"당신으로 생각할 거야."

"물론 그래야죠. 사랑스럽게 구네요. 발렌티니가 당신 다리를 잘 고쳐줄 거예요. 수술 장면은 안 봐도 돼서 다행이에요."

"그럼 야간 근무는 하겠네."

"그래요. 하지만 당신은 내겐 관심 없을 거예요."

"두고 봐."

"자, 이제 당신은 안팎으로 모두 깨끗해졌어요. 말해봐요. 그동안 사랑한 사람이 모두 몇 명이었어요?"

"아무도 없었어."

"나까지도요?"

"당신만 빼고."

"다른 여자들은요?"

"아무도 없었어."

"지금까지 몇 명하고…… 뭐라고 하지? 자봤어요?"

"한 번도 없었어."

"거짓말."

"정말이야."

"알았어요. 계속 거짓말해요. 그걸 원하니까. 그 여자들은 예뻤나요?"

"아무하고도 안 잤다니까."

"알았어요. 매력적이었나요?"

"난 그녀들에 대해 아무것도 모른다니까."

"당신은 내 거예요. 다른 누구 것도 아니에요. 과거에는 달랐다 해도 상관없어요. 그 여자들이 두렵지 않거든요. 하지만 내게 그 여자들 얘기는 하지 마세요. 창녀하고 잘 때 여자가 비용 얘기는 언제 꺼내나요?"

"몰라."

"물론 모르겠죠. 창녀도 사랑한다고 말하나요? 말해줘요. 알고 싶어요."

"남자가 원하면 하지."

"하지만 당신은 절대 그런 짓 안 했죠? 그렇죠?"

"그럼."

"사실을 말해줘요."

"사실이야." 나는 거짓말을 했다.

"그랬을 리가 없죠. 그럴 줄 알았어요. 아, 사랑해요."

밖에는 지붕 위로 태양이 떠올라 있었다. 성당의 첨탑이 햇빛을 받아 반짝였다. 나는 안팎이 다 정결히 한 상태로 의사를 기다리고 있었다.

"정말 그래요?" 캐서린이 물었다. "남자가 원하는 대로 여자가 말해주나요?"

"언제나 그런 건 아니야."

"하지만 난 그럴 거예요. 난 당신이 원하는 걸 말해주고, 당신이 원하는 걸 해줄 거예요. 그럼 당신은 다른 여자를 절대 원하지 않을 거예요. 그렇죠?" 그녀는 행복한 표정으로 나를 바라봤다. "당신이 원하는 걸 다 해주고, 당신이 하라는 말을 다 해줄게요. 그럼 우리 사랑은 이루어질 거예요, 그렇죠?"

"그래."

"수술 준비 다 됐으니 이제 뭘 할까요?"

"침대로 와."

"좋아요. 갈게요."

"아, 내 사랑, 내 사랑."

"보세요. 시키는 대로 다 하잖아요." 그녀가 말했다.

"당신은 너무 사랑스러워."

"아직은 서툴러요."

"사랑스러운 여자야."

"당신이 원하는 게 제가 원하는 거예요. 나라는 존재는 이제 없어요. 당신이 원하는 것만 있죠."

"착한 여자."

"나도 잘하죠? 제법 잘하지 않나요? 이제 다른 여자는 원하지 않을 거죠, 그렇죠?"

"그래."

"보세요, 나도 잘하죠? 당신이 원하는 대로 하잖아요."

17장

수술 후 깨어나 보니, 다행히 살아 있었다. 화학약품에 마취되어 아무것도 느끼지 못했을 뿐 죽은 건 아니었다. 깨어나니 술 취한 상태와 비슷했다. 다만 토해도 나오는 게 없고 토하고 난 뒤에도 기분이 좋아지지 않는다는 게 달랐다. 침대 끝에 모래주머니가 보였다. 그것은 깁스에서 빼낸 파이프 위에 놓여 있었다. 잠시 후, 게이지 양이 나타나서 말했다. "이제 좀 괜찮으세요?"

"좋아졌어요." 내가 말했다.

"의사 선생님이 수술을 아주 잘해주셨어요."

"얼마나 걸렸나요?"

"두 시간 반요."

"깨어날 때 내가 뭐 이상한 말을 했나요?"

"한마디도 안 하셨어요. 아주 조용하던데요."

캐서린이 옳았다. 나는 너무 아파서 누가 야간 당직이든 상관할 겨를이 없었다.

병원에 세 명의 환자가 더 들어왔다. 조지아 출신으로 적십자사에서 일하다 말라리아에 걸린 마르고 착한 청년, 역시 말라리아와 황달에 걸린 뉴욕 출신의 삐쩍 마른 착한 청년, 그리고 유산탄과 고성능 폭탄이 혼합된 폭탄의 뇌관 뚜껑을 기념품으로 가져가려고 열었다 부상당한 잘생긴 청년이었다. 그건 오스트리아군이 산에서 사용했던 유산탄으로, 그 뇌관 뚜껑은 폭발 후에도 무언가 닿으면 터지게 되어 있었다.

캐서린 바클리는 언제나 야근을 자청했기에 다른 간호사들이 예뻐했다. 야근하는 동안엔 말라리아 환자들을 돌보느라 정신이 없지만, 폭탄 뇌관을 뜯으려 한 청년은 그녀와 나 사이를 알아 꼭 필요한 경우가 아니면 그녀를 부르지 않았다. 그녀가 밤 근무를 하는 사이사이 우리는 함께 있었다. 나는 그녀를 아주 사랑했고, 그녀도 나를 사랑했다. 나는 낮에는 잤고, 깨어 있는 동안에는 서로 편지를 써서 퍼거슨을 통해 주고받았다. 퍼거슨은 친절한 여자였다. 오빠 하나가 52사단에 있고, 또 다른 오빠가 메소포타미아에 있다는 것 말고는 그녀에 대해 아는 것이 없었지만, 그녀는 캐서린 바클리에게 참 잘해주었다.

"우리 결혼식에 와줄래요, 퍼기?" 한번은 내가 그렇게 물었다.

"두 사람은 결혼 못 할 걸요."

"할 거예요."

"못 할 거예요."

"왜요?"

"결혼하기 전에 싸울 거니까요."

"우린 절대 안 싸워요."

"아직 싸울 시간 많아요."

"안 싸운다니까요."

"그럼 죽겠죠. 싸우거나 죽거나, 그게 인간사잖아요. 그러니 결혼을 못 하는 거죠."

내가 그녀의 손을 잡으려 하자 그녀가 말했다. "잡지 마세요. 난 우는 게 아니에요. 어쩌면 두 사람은 잘 해나갈지도 몰라요. 하지만 캐서린을 곤경에 빠뜨리지는 마세요. 그러면 내가 당신을 죽일 거예요."

"절대 그녀를 곤경에 빠뜨리지 않을 겁니다."

"그럼 조심하세요. 모든 일이 잘되기를 바라요. 잘 지내세요."

"우린 잘 지내고 있어요."

"싸우지 말고, 그녀를 곤경에 빠뜨리지도 마세요."

"안 그럴게요."

"정말 조심하세요. 캐서린이 전쟁고아를 낳으면 안 되니까."

"당신은 좋은 사람이에요, 퍼기."

"아니에요. 아첨 그만해요. 다리는 좀 어때요?"

"좋아요."

"머리는요?" 그녀는 내 머리 끝을 손가락으로 만졌다. 마비된 발처럼 감각이 없었다.

"전혀 문제없어요."

"이 정도 혹이면 정신이상이 될 수도 있어요. 그런데 아무렇지도 않아요?"

"그래요."

"정말 운이 좋은 분이군요. 편지 다 썼어요? 이제 아래층으로 내려갈래요."

"여기요." 내가 말했다.

"캐서린한테 당분간 야근하지 말라고 하세요. 많이 피곤해해요."

"알았어요, 그러죠."

"내가 직접 말하고 싶지만, 내 말은 안 들을 거예요. 다른 사람들은 캐서린이 야근하는 걸 좋아하지만, 좀 쉬게 해줘야 해요."

"알았어요."

"밴 캠픈 양이 중위님이 오후에 잠만 잔다고 싫은 소리를 하던데요."

"그러겠죠."

"당분간 캐서린이 야근을 안 하도록 해주세요."

"나도 그걸 원해요."

"거짓말 말아요. 하지만 그녀를 쉬게 해주면 당신을 존경할게요."

"꼭 그렇게 할게요."

"난 안 믿어요." 그녀는 내 편지를 들고 나갔다. 내가 벨을 누르자, 곧 게이지 양이 들어왔다.

"무슨 일이에요?"

"할 말이 있어서요. 바클리 양이 당분간 야간 근무를 좀 쉬는 게 좋다고 생각하지 않나요? 많이 피곤해 보이던데요. 왜 그렇게 계속 야근만 하죠?"

게이지 양은 나를 바라보더니 말했다.

"난 당신들 편이에요. 나한테까지 그런 식으로 말하지 마세요."

"무슨 말이에요?"

"실없는 소리 말아요. 다른 할 말은 없나요?"

"베르무트 한 잔 어때요?"

"좋아요. 한 잔만 할게요." 그녀는 옷장에서 술병과 유리잔을 꺼냈다.

"당신은 유리잔으로 마셔요. 나는 병째 마실 테니."

"자, 건배." 게이지 양이 말했다.

"내가 오후에 자는 것에 대해 밴 캠픈이 뭐라고 하던가요?"

"그냥 불평한 거죠. 중위님을 특권층 환자라고 부르더군요."

"빌어먹을 여자 같으니."

"못되지는 않았어요. 그냥 늙고 까다로운 여자일 뿐이죠. 그 여자는 처음부터 중위님을 좋아하지 않았어요."

"그랬죠."

"난 중위님이 좋아요. 우린 친구예요. 그걸 잊지 마세요."

"게이지 양은 친절하고 좋은 사람이에요."

"난 중위님이 누구를 좋아하는지 잘 알아요. 그래도 난 중위님 친구예요. 다리는 어때요?"

"좋아요."

"차가운 탄산수를 가져와서 깁스 위에 부어줄게요. 깁스 안쪽이 가려울 테니까. 깁스 바깥쪽이 더워서 그래요."

"정말 친절하시군요."

"많이 가려워요?"

"아뇨, 괜찮아요."

"모래주머니를 좀 조정해줄게요." 그녀는 몸을 굽혔다. "전 중위님 친구예요."

"알고 있어요."

"아뇨, 중위님은 몰라요. 하지만 언젠가는 알게 되겠죠."

캐서린 바클리는 사흘간 야간 근무를 서지 않다가 다시 야근을 시작했다. 마치 각자 오랜 여행에서 돌아와 다시 만난 기분이었다.

18장

그해 여름, 우리는 즐거운 시간을 보냈다. 내가 밖에 나갈 수 있게 되자, 우리는 공원에서 마차를 탔다. 나는 지금도 그 마차를 기억한다. 말은 천천히 걸어갔고, 광택이 나는 높은 모자를 쓴 마부 뒤에서 캐서린과 나는 나란히 앉아 있었다. 서로의 손이 닿으면, 아니 그저 스치기만 해도 우리의 가슴은 뛰었다. 후에 내가 목발을 짚고 돌아다니게 되었을 때는, 비피나 그란이탈리아 같은 레스토랑 야외 테이블에 앉아 저녁을 먹었다. 웨이터들이 들락거리고, 행인들이 지나갔으며, 식탁보 위에선 촛불이 그림자를 만들고 있었다. 우리가 제일 좋아하게 된 곳은 수석 웨이터 조지가 시중을 드는 그란이탈리아였다. 그는 훌륭한 웨이터였고, 우리는 그에게 음식을 주문하면서 저녁노을 속의 거대한 상점가와 행인들을 바라보았다. 우리는 얼음에 재워둔 단맛이 없는 화이트 카프리를 마셨다. 물론 프레사, 바르베라* 또는

*이탈리아산 레드와인의 한 종류.

달콤한 화이트와인 같은 것을 마시기도 했다. 전쟁 때문에 와인 전문 웨이터는 없었지만, 프레사 같은 와인에 대해 질문하면 조지는 곤란하다는 듯이 미소를 지으며 말했다.

"딸기 맛이 나는 와인을 만드는 나라가 있다고 생각하세요?"

"그러면 왜 안 되는데요? 멋지게 들리는데요." 캐서린이 대꾸했다.

"그럼 숙녀분께서 한번 마셔보시죠. 하지만 중위님을 위해선 마르고를 작은 걸로 한 병 갖다드리겠습니다."

"나도 마셔보겠네, 조지."

"중위님께는 그걸 추천할 수가 없습니다. 이건 제대로 된 딸기 맛도 아니니까요."

"딸기 맛이 날 수도 있어요. 그러면 멋질 거예요." 캐서린이 말했다.

"그럼 가져오겠습니다. 숙녀분께서 충분히 마시시면 치워드리죠." 조지가 말했다.

그건 와인이라고 할 수도 없는 것이었다. 그의 말처럼 딸기 맛조차 나지 않았다. 그래서 우리는 다시 카프리를 마셨다. 어느 날 저녁, 나는 돈이 부족해서 조지에게 100리라를 빌렸다. "괜찮습니다, 중위님." 그가 말했다. "다 이해합니다. 사람이 돈이 떨어질 때도 있죠. 언제라도 돈이 필요하시면 절 찾아주세요."

저녁을 먹고 나면 다른 레스토랑들과 셔터가 내려진 가게들을 따라 상점가를 산책하다가, 샌드위치를 파는 작은 가게에 들렀다. 햄과 상추를 넣은 샌드위치와, 윤이 나는 작은 갈색 롤빵으로 만든 손가락 길이의 앤초비 샌드위치를 샀다. 밤에 배가 고플 때 그만이었다. 그런 다음 우리는 성당 맞은편 상점가 밖으로 나와 무개 마차를 타고 병원으로 돌아왔다. 병원 정문에 도착하면 수위가 목발 짚은 나를 도와주려고 뛰어나왔다. 마부에게 차비를 준 다음 우리는 엘리베이터를 타고 올라갔다. 캐서린은 간호사들이 사는 1층에서 내렸고, 나는 2층에서 내려 복도를 걸어 내 병실로 갔다. 때로는 옷을 벗고 침대에 누웠고, 때로는 발코니에 나가 의자에 다리를 올리고 지붕 위의 제비들을 보면서 캐서린을 기다렸다. 그러다가 캐서린이 2층으로 올라오면, 나는 목발을 짚고 복도로 나가 그녀가 오랜 여행에서 돌아온 것처럼 반가워하며 대야를 든 채 일하는 그녀 뒤를 따라다녔다. 때로는 병실 밖에서 그녀를 기다리기도 하고 병실 안으로 함께 들어가기도 했다. 그 병실에 들어가고 말고는 환자가 우리 친구냐 아니냐에 달려 있었다. 그녀의 일이 모두 끝나면, 우리는 내 병실로 들어와 발코니에 앉아 있곤 했다. 그 후에 나는 침대로 갔고, 모두가 잠들어 더 이상 그녀를 부를 사람이 없으면 그녀는 내게로 왔다. 나는 그녀의 머리를 풀어 내려뜨리는 것을 좋아했는데, 그러면 그녀는 침대에 가만히 앉아 있다가, 갑자기 내게 키스를 하곤 했다. 그녀의 머리핀을 빼서 시트 위에 올려놓으면 그녀의 머리가 흘러내렸다. 그녀가 가만히 있는 동안 나는 마지막 두 개의 핀을 뺐고 그러면 그녀의 머리는 완전히 풀어졌다. 그녀가 고개를 숙이면 우리는 둘 다 그 풍성한 머리카락 속에 파묻혀, 마치 텐트 속이나 폭포 뒤에 있는 느낌이었다.

    그녀의 머리카락은 정말로 아름다웠다. 나는 때로 누워서 창문으로 들어오는 빛을 통해 그녀가 머리를 땋는 모습을 지켜보았다. 날이 밝기 직전 빛나는 호수처럼 그녀의 머리칼은 밤에도 빛이 났다. 그녀는 얼굴도 예뻤고, 몸도 예뻤으며, 피부도 부드러웠다. 나란히 누워 있을 때면, 나는 손가락 끝으로 그녀의 뺨과 이마와 눈 밑과 턱과 목을 만져보며 "피아노 건반처럼 매끄럽군" 하고 말하곤 했다. 그러면 그녀는 내 턱을 어루만지며 "사포처럼 거칠어서 피아노 건반이 아파요"라고 말하곤 했다.
"그렇게 거칠어?"
"아뇨. 그냥 농담한 거예요."
밤은 즐거웠고, 우리는 그저 서로를 만지기만 해도 좋았다. 멋진 환락의 시간 외에도, 우리는 틈만 나면 서로를 더듬었다. 서로 떨어져 있을 때도 서로를 생각하게 하려 했다. 그게 통했던 건 서로가 같은 생각이었기 때문일 것이다.
우리는 그녀가 이 병원에 처음 온 날을 우리 결혼 날짜라고 여겼고, 그때부터 몇 달이 지났는지 날짜를 세어보곤 했다. 나는 정말로 그녀와 결혼하고 싶었지만, 캐서린은 그러면 병원에서 자기를 다른 곳으로 보낼 거라고, 결혼을 위한 형식적인 절차만 시작해도 우리를 갈라놓을 거라고 했다. 또한 우리는 이탈리아 법에 따라 결혼해야 하는데, 그 절차가 끔찍하다는 것이었다. 나는 애를 갖게 될 가능성 때문에라도 결혼하고 싶었다. 하지만 우리는 그냥 결혼한 것처럼 지냈고 별 걱정은 하지 않았다. 또한 그런 연애 상태가 즐겁기도 했다. 어느 날 밤, 우리는 결혼에 대해 다시 이야기했고 캐서린이 말했다. "하지만 그들은 나를 다른 데로 보내버릴 거예요."
"안 그럴지도 몰라."

"그럴 거예요. 그들은 나를 집으로 보낼 거고, 그러면 우리는 전쟁이 끝날 때까지 못 만나요."

"내가 휴가를 내면 되지."

"휴가 갖고는 스코틀랜드까지 갔다 올 수 없어요. 또 난 당신을 떠나기 싫고요. 지금 결혼해서 더 좋아지는 게 뭐가 있어요? 우린 결혼한 상태나 마찬가지예요. 더 이상 뭐가 필요해요?"

"당신을 위해서 그러는 거야."

"나라는 존재는 따로 없어요. 내가 당신이에요. 별도의 나를 만들지 마요."

"여자는 언제나 결혼하고 싶어 하는 줄 알았는데."

"맞아요. 하지만 난 결혼했잖아요. 당신과 결혼했어요. 내가 좋은 아내가 아닌가요?"

"사랑스러운 아내지."

"전에 한 번 결혼을 기다렸던 적이 있어요."

"그 얘기는 듣고 싶지 않아."

"난 지금 당신 외에는 어느 누구도 사랑하지 않아요. 그러니 과거는 신경 쓰지 말아요."

"신경이 쓰여."

"당신은 이미 내 모든 걸 갖고 있어요. 죽은 사람을 질투하지 말아요."

"알아, 하지만 난 듣고 싶지 않아."

"가엾은 사람. 난 당신이 수많은 여자들과 지냈다는 걸 알지만 전혀 괘념치 않잖아요."

"비밀 결혼식이라도 하면 안 될까? 내게 무슨 일이 있거나 당신이 임신할 경우를 생각해야지."

"국가나 교회만이 결혼식을 허가할 수 있어요. 또 우린 비밀 결혼은 한 상태잖아요. 내게 종교가 있다면 결혼식이 중요할 테지만, 나한텐 종교가 없어요."

"내게 성 안토니오를 줬잖아."

"그건 행운의 부적일 뿐이에요. 원래 내 것도 아니에요. 누가 준 거지."

"그럼 당신은 아무것도 걱정하지 않는 거요?"

"당신이 날 버리지만 않으면 돼요. 당신이 나의 종교예요. 당신이 내 모든 것이에요."

"좋아. 하지만 당신이 결혼식을 원하면 바로 그날 결혼할 거야."

"나를 정식으로 당신 아내로 만들어야 한다는 듯 말하지 말아요. 난 이미 당신 아내니까. 지금 이대로도 행복하고 흡족하다는 걸 부끄러워할 필요 없어요. 지금으로도 행복하지 않아요? 그럼 된 거예요."

"당신에게 다른 사람이 생겨서 떠나면?"

"아뇨. 그런 일은 절대 없을 거예요. 다른 끔찍한 일들이 많이 있겠지만, 그런 일은 없을 거예요."

"알았어. 하지만 나는 당신을 너무나 사랑하는데, 당신은 전에 다른 사람을 사랑한 적이 있잖아."

"그 사람이 어떻게 됐죠?"

"죽었지."

"그래요. 만일 그가 죽지 않았다면 난 당신을 만나지 않았을 거예요. 나는 정숙한 여자예요. 결점도 많지만, 정절은 지키는 여자예요. 당신이 지겨워할 정도로 정절을 지킬 거예요."

"난 곧 전선으로 돌아가야 해."

"떠날 때까지 그 생각은 말기로 해요. 보다시피 난 지금 행복하고, 우린 즐거운 시간을 보내고 있어요. 나는 오랫동안 행복하지 못했고, 당신을 만났을 때엔 거의 미쳐가고 있었어요. 어쩌면 이미 미쳐 있었는지도 몰라요. 하지만 지금 우리는 행복하고 서로 사랑하고 있어요. 그냥 이대로 행복을 즐기고 싶어요. 당신도 행복하죠, 그렇죠? 당신이 싫어하는 일을 내가 한 적이 있나요? 당신을 즐겁게 하기 위해 내가 뭘 할까요? 머리를 내려뜨릴까요? 아니면 사랑을 나누고 싶어요?"

"그래, 침대로 와."

"알았어요. 먼저 환자한테 가보고요."

19장

그해 여름은 그런 식으로 지나갔다. 자세하게 생각나진 않지만 엄청 더운 여름이었고, 신문에 승전 소식이 많이 실렸다. 나는 아주 건강했고 다리도 빨리 회복되어 목발을 짚은 지 얼마 안 돼 지팡이만 짚고도 보행이 가능했다. 그런 다음에는 오스페달레 마조레에서 물리치료를 받았다. 무릎을 굽히는 치료와 반사경 상자 안에서의 자외선 치료, 그리고 마사지와 목욕 치료였다. 나는 오후에 치료를 받으러 갔고, 그 후에는 카페에 들러 술을 마시며 신문을 보았다. 마을을 돌아다니진 않았다. 카페에서 곧바로 병원으로 돌아와 캐서린을 만나고 싶었기 때문이다. 그 외에는 빈둥거리며 지냈다. 대체로 오전에는 잤고, 때로는 오후에도 잤다. 경마장에 가는 날이면 늦게 물리치료를 받으러 가기도 했다. 때로는 앵글로-아메리칸 클럽*에 들러 창문

---

*외국에 있는 영국인과 미국인을 위해 만들어진 사교 클럽으로, 1866년부터 시작되었다. 세계 각지에 이 클럽이 있었는데, 여기서는 밀라노에 있는 것을 말한다.

옆 깊숙한 가죽 의자에 앉아 잡지를 읽었다. 내가 목발을 사용하지 않게 되자, 병원에서는 캐서린과 나를 같이 내보내지 않았다. 간호가 필요 없는 환자 옆에 간호사가 있는 건 이상해 보였기 때문이다. 그래서 오후에는 같이 있기가 어려웠다. 그러나 퍼거슨이 함께 갈 수 있으면, 우리는 같이 저녁을 먹으러 나가기도 했다. 밴 캠픈 양도 캐서린이 자신의 일을 많이 덜어주어서인지 우리 사이를 인정했다. 또한 그녀는 캐서린이 좋은 가문 출신이라며 전적으로 캐서린 편을 들어주었다. 그녀가 가문을 중시하는 건, 자신 또한 좋은 가문 출신이기 때문이었다. 병원이 아주 바빠 캐서린은 병원 일에 여념이 없었다. 너무도 더운 여름이었다. 나는 밀라노에 아는 사람이 많았지만, 오후가 지나면 언제나 병원으로 돌아가고 싶었다. 전선에서는 아군이 카르소로 진군해 플라바를 지나 쿡까지 점령했으며, 이제는 바인시차 고원을 점령하려 하고 있었다. 서부전선 전황은 좋아 보이지 않았다. 전쟁은 오래 계속될 것 같았다. 미국은 막 참전해서인지, 전투를 잘하도록 군대를 훈련시키려면 적어도 1년은 걸릴 것 같았다. 내년 전황은 더 나빠질 것 같았지만 혹 좋아질 수도 있었다. 이탈리아군은 수많은 병사들을 소모하고 있어 앞으로 어떻게 될지 알 수 없을 정도였다. 그들이 바인시차와 몬테산가브리엘레*를 점령한다고 해도, 그 너머로도 오스트리아군이 주둔하고 있는 수많은 산들이 있었다. 내 눈으로도 직접 보았지만, 높은 산들은 모두 그 너머에 있었다. 그들은 카르소에서 진군하고 있었지만, 바다를 낀 그 산악 지대엔 늪지대와

---

*산가브리엘레 근처에 있는 산.

습지들도 있었다. 나폴레옹도 평지에선 오스트리아군을 무찌를 수 있었겠지만, 산에서는 오스트리아군과 싸우지 않았을 것이다. 아마도 오스트리아군을 내려오게 해서 베로나 근처에서 혼을 내주었을 것이다. 서부전선에서는 아무도 이기고 있지 않았다. 전쟁은 이미 이기고 지는 단계를 지났는지도 몰랐다. 그저 끝없이 계속되는 것 같았다. 어쩌면 또 다른 백년전쟁*이 될는지도 몰랐다. 나는 신문을 제자리에 돌려놓고 클럽을 나왔다. 조심스럽게 계단을 내려와 비아 만초니로 걸어 올라갔다. 그란 호텔 밖에서 마차에서 내리는 마이어스 부부를 만났다. 그들은 경마장에서 돌아오는 길이었다. 상반신이 큰 마이어스 부인은 검은 공단 옷을 입고 있었다. 하얀 수염을 기른 마이어스 씨는 나이가 많고 키가 작았으며, 지팡이를 짚고 평발처럼 걸었다.

"안녕하세요?" 부인은 나와 악수를 했다. "안녕하시오." 마이어스 씨가 말했다.

"경마는 어땠습니까?"

"좋았어요. 아주 좋았어요. 세 번이나 이겼는걸요."

"마이어스 씨는 어떠셨어요?" 내가 마이어스 씨에게 물었다.

"괜찮았네. 한 번 이겼어."

"저이가 어디에 거는지는 나도 몰라요. 한 번도 말해준 적이 없거든요." 마이어스 부인이 말했다.

"나도 나름 잘하고 있어." 마이어스 씨가 정중한 어투로 말했다. "자네도 경마장에 오지그래." 그와 이야기를 하고 있으

---

*1337년에서 1453년까지 116년간 이어진 영국과 프랑스의 전쟁.

면, 이 사람이 나를 보고 있지 않거나 다른 사람으로 착각하고 있지 않나 하는 인상을 받았다.

"그러죠." 내가 말했다.

"병원으로 한번 찾아갈게요." 마이어스 부인이 말했다. "아들들에게 갖다 줄 것이 있거든요. 병사들은 모두 내 아들들이에요. 아들이나 마찬가지예요."

"모두들 반가워할 겁니다."

"아들들이 보고 싶네요. 중위도 내 아들이에요."

"전 이제 돌아가봐야겠습니다."

"아들들에게 안부 전해줘요. 갖고 갈 것이 많아요. 아주 좋은 마르살라도 있고 케이크도 있어요."

"그럼 들어가세요." 내가 말했다. "오시면 모두들 반가워할 겁니다."

"잘 가게." 마이어스 씨가 말했다. "갈레리아 상점가에 오면 우리를 보러 오게. 우리 테이블이 어디에 있는지 알지? 우리는 오후면 늘 거기 있다네." 나는 길을 따라 걸어 올라갔다. 코바에 들러 캐서린을 위해 뭘 사고 싶었기 때문이다. 나는 초콜릿을 한 상자를 샀고, 여종업원이 포장하고 있는 동안 술을 파는 바로 걸어갔다. 영국인 두 명과 조종사들이 있었다. 나는 혼자서 마티니를 한 잔 한 다음, 술값을 내고 밖의 카운터에서 초콜릿 상자를 받아 들고 병원을 향해 걸어갔다. 스칼라 극장 위쪽 거리의 작은 술집 야외 테이블에 내가 아는 사람들이 앉아 있었다. 부영사, 성악을 공부하는 친구 둘, 샌프란시스코에서 살다 온 이탈리아 군인 에토레 모레티 등이었다. 나는 그들과 술을 마셨다. 성악가 중 하나는 랠프 시먼스로, 엔리코 델크레도라는 예명으로 활동하고 있었다. 그 사람이 얼마나 노래를 잘하는지는 알 수 없었지만, 그는 늘 크고 좋은 행사에 불려 다니는 것처럼 굴었다. 그는 뚱뚱했고, 입과 코 사이에 건초열이 있는 듯했다. 그는 피아첸차에서 발표회를 하고 돌아왔다고 했다. 토스카를 불렀는데, 반응이 대단했다면서.

"하기야 중위는 내 노래를 들어본 적이 없군."

"여기서는 언제 노래할 건데?"

"가을에 스칼라 극장에서 할 거야."

"그럼 청중들이 자네에게 의자를 던지겠군. 모데나에서 청중들이 이 친구에게 의자를 던졌다네." 에토레가 말했다.

"그건 빌어먹을 거짓말이야."

"의자 던진 거 맞잖아. 나도 거기 있었다구. 의자를 여섯 개나 던졌고." 에토레가 말했다.

"프리스코* 촌놈 주제에."

"저놈은 이탈리아어를 제대로 발음할 줄 몰라. 그러니 어디를 가든 의자 세례를 받지." 에토레가 말했다.

"피아첸차 극장은 이탈리아 북부에서 가장 노래하기 힘든 곳이지." 다른 테너가 말했다. "내 말 믿어. 거긴 정말 노래하기 힘든 곳이야." 그 테너의 이름은 에드거 손더스였고, 에두아르도 조반니라는 예명으로 활동했다.

"거기 가서 사람들이 자네에게 의자 던지는 걸 보고 싶어." 에토레가 말했다. "자넨 이탈리아어로 노래할 줄 몰라."

"저 친구는 바보야." 에드거 손더스가 말했다. "그저 의자

---

*샌프란시스코를 줄여서 말한 것.

던지는 것밖에 몰라."

"자네 둘이서 노래하면 그렇게 할 수밖에 없어." 에토레가 말했다. "그런데도 미국에 가면 스칼라 극장에서 성황리에 노래했다고 자랑하겠지. 스칼라에서는 아마 첫 소절도 못 부르게 할걸."

"난 스칼라에서 노래할 거야." 시먼스가 말했다. "10월에 토스카를 부를 거라고."

"우리도 갈 거야. 안 그래, 맥?" 에토레가 부영사에게 말했다. "누군가가 가서 보호해줘야 하니까 말이야."

"미군이 나서서 보호해줄지도 모르지." 부영사가 말했다. "한 잔 더 할래, 시먼스? 손더스 자네는?"

"좋아." 손더스가 말했다.

"자네는 은성 훈장을 받는다며? 뭣 때문에 받는 거야?" 에토레가 내게 물었다.

"모르겠어. 정말로 받게 될지도 모르겠고."

"받을 거야. 그럼 코바에 있는 여자들이 자네를 멋있게 볼 거야. 자네가 오스트리아군 2백 명을 죽였거나, 적의 진지 하나를 혼자서 점령했다고 생각할걸. 나도 훈장을 받으려고 애 좀 썼지."

"훈장을 몇 개나 받았는데, 에토레?" 부영사가 물었다.

"받을 건 다 받았어." 시먼스가 대신 말했다. "저 친구 때문에 전쟁이 계속되는 거나 마찬가지라니까."

"동성 훈장 두 개와 은성 훈장 세 개지." 에토레가 말했다. "하지만 그중 하나만 그것도 서류로 왔어."

"다른 것들은 어떻게 됐는데?"

"작전이 성공하지 못했거든." 에토레가 말했다. "성공하지 못하면, 모든 훈장은 보류돼."

"부상은 몇 번 당했어, 에토레?"

"세 번 크게 다쳤지. 그래서 상이 휘장을 세 개 받았어. 이거 보여?" 그는 소매를 돌려 보였다. 휘장은 어깨에서 8인치 아래 소매 천에 꿰매져 있었다. 검정 바탕에 은줄이 나란히 박힌 것이었다.

"자네도 하나 받았잖아." 에토레가 내게 말했다. "그건 정말 자랑스러운 거야. 난 훈장보다 이게 더 좋아. 이게 세 개라면 대단한 거야. 병원에 적어도 석 달 입원해야 하나를 수여하니까 말이야."

"어디에 부상을 입었지, 에토레?" 부영사가 물었다.

에토레는 소매를 걷어 올렸다. "여기야." 그는 깊숙이 난 매끄러운 붉은 상처 자국을 보여주었다. "다리에도 하나 있어. 각반 때문에 보여줄 수는 없어. 그리고 발에도 하나 있지. 뼈가 죽어 아직도 내 발에선 악취가 나. 매일 아침 작은 조각들을 떼내는데, 냄새 지독해."

"뭐에 맞았는데?" 시먼스가 물었다.

"수류탄이었어. 감자 으깨는 공이처럼 생긴 거 말야. 내 발 한쪽을 통째로 날려버렸지. 감자 으깨는 공이처럼 생긴 수류탄 알아?" 그가 내 쪽을 보며 물었다.

"그럼."

"난 그 개새끼가 그걸 던지는 걸 봤어." 에토레가 말했다. "쓰러졌을 땐 정말 죽는 줄 알았지. 하지만 그 빌어먹을 감자 으깨는 공이가 실은 비어 있었어. 내가 그 자식을 소총으로 쐈지.

나는 적들이 나를 장교로 생각하지 않도록 언제나 소총을 갖고 다니거든."

"그때 그놈 표정이 어땠어?"

"놈은 수류탄 하나밖에 아무것도 없었어." 에토레가 말했다. "왜 그걸 던졌는지 모르겠어. 늘 그걸 한번 던져보고 싶었나 봐. 진짜 전투는 겪어보지 못해서일 수도 있지. 어쨌든 난 그놈을 제대로 쐈어."

"그러니까, 자네가 쏠 때 그놈 표정이 어땠냐고?" 시먼스가 다시 물었다.

"빌어먹을, 내가 그걸 어떻게 알아? 그놈 배를 쐈어. 머리를 조준하면 못 맞힐 것 같아서." 에토레가 말했다.

"언제 장교가 됐어, 에토레?" 내가 물었다.

"2년 전에. 난 곧 대위로 진급해. 자넨 언제 중위가 됐어?"

"3년째야."

"자넨 이탈리아어를 잘 몰라서 대위가 못 되는 거야. 말은 잘하지만, 읽고 쓰는 것은 잘 못하잖아. 대위가 되려면 교육을 받아야 해. 왜 미군에 입대하지 않은 거야?" 에토레가 말했다.

"앞으로 그럴지도 모르지."

"나야말로 미군이 되고 싶어. 미군 대위 월급이 얼마더라, 맥?"

"정확히는 몰라. 250달러쯤일걸."

"맙소사, 250달러면 그걸 다 어디에 쓰지? 프레드, 자네 빨리 미군에 들어가서, 나도 좀 들어가게 해줘."

"알았어."

"난 이탈리아어로 중대를 지휘할 수 있으니, 영어로 지휘하는 법도 빨리 배울 거야."

"장군도 하겠네." 시먼스가 말했다.

"아냐, 난 장군이 될 만큼 많이 알지는 못해. 장군은 엄청 많은 걸 알아야 해. 전쟁이 별것 아니라고 생각한다면, 그 머리론 상병도 될 수 없다고."

"그럴 필요가 없어서 다행이군." 시먼스가 말했다.

"자네 같은 병역 기피자들만 모아 입대시킨다면, 자네도 상병이 될 수 있어. 그러고 보니, 자네 둘을 내 소대에 넣고 싶어. 맥 자네도. 맥이 내 당번병이면 좋겠어."

"에토레. 자넨 좋은 사람이지만, 군국주의자야." 맥이 말했다.

"전쟁이 끝나기 전에 나는 대령이 될 거야." 에토레가 말했다.

"전사하지 않으면 말이지."

"적들은 날 못 죽여." 그는 자기 옷깃에 있는 별을 엄지와 검지로 만지며 말했다. "이거 보여? 누가 죽는다는 얘길 하면 우린 늘 이걸 만지지."

"자, 이제 그만 가지, 심." 손더스가 일어서며 말했다.

"좋아."

"잘 가. 나도 가야 해." 내가 말했다. 술집 안의 시계가 6시 15분 전을 가리키고 있었다. "차우, 에토레."

"차우, 프레드. 자네가 은성 훈장을 받는다니 정말 기뻐." 에토레가 말했다.

"안 받게 될지도 모른다니까."

"받게 될 거야, 프레드. 분명 자네가 받는다고 들었어."

"잘 가. 에토레, 말썽부리지 말고." 내가 말했다.

"내 걱정은 마. 난 술도 안 마시고 싸돌아다니지도 않아. 술

꾼도 아니고 유곽에도 안 가. 난 뭐가 내게 좋은지 잘 알아."
"잘 있어. 곧 대위로 진급한다니 나도 기뻐." 내가 말했다.
"진급을 기다리진 마. 공훈을 세우면 특진하게 되니까. 별 세 개 위로 교차되는 칼 위에 있는 왕관, 그게 바로 나야."
"행운을 비네."
"자네도. 전선에는 언제 돌아가나?"
"곧."
"또 만나."
"잘 가."
"자네도 잘 가. 늘 조심하고."
나는 병원으로 가는 지름길인 뒷길로 접어들었다. 에토레는 스물셋이었다. 샌프란시스코에 사는 숙부 손에서 자란 그는, 토리노에 있는 부모를 만나러 이탈리아로 왔다가 전쟁이 터져 참전했다. 그와 같이 미국 숙부 집에서 자란 여동생은 올해 사범학교를 졸업한다. 에토레는 진짜 전쟁 영웅이었지만 모든 사람을 지루하게 만들었다. 캐서린도 그를 지긋지긋해했다.
"병원에도 전쟁 영웅들이 있어요. 하지만 그들은 대게 조용해요." 그녀가 말했다.
"난 그 친구 별로 거슬리지 않는데."
"나도 그 사람이 잘난 체만 안 하고, 지루하고 따분하게 만들지만 않으면 상관 안 해요."
"나도 그 사람이 지루해."
"그래도 당신은 좋게만 말해요. 그럴 필요가 없는데. 당신은 전선에 있는 그 사람을 상상하며 대단한 사람이라고 여기죠. 하지만 난 그런 종류의 사람이 싫어요."

"알아."

"그걸 알면서도 좋게만 말하다니, 당신은 참 착해요. 나도 그 사람 좋아하려고 노력했지만, 그 사람은 끔찍해요."

"오늘 오후에 자기가 대위가 된다고 하더군."

"잘됐네요. 또 즐거워하겠네요."

"나도 진급했으면 좋겠어?"

"아뇨. 우리가 좋은 레스토랑에 입장할 수 있을 만큼의 계급이면 돼요."

"그건 지금 계급이면 되는데."

"그러니까요. 더 이상은 진급할 필요 없어요. 진급하면 교만해져요. 난 당신이 잘난 체하지 않아서 좋아요. 당신이 잘난 체했어도 결혼은 했겠지만, 그래도 교만하지 않은 남편을 둔 것이 행복해요."

우리는 발코니에서 조용하게 대화를 나눴다. 달이 보이면 더 좋았겠지만 안개가 마을을 덮고 있어서 달이 보이지는 않았다. 잠시 후 이슬비가 내리기 시작하자 우리는 안으로 들어갔다. 거세진 빗방울이 지붕을 두드렸다. 일어나서 혹시 비가 창문 안으로 들어오나 살펴봤지만, 그러지는 않았다. 그래서 문을 연 채로 두었다.

"또 누구를 만났어요?"

"마이어스 부부."

"이상한 사람들이에요."

"자기 나라에서는 감옥에 있어야 할 사람들이지. 외국에 나가서 죽으라고 내보낸 것 같아."

"그런데 밀라노에서 행복하게 살고 있군요."

"얼마나 행복한지는 알 수 없지."
"감옥에 있다 나왔으니 얼마나 행복하겠어요."
"부인이 병원에 뭘 보낸다고 하던데."
"좋은 것들을 많이 보내고 있어요. 당신도 그 여자의 아들인 가요?"
"아들 중 하나지."
"여기 있는 모두가 그 여자의 아들이군요. 그 여자는 아들만 좋아해요. 빗소리를 들어봐요." 캐서린이 말했다.
"엄청 쏟아지는데."
"언제까지나 날 사랑할 거죠?"
"그럼."
"비가 와도 변하지 않을 거죠?"
"그럼."
"그럼 안심이에요. 난 비가 두렵거든요."
"왜?" 나는 졸음을 느끼며 말했다. 밖에서는 비가 줄기차게 내리고 있었다.
"나도 몰라요. 언젠가부터 비가 무서웠어요."
"난 비가 좋은데."
"빗속을 걷는 건 좋아요. 하지만 비가 좋진 않아요."
"난 언제나 당신을 사랑할 거야."
"난 비가 내리든 눈이 내리든 우박이 떨어지든 당신을 사랑할 거예요. 또 뭐가 있지?"
"나도 몰라. 졸리네."
"그럼 가서 자요. 비가 오든 눈이 오든 무슨 일이 있어도 난 당신을 사랑할 거예요."

"진짜로 비를 두려워하는 건 아니지?"
"당신하고 같이 있으면 안 무서워요."
"왜 비를 두려워하는 건데?"
"나도 몰라요."
"말해봐"
"싫어요."
"말해."
"싫어요."
"말하라니까."
"때로 빗속에서 내 죽음을 봐요."
"말도 안 돼."
"때로 당신 죽음도 봐요."
"그건 말이 되네."
"아니에요. 내가 당신을 보호해줄 거예요. 난 할 수 있어요. 하지만 아무도 자기 자신을 보호할 수는 없어요."
"제발 그만해. 오늘 밤 당신의 스코틀랜드인 기질을 발동해 이상해지는 건 싫어. 우리가 같이 있을 시간도 많지 않잖아."
"하지만 난 스코틀랜드인이고 이상한 사람이에요. 하지만 그만두죠. 다 헛소리니까."
"그래, 다 말도 안 되는 소리야."
"맞아요. 모든 게 헛소리예요. 말도 안 돼죠. 난 비가 무섭지 않아요. 두렵지 않아요. 하느님 맙소사, 정말 그러면 좋겠어요." 그녀는 울고 있었다. 내가 위로해주자 그녀는 울음을 그쳤다. 밖에는 계속 비가 내리고 있었다.

20장

어느 날 오후 우리는 퍼거슨 양과 폭탄 뇌관이 폭발해 눈에 부상을 입은 크로웰 로저스와 함께 경마장에 갔다. 그 전에 점심 식사 후 여자들이 옷을 갈아입으러 간 사이, 크로웰과 나는 그의 병실 침대에 걸터앉아 경마 신문을 읽었다. 거기엔 경주마들의 과거 실적과 예상 순위가 나와 있었다. 크로웰의 머리는 붕대로 감겨 있었다. 그는 사실 경마에 관심이 없었지만 무료함을 달래려고 경마 신문을 열심히 읽다보니 경주마들을 꿰고 있었다. 그는 여기 말들은 형편없다고 했지만 그게 우리가 가진 전부였다. 마이어스 씨도 그를 좋아해 그에게 경마 정보를 주었다. 그건 매우 특별한 일이었다. 마이어스 씨는 거의 모든 경마에서 돈을 땄지만, 자기 지분이 줄어든다는 이유로 아무에게도 정보를 알려주지 않았기 때문이다. 이탈리아 경마는 타락해 있었다. 다른 나라에서는 출전 금지된 기수들이 여기 와서 경마를 하고 있었다. 마이어스의 정보는 정확했다. 하지만 나는 그에게 물어보는 게 싫었다. 그가 대답을 하지 않을 때도 있고, 말할 때도 썩 내키지 않은 듯 보였기 때문이다. 그러나 그는 무슨 이유에서인지 우리에게 말을 해주어야 한다고 생각했으며, 특히 크로웰에게는 쉽게 말해줬다. 자기 눈에도 문제가 있어서인지 눈 부상을 당한 크로웰을 좋아했다. 크로웰은 두 눈에 부상을 입었는데 특히 한쪽 눈이 심했다. 마이어스는 자기 부인에게도 자기가 무슨 말에 걸었는지를 절대 말해주지 않아서, 부인은 이길 때도 있었지만 대부분 돈을 잃고 불평을 늘어놨다.

우리 네 사람은 무개 마차를 타고 산시로 경마장으로 향했다. 날씨가 좋았다. 공원을 지나 전찻길을 달리다가, 먼지투성이인 마을 바깥길로 접어들었다. 철책이 쳐진 빌라들, 커다랗고 무성한 정원들, 물이 흐르는 도랑들이 보였으며, 먼지가 내려앉은 녹색 채소밭들도 있었다. 평원 너머로는 농가들과, 관개시설이 되어 있는 푸른 농장들과, 북쪽의 산들이 보였다. 많은 마차들이 경마장으로 들어갔다. 경마장 경비는 우리가 군복을 입은 걸 보고는 입장권을 확인도 않고 들여보냈다. 우리는 마차에서 내려 프로그램을 산 다음, 트랙을 가로질러 매끄럽고 두터운 잔디를 지나 말 대기소로 갔다. 특별관람석은 낡은 목조로 되어 있었고, 마권소는 관중석 아래 마구간 근처에 나란히 줄지어 있었다. 트랙을 둘러싼 울타리를 따라 군인들이 많이 서 있었다. 대기소에도 사람이 많았는데, 그들은 특별관람석 뒤의 나무들 아래에서 말들이 원을 그리며 걷도록 하고 있었다. 우리가 아는 사람들도 보였다. 우리는 퍼거슨과 캐서린에게 의자를 가져다준 다음, 말들을 구경했다.

말들은 마부의 인도에 따라 고개를 숙이고 한 마리씩 지나갔다. 자줏빛이 나는 흑마가 지나가자 크로웰이 염색한 게 틀림없다고 했다. 다시 그 말을 바라보니 과연 그럴 법했다. 안장을 얹으라는 벨이 울리기 직전에야 나온 말이었다. 마부의 팔에 찬 번호를 프로그램에서 확인하니, 그 말은 자팔라크라는 거세된 흑마였다. 이번 경기는 1천 리라 이상의 경기에서 이겨 본 적이 없는 말들의 경기였다. 캐서린도 그 말이 염색했다고 확신했지만, 퍼거슨은 잘 모르겠다고 했다. 내 눈에도 좀 의심스러웠다. 우리는 모두 그 말에 걸기로 하고 1백 리라를 공동출자했다. 배당표에 의하면 그 말이 이기면 35배를 지급하게 되어 있었다. 크로웰이 마권을 사러 간 사이, 기수가 한 번 더 말을 타고 돈 다음 나무 밑을 지나 트랙으로 가서 느린 갤럽으로 출발 지점을 향했다.

우리는 특별관람석으로 가서 경기를 지켜보았다. 당시 산시로 경마장에는 자동 출발구가 없었기에 출발 신호 담당자가 모든 말들을 일렬로 세웠다. 트랙에 선 말들은 아주 작아 보였다. 신호 담당자가 긴 채찍을 휘둘러 출발 신호를 보냈다. 우리가 돈을 건 흑마는 선두로 우리 앞을 지나갔으며, 커브를 돌자 다른 말들을 완전히 따돌렸다. 쌍안경으로 보자, 기수가 그 말의 속도를 제어하려는 게 보였지만 그러지 못했다. 말들이 반환점을 돌아 직선 코스에 진입했을 때 그 말은 다른 말들보다 무려 15마신이나 앞서 있었다. 그 말은 결승점을 지나고도 계속 반환점 근처까지 달렸다.

"정말 멋진 말이에요. 우린 3천 리라 이상을 벌었어요. 정말 대단한 말이에요." 캐서린이 말했다.

"배당금을 주기 전에는 염색이 빠지지 않아야 할 텐데." 크로웰이 말했다.

"정말 멋진 말이에요. 마이어스 씨도 그 말에 걸었을까." 캐서린이 궁금해했다.

"땄어요?" 내가 마이어스 씨에게 묻자 그는 고개를 끄덕였다.

"난 잃었어요." 마이어스 부인이 말했다. "어떤 말에 걸었어요?"

"자팔라크요."

"정말? 배당금이 35배나 되던데!"

"그 녀석 색이 좋아서요."

"난 싫었어요. 꼴사나운 색이었어. 사람들이 그 말에는 걸지 말라던데."

"배당금이 많지는 않을 거야." 마이어스 씨가 말했다.

"35배라고 나와 있던데요." 내가 말했다.

"그렇게 많지 않을 거야. 마지막 순간에 사람들이 그 말에 많은 돈을 걸었거든." 마이어스 씨가 말했다.

"누가요?"

"켐턴과 그 일당들이지. 두고 보라고. 두 배도 못 받을 거야."

"그럼 우린 3천 리라 못 받는 거예요? 완전 사기잖아요." 캐서린이 말했다.

"2백 리라는 받을 거야."

"그걸 받아서 뭐하게요? 난 우리가 3천 리라를 받는 줄 알았단 말이에요."

"이건 뭐 완전 사기네. 역겨워." 퍼거슨이 말했다.

"그건 맞아. 하지만 그렇지 않았다면 우린 그 말에 걸지도 않았을 거야. 난 아직도 3천 리라를 받고 싶어."
 "아래로 내려가서 술이나 한 잔씩 하며 얼마나 받게 되는지 봅시다." 크로웰이 말했다. 우리는 배당금을 지불하는 곳으로 갔다. 배당금을 지급한다는 벨이 울리자 자팔라크 뒤로 '18.50'이라는 숫자가 붙여졌다. 그건 배당금이 두 배도 안 된다는 뜻이었다.
 우리는 특별관람석 아래의 술집으로 가서, 위스키소다를 마셨다. 거기서 아는 이탈리아인을 두 명 만났고, 부영사인 맥애덤스도 만났다. 우리가 여자들이 있는 곳으로 가자 그들도 따라왔다. 이탈리아인들은 매너가 아주 좋았다. 맥애덤스가 캐서린과 이야기하는 동안, 우리는 아래로 내려가 다시 돈을 걸었다. 마이어스 씨가 배당금 표시기 근처에 서 있었다.
 "어느 말에 걸었는지 물어봐." 내가 크로웰에게 말했다.
 "어디에 거셨나요, 마이어스 씨?" 크로웰이 물었다. 마이어스씨는 프로그램을 꺼내 5번 말을 가리켰다.
 "우리도 거기 걸어도 될까요?"
 "그렇게 해. 하지만 우리 집사람에겐 내가 가르쳐줬다고 하지 마."
 "한잔하시겠어요?" 내가 물었다.
 "고맙지만 사양하겠네. 난 술은 안 마셔."
 우리는 5번 말이 우승하는 데 1백 리라를 걸고, 그 말이 우승권 안에 들어가는 데 다시 1백 리라를 건 다음, 위스키소다를 마셨다. 나는 기분이 좋아졌다. 모르는 이탈리아인 두 사람과 술을 마셨고, 그들과 함께 여자들에게로 돌아갔다. 그 두 사람도 매너가 좋았다. 매너 좋기로는 아까 만난 두 이탈리아인과 막상막하였다. 잠시 후 사람들이 일어섰을 때, 나는 캐서린에게 마권을 줬다.
"어떤 말이에요?"
"나도 몰라. 마이어스 씨가 골라줬어."
"그래도 그렇지, 말 이름도 몰라요?"
"몰라. 프로그램에 나와 있겠지. 5번 말일 거야."
"그 사람을 엄청 믿는군요." 그녀가 말했다. 정말로 5번 말이 우승했지만, 배당금은 형편없었다. 마이어스 씨는 화가 나서 말했다.
"20리라를 벌려고 2백 리라를 건 셈이네. 10리라 배당금이 12리라라니. 말도 안 돼. 게다가 우리 집사람은 20리라를 잃었어."
"나도 같이 내려갈게요." 내가 일어서자 캐서린이 말했다. 이탈리아인들도 모두 일어났다. 우리는 아래로 내려가서 말 대기소로 갔다.
"경마가 좋아요?" 캐서린이 물었다.
"그런 것 같아."
"그건 상관없지만 난 이렇게 많은 사람들 사이에 있는 게 불편해요."
"많다고까지 할 수는 없지."
"마이어스 부부, 그리고 아내와 딸을 데려온 은행원까지……."
"그 사람은 내 어음을 현금으로 바꿔주는 사람이야."
"그래요, 하지만 그가 아니더라도 다른 사람이 해주겠죠. 게다가 나중에 온 이탈리아인 네 사람은 끔찍했어요."

2부 171

"그럼 우린 여기 울타리에서 구경하지 뭐."

"그게 좋겠어요. 들어본 적도 없는 말에 걸어봐요. 마이어스가 걸지 않을 말에요."

"알았어."

우리는 '라이트 포 미'라는 말에 걸었다. 다섯 마리가 달리는 경주에서 4등을 한 말이었다. 우리는 울타리에 기대 말들이 요란한 말발굽 소리를 내며 지나가는 것을 바라봤다. 멀리로 산과 나무들이, 들판 너머로는 밀라노가 보였다.

"기분이 훨씬 상쾌해졌어요." 캐서린이 말했다. 땀에 젖은 말들이 정문을 통해 들어오고 있었다. 기수들은 말을 진정시키며 나무 아래로 몰고 가더니 말에서 내렸다.

"한잔할래요? 여기서 술을 마시며 말들을 구경하고 싶어요."

"내가 가져올게."

"심부름하는 아이가 가져올 거예요." 캐서린이 그렇게 말하며 손을 들자, 마구간 옆 파고다 술집에서 점원이 나왔다. 우리는 둥근 탁자에 앉았다.

"우리만 있으니까 좋지 않아요?"

"좋아." 내가 대답했다.

"저 사람들과 있으면 외로워요."

"여긴 멋진 곳이야."

"그래요. 훌륭한 경마장이에요."

"맞아."

"나 때문에 재미없다면 가자고 해요. 당신이 그러고 싶으면 언제라도 올라가도 돼요."

"아냐. 여기서 술을 마시다가, 아래로 내려가서 같이 물웅덩이 장애물 경주를 구경하자고."
"당신은 나한테 너무 잘해줘요." 그녀가 말했다.
잠시 둘만 있다가 다른 사람들과 어울리자 기분이 좋았다. 우리는 즐거운 시간을 보냈다.

21장

9월이 되자 밤이 차가워졌고, 이어서 낮도 서늘해졌다. 공원 나무들에 단풍이 들자 비로소 여름이 간 걸 실감할 수 있었다. 전선의 상황은 아주 좋지 않았다. 아군은 산가브리엘레를 점령하지 못하고 있었고, 바인시차 고원 전투는 끝이 났다. 그달 중순쯤 되자 산가브리엘레 전투도 끝이 보였다. 아군은 끝내 그곳을 빼앗지 못했다. 에토레는 전선으로 돌아갔다. 말들도 로마로 돌아가 더 이상 경마도 없었다. 크로웰은 미국으로 돌아가기 위해 로마로 후송되었다. 시내에서 전쟁에 반대하는 폭동이 두 번 있었고, 토리노에서 일어난 폭동도 제법 심각했다. 앵글로-아메리칸 클럽에서 만난 한 영국군 소령은 이탈리아군이 바인시차와 산가브리엘레 전투로 15만 명을 잃었다고 말해주었다. 카르소 전투에서도 이탈리아군 4만 명이 전사했다고 했다. 우리는 함께 술을 마셨고 이야기는 소령 혼자 했다. 그는 이곳의 금년 전투는 끝났으며, 이탈리아군이 너무 욕심을 냈다고 말했다. 또한 플랑드르 공격도 사정이 좋지 않으며, 이번 가을처럼 많은 전사자를 내면 연합군도 내년엔 나가떨어질 거라고 말했다. 그는 우리 모두 녹초가 되어버렸지만, 그래도 그걸 모르고 있는 한은 괜찮다고 했다. 우린 모두 지쳤어. 하지만 그걸 인정하면 안 돼. 결국 마지막까지 그 사실을 깨닫지 못하는 나라가 전쟁에서 승리할 테니까. 그가 말했다. 우리는 술을 더 마셨다. 내가 누구의 참모였느냐고? 아니야. 하지만 사실 그는 참모였다. 다 바보 같은 짓이지. 우리는 클럽의 커다란 가죽 소파에 둘만 앉아 있었다. 그는 광택 없는 가죽에 잘 윤을 낸 군화를 신고 있었다. 멋진 부츠였다. 그는 이 모든 게 다 바보 같은 짓이라고 말했다. 그들은 오직 사단들과 병력에 대해서만 생각해. 온통 사단에 대해 지껄이다가, 정작 사단 병력을 갖게 되면 모두 다 전사시키고 마는 거야. 그들은 모두 지쳐 있어. 독일군은 승리하지. 정말이지 독일놈들은 진짜 군인들이야. 훈족들은 정말 타고났어. 하지만 그들도 지쳤어. 우리 모두가 지쳤지. 나는 그에게 러시아군은 어떠냐고 물어보았다. 그는 그들도 이미 지쳤다고 말했다. 조만간 나도 그들이 지쳤다는 걸 알게 될 거라고 했다. 오스트리아군도 지쳤어. 하지만 독일군 사단의 도움을 받는다면 이길 수도 있겠지. 나는 다시 그들이 이번 가을에 공격할 것 같으냐고 물었다. 물론이지. 이탈리아군은 지쳤어. 다들 그들이 지쳤다는 것을 알고 있다고. 독일군이 트렌티노로 내려와서 비첸차 철로를 끊는다면, 이탈리아군이 어디로 가겠어? 1916년에도 그들이 그런 작전을 펼쳤죠, 내가 말했다. 그때는 독일군과 함께는 아니었지. 함께였습니다. 내가 말했다. 하지만 그들은 그렇게 하지 않을 거야. 소령이 말했다. 그건 너무 단순해. 뭔가 복잡한 작전을 펼치다가, 보기 좋게 나가떨어지겠지. 전 이제 가봐야겠어요. 내가 말했다. 병원에 돌아가봐야 합니다. "잘 가게." 그가 말했다. 그러고는 유쾌하게, "행운을 비네!"라고 덧붙였다. 그의 비관적 세계관과 유쾌한 태도는 퍽이나 대조가 되었다.

나는 이발소에 들러 면도를 하고 병원으로 돌아갔다. 내 다리는 이제 오래 걸어도 될 만큼 튼튼해져 있었다. 사흘 전 검사에서도 별 문제가 없었다. 하지만 아직 오스페달레 마조레에서 받아야 할 치료가 남아 있었다. 절름거리지 않고 걷는 법을 연습하면서 골목길을 따라 걸었다. 상점들이 늘어선 통로에서 한 노인이 실루엣 초상화*를 오려내고 있었다. 나는 멈춰 서서 그를 지켜봤다. 젊은 여자 둘이 포즈를 취하고 있었고, 그는 고개를 한쪽으로 갸웃한 채 여자들을 바라보며 재빠르게 그림을 오리고 있었다. 여자들이 킥킥거렸다. 그는 오린 것을 흰 종이에 붙이고는, 여자들에게 주기 전에 내게 먼저 보여줬다.

"어때요, 멋지죠? 하나 만들어드릴까요, 테넨테?" 그가 말했다.

여자들은 실루엣을 따라 오린 자신들이 담긴 그림을 보더니 웃으며 떠나갔다. 그들은 예뻤다. 한 명은 병원 건너편 와인 가게에서 일하는 여자였다.

"좋아요." 내가 말했다.

"모자를 벗어요."

---

*18세기 중엽 극단적인 절약을 호소한 프랑스의 재무장관 에티엔 드 실루엣이 초상화도 그림자 그림으로 충분하다고 주장하며, 검은 종이를 가위로 잘라 옅은 색 대지(臺紙) 위에 붙인 값이 싼 옆모습 초상화를 제작하도록 한 것에서 유래한 종이 초상화.

"그냥 쓴 채로 해주세요."

"그럼 안 멋있을 텐데. 하지만," 노인은 표정이 밝아지며 말했다. "그게 군인답게 보이겠지."

그는 두꺼운 검은색 종이에 나를 그려 실루엣을 따라 자른 다음, 그 종이를 두 장으로 분리해 한 장을 카드에 붙여줬다. 내 옆모습이었다.

"얼마죠?"

"괜찮습니다." 그는 손을 내저었다. "그냥 가져가요."

"받으세요." 나는 동전을 꺼냈다. "재밌었어요."

"나도 재미로 그린 거요. 여자 친구에게 줘요."

"정말 고맙습니다."

"또 봅시다."

병원에 도착하니 편지들이 와 있었다. 공문서도 하나 있었다. 3주 동안의 요양 휴가를 다녀온 뒤 전선으로 복귀하라는 명령서였다. 나는 주의를 기울여 그걸 읽었다. 드디어 올 것이 온 것이다. 요양 휴가는 내 병원 치료가 끝나는 10월 4일에 시작된다. 3주면 21일. 25일까지였다. 나는 잠시 밖에 나가겠다고 말한 후, 병원에서 약간 떨어진 레스토랑에서 저녁을 먹으며, 〈코리에레 델라 세라〉 신문과 편지들을 읽었다. 할아버지에게서 온 편지에는 가족 소식과 애국적인 격려와 200달러짜리 수표, 그리고 오린 신문 기사 몇 개가 들어 있었다. 장교 식당 친구인 군종신부가 쓴 따분한 편지도 있었고, 프랑스 공군에 입대해 거친 친구들과 한패가 된 지인의 편지도 있었다. 리날디가 보낸 편지도 있었다. 언제까지 밀라노에서 빈둥거릴 셈인지, 어떻게 지내는지 묻더니, 사서 오라며 음반 리스트를 적어 보냈다. 나는 반주로 키안티 작은 병을 마셨고, 코냑과 함께 커피를 마시며 신문을 다 읽은 후 편지들을 주머니에 넣었다. 그런 다음 다 읽은 신문과 팁을 식탁 위에 두고 그곳을 나왔다. 병실에 돌아와 옷을 벗고 파자마와 가운으로 갈아입은 후, 발코니에 걸려 있는 커튼을 내리고 마이어스 부인이 병원의 아들들을 위해 남겨놓고 간 선물 더미에서 보스턴 신문을 골라 읽었다. 아메리칸리그에선 시카고 화이트삭스가 우승을 했고, 내셔널리그에선 뉴욕 자이언츠가 선두를 달리고 있었다. 베이브 루스가 당시 보스턴 팀 투수였다. 신문은 지루했고, 뉴스도 지방 뉴스 아니면 철 지난 것들이었으며, 전쟁 뉴스 또한 해묵은 것들이었다. 미국의 뉴스는 온통 신병 훈련소에 대한 것뿐이었는데, 내가 거기에 있지 않은 것이 다행으로 느껴졌다. 읽을 것이라고는 야구 기사뿐이었지만 그것에도 심드렁해졌다. 너무 많은 신문들이 야구 기사를 냈기 때문이다. 철지난 뉴스나마 잠시 동안 읽었다. 나는 미국이 정말로 참전할 것인지, 메이저리그를 중지할 것인지 궁금했다. 아마 그러지 않을 것이다. 밀라노에서는 다시 경마가 시작됐고, 전쟁은 최악의 상황이었다. 프랑스에서는 경마가 중지됐는데, 우리가 돈을 걸었던 자팔라크도 거기서 온 말이었다. 캐서린은 9시까지는 근무가 없었다. 근무가 시작되자 그녀가 복도를 지나가는 발소리가 들렸고, 한번은 그런 그녀를 내다보기도 했다. 그녀는 다른 병실들을 들락거린 후, 드디어 내 병실로 왔다.

"좀 늦었어요. 할 일이 많아서요. 기분은 어때요?" 그녀가 말했다.

나는 도착한 명령서와 휴가 얘기를 했다.

"좋은 소식이네요. 휴가는 어디로 갈 거예요?"
"아무 데도 안 가. 그냥 여기 있고 싶어."
"바보 같은 소리 말아요. 장소를 고르면 나도 따라갈게요."
"그게 가능해?"
"몰라요. 하지만 어떻게 해보죠, 뭐."
"당신 정말 대단해."
"아니에요. 하지만 아무것도 잃을 게 없으면 사는 게 그다지 힘들지 않아요."
"그건 또 무슨 소리야?"
"아무것도 아니에요. 단지 한때는 커다란 장애물처럼 느껴졌던 것이 사실은 얼마나 사소한지 생각하고 있어요."
"인생은 원래 힘든 건지도 몰라."
"난 그렇게 생각하지 않아요. 필요하다면 난 모든 걸 버리고 여길 떠날 수도 있어요. 하지만 그렇게 되진 않을 거예요."
"어디로 가야하지?"
"상관없어요. 어디든 당신이 가고 싶은 데로 가요. 아는 사람이 없는 곳으로."
"정말 어디든 상관없어?"
"그래요. 어디든 좋아요."
그녀는 화가 나고 긴장한 것처럼 보였다.
"무슨 일 있었어, 캐서린?"
"아뇨. 아무것도 아니에요."
"무슨 일 있지?"
"아뇨. 정말로 아무것도 아니에요."
"무슨 일이 있는 게 확실해. 말해봐. 무슨 일이야?"

"아무것도 아니라니까요."

"말해봐."

"싫어요. 당신을 기분 나쁘게 하거나 걱정시키기 싫어요."

"그런 일은 없을 거야."

"확실해요? 난 괜찮지만, 당신이 걱정할까봐서 그래요."

"당신이 괜찮다면, 나도 괜찮을 거야."

"말하고 싶지 않아요."

"말해봐."

"꼭 그래야 해요?"

"그래."

"아이를 가졌어요. 거의 3개월이 돼가요. 걱정하는 건 아니죠? 제발 걱정하지 말아요. 걱정하면 안 돼요."

"걱정 안 해."

"정말요?"

"물론이지."

"낙태하려고 할 수 있는 건 다 해봤어요. 다 해봤지만, 소용없었어요."

"난 걱정 안 해."

"어쩔 수가 없었어요. 그런 일은 예상하지 못했거든요. 하지만 걱정하거나 기분 나빠하지 말아요."

"난 당신만 걱정해."

"그러지 말란 말이에요. 여자들은 누구나 아이를 낳아요. 다 낳죠. 그게 자연스러운 거예요."

"당신은 대단한 여자야."

"아니에요. 하지만 걱정 말아요. 당신을 힘들게 하지는 않을 거예요. 지금 당신을 걱정시키고 있다는 건 알아요. 하지만 지금까지는 전혀 안 그랬잖아요. 내가 임신한 것도 몰랐잖아요, 그렇죠?"

"몰랐어."

"앞으로도 그럴 거예요. 걱정하면 안 돼요. 당신이 걱정하는 게 보여요. 그만둬요, 걱정 마요. 술 한잔할래요? 당신은 술 마시면 유쾌해지잖아요."

"아냐, 난 지금 기분이 좋은걸. 당신은 정말 대단해."

"아니에요. 당신이 갈 곳을 고르면 같이 갈 수 있도록 모든 걸 준비할게요. 10월은 아름다울 거예요. 우리 멋진 시간을 가져요. 그리고 당신이 전선에 가면 날마다 편지를 쓸게요."

"당신은 어디 가고 싶어?"

"지금은 모르겠어요. 하지만 멋진 곳으로 가요. 그런 데를 찾아볼게요."

우리는 잠시 말없이 앉아 있었다. 나는 침대에 앉아 있는 캐서린을 바라보았다. 하지만 서로를 만지지는 않았다. 누군가가 갑자기 방에 들어와 어색해할 때처럼, 우리는 서로 떨어져 앉아 있었다. 이윽고 그녀가 손을 뻗어 내 손을 잡았다.

"당신, 화난 건 아니죠?"

"아니."

"덫에 걸린 느낌도 아니고요?"

"어쩌면 조금은. 그러나 당신 때문은 아니야."

"나 때문이라는 뜻은 아니에요. 바보 같은 생각 말아요. 그냥 덫에 걸린 느낌이 드는지 물어본 거예요."

"생물학적으로는 언제나 덫에 걸린 느낌이야."

움직이거나 손을 놓지 않았는데도, 갑자기 그녀가 멀게 느껴졌다.

"'언제나'라니요."

"미안해."

"괜찮아요. 하지만 난 이제껏 아이를 가져본 적도 없고 심지어 누구를 사랑해본 적도 없었지만 당신을 따랐는데, 이제 와서 당신은 '언제나' 덫에 걸린 느낌이었다고 말하네요."

"내 혀를 자르고 싶군." 내가 사과했다.

"아, 내 사랑!" 그녀는 원래의 모습으로 돌아왔다. "내 걱정은 말아요." 우리는 다시 하나가 된 듯했고 어색함도 사라졌다. "우리는 정말 하나니까 일부러 오해를 만들면 안 돼요."

"물론이지."

"하지만 사람들은 그렇게 해요. 서로 사랑하지만, 의도적으로 오해해 서로 싸우고, 갑자기 서로 다른 사람이 되어버리죠."

"우린 안 싸울 거야."

"그럼요. 세상엔 우리 둘뿐이고, 다른 사람들은 모두 남이에요. 우리 사이에 무슨 일이 생기면 끝이에요. 다른 사람들이 우릴 갖게 돼요."

"그런 일은 없을 거야. 당신은 너무나도 용감하니까. 용감한 사람에게는 아무 일도 일어나지 않아."

"물론 죽기야 하겠죠."

"하지만 죽음은 한 번뿐이야."

"그건 잘 모르겠어요. 누가 그런 말을 했어요?"

"겁쟁이는 천 번을 죽지만, 용감한 자는 한 번 죽는다,*라는 말?"

"알았어, 지금 다녀와."
"그럼 좀 있다 올게요."
"신문 보고 있을게." 내가 말했다.

22장

그날 밤은 춥더니, 다음 날 비가 왔다. 오스페달레 마조레에서 돌아오는 길에 비가 너무 많이 와서, 나는 비에 흠뻑 젖어 내 병실로 들어왔다. 발코니 밖으로 비가 억수같이 쏟아지고 있었고, 바람이 요란하게 유리문을 흔들고 있었다. 나는 옷을 갈아입고 브랜디를 마셨지만 술이 받지 않았다. 지난밤에 아프더니 아침을 먹은 후에는 구토까지 일었었다.

"의심의 여지가 없어요. 눈의 흰자위를 좀 봐요, 간호사." 의사가 말했다.

게이지 양이 내 눈을 들여다보더니, 내게 거울을 보여줬다. 흰자위가 노랬다. 황달이었다. 나는 2주 동안 아팠다. 그 때문에 우리는 요양 휴가를 가지 못했다. 우리는 마조레 호수*에 있는 팔란차에 가기로 했었다. 가을 단풍이 아름다운 곳이었다. 거기서 산보도 하고 호수에서 송어 낚시도 할 계획이었다. 팔

---

*이탈리아 북쪽에 있는 호수로 스위스와 면해 있다.

란차는 사람이 별로 없어 스트레사*보다 더 좋았다. 스트레사는 밀라노에서 가기가 매우 쉬워서 늘 사람들로 붐볐다. 팔란차에는 경치 좋은 마을이 있고, 배를 타고 어부들이 사는 섬까지 갈 수도 있으며, 제일 큰 섬에는 레스토랑도 있었다. 하지만 우리는 가지 못했다.

내가 황달로 누워 있던 어느 날, 밴 캠픈 양이 내 병실로 들어오더니 옷장 문을 열고 빈 술병들을 바라봤다. 아마도 내 심부름으로 꽤 많은 빈 병을 내가던 수위를 보고, 더 찾아내려고 온 것 같았다. 대체로 베르무트 병이고, 마르살라 병, 카프리 병, 키안티 병, 그리고 코냑 몇 병이었다. 수위가 치운 것은 커다란 병들, 즉 베르무트 병과 짚으로 싼 키안티 병이었고, 브랜디 병은 나중에 가져가려고 그냥 두었다. 밴 캠픈 양이 발견한 건 그 브랜디 병들과 퀴멜 술을 담았던 곰 모양의 술병들이었다. 그녀는 특히 곰처럼 생긴 병에 화를 냈다. 그녀가 그걸 세우자 곰이 앞발을 들고 선 모양이 되었다. 유리로 된 머리에는 코르크 마개가 달려 있었고 바닥에는 끈적거리는 결정체가 조금 남아 있었다. 나는 웃으며 말했다.

"퀴멜 술병입니다. 최고급 퀴멜 술은 곰처럼 생긴 병에 담아서 팔죠. 러시아산이에요."

"이것들은 브랜디 병 아닌가요?" 밴 캠픈 양이 물었다.

"여기서 다 보이진 않지만, 아마 그럴 겁니다."

"이렇게 몰래 술을 마신 지 얼마나 됐어요?"

"이탈리아 장교들이 자주 병문안을 오기 때문에 그 친구들

*마조레 호수 서쪽의 휴양 도시.

주려고 제가 직접 사둔 겁니다."

"그럼 중위는 안 마셨단 말인가요?"

"저도 좀 마셨죠."

"브랜디를 마셨단 말이죠. 그걸 열한 병이나 마셨고, 저 곰 병 속의 액체까지……."

"퀴멜입니다."

"사람을 보내 이걸 다 치우겠어요. 빈 병들은 이게 다예요?"

"지금으로서는 그렇습니다."

"난 그것도 모르고 황달에 걸렸다고 중위를 동정하고 있었죠. 내 동정심이 아깝네요."

"마음 써주셨다니 고맙습니다."

"전선으로 돌아가기 싫은 건 이해가 가요. 하지만 알코올중독으로 황달에 걸리는 것보단 좀 더 영리한 짓을 했어야죠."

"뭐라고요?"

"알코올중독이요. 왜 못 들은 척해요?" 나는 대꾸하지 않았다. "별일 없는 한, 황달이 낫는 대로 전선에 복귀해야만 할 거예요. 내가 알기로, 황달을 자초한 사람은 요양 휴가를 받을 수 없어요."

"그래요?"

"그래요."

"황달에 걸려본 적이 있나요, 밴 캠픈 양?"

"아뇨. 하지만 걸린 사람은 많이 봤죠."

"환자들이 황달에 걸리면 좋아하던가요?"

"전선으로 가는 것보단 낫다고 생각하겠죠."

"밴 캠픈 양. 자기 고환을 발로 차서 불구가 된 사람 본 적 있어요?"

밴 캠픈 양은 내 질문을 무시했다. 그녀는 내 말을 계속 무시하거나 방을 떠나야만 했는데, 아직 떠날 마음은 없어 보였다. 오랫동안 나를 싫어했고 지금이 내게 화풀이를 할 좋은 기회였기 때문이었다.

"난 자해를 해서 전선으로 가지 않으려는 사람들을 많이 봤어요."

"그건 내 질문에 대한 답이 아니죠. 나도 자해 부상을 본 적 있어요. 내 질문은, 자기 고환을 차서 불구가 되려는 사람을 본 적이 있느냐라는 겁니다. 황달의 고통은 그 정도로 심해요. 그 정도 고통을 경험해본 여자들은 거의 없죠. 그래서 내가 밴 캠픈 양에게 황달에 걸려본 적이 있느냐고 물어본 겁니다. 왜냐하면……." 밴 캠픈 양은 방을 나가버렸고, 잠시 후 게이지 양이 들어왔다.

"밴 캠픈에게 뭐라고 했어요? 길길이 날뛰던데."

"우린 고통을 비교하고 있었죠. 당신은 아이를 낳는 고통도 겪어보지 않았을 거라고 말하려던 참이었는데……."

"중위님은 바보예요. 그 여자는 중위님 머리 가죽을 벗기려고 할 거예요." 게이지가 말했다.

"이미 벗겼어요." 내가 말했다. "벌써 내 요양 휴가를 박탈했고, 아마 군법회의에까지 회부하려고 할 거요. 아주 못된 여자야."

"원래 중위님을 안 좋아했잖아요. 뭣 때문에 싸웠어요?"

"내가 전선에 나가지 않으려고 일부러 술을 마시고 황달에 걸렸다더군요."

"푸—. 중위님은 술을 한 방울도 입에 대지 않았다고 내가 증언할게요. 모두가 그렇게 해줄 거예요." 게이지가 말했다.

"그 여자가 술병을 발견했소."

"그 병들 치우라고 백번도 더 말씀드렸잖아요. 지금 어디 있어요?"

"옷장 속에요."

"가방 있어요?"

"아뇨, 저 배낭에 넣어줘요."

게이지 양은 배낭에 병들을 집어넣었다. "수위한데 갖다 줄게요." 그녀는 그렇게 말하고 문으로 나가려 했다.

그때 밴 캠픈 양이 들어와 말했다. "잠깐만. 그 병은 제가 가져가죠." 그녀는 수위와 함께 와 있었다. "이걸 갖고 나가요." 그녀가 수위에게 말했다. "보고서를 쓸 때 의사에게 보여줘야 하니까."

그녀는 복도를 내려갔다. 수위는 배낭을 들고 나갔다. 그는 그 속에 무엇이 들었는지 알고 있었다.

요양 휴가가 날아간 것 외에 다른 일은 일어나지 않았다.

23장

 전선으로 돌아가던 날 밤, 나는 수위에게 토리노에서 오는 기차에 내 자리를 잡아달라고 부탁했다. 그 기차는 토리노에서 정비를 마치면 밤 10시 반쯤 밀라노에 닿아 출발 시간인 자정까지 대기할 예정이었다. 기차가 들어오는 시각에 맞춰 미리 역에 나가야 좌석을 잡을 수 있어요. 수위는 양복점에서 일하다가 지금은 기관총 사수가 된, 휴가 나온 친구를 데리고 역으로 갔다. 둘 중 하나는 자리를 잡을 수 있을 거란 생각이었다. 나는 그 두 사람에게 플랫폼 입장권 살 돈과 내 짐을 주었다. 큰 배낭 하나에 작은 배낭 두 개였다.
 나는 5시경 병원에 작별 인사를 하고 밖으로 나왔다. 수위는 내 짐을 병원에 딸린 자기 숙소로 가져갔고, 나는 그에게 자정 직전에 역으로 나가겠다고 말했다. 그의 아내는 이탈리아어로 '도련님!'하며 울더니, 눈물을 닦고 나와 악수하며 또 울기 시작했다. 내가 그녀의 등을 다독거리자, 그녀는 또 울었다. 키가 아주 작고 통통하며 행복한 얼굴에 머리가 하얗게 센 그 여자는, 그간 내 옷 수선을 해주기도 했었다. 그녀가 울자, 얼굴 전체가 산산조각 나는 듯이 보였다. 나는 거리 모퉁이에 있는 와인 가게에 들어가서 창밖을 내다보며 차례를 기다렸다. 밖은 어둡고 춥고 안개가 끼어 있었다. 내 차례가 되자 커피와 그라파 값을 지불한 후 창을 통해 가로등에 비치는 행인들을 바라봤다. 캐서린을 발견하자 나는 창문을 두드렸다. 그녀는 고개를 돌려 나를 보더니 미소 지었고, 나는 밖으로 나가 그녀를 맞았다. 그녀는 짙은 푸른색 코트에 부드러운 펠트 모자를 쓰고 있었다. 우리는 함께 걸었다. 인도를 따라 늘어선 와인 가게들을 지나 시장 광장을 가로지르고, 길을 올라가 아치 길을 통해 성당 광장으로 갔다. 거리는 여전히 하얀 안개에 젖어 있었다. 우리는 전찻길을 지났다. 왼쪽으로 쇼윈도에 불이 켜진 상점들이 보이더니, 상점가 입구가 나타났다. 광장 역시 안개로 자욱했다. 앞에 있는 성당은 매우 커 보였고, 돌바닥은 젖어 있었다.

"들어갈 거야?"

"아뇨." 캐서린이 대답했다. 우리는 계속해서 걸었다. 앞에 있는 돌 버팀벽 그림자 아래에 한 군인이 여자 친구와 함께 서 있었다. 여자는 군인이 벗어준 외투를 걸치고 있었다.

"우리하고 같네." 내가 말했다.

"아무도 우리와 같진 않아요." 캐서린이 말했다. 행복하다는 뜻으로 한 말은 아니었다.

"저 사람들이 갈 만한 곳이 있으면 좋을 텐데."

"그런다고 무슨 소용이 있겠어요."

"모르겠어. 하지만 사람은 누구나 갈 곳이 있어야 해."

"성당이 있잖아요." 캐서린이 말했다. 우리는 광장 끝에 있는, 우리가 지나친 성당을 돌아다봤다. 안개 속 성당은 아름다웠다. 우리는 가죽 제품 상점 앞에 서 있었다. 쇼윈도에는 승마용 부츠와 배낭과 스키 부츠가 진열되어 있었다. 배낭이 가운데 있었고, 승마 부츠와 스키 부츠가 그 양쪽에 놓여 있었다. 기름을 먹인 검은 가죽은 길이 든 안장처럼 부드러워 보였고, 전등불에 번쩍이고 있었다.

"언제 같이 스키 타러 가."

"두 달 후면 뮈렌*의 스키장이 개장해요." 캐서린이 말했다.

"그럼 거기 가."

"좋아요." 그녀가 말했다. 우리는 다른 상점들을 지나 샛길로 접어들었다.

"여긴 와본 적이 없어요."

"난 이 길로 병원까지 가곤 했어." 내가 말했다. 길이 좁아 우측으로 붙어 걸었다. 많은 사람들이 안개 속을 지나가고 있었고, 상점들마다 쇼윈도를 밝히고 있었다. 우리는 치즈가 쌓여 있는 쇼윈도를 들여다보았다. 나는 총포상 앞에 멈춰 서서 말했다.

"잠깐 들어가자. 총을 사야 하거든."

"무슨 총이요?"

"권총." 우리는 안으로 들어갔고, 나는 벨트를 풀어 빈 총집을 카운터에 올려놨다. 카운터 뒤엔 여자 점원 둘이 있었고, 그들이 권총을 여러 정 보여주었다.

"여기에 맞아야 해요." 내가 총집을 열면서 말했다. 잿빛 가

*스키로 유명한 스위스의 휴양지.

죽 총집으로, 마을에서 차고 다니려고 산 중고품이었다.
"뭐가 좋아요?" 캐서린이 물었다. "다들 비슷해. 이것 한번 쏴볼 수 있어요?" 내가 점원에게 물었다.
"쏴보실 순 없어요. 하지만 아주 좋은 총이랍니다. 못 맞히시는 일은 없을 거예요." 그녀가 말했다.
나는 방아쇠를 잡아당겨봤다. 스프링이 좀 강했지만 매끄럽게 작동했다. 나는 조준을 하고 다시 한 번 당겨봤다.
"중고예요. 명사수 장교가 쓰던 거죠." 점원이 말했다.
"그 장교도 여기서 샀나요?"
"네."
"그럼 어떻게 다시 되샀죠?"
"그의 당번병한테서요."
"어쩌면 내 권총도 여기 있을지 모르겠군." 내가 말했다. "이건 얼마죠?"
"50리라예요. 아주 싼 가격이죠."
"좋아요. 예비 탄창 두 개하고 실탄 한 상자도 주세요."
그녀는 카운터 밑에서 물건들을 꺼냈다.
"대검은 필요 없으세요?" 그녀가 물었다. "중고가 있는데 아주 싸요."
"난 전선으로 갑니다."
"아, 그럼 대검은 필요 없으시겠네요."
나는 실탄과 권총 값을 지불하고, 탄창에 실탄을 채운 후 총집에 권총을 넣었다. 나머지 실탄은 예비 탄창에 넣은 다음, 권총집 구멍에 끼운 뒤 허리에 찼다. 허리띠가 권총으로 묵직했지만, 규정대로 권총을 가지니 안심이 됐다. 실탄은 떨어져도 언제든지 구할 수 있을 것이다.

"자, 이제 완전무장을 했군. 이 일을 해야 했어. 병원으로 후송되는 도중에 누가 내 권총을 가져가버렸거든."

"권총이 좋아야 할 텐데." 캐서린이 말했다.

"더 필요하신 건 없나요?" 점원이 물었다.

"없어요."

"권총 끈도 있어요." 점원이 말했다.

"봤습니다." 점원은 뭔가를 더 팔고 싶어 했다.

"호루라기는 필요 없으세요?"

"아니요."

점원이 작별 인사를 했고, 우리는 인도로 나왔다. 캐서린이 나와서도 쇼윈도를 바라보자 점원이 고개를 숙여 다시 인사를 했다.

"작은 거울들을 박아놓은 저 나무는 뭐예요?"

"새들을 유인하는 거야. 저걸 들판에서 빙빙 돌리면 종달새들이 날아오고, 그럼 이탈리아인들이 총으로 새를 잡아."

"머리가 잘 돌아가는 사람들이네요. 미국에서는 종달새를 쏘지 않죠?"

"대체로 그렇지."

우리는 길을 건너 다른 쪽으로 걷기 시작했다.

"이젠 기분이 좀 나아졌어요. 아까는 끔찍했어요." 캐서린이 말했다.

"같이 있으면 기분이 좋아지잖아."

"언제나 같이 있을 거예요."

"그래. 하지만 자정에는 떠나야 해."

"그 생각은 하지 말아요."

우리는 길을 걸어 올라갔다. 안개 때문이 불빛이 노랗게 보였다.

"피곤하지 않아요?" 캐서린이 물었다.

"당신은 어때?"

"난 괜찮아요. 걷는 게 좋아요."

"너무 오래 걷진 말자구."

"그래요."

불빛이 전혀 없는 인도를 돌아 내려가 큰길을 걷다가, 멈춰 서서 캐서린에게 키스했다. 그녀의 손이 내 어깨에 닿는 게 느껴졌다. 그녀는 내 외투를 펼쳐 우리 몸을 감쌌다. 우리는 길가의 높은 벽을 등지고 그렇게 서 있었다.

"어디든 가." 내가 말했다.

"좋아요." 캐서린이 말했다. 우리는 계속 걸어 운하 바로 옆의 더 넓은 길로 나왔다. 맞은편으로 벽돌담과 건물들이 있었고, 길 아래로 전차가 지나가는 다리가 보였다.

"저 다리에서 마차를 잡을 수 있을 거야." 내가 말했다. 우리는 안개 낀 다리에 서서 마차를 기다렸다. 집으로 가는 사람들을 가득 태운 전차가 몇 대 지나갔다. 드디어 마차가 한 대 왔는데, 안에는 이미 누군가가 타고 있었다. 안개는 비가 되어 내리고 있었다.

"걷든지, 전차를 타든지 해요." 캐서린이 말했다.

"마차가 곧 올 거야. 이곳을 꼭 지나야 하니까." 내가 말했다.

"저기 한 대 오네요." 캐서린이 말했다.

마부는 말을 세우고 미터기에 달린 금속 표지판을 꺾었다.

마차에는 지붕이 펼쳐져 있었고, 마부의 코트와 광택 나는 모자는 빗방울에 젖어 번쩍이고 있었다. 우리는 나란히 앉았다. 마차 안은 지붕 때문에 어두웠다.

"어디로 가자고 했어요?"

"역으로 가자고 했어. 역 건너편에 호텔이 있거든."

"이대로 바로 가도 돼요? 짐도 없이?"

"응." 내가 말했다.

빗속에 역까지는 오래 걸렸다.

"저녁을 먹어야 할 것 같아요. 배가 고파요." 캐서린이 말했다.

"호텔 방에서 먹지."

"입을 것도 없어요. 나이트가운도 안 가져왔다고요."

"그럼 사지 뭐." 나는 그렇게 말하며 마부를 불렀다.

"비아 만초니에 들렀다 갑시다." 마부는 고개를 끄덕이더니 다음 모퉁이에서 왼쪽으로 꺾었다. 큰 거리가 나오자 캐서린이 말했다.

"저기 하나 있네요." 내가 마차를 세우자, 캐서린이 내려 길을 건너 가게 안으로 들어갔다. 나는 마차에 앉아 그녀를 기다렸다. 젖은 거리의 냄새와 빗속에서 김이 모락모락 나는 말 냄새가 났다. 그녀가 꾸러미를 들고 돌아오자 마차가 다시 출발했다.

"비싼 걸 샀어요. 하지만 아주 좋은 가운이에요." 그녀가 말했다.

호텔에 도착하자, 캐서린에게 마차에서 기다리라고 한 다음 안으로 들어가 지배인과 얘기했다. 다행히 빈방이 많았다. 다시 밖으로 나와 마부에게 돈을 지불하고, 캐서린과 함께 호텔로 들어갔다. 단추 달린 제복을 입은 조그만 소년이 꾸러미를 들어줬다. 지배인이 고개를 숙여 인사하며 우리를 엘리베이터로 안내했다. 붉은 플러시*와 놋쇠로 장식된 화려한 엘리베이터였다. 지배인은 우리와 같이 엘리베이터를 타고 올라갔다.

"객실에서 저녁식사를 하실 건가요?"

"네. 메뉴를 올려 보내주시겠어요?" 내가 말했다.

"특별히 주문할 건 없으신가요? 사냥으로 잡은 새 요리나 수플레** 같은 것 말입니다."

엘리베이터는 철컥거리며 세 층을 오르더니 드디어 멈춰 섰다.

"사냥으로 잡은 새는 뭔가요?"

"꿩이나 멧도요입니다."

"멧도요로 하죠." 내가 말했다. 우리는 복도로 내려갔다. 낡은 카펫이 깔린 복도 양쪽으로 객실이 많았다. 지배인이 그중 하나 앞에 멈추더니 문을 열었다.

"자, 여깁니다. 멋진 방이죠."

단추 달린 제복을 입은 소년이 방 한가운데 테이블에 꾸러미를 내려놨다. 지배인은 커튼을 열더니 말했다.

"안개가 짙네요." 객실은 붉은 플러시로 장식되어 있었다. 사방에 거울이 많았고, 의자가 두 개에, 새틴 커버가 덮인 큰 침대가 있었다. 욕실로 들어가는 문도 보였다.

"메뉴를 올려 보내드리죠." 지배인은 그렇게 말하고는 고개 숙여 인사를 하고 나갔다.

---

*길고 부드러운 보풀이 있는 비단.
**거품 낸 계란 흰자에 여러 가지를 섞어 구운 요리.

나는 창문으로 가서 밖을 내다봤다. 그러고는 두꺼운 플러시 커튼을 닫는 줄을 잡아당겼다. 캐서린은 침대에 앉아 유리로 된 샹들리에를 바라보고 있었다. 그녀가 모자를 벗자, 불빛에 머리카락이 빛났다. 그녀는 한 거울 앞에서 머리를 손질했다. 나는 세 개의 다른 거울로 그녀를 봤다. 행복해 보이지 않았다. 그녀는 외투를 침대 위에 던졌다.

"왜 그래, 자기?"

"창녀가 된 것 같아요. 이런 기분은 처음이에요." 나는 창으로 가서 커튼을 열고 밖을 내다봤다. 그녀가 그런 생각을 하리라고는 예상치 못했다.

"당신은 창녀가 아니잖아."

"알아요. 하지만 기분이 좋지 않아요." 그녀의 목소리는 무미건조했다.

"이건 우리가 구할 수 있는 최고의 호텔이야." 나는 그렇게 말하며 계속 창밖을 내다봤다. 광장 건너편으로 역의 불빛이 보였다. 거리에는 마차들이 지나가고 있었고, 공원의 나무들도 보였다. 호텔 불빛이 젖은 도로를 비추고 있었다. 이런 빌어먹을, 지금 우리가 이런 문제로 다퉈야 하나.

"이리 와요." 캐서린의 목소리에 다시 생기가 돌았다. "이리 와요, 제발. 다시 착한 여자가 될게요." 침대 쪽을 바라보자 그녀는 미소 짓고 있었다.

나는 침대로 가서 그녀 옆에 앉아 키스했다.

"당신은 내 착한 여자야."

"난 당신 거예요."

저녁을 먹고 나자, 기분이 한결 좋아졌다. 이윽고 우리는 아주 행복해져서 호텔 객실이 마치 우리 집처럼 느껴졌다. 병실이 우리 집이었듯이, 이곳도 우리 집이었다.
 저녁을 먹는 동안 캐서린은 내 군복을 어깨에 걸치고 있었다. 우리는 아주 배가 고팠고, 식사는 훌륭했다. 카프리 한 병과 생테스테프 와인 한 병도 곁들였다. 대부분은 내가 마셨지만, 캐서린도 조금 마시더니 기분이 좋아졌다. 멧도요 고기와 감자 수플레, 으깬 밤 요리, 샐러드, 그리고 디저트로는 자바이오네*가 나왔다.
 "객실이 좋네요. 밀라노에 있으면서 여길 처음 와보다니."
 "좀 이상하지만, 좋은 방이야."
 "나쁜 짓도 재밌네요. 이런 데 오는 사람들도 취향은 있나봐요. 붉은 플러시는 정말 예쁘고 이 방에 아주 딱이에요. 거울도 아주 매력적이고요."
 "이 사랑스러운 여자야."
 "이런 방에서 아침에 깨면 어떤 기분일까요? 정말 멋진 방이에요." 나는 생테스테프를 또 한 잔 따랐다.
 "진짜 나쁜 짓을 해보고 싶어요. 우리가 한 짓은 너무 순진하고 단순했던 것 같아요. 앞으로도 우린 진짜 나쁜 짓은 못할까요?"
 "당신은 대단한 여자야."
 "배가 고파요. 엄청나게 고파요."
 "당신은 멋지고 단순한 여자야." 내가 말했다.
 "맞아요, 난 단순해요. 당신 말고는 아무도 그걸 이해하지

---

*달걀 노른자와 와인으로 만든 푸딩의 일종.

못했어요."

"당신을 처음 만난 날, 오후 내내 당신을 카부르 호텔로 데려가면 어떨까 생각했지."

"뻔뻔해라. 하지만 여긴 카부르 호텔이 아니잖아요?"

"아니지. 그 호텔은 우리 같은 사람들은 받아주지도 않아."

"언젠가는 받아줄 거예요. 하지간 우린 달랐네요. 그때 난 그런 생각은 하지 않았거든요."

"전혀 안 했다는 거야?"

"조금은 했나." 그녀가 말했다.

"귀여워죽겠어."

나는 와인을 한 잔 더 따랐다.

"난 단순한 여자예요." 캐서린이 말했다.

"처음에 난 그렇게 생각하지 않았어. 당신이 머리가 좀 어떻게 된 여자인 줄 알았지."

"약간 이상하긴 했어요. 하지만 진짜로 미치지는 않았다고요. 그 때문에 혼란스럽지는 않았겠죠?"

"와인은 멋진 거야. 나쁜 건 모두 잊게 해주니까." 내가 말했다.

"맞아요. 하지만 우리 아버지는 와인 때문에 심한 통풍을 앓고 계세요."

"아버지가 살아계셔?"

"그럼요." 캐서린이 말했다. "아버지를 만날 필요는 없어요. 당신 아버지는 살아계시지 않나요?"

"돌아가셨어. 계부만 살아 있어." 내가 말했다.

"내가 그분을 좋아하게 될까요?"

"만날 필요 없어."

"난 아주 즐거워요. 이제 다른 일엔 아무 관심 없어요. 당신과의 이 행복한 결혼만 생각할래요." 캐서린이 말했다.

웨이터가 와서 그릇들을 가져갔다. 잠시 동안 우리는 가만히 앉아 빗소리를 들었다. 아래쪽 거리에서 자동차 경적 소리가 들렸다.

"나는 등 뒤에서 언제나 듣는다.
시간의 날개 달린 전차가 다가오는 소리를."

"나도 그 시 알아요. 앤드루 마벌의 시죠. 하지만 그건 남자와 살지 않으려는 여자에 대한 시예요."

머리가 맑아지자, 이제 현실을 이야기하고 싶었다.

"아이는 어디서 낳을 거야?"

"모르겠어요. 가장 좋은 곳을 찾아봐야죠."

"어떻게 그렇게 할 건데?"

"가장 좋은 방법을 찾아야죠. 걱정 말아요. 그리고 전쟁이 끝나기 전에 우리 애가 더 생길지도 몰라요."

"난 곧 떠나야 해."

"알아요. 원하면 지금 가도 돼요."

"아냐."

"너무 걱정 말아요. 지금까지도 잘 지냈는데, 이제 와서 새삼 무슨 걱정이에요?"

"걱정 안 해. 편지 자주 쓸 거야?"

"날마다요. 군에서 편지를 검열해요?"

"당신 편지를 읽고 내게 짓궂은 짓을 할 만큼 영어를 잘하지는 못해. 이탈리아 사람들이잖아."
"되도록 어렵게 쓸게요." 캐서린이 말했다.
"너무 어렵게 쓰진 마."
"약간만 어렵게 쓸게요."
"이젠 가야 해."
"알았어요."
"이 멋진 집을 떠나기가 싫어."
"나도 그래요."
"하지만 가야 해."
"알아요. 그나저나 우린 한 번도 집에서 오래 머물지 못했네요."
"나중에는 그럴 수 있을 거야."
"돌아올 땐 좋은 집에서 기다리고 있을게요."
"어쩌면 바로 돌아오게 될지도 몰라."
"발을 조금 다쳐서 그렇게 될지도 모르죠."
"아니면 귓불을 다친다든지."
"안 돼요, 지금 귀 그대로가 좋아요."
"발은 다쳐도 되는 거야?"
"이미 한 번 다쳤잖아요."
"이젠 정말 가야 해."
"알았어요. 먼저 나가요."

24장

우리는 엘리베이터를 타는 대신 계단으로 내려갔다. 층계의 카펫도 낡아 있었다. 저녁값은 이미 지불했는데, 아까 우리 저녁을 들고 온 웨이터가 문 근처 의자에 앉아 있었다. 그는 벌떡 일어나 인사를 했고, 나는 그와 함께 옆방으로 가서 객실 요금을 지불했다. 지배인은 아까는 나를 알고 있다며 선금을 받기를 거절했지만, 퇴근하면서는 웨이터에게 내가 돈을 안 내고 도망가지 못하도록 문간에서 지키라고 한 모양이었다. 전에 돈을 떼인 적이 있었나보다. 지인들 사이에도 그런 일은 일어나는 법이고, 전시에는 지인들이 더욱 많이 생겨난다.

나는 웨이터에게 마차를 불러달라고 했고, 그는 내가 들고 있던 캐서린의 꾸러미를 받아 들더니 우산을 들고 밖으로 나갔다. 창밖으로, 그가 빗속에서 길을 건너는 모습이 보였다. 우리는 현관 옆방에 서서 창밖을 내다봤다.

"기분은 어때, 캣?"

"졸려요."

"난 다시 속이 빈 것 같아. 배가 고파."

"먹을 것 없어요?"

"작은 배낭 속에 있어."

그때 창밖으로 마차가 멈추는 게 보였다. 말은 빗속에 머리를 숙이고 있었다. 웨이터는 그 마차에 올랐다가 다시 내려오더니 우산을 펴고 호텔로 돌아왔다. 우리는 문간에서 그를 만났고, 그는 우산을 씌워주며 우리와 함께 모퉁이에 서 있는 마차로 갔다. 빗물이 하수구로 흘러 내려가고 있었다.

"짐은 좌석에 놔뒀습니다." 웨이터가 말했다. 그는 우리가 완전히 마차 안으로 들어갈 때까지 우산을 들고 서 있었다. 나는 그에게 팁을 주었다.

"고맙습니다. 좋은 여행 되시길 바랍니다." 웨이터가 말했다. 마부가 고삐를 치켜들자 마차가 출발했다. 웨이터는 몸을 돌려 호텔로 돌아갔다. 우리는 길을 내려가다가 좌측으로 돈 다음, 다시 오른쪽으로 돌아 역 앞에 도착했다. 두 명의 헌병이 가까스로 비를 피하며 불빛 아래 서 있었다. 군모가 빛을 받아 반짝였다. 역에서 나오는 불빛에 비친 비는 맑고 투명해 보였다. 짐꾼 한 사람이 대합실에서 어깨를 웅크린 채 나왔다.

"고맙지만, 됐습니다. 나올 필요는 없었는데." 내가 말했다.

그는 아치형 역 대합실로 다시 들어갔다. 나는 캐서린을 향해 몸을 돌렸다. 그녀의 얼굴은 마차 지붕 그늘 속에 있었다.

"이제 작별 인사를 해야죠."

"마차로 다시 들어가고 싶어."

"안 되는 거 알잖아요."

"그럼 잘 있어, 캣."

"마부에게 병원으로 가라고 해주세요."

"알았어."

나는 마부에게 병원 주소를 가르쳐줬다. 마부는 고개를 끄덕였다.

"잘 있어. 몸조심하고, 아기 캐서린도 잘 보살펴줘."

"잘 가요, 자기."

"잘 가." 나는 빗속으로 나왔고, 마차는 출발했다. 캐서린이 몸을 빼서 나를 바라봤고, 나는 불빛 속에서 그녀의 얼굴을 바라봤다. 마차가 달려 나가는데도, 그녀는 미소를 지으며 여전히 손을 흔들었다. 그러더니 손짓으로 아치형 역 입구를 가리켰다. 비 그만 맞고 역으로 들어가라는 뜻이었다. 나는 역으로 들어서서 마차가 모퉁이를 돌 때까지 지켜봤다. 그런 다음, 역을 통과해 기차가 있는 곳으로 내려갔다.

병원 수위가 플랫폼에 서서 나를 찾고 있었다. 나는 그를 따라 기차로 들어간 다음, 북적이는 사람들 사이로 통로를 걸어가 내 객실 칸의 문을 열었다. 승객들로 가득 찬 그 칸 구석에 수위의 친구인 기관총 사수가 앉아 있었다. 내 큰 배낭과 작은 배낭은 그의 머리 위 짐 선반에 놓여 있었다. 통로에 있는 사람들을 뚫고 우리가 들어가자 객실 승객 모두가 우리를 바라봤다. 기차 좌석이 부족해 모두들 짜증스러워했다. 수위의 친구인 기관총 사수가 일어서서 나에게 앉으라고 했다. 그때 누군가가 내 어깨를 두드렸다. 돌아보니 턱에 붉은 상처 자국이 있는 키가 크고 깡마른 포병 대위였다. 통로 유리를 통해 안을 바라보다가 들어온 것이었다.

"무슨 일인가요?" 나는 몸을 돌려 그를 마주 보며 말했다.

그는 나보다 키가 컸고, 군모 챙 아래의 얼굴은 날카로웠다. 상처는 최근에 생긴 게 분명했다. 객실의 모든 사람이 나를 바라보고 있었다.

"이게 무슨 짓이야. 사병을 시켜 자리를 차지해?" 그가 말했다.

"이미 끝난 일입니다"

침을 꿀꺽 삼키는 그의 목젖이 보였다. 기관총 사수는 여전히 좌석 앞에 서 있었다. 다른 사람들은 창밖으로 고개를 돌리고 쥐 죽은 듯 침묵을 지켰다.

"자네한텐 이럴 권리가 없어. 난 두 시간 전부터 여기 와 있었다고."

"뭘 원하시죠?"

"좌석."

"저도 마찬가집니다."

나는 그렇게 말하며 그의 얼굴을 노려봤다. 내 편은 아무도 없다는 걸 느낄 수 있었지만 사람들을 나무랄 순 없었다. 그의 말이 옳았다. 그러나 나 역시 자리가 필요했다. 여전히 사람들은 아무 말이 없었다.

제기랄.

"앉으시죠, 시뇨르 카피타노." 내가 그렇게 말하자 기관총 사수가 그 키 큰 대위에게 자리를 비켜줬다. 그는 나를 쳐다봤다. 체면이 손상된 듯한 얼굴이었지만 어쨌거나 그는 자리를 차지했다. "내 짐을 내리게." 나는 기관총 사수에게 말했다. 우리는 통로로 나갔다. 기차가 만원이라 빈자리는 없을 것이다. 나는 수위와 기관총 사수에게 10리라씩 팁을 주었다. 그들은 기차에서 내려 플랫폼에 서서 내가 있는 안쪽을 바라봤다. 둘러보니 역시나 빈자리는 없었다.

"브레시아*에서 좀 내릴지도 모릅니다." 수위가 말했다.

"거기서 더 많이 탈걸." 기관총 사수가 말했다. 나는 그들에게 작별 인사를 하며 악수를 했다. 그들은 곧 자리를 떴다. 둘 다 언짢은 모양이었다. 기차가 출발할 때 나는 사람들과 함께 통로에 서 있었다. 역의 불빛과 역 구내의 불빛이 보였다. 아직도 비가 내리고 있었다. 곧 기차 창문도 비에 얼룩져 밖이 보이지 않았다. 잠시 후 나는 통로 바닥에서 잠이 들었다. 돈과 명령서가 든 지갑은 셔츠 바지 안쪽, 가랑이 사이에 집어넣었다. 나는 밤새 잤다. 브레시아와 베로나에서 사람들이 많이 올라타는 바람에 깨긴 했지만, 곧 다시 잠이 들었다. 나는 작은 배낭 하나를 베고 또 하나는 껴안고 누워 있었다. 승객들은 나를 밟지 않으려고 내 위로 조심스레 넘어갔다. 통로마다 사람들이 누워서 잠을 잤다. 다른 사람들은 창가에 달린 손잡이를 잡거나, 문에 기대서 있었다. 그 기차는 언제나 만원이었다.

*이탈리아 북부 산기슭에 있는 도시.

3부

25장

 가을이 되어선지 나무잎은 모두 떨어지고 길은 진흙탕이 되어 있었다. 나는 군용 트럭을 타고 우디네에서 고리치아로 갔다. 우리는 다른 군용 트럭을 추월해 달리면서 시골 풍경을 바라봤다. 뽕나무들도 앙상했고 들판은 갈색이었다. 길에는 줄지어 서 있는 나목에서 떨어진 낙엽들이 비에 젖어 굴러다녔고, 병사들이 그 나무들 사이로 난 길을 따라 부서진 돌을 주워 바퀴에 파인 자국을 메우고 있었다. 마을이 안개에 둘러싸여 있어 산은 잘 보이지 않았다. 우리는 강을 건넜다. 강은 물이 불어 수위가 상당히 높았다. 그동안 산에 비가 온 모양이었다. 공장들을 지나고 집들과 빌라들을 지나 마을로 들어가니, 더 많은 집들이 포격으로 부서져 있었다. 좁은 길에서 영국 적십자사 앰뷸런스와 마주쳤다. 모자를 쓴 운전병의 야윈 얼굴은 햇볕에 검게 그을려 있었다. 내가 모르는 사람이었다. 나는 읍장 관사 앞에 있는 커다란 광장에서 내렸다. 운전병이 건네주는 배낭을 짊어지고 두 개의 작은 짐 꾸러미를 걸쳐 맨 다음, 우리 숙소로 쓰이는 빌라를 향해 걸어갔다. 집에 돌아온 기분 같은 건 느껴지지 않았다.

양쪽으로 나무가 서 있고 자갈이 깔린 축축한 숙소 앞 차도를 걸어갔다. 창문은 모두 닫혀 있었지만 정문은 열려 있었다. 벽에 지도와 타이핑된 서류들만 꽂혀 있는 텅 빈 방의 테이블 앞에 소령이 앉아 있었다.

"어이, 자네군. 그동안 잘 있었나?" 그가 말했다.

"잘 있었습니다. 전황은 어떻습니까?" 내가 말했다.

"끝장이 난 상태지. 짐을 내려놓고 앉아." 나는 배낭과 두 개의 작은 짐을 바닥에 내려놓고 짐 위에 군모를 내려놓았다. 그러고는 벽 쪽에서 다른 의자를 가져와 책상 옆에 앉았다.

"힘든 여름이었어. 몸은 다 회복됐나?" 소령이 말했다.

"네."

"훈장은 받았나?"

"네, 잘 받았습니다. 정말 감사합니다."

"어디 좀 봐."

나는 외투를 풀어 그에게 두 개의 약장*을 보여주었다.

"정식 훈장이 든 상자도 받았나?"

"아뇨. 표창장만 받았습니다."

"정식 훈장은 차후에 올 거야. 시간이 좀 걸리지."

"제가 할 일은 뭡니까?"

"앰뷸런스들은 다 나가고 없어. 카포레토에 여섯 대가 나갔

---

*군복에 다는 여러 가지 색으로 이루어진 천으로, 훈장이나 기장을 받았음을 표시한다.

지. 카포레토라고 아나?"

"네." 내가 대답했다. 내 기억에 그곳은 계곡에 있는 작고 깨끗한 하얀색 마을로, 종탑이 있고 광장에는 멋진 분수대도 있었다.

"지금 우리 대원들은 거기서 일하고 있어. 부상자가 많아서 말이야. 전투는 끝났어."

"다른 앰뷸런스들은 어디에 있나요?"

"산에 두 대가 올라가 있고, 네 대는 아직도 바인시차에 가 있어. 다른 두 대는 제3군단과 카르소에 있지."

"저는 뭘 하면 됩니까?"

"괜찮다면 바인시차에 가 있는 앰뷸런스 네 대를 맡아. 지노가 거기 너무 오래 있었어. 거기는 가본 적 없지?"

"없습니다."

"전황이 아주 안 좋아. 앰뷸런스를 석 대나 잃었어."

"그렇다고 들었습니다."

"그래, 리날디가 자네에게 편지를 썼었지."

"리날디는 어디 있나요?"

"여기 병원에 있어. 여름과 가을 내내 여기서 일했지."

"그렇군요."

"전황이 너무 안 좋았어. 믿을 수 없을 만큼 안 좋았어. 자네가 부상당해 후송된 건 행운이었어." 소령이 말했다.

"잘 알고 있습니다."

"내년에는 더 나빠질 거야. 당장 적의 공격이 임박했다고는 하는데, 난 그건 믿지 않아. 지금은 때가 늦었거든. 강을 봤나?" 소령이 말했다.

"네, 벌써 강물이 많이 불었더군요."

"장마가 시작돼서 공격은 못 할 거야. 곧 눈도 올 거고. 그건 그렇고, 자네 나라 사람들은 어떻게 된거야? 자네 말고 다른 미군 병사들도 참전하는 거야?"

"1천만 명을 훈련시키고 있다고 들었습니다."

"우리에게도 미군들을 좀 보내주면 좋으련만. 하지만 프랑스군이 독식하겠지. 여기는 한 사람도 안 올 거야. 오늘 밤은 여기서 지내고 내일 작은 차로 출발하게. 지노는 보내주고. 길을 잘 아는 병사를 붙여주지. 지노가 다 말해줄 거야. 거기도 포격이 심했는데 이제는 다 끝났다고 하더군. 바인시차에 한번 가보고 싶을 거야."

"네, 가보고 싶군요. 다시 돌아와서 기쁩니다, 소령님."

소령이 미소를 지으며 말했다. "그렇게 말해주니 고맙네. 난 이 전쟁에 지쳤어. 나라면 돌아오지 않았을 거야."

"그렇게 전황이 나쁜가요?"

"그래. 나쁠 뿐 아니라 점점 더 악화되고 있어. 가서 좀 씻고 자네 친구 리날디나 만나보게."

나는 소령의 방을 나와 짐을 들고 2층으로 올라갔다. 리날디는 방에 없었지만, 그의 소지품들은 여전히 거기 있었다. 나는 침대에 앉아 각반을 풀고 오른쪽 군화를 벗은 다음 침대에 누웠다. 피곤하고, 오른쪽 다리가 아팠다. 한쪽 신발만 벗고 침대에 누워 있는 게 좀 우스워서 일어나서 다른 쪽 신발도 벗어 바닥에 놓은 다음, 침대 담요 위에 다시 드러누웠다. 창문이 닫혀 있어 방 안 공기가 좀 답답했지만, 너무 피곤해서 일어나 창을 열 수가 없었다. 내 짐은 모두 방 한구석에 놓여 있었다. 밖이 어두워지기 시작했다. 나는 침대에 누운 채, 캐서린을 생각하며 리날디를 기다렸다. 밤에 잠들기 직전에만 캐서린을 생각하겠다고 결심한 상태였지만, 너무 피곤하고 달리 할 일도 없어 그녀를 생각했다. 캐서린 생각에 잠겨 있는데 리날디가 들어왔다. 그는 전과 똑같아 보였다. 어쩌면 조금 야윈 것도 같았다.
"어이, 친구." 그의 말에 나는 일어나 앉았다. 그는 다가와 앉더니 내게 팔을 둘렀다. "이 친구야." 그러면서 내 등을 탁 쳤고, 나는 얼결에 두 손으로 그를 붙잡았다.
"어이 친구, 어디 무릎 좀 보자." 그가 말했다.
"그럼 바지를 벗어야 하잖아."
"벗어. 이 친구야, 우린 모두 친구잖아. 그쪽 군의관들이 널 어떻게 치료했는지 알고 싶어서그라."
나는 일어서서 반바지를 벗고 무릎 보호대를 벗겨냈다. 리날디는 바닥에 앉아 내 무릎을 부드럽게 앞뒤로 굽혀보았다. 그런 다음 상처 자국에 손가락을 대보더니, 두 엄지손가락을 내 무릎 위에 올려놓고 나머지 손가락으로 무릎을 살살 흔들었다.
"이게 관절 접합을 다 한 거래?"
"응."
"널 이 상태로 전선으로 돌려보낸 건 범죄야. 관절 접합을 완벽하게 했어야 해."
"그래도 처음보다는 많이 좋아진 거야. 처음에는 판자처럼 뻣뻣했어."
리날디는 내 무릎을 더 구부려보았다. 나는 그의 손을 관찰했다. 그는 섬세한 외과의사의 손을 갖고 있었다. 머리 꼭대기를 바라보니 윤이 나는 머리카락 사이로 부드럽게 가르마가 나 있었다. 그가 내 무릎을 너무 많이 구부렸다.
"아야!" 내가 소리를 질렀다.
"물리치료를 좀 더 받아야 했어."
"전보다 좋아졌다니까 그러네."
"알아, 아가야. 하지만 여기에 대해선 너보다 내가 더 잘 알아." 그는 일어서서 침대 위에 앉았다. "무릎 자체는 상태가 좋아." 무릎 검진을 마친 그가 다시 말했다. "무슨 일이 있었는지 다 얘기해봐."
"할 말 없어. 그저 조용하게 지냈어." 내가 말했다.
"꼭 결혼한 남자처럼 말하는군. 무슨 일 있었어?"
"없었어. 넌 무슨 일이 있었어?" 내가 말했다.
"이놈의 전쟁이 지겨워죽겠어. 기분이 아주 엉망이야." 그러면서 리날디가 손을 자기 무릎에 올렸다.
"그러시겠지." 내가 말했다.
"왜 그래? 난 인간적인 충동도 못 느끼는 줄 알아?"
"잘 지낸 것 같아서 하는 말이야. 어떻게 지냈는지 말해봐."
"여름과 가을 내내 수술만 했어. 일만 죽어라 한 거지. 다른 사람이 해야 할 일도 내가 다 하고 있어. 힘든 일은 다 나한테 맡기지. 난 아주 사랑스러운 외과의사가 된 거야."
"좋게 들리는데."
"맙소사, 난 생각할 시간도 없다구. 그저 수술만 해댄다구."
"그런 것 같군."
"하지만, 이젠 다 끝났어. 이젠 수술을 안 해. 그런데도 지옥에 있는 느낌이야. 이건 끔찍한 전쟁이야. 정말이야. 그래도 널 보니 기분이 좀 나아져. 음반은 사 왔어?"

"응."
그것들은 내 배낭 속 마분지 상자에 종이로 싸여 있었다. 너무 피곤해서 꺼내놓지 않았었다.
"기분이 좋지 않은 거야?"
"나도 지옥 같은 느낌이야."
"이 전쟁은 끔찍해. 자, 우리 기분 좋게 취하고 나가서 섹스나 하자. 그러면 기분이 좋아질 거야." 리날디가 말했다.
"난 황달에 걸렸어. 술 마시면 안 된대." 내가 말했다.
"그런 상태로 용케도 돌아왔군. 진지해지고 겁이 많아져서. 이 전쟁은 정말 끔찍해. 어쨌든 우린 견뎌내고 있지만 말야."
"한잔해. 취하기는 싫지만 한잔하지 뭐."
리날디는 방을 가로질러 개수대로 가더니 코냑 한 병과 유리잔 두 개를 가져왔다.
"오스트리아 코냑이야, 별 일곱 개짜리. 산가브리엘레에서 노획한 유일한 전리품이지."
"거기 있었어?"
"아니, 난 아무 데도 안 갔어. 여기서 내내 수술만 했어. 자, 이건 네가 쓰던 양치 컵이야. 널 기억하려고 쭉 보관하고 있었어."
"이 닦는 걸 기억하기 위해서겠지."
"아냐. 내 양치 컵은 따로 있어. 네가 아침마다 욕을 하며 아스피린을 먹은 후, 매춘부들을 저주하면서 유곽 냄새를 닦아내려고 하던 걸 기억하려고 말야. 이 컵을 볼 때마다 네가 칫솔로 양심을 닦아내려고 했던 게 생각나." 그는 침대로 왔다. "내게 키스하면서, 심각한 기분은 아니라고 말해줘."
"너한텐 키스 안 해. 이 원숭이야."

"알아. 그리고 넌 훌륭한 앵글로색슨 청년이지. 뉘우칠 줄 아는 청년이고. 앵글로색슨 청년이 오입한 흔적을 칫솔로 닦아낼 때까지 기다려주지."

"코냑이나 따라."

우리는 잔을 부딪치며 술을 마셨다. 리날디는 나를 놀렸다.

"널 취하게 해서 네 간을 떼어내고 좋은 이탈리아 간으로 바꿔 달 거야. 그렇게 다시 진정한 남자로 만들 거야."

나는 잔을 들고 코냑을 더 받았다. 밖은 이제 어두웠다. 코냑 잔을 들고 창으로 가서 창문을 닫았다. 비는 이제 그쳐 있었다. 밖은 추웠고, 나무는 안개에 싸여 있었다.

"창밖으로 코냑을 버리지는 마. 못 마시겠거든 차라리 나를 줘." 리날디가 말했다.

"네 거나 마셔." 내가 말했다. 리날디를 다시 만나 반가웠다. 그는 2년 동안이나 나를 놀렸지만, 나는 언제나 그게 좋았다. 우리는 서로를 잘 이해하고 있었다.

"너, 결혼했어?" 그가 침대에서 물었다. 나는 벽을 등지고 창가에 서 있었다.

"아직은."

"사랑에 빠졌어?"

"응."

"그 영국 여자랑?"

"그래."

"가엾은 친구 같으니. 그녀가 너한테 잘해줘?"

"물론이지."

"내 말은, 그녀가 침대에서 잘해주느냔 말야."

"입 닥쳐."

"알았어. 너도 내가 아주 섬세한 사람이라는 거 알잖아. 그녀가 정말로……."

"리닌, 제발 입 닥쳐. 내 친구가 되고 싶으면 그만해."

"난 네 친구가 되고 싶은 게 아냐. 이미 네 친구잖아."

"그러니까 그만둬."

"좋아."

나는 침대로 가서 리날디 옆에 앉았다. 그는 술잔을 들고 마루를 내려다보고 있었다.

"내 말 이해하지, 리닌?"

"물론이지. 일생 동안 난 신성한 것들만 마주쳐왔어. 하지만 너하고는 안 그랬지. 너한테도 신성한 게 있겠지만." 그는 바닥을 내려다보았다.

"너한텐 신성한 게 없어?"

"없어."

"전혀?"

"그래."

"네 어머니나 누이동생에 대해서도 그래?"

"그거야 네 누이동생에 대해서도 그렇지." 리날디가 재빨리 말했다. 우리는 둘 다 웃었다.

"하여튼 넌 대단해."

"어쩌면 널 질투하고 있는지도 몰라." 리날디가 말했다.

"아냐."

"그런 뜻이 아니고, 다른 뜻이야. 결혼한 친구가 있어?"

"응." 내가 말했다.

"난 없어. 부부 사이가 좋은 사람하고는 친구가 안 되더라고." 리날디가 말했다.

"왜 안 돼?"

"그런 사람들은 날 안 좋아해."

"왜?"

"내가 바로 뱀이니까. 이성의 뱀."

"헛갈리나 본데. 사과가 이성이야."

"아냐. 뱀이야." 그는 더욱 기분이 좋아진 듯했다.

"넌 깊이 생각하지 않을 때가 더 나아." 내가 말했다.

"난 너를 사랑해. 하지만 넌 내가 위대한 이탈리아 사상가가 될 때마다 초를 쳐. 난 말할 수 없는 많은 것들을 알고 있어. 너보다 더 많은 걸 알고 있다고." 그가 말했다.

"그래, 그렇겠지."

"하지만 네가 더 잘 살 거야. 후회할망정 네가 더 멋지게 살 거야."

"안 그럴걸."

"분명 그럴 거야. 정말이야. 난 이미 일할 때만 행복한 사람이 돼버렸어." 그는 다시 바닥을 내려다보았다.

"그건 극복할 수 있어."

"아냐. 일 외에는 두 가지밖에 좋아하는 게 없어. 하나는 내 일에 해로운 거고, 다른 하나는 30분이나 15분 만에 끝나는 그런 거지. 때로는 더 일찍 끝나기도 하지만."

"그보다 훨씬 더 빨리 끝나기도 하지."

"이게 더 좋은 상태인지도 모르지만, 내게는 그 두 가지와 일밖에는 없어."

"다른 것들도 생길 거야."

"아냐. 우리에겐 아무것도 없어. 가지고 태어나는 것 외엔 아무것도 배워서 가지지 못해. 새로운 건 가지지 못한다고. 우리는 이미 패를 다 갖고 인생을 시작한 거야. 네가 라틴계로 태어나지 않은 걸 다행으로 생각해."

"라틴계란 없어. 라틴식 사고방식만 있을 뿐이지. 그리고 넌 지금 라틴계로 태어난 걸 결점이라고 하면서 실은 자랑스러워하고 있어." 리날디는 나를 올려다보더니 웃으며 말했다.

"이제 그만해. 난 생각하는 데 지쳤어."

그는 방에 들어올 때부터 이미 지쳐 있었다. "밥 먹을 시간이야. 네가 돌아와서 기뻐. 넌 내 가장 친한 친구이자 전우야."

"전우는 언제 식사를 하는데?" 내가 물었다.

"지금 당장. 네 간을 위해 건배 한 번만 더 하고."

"사도 바울로가 그랬지?"

"정확하게는 위장을 위해 와인을 마시라고 했지. 자네 위장을 위해 와인을 마시자고."*

"병 속에 뭐가 들어 있든 마시지. 건배사나 해봐." 내가 말했다.

"네 여자를 위해." 리날디가 그렇게 말하며 잔을 내밀었다.

"좋아."

"앞으로 그녀에 대해선 추잡한 농담 안 할게."

"억지로 그럴 필요는 없어."

---

*사도 바울로가 디모테오에게 "이제는 물만 마시지 말고 위장을 위해서나 자주 앓는 그대의 병을 위해서 포도주를 좀 마시도록 하시오"라고 한 성경 구절을 인용한 말. 〈디모테오에게 보낸 첫째 편지〉 5장 23절.

그는 코냑을 마시더니 말했다. "난 순수해. 나도 자네처럼 순수하다고. 나도 영국 여자와 연애할 거야. 사실 내가 네 여자친구를 먼저 알았잖아. 그녀는 나보다 키가 좀 컸어. 키가 큰 여자는 누나로 삼아야지." 그는 누군가의 말을 인용하며 그렇게 말했다.

"넌 순수한 마음을 갖고 있어." 내가 말했다.

"그렇지? 그래서 사람들이 나를 '리날도 푸리소오(순수한 리날디)'라고 부르잖아."

"'리날도 스포르치시오(난봉꾼 리날디)'겠지."

"자, 아직 내 마음이 순수할 때 내려가서 식사를 하자고."

나는 손을 씻고 머리를 빗은 다음, 아래층으로 내려갔다. 리날디는 벌써 조금 취해 있었고, 식당에는 아직 음식이 준비되어 있지 않았다.

"가서 술을 가져올게." 리날디는 그렇게 말하며 2층으로 다시 올라갔고, 나는 계속 식탁에 앉아 있었다. 잠시 후 리날디가 술병을 들고 돌아와서 큰 잔 두 개에 코냑을 반 잔씩 따랐다.

"너무 많아." 내가 잔을 들고 식탁 위 램프에 잔을 비춰봤다.

"빈속에 이 정도는 괜찮아. 술이란 멋진 거야. 위장을 완전히 태워버리잖아. 이보다 더 나쁜 것도 없지."

"맞아."

"날마다 이렇게 내 스스로를 파괴하지. 술은 위장을 망치고 손을 떨리게 하잖아. 외과의사에게는 안성맞춤이지." 리날디가 말했다.

"그런데도 이걸 권하는 거야?"

"진심으로. 난 다른 건 필요 없어. 죽 들이켜. 그리고 아프기를 기다려."

나는 그걸 마셨다. 복도에서 당번병이 외치는 소리가 들렸다. "수프, 수프가 준비됐습니다!"

소령이 들어와서, 우리에게 고개를 까딱하고 앉았다. 식탁에 앉으니 그는 아주 작아 보였다.

"이게 다 모인 건가?" 소령이 물었다. 당번병이 수프 그릇을 놓고 수프를 가득 부었다.

"다 모인 겁니다. 신부만 빠졌습니다. 페데리코가 여기 온 줄 알았으면 신부도 왔을 텐데요." 리날디가 말했다.

"신부는 어디 있는데?" 내가 물었다.

"307부대에 있지." 소령이 말했다. 소령은 수프를 먹느라 바빴다. 그는 입을 닦은 후, 양쪽이 위로 올라간 잿빛 콧수염을 조심스럽게 닦았다. "아마 올 거야. 내가 전화해서 자네가 여기 있다는 메시지를 남겼으니까."

"식당의 소음이 그리운걸요."

"그래. 지금은 조용해졌지." 소령이 말했다.

"내가 시끄럽게 해주지." 리날디가 말했다.

"와인을 마셔, 엔리코." 소령이 말했다. 그는 내 잔을 채워주었다. 스파게티가 들어왔고 우리는 모두 먹느라 바빴다. 스파게티를 먹고 있을 때 신부가 들어왔다. 여전히 갈색 피부에 아담한 체구였다. 나는 일어서서 그와 악수를 나누었다. 그는 내 어깨에 손을 얹으며 말했다.

"소식을 듣자마자 왔어요."

"앉으세요. 늦었군요." 소령이 말했다.

"안녕하세요, 신부님." 리날디가 영어로 말했다.

신부를 늘 놀리던, 영어를 좀 하던 대위에게서 배운 말이었다.

"안녕하세요, 리날디 중위." 신부가 말했다. 당번병이 수프를 가져다주었지만, 신부는 스파게티부터 먹겠다고 했다.

"어떻게 지냈어요?" 신부가 내게 물었다.

"잘 지냈죠. 별일 없으세요?" 내가 말했다.

"와인 좀 드세요, 신부님. 위장을 위해 와인을 좀 드세요. 이건 사도 바울로가 한 말이죠." 리날디가 말했다.

"압니다." 신부가 공손하게 말했다. 리날디는 신부의 잔을 채웠다.

"사도 바울로는 말이지," 리날디가 말했다. "그는 모든 재난의 근원이야." 신부는 나를 보고 미소 지었다. 신부는 이제 놀림에도 끄떡도 하지 않았다.

"그 사도 바울로란 사람은 말이지," 리날디가 말했다. "술꾼에다가 오입쟁이였어. 그러다가 자기가 싫증이 나니까 그게 나쁘다고 한 거야. 자기는 재미를 다 봐놓고는 아직 한창 나이인 우리에겐 금지하는 규칙을 만든 거라구. 안 그래, 페데리코?"

소령은 미소 지었다. 우리는 이제 소고기 스튜를 먹고 있었다.

"난 해가 진 후에는 성자들에 대해 토론하지 않아." 내가 말했다. 신부는 스튜를 먹다 말고 나를 올려다보며 미소 지었다.

"이 친구가 신부 편을 드는데? 신부를 놀리던 옛 친구들은 다 어디로 간 거야? 카발칸티는 어디로 갔어? 브룬디는 어디 있고? 체사레는? 도와주는 사람 없이 나 혼자 신부님을 놀려야 하는 거야?" 리날디가 말했다.

"그는 좋은 신부야." 소령이 말했다.

"좋은 친구죠. 하지만 그래도 신부는 신부예요. 난 장교 식당을 예전 분위기로 만들려고 노력하는 거예요. 페데리코를 기쁘게 해주려고요. 신부는 관심 없어요!" 리날디가 말했다.

소령은 리날디가 취했다는 걸 알아차렸다. 리날디의 야윈 얼굴은 창백했고, 앞이마의 머리카락이 흰 이마와 대조되어 유난히 검게 보였다.

"괜찮아요, 리날디 중위. 괜찮습니다." 신부가 말했다.

"빌어먹을 신부, 빌어먹을 전쟁." 리날디는 의자에 기대앉았다.

"저 친구 스트레스를 받아서 지쳤어." 소령이 내게 말했다. 그는 고기를 다 먹고, 빵 조각으로 그레이비소스까지 싹싹 긁어 먹었다.

"될 대로 되라지. 빌어먹을 전쟁 같으니." 리날디는 그렇게 말하며 반항적인 시선으로 우리를 바라봤다. 눈은 생기를 잃었고, 얼굴은 창백했다.

"맞아. 빌어먹을 전쟁이야." 내가 말했다.

"아냐, 아냐. 넌 안 돼, 넌 못 해, 정말 못 해. 넌 감정이 메말랐고 공허해. 아무것도 없어. 정말 아무것도 없어. 하나도 난 내가 언제 이 일을 그만둘지 알아." 리날가 말했다.

신부는 고개를 저었다. 당번병이 스튜 접시를 가져갔다.

"고기는 왜 먹어요? 오늘이 금요일인 거 몰라요?" 리날디가 신부에게로 몸을 돌려 말했다.

"오늘은 목요일이에요." 신부가 말했다.

"거짓말. 오늘은 금요일이에요. 신부님은 주님의 몸을 먹고 있는 겁니다. 그건 하나님 고기예요. 그건 죽은 오스트리아인이에요. 우린 그걸 먹고 있는 겁니다."

"흰색 고기는 장교 고기일 거야." 내가 농담으로 받아쳤다.

리날디는 웃었다. 그러고는 술잔을 채우고 말했다.

"내게 신경 쓰지 마세요. 난 단지 조금 미쳤을 뿐이에요."

"중위는 휴가를 가야 해요." 신부가 말했다.

소령이 고개를 저었다. 리날디는 신부를 바라봤다.

"내가 휴가를 가야 한다고요?"

소령은 신부에게 고개를 저었다. 리날디는 신부를 바라봤다.

"원한다면요. 싫으면 그럴 필요 없어요." 신부가 말했다.

"꺼져버려요." 리날디가 말했다. "저들은 나를 쫓아버리려고 해. 매일 밤 나를 쫓아내려고 안달이지. 나는 싸워서 그들을 물리치고. 내가 걸렸다고 쳐. 누구나 다 그런걸. 세상 사람들 다 걸렸다고, 우선……" 그는 연사처럼 말을 계속했다. "작은 여드름 같은 것이 생기지. 그런 다음, 어깨 사이에 발진이 나타나. 그 다음엔 아무 징후로 나타나지 않아. 하지만 우리에겐 수은이 있잖아?"

"살바르산*도 있지." 소령이 조용히 끼어들었다.

"그것도 수은 제품이죠." 리날디가 말했다. 그는 아주 흥분해 있었다. "나는 가치 있는 두 가지를 갖고 있어요. 우리 착한 신부님은 절대 갖지 못하는 것을요. 페데리코는 갖게 될 거예요. 그건 직업병이에요. 직업병일 뿐이라고요."

당번병이 디저트와 커피를 가져왔다. 디저트는 소스에 묻힌 일종의 검은 빵 푸딩이었다. 램프에서 검은 연기가 났다.

---

*매독 치료제. 부작용이 커서 현재는 쓰이지 않는다.

"초 두 자루를 가져오고 저 램프는 내가." 소령이 말했다. 그러 당번병이 접시에 꽂힌 불 켜진 초 두 개를 가져온 다음, 램프를 불어서 끄고 가지고 나갔다. 리날디는 이제 조용해졌다. 이제 가라앉은 것처럼 보였다. 우리는 대화를 나누었고, 커피를 다 마신 후 모두 복도로 나갔다.

"신부님하고 더 얘기를 나눠. 난 마을에 가봐야 해. 안녕히 주무세요, 신부님." 리날디가 말했다.

"잘 가요, 리날디." 신부가 말했다.

"내일 봐, 프레디." 리날디가 말했다.

"그래. 일찍 들어와." 내 말에 그는 얼굴을 찡그리더니 문밖으로 나갔다. 우리와 함께 서 있던 소령이 말했다. "지쳐서 그래. 일이 너무 많아. 게다가 자기가 매독에 걸렸다고 생각하지. 난 그렇게 보지 않지만, 그럴 가능성도 있지. 그는 자가 치료를 하고 있어. 그럼 잘들 가게나. 내일 새벽에 떠나지, 엔리코?"

"그렇습니다."

"잘 가게. 행운을 비네. 페두치가 자네를 깨워서 같이 가줄 거야." 그가 말했다.

"안녕히 주무세요, 소령님."

"내일 잘 가게. 오스트리아군이 또 공격할 거라고 하지만, 난 안 믿어. 그러지 않기를 바라야지. 어쨌든 거긴 공격 안 할 거야. 지노가 다 말해줄 거야. 이제 전화도 잘돼."

"자주 전화드리겠습니다."

"그래. 잘 자고. 리날디가 브랜디를 너무 많이 마시게 두지는 말고."

"알겠습니다."
"잘 자요, 신부."
"소령님도요."
소령은 자기 사무실로 돌아갔다.

26장

나는 정문 쪽으로 가서 밖을 내다보았다. 비는 그쳤지만, 안개가 끼어 있었다.
"제 방이 있는 2층으로 올라가실래요?" 내가 신부에게 물었다.
"오래는 못 있어요."
"올라가시죠."
우리는 층계를 올라가 내 방으로 들어갔다. 나는 리날디의 침대에 누웠다. 신부는 당번병이 만들어놓은 간이침대에 앉았다. 방은 어두웠다.
"그래, 진짜로 어떻게 지냈어요?" 신부가 물었다.
"괜찮게 지냈어요. 오늘 밤은 피곤하지만요."
"나도 피곤해요. 왜 그런지는 모르겠지만."
"전쟁은 어떻습니까?"
"곧 끝날 것 같아요. 이유는 몰라도 그렇게 느껴져요."
"왜요?"

"소령이 어떻게 변했는지 보셨죠? 온화해졌잖아요. 지금은 많은 사람들이 그렇게 됐어요."

"저도 그렇게 느꼈어요." 내가 말했다.

"끔찍한 여름이었어요." 신부가 말했다. 그는 내가 떠나기 전보다 자신감이 있어 보였다. "여기가 어땠는지 말해도 믿지 못할 겁니다. 겪어보지 않았으면요. 많은 사람들이 이번 여름에 비로소 전쟁이 어떤 것인지 깨달았죠. 전에는 그런 걸 깨달을 것 같지 않았던 장교들조차 깨달아가고 있어요."

"이제 어떻게 될까요?"

"싸움을 끝낼 겁니다."

"누가요?"

"양쪽 다요."

"그렇게 되기를 바랍니다."

"믿지 않으세요?"

"양쪽 다 금방 싸움을 끝낼 것 같지는 않은데요."

"맞아요. 거기까지 기대하기는 무리죠. 하지만 병사들의 변화를 보면 전쟁이 계속될 것 같지는 않아요."

"이번 여름에는 누가 이겼나요?"

"아무도요."

"오스트리아군이 이긴 거죠. 그들은 산가브리엘레를 방어했잖아요. 그들이 이긴 겁니다. 그들은 전쟁을 그만두지 않을 거예요." 내가 말했다.

"그들도 우리와 같은 심정이라면 그만둘 겁니다. 그들도 같은 경험을 했으니까요."

"이기는 편이 그만두는 법은 없어요."

"중위님 말을 들으니 맥이 빠지네요."
"제 생각을 말했을 뿐입니다."
"그렇다면 전쟁이 영원히 계속되리라고 생각하나요? 아무 일도 일어나지 않고요?"
"모르겠어요. 다만 오스트리아군이 이기고 있는 한은 그만두지 않을 거라는 겁니다. 패배할 때 우린 기독교인이 되겠죠."
"오스트리아인들도 기독교도입니다. 보스니아 사람들만 빼면요."
"형식적인 기독교인을 말하는 게 아니었어요. 예수 같은 사람이 된다는 뜻이었어요."
신부는 아무 말도 하지 않았다.
"인간은 패배할 때 비로소 온화해져요. 베드로가 감람산에서 예수를 구했더라면 어떻게 됐겠어요?"
"그래도 변함없었을 거예요."
"안 그랬을걸요." 내가 말했다.
"중위님은 저를 계속 맥 빠지게 만드는군요. 전 무슨 일이 일어나리라고 믿고 있고, 또 그렇게 되기를 기도하고 있어요. 제 느낌에는 무슨 일이 곧 일어날 것 같아요." 그가 말했다.
"무슨 일이 일어날 수도 있을 겁니다. 하지만 그건 우리에게만 일어날 거예요. 적들도 우리처럼 느낀다면 그렇게 되겠죠. 하지만 적들은 우리를 패배시켰어요. 그래서 그들은 다르게 느끼고 있을 겁니다."
"많은 병사들은 언제나 그렇게 느껴왔어요. 꼭 패배해서만은 아닙니다."
"그들은 시작부터 패배한 겁니다. 농촌에서 끌려와 군대에 넣어진 순간부터 패배한 거예요. 처음부터 패배했기 때문에 지혜가 있는 거죠. 그들에게 권력을 주어보면, 그들이 얼마나 지혜로운지 알게 될 겁니다."

신부는 아무 말 없이 생각에 잠겼다.

"저도 의기소침한 상태예요. 그래서 되도록 전쟁 생각은 하지 않죠. 하지만 말하기 시작하면, 마음속에 떠오르는 말들을 마구 내뱉게 돼요." 내가 말했다.

"전 뭔가를 희망했어요."

"패배요?"

"아뇨. 그보다 더 나은 걸요."

"그보다 더 나은 건 없어요. 승리를 빼면요. 나머지는 패배보다 더 나쁘고요."

"오랫동안 승리를 바랐어요."

"저도 그랬어요."

"그런데 이제는 잘 모르겠어요."

"승리 아니면 패배뿐이죠."

"전 승리라는 것을 믿지 않게 됐어요."

"저도 그렇습니다. 하지만 전 패배도 믿지 않아요. 그게 더 나을지도 모르지만요."

"그럼 무엇을 믿나요?"

"잠을 믿죠." 내가 말했다. 그러자 신부가 일어서며 말했다.

"너무 오래 머물러서 미안해요. 즐거웠어요."

"다시 만나서 반가웠어요. 잠 어쩌고 했던 건 농담입니다."

우리는 일어서서 어둠 속에서 악수를 했다.

"저는 307부대에서 지내고 있어요." 신부가 말했다.

"전 내일 일찍 초소로 떠납니다."

"다시 돌아오면 또 만나요."

"그때 산책도 하고 대화도 나누죠." 나는 방문까지 그를 따라갔다.

"더 나오실 필요 없어요. 다시 돌아와서 반가워요. 중위님에게는 반갑지 않은 일이겠지만요." 신부는 내 어깨에 손을 올렸다.

"전 괜찮습니다. 안녕히 가세요." 내가 말했다.

"잘 자요, 안녕!"

"안녕!" 나는 피곤해서 죽을 지경이었다.

27장

리날디가 들어오자 잠에서 깼지만, 그가 아무 말도 없자 나는 도로 잠에 빠졌다. 그러고는 날이 밝기 전 새벽 일찍 일어나 옷을 입고 밖으로 나갔다. 그때까지 리날디는 일어나지 않았다.

바인시차에는 처음 가보는 것이었다. 거기로 가는 길에 내가 부상당한 강 부근의 전에 오스트리아군 주둔지였던 언덕을 오르자 기분이 묘했다. 새로 생긴 가파른 길에 수많은 트럭들이 지나다니고 있었다. 편편하게 뻗은 그 길 너머로 안개 속에 숲과 가파른 언덕들이 보였다. 전투 시 신속히 점령해서인지 숲은 별로 망가져 있지 않았다. 언덕으로 엄호되지 않는 도로의 양쪽과 노면은 매트로 가려져 있었다. 길은 부서진 마을에서 끝나 있었다. 전선은 그 너머로 뻗어 있었다. 주위에는 많은 포대가 있었다. 집들은 많이 부서져 있었지만 다른 것들은 잘 정돈되어 있었고, 사방에 표지판이 있었다. 우리는 지노를 발견했고, 그는 우리에게 커피를 가져다주었다. 잠시 후 나는 지노와 함께 많은 사람들을 만났고, 의무 초소에도 가보았다. 지노는 영국 앰뷸런스들은 바인시차 저 너머 라브네에서 일하고 있다고 했다. 그는 영국군에 대해 존경심을 갖고 있었다. 아직도 포격이 계속되고는 있지만, 부상자는 많지 않다고 했다. 그리고 우기가 시작되어 환자들이 많이 생길 거라고도 했다. 오스트리아군이 공격을 해올 거라고들 하지만, 자신은 믿지 않는다고도 했다. 아군이 공격할 거라는 소문도 있었지만, 새 증원 부대가 오지 않아 그것도 무산됐다고 했다. 그는 음식이 부족하다며, 고리치아로 가서 제대로 된 음식을 먹고 싶다고 했다. 그러면서 내게 저녁으로 뭘 먹었느냐고 물었다. 내가 대답해줬더니 그는 식사가 훌륭하다며 감탄했다. 그는 특히 돌체*를 부러워했다. 상세한 설명 없이 그냥 돌체라고만 했는데, 그걸 빵 푸딩 이상의 멋진 것으로 상상하는 것 같았다.

그는 자기가 어디로 배치되느냐고 물었다. 나는 잘 모르겠지만 다른 앰뷸런스들은 카프레토에 가 있다고 말했다. 그러자 자기도 거기 가고 싶다고, 그곳은 아담하고 멋진 곳으로 그 너머 솟아 있는 높은 산들을 좋아한다고 했다. 그는 좋은 사람이었고 모두들 그를 좋아하는 것 같았다. 그는 산가브리엘레 전투와 롬 공격 실패가 가장 끔찍했다고 했다. 또 오스트리아군은 테르노바 능선을 따라 숲 속에 많은 야포들을 갖고 있어서, 밤에 길에 대고 맹포격을 한다고 했다. 특히나 신경을 자극하는 건 해군의 함포사격인데, 탄도가 수평이어서 나도 곧 보게 될 거라고 했다. 포가 발사되는 것과 거의 동시에 요란한 포성이 울려 퍼진다면서. 오스트리아군은 대개 두 발을 연달아 쏘

---

*이탈리아어로 디저트를 가리키는 말.

기 때문에, 폭발 시 파편 양이 엄청나다고 했다. 그가 내게 그 파편을 하나 보여줬는데, 1피트가 넘는 톱날이 세워진 금속이었다. 배빗 합금* 같았다.

"위력은 별로예요. 하지만 무섭습니다. 직접 나한테 날아오는 것 같은 소리가 나서요. 쾅 소리가 나면서 즉시 터져버리죠. 다치지는 않더라도 죽을 만큼 공포를 주는 대포라면 충분히 치명적인 거죠." 지노가 말했다.

우리 맞은편 전선에는 크로아티아군과 마자르 병사들도 약간 있다고 했다. 아군은 여전히 공격 태세를 취하고 있지만, 막상 오스트리아군이 공격해 오면 저지할 철조망도 후퇴할 곳도 없다고 했다. 고원에서 뻗어 나온 낮은 산들을 따라 좋은 방어선을 구축할 수도 있지만 그런 조치는 전혀 취해지지 않는다면서. 그는 내게 여기 바인시차를 어떻게 생각하느냐고 물었다.

나는 좀 더 평평한 고원지대일 거라 생각했다고, 이렇게 기복이 심할 줄은 몰랐다고 했다.

"고원은 맞지만 평원은 아니죠." 지노가 말했다.

우리는 그가 사는 숙소의 지하실로 들어갔다. 나는 작은 산들이 계속 늘어서 있는 곳보다는, 꼭대기가 평평하거나 움푹 들어갔더라도 산등성이가 방어하기에 더 쉽고 실질적이라고 말했다. 산을 올라가 공격하는 것이 평지에서 공격하는 것보다 더 어렵지 않다고도 했다. "산도 산 나름이죠. 산가브리엘레를 보세요." 그가 말했다.

"그래. 하지만 적들이 애를 먹었던 곳은 평평한 산꼭대기였

---

*주석, 안티몬, 구리를 주성분으로 한 합금.

어. 아군은 산꼭대기까지 올라오는 적들을 쉽게 해치웠지." 내가 말했다.

"그리 쉽지는 않았습니다." 그가 말했다.

"그래. 하지만 그건 특별한 경우였어. 산이라기보다는 요새였으니까. 오스트리아군은 수년간 그곳을 요새로 만들었어." 나는 전략적으로 말해, 기동성 있는 전투에서는 산들이 늘어서 있는 게 전선을 방어 하는 데 별 도움이 안 된다고 말했다. 그 정도는 쉽게 우회할 수 있기 때문이었다. 인간은 움직일 수 있지만 산은 그렇지 않다. 또한 산 위에서 아래를 사격할 때는 언제나 사정거리를 초과하게 마련이다. 만일 측면에서 우회 공격을 당한다면, 최정예 부대가 산꼭대기에 남겨지게 된다. 나는 산악전의 효용성을 신뢰하지 않았다. 그간 많이 생각해보고 한 말이었다. 아군이 산악 고지를 하나 빼앗으면 적군도 다른 산악 고지를 빼앗지만, 본격전이 시작되면 모두들 산에서 내려오게 마련이었다.

만일 산간지대가 최전선이라면 어떡하시겠습니까? 그가 물었다.

그건 아직 생각해보지 않았어, 나는 그렇게 대답했고 우리는 둘 다 웃었다. "하지만, 예전에 오스트리아군은 베로나 근처의 사방형 지대에서 격파당했지. 평지로 유인당해서 혼이 났지." 내가 말했다.

"그래요. 하지만 그건 프랑스군이 그런 거죠. 다른 나라에서 싸울 때는 군사적인 문제는 쉽게 해결되니까요." 지노가 말했다.

"그렇지. 자기 나라에서 싸우면 그렇게 과학적으로 싸울 수는 없지." 내가 대답했다.

"러시아 군대는 그렇게 했어요. 나폴레옹을 함정에 빠뜨리려고요."

"그래. 하지만 러시아는 나라가 컸어. 만일 이탈리아에서 나폴레옹을 함정에 빠뜨리려고 후퇴했다가는 브린디시까지 밀려날 거야."

"거긴 끔찍한 곳이죠. 가보셨어요?"

"잠시 지나친 적은 있지."

"전 애국자입니다. 하지만 브린디시나 타란토*는 좋아지지가 않아요."

"여기 바인시차는 좋아하나?" 내가 물었다.

"신성한 곳이기는 하죠. 하지만 감자를 좀 더 재배했으면 해요. 우리가 여기 처음 왔을 땐, 오스트리아인들이 경작해놓은 감자밭이 있었어요."

"진짜 식량이 부족한 거야?"

"여기 와서 한 번도 충분히 먹어본 적이 없어요. 물론 저처럼 많이 먹는 사람도 굶지는 않았죠. 식사도 보통 수준은 되고요. 하지만 일반적으로 전방 연대의 식량 공급은 원활한데 그 지원 부대 사정은 그렇지 못합니다. 어디선가에서 뭔가 잘못되고 있는 거죠. 식량은 충분해야 하는데."

"상어 같은 놈들이 어디선가 빼내서 팔아먹고 있는 거겠지."

"그렇습니다. 전방 대대에게는 가능한 한 많이 공급해주지만, 후방 부대는 식량이 부족합니다. 그래서 오스트리아인들이 경작해놓은 감자와 숲 속의 밤을 다 따 먹고 있어요. 병사들을

---

*브린디시와 타란토 둘 다 이탈리아 남부 풀리아 주에 있는 도시.

좀 더 잘 먹여야 해요. 우린 많이 먹어야 한다구요. 식량은 충분히 있다고 봐요. 공급이 문제지. 식량이 부족하면 병사들에게 좋지 않죠. 그게 사기에 얼마나 영향을 미치는지 생각해보셨나요?"

"식량이 부족하면 전쟁에서 못 이겨. 질 수밖에 없지." 내가 말했다.

"진다는 얘기는 하지 마세요. 너무 많이들 그런 얘기를 하고 있어요. 하지만 이번 여름에 벌인 전투가 헛되지는 않을 겁니다."

나는 아무 말도 하지 않았다. 나는 '신성한', '영광스러운', 또는 '희생' 같은 쓸모없는 표현들을 들을 때마다 언제나 당혹스러웠다. 우리는 늘 그런 말들을 들어왔다. 때로는 고함 소리밖에 들리지 않는 빗속에 서서도 그런 말을 들어야 했다. 오랫동안 게시판에 붙여진 게시물에서도 그런 말들을 읽어야 했다. 그러나 나는 신성한 것은 아무것도 보지 못했고, 영광스럽다는 것 속에서 영광스러운 것을 본 적도 없었다. 희생적인 행동이라는 것도 시카고의 도살장에서 벌어지는 일과 다를 바 없음을 목격했다. 고기를 먹지 않고 묻는 것만 다를 뿐이었다. 차마 들어줄 수 없는 말들이 너무 많아서, 결국은 지명만 위엄 있는 말이 됐다. 숫자나 날짜만 지명과 더불어 가치 있고 의미를 부여할 수 있는 말들이 됐다. 영광이나 명예나 용기나 성스러움 같은 추상적인 말들은 마을의 구체적 이름이나, 도로의 숫자나 강의 이름이나 연대 번호나 날짜 앞에서 그저 외설스럽게만 들렸다. 지노는 애국자였다. 그래서 때로는 우리 사이를 갈라놓는 말을 하기도 했다. 그러나 그는 좋은 사람이었고, 나는 그의 애국심을 이해했다. 그는 타고난 애국자였다. 그는 페두치와 함께 차를 타고 고리치아로 떠났다.

　그날은 하루 종일 폭풍이 불었다. 바람이 비를 흩뿌려 사방에 물웅덩이와 진흙탕이 생겼다. 부서진 집들의 잿빛 회벽은 비에 젖어 있었다. 오후 늦게 비는 그쳤지만, 제2초소에서 보면 언덕 꼭대기에 여전히 구름이 모여 있는 헐벗고 젖은 가을의 시골 풍경이 보였고, 도로 위에 만들어놓은 짚으로 된 엄폐물은 젖어서 물이 떨어지고 있었다. 잠깐 해가 나와서 산마루 너머의 벌거벗은 숲을 비추더니, 도로 들어가버렸다. 숲에는 오스트리아군 야포가 많았지만, 그중 몇 개만 불을 뿜었다. 전선 위로 보이는 부서진 농가 위 하늘로 갑자기 유산탄의 둥근 연기가 치솟았다. 중앙에 노랗고 하얀 불꽃이 보이는 부드러운 연기였다. 우선 섬광이 번쩍하더니 이어 포성이 들렸고, 바람에 연기가 흩날렸다. 민가들의 파괴된 잔해 속에도, 초소로 쓰였던 부서진 농가 옆의 길에서도 많은 유산탄 파편들이 발견됐지만, 그날 오후에는 적들은 초소 근처를 포격하지 않았다. 우리는 두 대의 앰뷸런스에 부상병들을 싣고, 젖은 매트로 가려진 길을 운전해 내려갔다. 매트의 갈라진 틈 사이로 하루의 마지막 햇살이 보였다. 우리가 언덕 뒤에 있는 탁 트인 길로 나왔을 때 해는 벌써 져 있었다. 그 길을 내려가 코너를 돌아 엄폐물로 가려놓은 사각의 아치형 터널로 들어가자, 또다시 비가 내리기 시작했다.

　밤에는 바람이 세게 불더니 새벽 3시에는 폭우까지 쏟아졌다. 그때 포격이 시작됐고, 크로아티아 병사들이 산의 초지를 가로질러 숲을 통과해 전선으로 몰려왔다. 그들은 어두운 빗속에서 싸움을 걸어왔고, 제2전선에서 온 병사들이 놀라 반격에 나서 그들을 격퇴했다. 빗속에서 포격은 계속되어 로켓포들이 작렬했고, 기관총들과 소총들이 전선을 따라 발사됐다. 잠시 후 적들이 공격을 멈추자 사방은 아주 조용해졌다. 돌풍과 빗소리 사이로 멀리 북쪽에서 맹렬한 포격 소리가 들릴 뿐이었다.

부상병들이 의무 초소로 실려 오기 시작했다. 어떤 병사들은 들것에 실려 왔고, 어떤 병사들은 걸어서 왔으며, 다른 병사의 등에 업혀 들판을 가로질러 온 부상병들도 있었다. 흠뻑 젖은 그들은 겁에 질려 있었다. 두 대의 앰뷸런스가 들것에 실려 초소의 지하실에서 올라오는 부상병들로 가득 찼다. 내가 두 번째 앰뷸런스의 문을 닫고 잠글 때 얼굴에 떨어지던 빗방울이 금세 눈으로 변했는지, 진눈깨비가 쏟아졌다.

날이 밝자, 폭풍은 여전했지만 눈은 그쳐 있었다. 떨어진 눈이 녹아 땅은 흥건했고 다시 비가 오기 시작했다. 날이 밝은 직후 또 다른 적의 공격이 있었지만 실패했다. 우리는 하루 종일 또 다른 공격에 대비했지만 해가 지기 전까지는 아무 일도 일어나지 않았다. 포격은 오스트리아군의 포대가 밀집되어 있는, 기다란 숲이 있는 산등성이 아래 남쪽에서 시작됐다. 우리도 포격을 각오하고 있었지만, 우리에게는 포탄이 날아오지 않았다. 밖은 어두워지고 있었다. 이윽고 마을 뒤의 들판에서 포격이 시작됐고, 공중을 나는 포탄 소리가 들렸다.

남쪽의 적의 공격이 실패했다는 소식이 들렸다. 그날 밤 적은 공격하지 않았지만, 북쪽 전선은 돌파됐다고 했다. 초소 대위가, 밤에 여단으로부터 명령이 하달되면 퇴각할 준비를 하라고 했다. 그러나 잠시 후 그가 통화를 하고 오더니 퇴각 명령은 잘못된 것이었다고, 바인시차 전선은 무슨 일이 있어도 사수해야 한다는 명령이 떨어졌다고 했다. 나는 북쪽 전선이 적에게 돌파된 건 사실이냐고 물었고, 그는 오스트리아군이 카포레토로 향하던 아군 제27군단을 격파했다고 알려줬다. 북쪽에서는 하루 종일 격전이 있었다면서.

"그 바보 같은 자식들이 돌파당했다면 우리도 끝장이야." 대위가 말했다.

"여기로 공격해 오는 것은 독일군이라더군." 군의관 중 하나가 말했다. 독일군이라는 말을 듣자 모두가 두려워했다. 독일군과는 싸우고 싶지 않았다.

"독일군 15개 사단이 내려오는 중이라고 해. 그들이 아군 전선을 돌파했으니, 이제 우리는 고립될 거야." 그 군의관이 다시 말했다.

"여단에서는 우리한테 이 전선을 사수하라고 하고 있어. 그리 심각한 상황은 아니라면서, 몬테마조레로부터 산악 지대를 가로지르는 전선을 사수하라고 해."

"그런 명령은 어디서 내려왔습니까?"

"사단에서지."

"그럼 처음에 퇴각하라고 했던 것도 사단이겠네요."

"우린 군단*의 지시 아래서 움직이지만, 여기서는 대위님 밑에서 일하고 있죠. 그러니 대위님이 퇴각하라면 당연히 퇴각할 겁니다. 하지만 명령은 정확하게 받으셔야 합니다." 내가 말했다.

"우리더러 여기를 사수하라는 게 명령이야. 중위는 부상병들을 임시 수용소로 후송하게."

*군대 조직상의 편성 단위로 군단 밑에 사단, 사단 밑에 여단이 있다.

"때로는 임시 수용소를 철수하고 그 부상병들을 다 데리고 야전병원까지 후송해야 하는 상황이 발생할 수도 있습니다. 전 아직 한 번도 퇴각 경험이 없습니다만, 만일 퇴각하게 되면 그 많은 부상병들을 어떻게 다 이송하죠?" 내가 말했다.

"다 후송할 수는 없지. 가능한 한 많이 데려가고 나머지는 남겨놓을 수밖에."

"앰뷸런스에 뭘 싣고 가야 하나요?"

"병원 장비."

"알겠습니다." 내가 말했다.

다음 날 밤, 퇴각이 시작됐다. 독일군과 오스트리아군이 북쪽 전선을 돌파해 산악 지대 계곡을 따라 치비달레와 우디네 쪽으로 내려오고 있다는 소식이 들렸다. 비에 젖고 침울한 분위기 속에서, 퇴각이 질서정연하게 이루어졌다. 우리는 혼잡한 밤길을 따라 서서히 이동하면서 빗속에 행군하는 병사들, 대포들, 마차를 끄는 말들, 노새들, 그리고 트럭들을 앞질렀다. 진군할 때와 마찬가지로 혼란은 없었다.

그날 밤 우리는 고원지대에서 가장 피해가 적었던 마을에 있는 야전병원 철수를 도운 후 거기 있던 부상병들을 강둑에 있는 플라바로 데려갔다. 그다음 날은 하루 종일 빗속에서 플라바에 있는 병원들과 임시 수용소들을 철수하는 일을 했다. 비는 계속 내렸다. 바인시차에 주둔해 있던 군대는 10월의 비를 맞으며, 그해 봄에 대승을 거두었던 강을 건너 고원 아래로 퇴각해 내려갔다. 다음 날 낮쯤, 우리는 고리치아에 도착했다. 비는 그쳐 있었고, 마을은 텅 비어 있었다. 길을 따라 올라가

자, 사병용 유곽 여자들을 싣고 있는 트럭이 보였다. 모자를 쓰고 외투를 입은 일곱 명의 여자가 가방을 들고 있었다. 그들 중 하나가 우리에게 미소를 짓더니, 혀를 내밀어 위아래로 날름거렸다. 두터운 입술에 검은 눈의 여자였다.

나는 앰뷸런스를 멈추고 유곽 여주인에게 다가갔다. 그녀는 장교용 유곽 여자들은 아침 일찍 떠났다고 말했다. 어디로 갔느냐고? 코넬리아노로 갔지. 그들을 태운 트럭이 출발했다. 두터운 입술의 아가씨가 다시 우리에게 혀를 내밀었고, 여주인은 손을 흔들었다. 여자 둘은 울고 있었다. 다른 여자들은 마을을 유심히 바라보고 있었다. 나는 앰뷸런스로 돌아왔다.

"우리도 저들과 같이 가야 해요. 그래야 여행이 재밌죠." 보넬로가 말했다.

"안 그래도 우리 여행은 재밌을 거야." 내가 말했다.

"끔찍할 거예요."

"내 말이 바로 그 말이야." 내가 말했다. 우리는 우리 숙소로 운전해 갔다.

"거친 놈들이 트럭에 올라타 저 여자들을 덮치는 걸 보고 싶은데요."

"그럴 것 같아?"

"그럼요. 제2군 모두가 저 여주인을 아는걸요."

벌써 우리가 숙소로 삼는 빌라 앞이었다.

"그들은 저 여자를 수녀원장이라고 불러요. 다른 여자들은 새로 와서 잘 모르지만, 저 여주인은 모두가 알아요. 다른 여자들은 퇴각 직전에 데려온 것 같아요." 보넬로가 말했다.

"혼이 좀 나겠는걸."

"그럴 거예요. 저도 공짜로 재미 좀 보고 싶은걸요. 저 유곽은 너무 비쌌잖아요. 말하자면 정부가 우리한테 바가지를 씌운 거죠."

"정비병들한테 앰뷸런스들을 꺼내 점검하라고 해. 엔진오일도 교환하고, 차동장치도 점검하고, 휘발유도 가득 채우라고 해. 그러고 나서 잠을 좀 자두라고 하고." 내가 말했다.

"네, 시뇨르 테넨테."

숙소는 텅 비어 있었다. 리날디도 의무대 사람들과 함께 가 버리고 없었고, 소령도 장교용 차에 의무대 장교들을 태우고 떠난 상태였다. 창문에 내게 남긴 쪽지가 있었는데, 복도에 있는 물건들을 앰뷸런스에 싣고 포르데노네*로 오라고 쓰여 있었다. 정비병들도 이미 떠나고 없었다. 나는 밖으로 나가서 차고로 갔다. 두 대의 앰뷸런스가 들어오더니 운전병들이 내렸다. 다시 비가 오기 시작했다.

"너무 졸렸어요 플라바에서 여기까지 오는 동안 세 번이나 졸았다니까요. 이제 뭘 할까요, 중위님?" 피아니가 말했다.

"우선 엔진오일을 교환하고 기름칠을 하고 휘발유를 넣어. 그 다음, 차를 현관 앞으로 몰고 가서 사람들이 남기고 간 것들을 싣고."

"그런 다음 출발하나요?"

"아니. 우린 세 시간 동안 잘 거야."

"그거 다행이네요! 안 그러면 졸면서 운전하게 될 것 같아요." 보넬로가 말했다.

---

*이탈리아 북동부 프리울리베네치아줄리아 주에 있는 도시.

"아이모, 네 차는 어때?" 내가 물었다.

"이상 없습니다."

"작업복을 갖다 주면 내가 오일 교환하는 걸 도와줄게."

"그러실 필요 없습니다, 중위님. 우리가 쉽게 끝낼 테니 올라가서 짐이나 싸세요." 아이모가 말했다.

"짐은 다 쌌어. 그럼 난 가서 사람들이 남겨놓고 간 걸 챙기지. 준비되는 대로 앰뷸런스를 정문 앞에 대." 내가 말했다.

앰뷸런스들이 정문 앞에 서자, 모두가 복도에 쌓인 병원 장비들을 차에 실었다. 짐을 다 실은 앰뷸런스 세 대는 나무 아래 차도에 비를 맞으며 서 있었다. 우리는 안으로 들어갔다.

"부엌에 불을 지펴 옷을 좀 말려." 내가 말했다.

"옷은 젖어도 상관없습니다. 잠이나 자고 싶어요." 피아니가 말했다.

"소령이 쓰던 침대에서 자고 싶어요. 그 영감이 자던 곳에서요." 보넬로가 말했다.

"난 어디든 상관없어." 피아니가 말했다.

"여기 침대가 두 개 있어." 내가 소령이 쓰던 방의 문을 열었다.

"그 방에 뭐가 있는지도 몰랐어요." 보넬로가 말했다.

"여기가 생선 얼굴 영감의 방이었어." 피아니가 말했다.

"너희 둘은 여기서 자. 나중에 내가 깨워주지." 내가 말했다.

"너무 오래 자면 오스트리아군이 깨우게 될 겁니다, 중위님."

"난 늦잠을 자지는 않아. 아이모는 어디 있지?" 내가 말했다.

"부엌에 있습니다."

"그럼 다들 잘 자."

"그럼요, 자야죠. 하루 종일 앉아서 졸았다구요. 머리 전체가 눈꺼풀로 덮이는 기분입니다." 피아니가 말했다.

"군화나 벗어. 이건 늙은 생선 얼굴의 침대란 말이야." 보넬로가 말했다.

"생선 얼굴이 지금 무슨 상관이야." 피아니는 침대에 누워 팔을 베고 진흙투성이 군화를 신은 다리를 쭉 뻗었다. 나는 부엌으로 갔다.

아이모가 스토브에 불을 붙여 물주전자를 올려놓고 있었다.

"파스타를 만들까 하고요. 잠에서 깨면 모두들 배고파할 것 같아서요." 그가 말했다.

"자네는 안 졸리나, 바르톨로메오?"

"별로요. 물이 끓으면 그대로 놔두면 됩니다. 불은 저절로 꺼지니까요."

"잠을 좀 자두는 게 좋을 거야. 으린 그냥 치즈와 통조림 고기를 먹으면 돼." 내가 말했다.

"이게 훨씬 낫습니다. 저 두 무정부주의자들에게는 뜨거운 음식이 좋을 겁니다. 중위님은 가서 주무세요."

"소령 방에 침대가 있어."

"중위님이 거기서 주무세요."

"아냐, 난 내 방으로 올라갈 거야. 술 한잔하겠나, 바르톨로메오?"

"떠날 때 한잔하죠. 지금은 별 소용이 없을 것 같아요."

"세 시간 후에 자네가 깼는데도 내가 자네를 안 부르면 날 깨우러 올라와주게. 알겠나?"

"전 시계가 없는데요, 중위님."

"소령 방 벽에 시계가 있어."

"알겠습니다."

나는 밖으로 나가 식당과 복도를 지나 대리석 계단을 올라가 리날디와 함께 쓰던 방으로 갔다. 밖에는 비가 오고 있었다. 창가로 가서 밖을 내다봤다. 날은 어두워지고 있었고, 나무 아래에 세 대의 앰뷸런스가 나란히 서 있었다. 나무들은 차가운 빗속에서 물을 뚝뚝 흘리고 있었다. 나는 리날디의 침대에 누워 잠에 빠져들었다.

우리는 출발하기 전에 부엌에서 식사를 했다. 아이모는 양파와 잘게 썬 고기가 들어간 스파게티를 한 양푼 내놓았다. 우리는 식탁에 둘러앉아 그걸 먹으며 지하실에 남아 있던 와인 두 병도 곁들였다. 밖은 어두웠고 아직도 비가 내리고 있었다. 피아니는 꾸벅꾸벅 졸면서 식탁에 앉아 있었다.

"난 진격보다는 퇴각하는 게 좋아. 퇴각하면서는 이렇게 바르베라를 마실 수 있잖아." 보넬로가 말했다.

"지금은 와인을 마시지만, 내일은 빗물을 마시게 될지도 몰라." 아이모가 말했다.

"내일은 우디네에 있게 될 거야. 그럼 샴페인을 마시게 되겠지. 거긴 병역 기피자들이 사는 곳이야. 일어나, 피아니! 우린 내일이면 우디네에서 샴페인을 마실 거야!"

"일어났어." 피아니가 말했다. 그는 자기 접시에 스파게티와 고기를 담았다. "토마토소스는 못 찾았어, 바르토?"

"없었어." 아이모가 말했다.

"우린 우디네에서 샴페인을 마시게 될 거야." 보넬로는 그렇게 말하며 자기 잔에 투명하고 붉은 바르베라를 가득 채웠다.

"우디네에 가기 전에 마실 수 있을지도 몰라."

"충분히 드셨나요, 중위님?" 아이모가 물었다.

"많이 먹었어. 그 술병 좀 이리 줘, 바르톨로메오."

"앰뷸런스에도 한 병씩 실을 수 있게 챙겨놨습니다." 아이모가 말했다.

"잠은 좀 잤고?"

"많이 잘 필요는 없었습니다. 조금 잤습니다."

"내일 난 왕의 침대에서 자게 될 거야." 보넬로는 기분 좋은 표정으로 이렇게 말했다.

"내일 우리는……." 피아니가 졸며 말했다.

"난 왕비하고 잘 거야." 보넬로는 이렇게 말하더니 내가 그 농담을 어떻게 받아들이는지 살폈다.

"너는 왕비랑……." 피아니가 여전히 졸며 말했다.

"그건 반역 행위죠. 그렇죠, 중위님?" 보넬로가 말했다.

"입 닥쳐. 와인 좀 마셨다고 벌써 취했군." 나는 그렇게 말하고 밖을 바라다봤다. 비가 세차게 내리고 있었다. 시계를 보니 9시 30분이었다.

"출발할 시간이야." 내가 그렇게 말하며 일어섰다.

"누구랑 타시겠습니까, 중위님?" 보넬로가 물었다.

"아이모하고 타겠네. 다음엔 자네 차에, 그다음엔 피아니 차에 탈 거야. 우리는 코르몬스로 향하는 도로로 출발할 거야."

"졸까봐 겁나요." 피아니가 말했다.

"알았어. 그럼 일단 자네 차를 같이 타지. 그런 다음에 보넬로 차를 타고, 그다음엔 아이모 차를 타지."

"그게 좋겠습니다. 무지 졸려서요." 피아니가 말했다.

"내가 운전하는 동안 좀 자둬."

"옆에 깨워줄 사람이 있으면 제가 운전할 수 있어요."

"내가 깨워주지. 불을 끄게, 바르토."

"그냥 켜둬도 괜찮아. 이젠 이곳도 필요없으니까." 보넬로가 말했다.

"내 방에 작은 트렁크가 있어. 그걸 좀 갖고 내려와주겠나, 피아니?" 내가 말했다.

"그러죠. 알도, 같이 가." 피아니는 보넬로와 함께 복도로 나가 2층으로 올라갔다.

"여긴 좋은 곳이었어요." 바르톨로메오 아이모가 말했다. 그러고는 두 병의 와인과 치즈 반 조각을 자기의 작은 배낭에 집어넣었다. "앞으로는 이런 곳에서 못 지낼 거예요. 어디로 퇴각하죠, 중위님?"

"타글리아멘토 강 너머로. 의무대와 그 부속 부대는 포르데노네로 갈 거라고 하고."

"여기가 포르데노네보다 더 좋아요."

"난 포르데노네엔 안 가봤어. 얼마 전에 지나친 적은 있지만."

"대단한 곳은 아니에요." 아이모가 말했다.

28장

숙소를 빠져나가니, 비 오는 어두운 거리는 중심가를 지나는 부대와 대포 대열 외에는 아무것도 없었다. 간선도로에 도착하니 다른 거리에서 온 많은 트럭들과 짐수레들이 모여 있었다. 중심가 도로에 있는 피혁 공장 앞을 지날 때 보니 많은 부대와 트럭들, 짐마차들, 대포들이 하나의 큰 대열을 이뤄 천천히 움직이고 있었다. 우리가 탄 앰뷸런스는 빗속을 천천히, 그러나 쉬지 않고 꾸준히 나아갔다. 우리 앰뷸런스의 라디에이터 뚜껑이, 높이 쌓은 짐을 젖은 덮개로 덮어놓은 트럭 후미에 거의 붙어 있었다. 갑자기 그 트럭이 멈추자 대열 전체가 멈췄다. 이윽고 대열이 다시 움직이자 우리도 조금씩 전진했고, 그러다가 다시 멈췄다. 나는 앰뷸런스에서 내려, 트럭과 짐마차와 젖은 말의 목 아래를 지나 앞으로 걸어갔다. 길은 훨씬 앞에서부터 막혀 있었다. 나는 도로를 벗어나 도랑을 건너 들판을 따라 걸어갔다. 들판을 가로질러 앞으로 나가자 나무들 사이에서 오도 가도 못하는 대열을 볼 수 있었다. 거기서 1마일쯤 더 걸어갔다. 꼼짝달싹 못하는 차량들 너머 보이는 보병 부대들은 조금씩 움직이고 있었지만, 전체 대열은 여전히 움직이지 않았다. 나는 앰뷸런스로 돌아왔다. 우디네까지 계속 이렇게 길이 막힐지도 몰랐다. 피아니는 핸들에 엎드려 자고 있었다. 나는 그의 옆자리에 올라탔고, 잠시 후에 나도 잠이 들었다. 몇 시간 후 우리 앞에 있는 트럭이 기어를 넣는 소리가 들렸다. 나는 피아니를 깨웠다. 우리는 몇 야드를 움직였다. 그러고 나서 멈추고 움직이기를 반복했다. 비는 여전히 내리고 있었다.

밤이 돼도 대열은 오도 가도 못했다. 나는 차에서 내려, 아이모와 보넬로를 보려고 뒤쪽으로 걸어갔다. 보넬로는 공병대 병장 두 명을 앰뷸런스에 태우고 있었다. 내가 다가가자, 병장들은 바짝 긴장했다.

"다리에서 할 일이 있어 남아 있었답니다. 자기 부대를 찾을 수 없다고 해서 태워줬습니다. 중위님, 허락해주세요." 보넬로가 말했다.

"허락하겠네." 내가 말했다.

"중위님은 미국 분이셔. 누구든 태워주실 거야." 보넬로가 말했다. 병장 하나가 미소를 지었다. 다른 병장은 내가 북미에서 온 이탈리아 사람인지, 아니면 남미에서 온 이탈리아 사람인지 보넬로에게 물었다.

"중위님은 이탈리아 사람이 아니라니까. 미국 사람이라고."

병장들은 공손했지만 그 말은 믿지 않는 기색이었다. 나는 그들을 떠나 아이모에게 갔다. 그는 두 명의 소녀들을 한자리에 앉혀놓고, 자신은 구석에 기대앉아 담배 피우고 있었다. "바르토, 바르토." 내가 부르니 그가 웃으며 말했다.

"이 아가씨들과 얘기 좀 해보십쇼, 중위님. 전 이 아가씨들 말을 알아들을 수가 없어서요." 아이모는 그렇게 말하며 마치 친한 사이처럼 한 소녀의 넓적다리를 꾹 눌렀다. 그러자 소녀는 숄로 몸을 감싸더니 그의 손을 길어버렸다. "이봐! 중위님께 네 이름과 여기서 뭘 하고 있었는지를 말해봐."

그러자 그 소녀는 사납게 나를 쏘아봤다. 다른 소녀는 눈을 내리깔고 있었다. 나를 쏘아본 소녀는 내가 한마디도 알아듣지 못할 사투리로 뭐라고 말했다. 통통하고 얼굴이 거무스름한, 열여섯 살 정도의 소녀였다.

"소렐라(동생)?" 내가 다른 소녀를 가리키며 물었다.

그녀는 머리를 끄덕이며 미소를 지었다.

"알았어." 내가 그녀의 무릎을 가볍게 두드리자, 그녀는 뻣뻣해지며 나를 피했다. 한 살쯤 어려 보이는 그녀의 동생은 얼굴을 들지 않았다. 아이모가 언니의 넓적다리에 다시 손을 얹자 이번에도 그녀는 그 손을 밀쳐냈다. 그는 소녀를 보며 웃었다.

"난 좋은 사람이야, 좋은 사람이라구." 그는 자기 자신을 가리키며 말했다. 그러고는 이번엔 나를 가리키며 덧붙였다. "걱정할 필요 없어." 하지만 소녀는 사납게 그를 쏘아봤다. 소녀들은 마치 두 마리의 들새 같았다.

"날 싫어하면서 왜 이 차에 탔을까요? 내가 손짓을 하니 얼른 탔거든요." 그는 소녀 쪽으로 돌아앉으며 다시 말했다. "걱정하지 마. 위험하지 않아. 그럴 장소도 없잖아." 소녀는 그의 말을 알아듣고는 겁에 질려 그를 쳐다보더니 다시 숄로 몸을 꼭 감쌌다. "차가 이렇게 꽉 찼잖아. 섹스할 장소도 없어." 아이모가 섹스라는 단어를 말할 때마다 그녀의 몸은 더 굳어졌다. 그러더니 앙칼지게 그를 쏘아보며 울기 시작했다. 입술은 부들부들 떨렸고 통통한 뺨으로는 눈물이 뚝뚝 흘렀다. 동생은 여전히 얼굴을 들지 않고 언니의 손을 꼭 잡고 있었다. 잠시 후 성난 얼굴을 하고 있던 언니가 흐느끼기 시작했다.

"내가 겁을 준 거 같은데요. 겁을 줄 의도는 없었는데." 아이모가 자기 배낭에서 치즈를 꺼내 그걸 두 조각으로 잘라 그녀에게 주면서 말했다. "이거 먹어. 울지 말고."

언니는 머리를 저으며 계속 울었지만, 동생은 치즈를 받아먹었다. 잠시 후 동생은 치즈 조각을 언니에게 나눠 줬다. 언니는 그걸 먹었지만 여전히 흐느끼고 있었다.

"금방 괜찮아질 거예요." 아이모가 말했다.

그러다가 그는 무슨 생각이 떠올랐는지 소녀에게 이렇게 물었다. "숫처녀?" 그녀는 머리를 강하게 끄덕였다. "너도 숫처녀?" 그는 동생을 가리키며 다시 물었다. 두 소녀는 함께 고개를 끄덕였고, 언니가 사투리로 뭐라고 했다.

"알았어. 걱정할 거 없어." 아이모가 말했다.

소녀들은 둘 다 한결 기분이 좋아진 것 같았다.

나는 아이모와 함께 있는 소녀들을 두고 피아니의 차로 돌아왔다. 차량 대열은 여전히 움직이지 않았지만, 부대는 끊임없이 그 옆을 지나갔다. 여전히 비가 세차게 내리고 있었다. 잠시나마 자동차 배선이 빗물에 젖어 대열이 정체되고 있는지도 모른다고 생각했지만, 그보다는 말과 병사들이 잠들었기 때문일 확률이 높았다. 하지만 모두가 깨어 있어도 교통은 마비될 수 있었다. 마차와 자동차가 함께 섞여 있기 때문이었다. 그 둘은 서로 도움이 안 된다. 농부의 짐마차도 도움이 안 되기는 마찬가지였다. 바르토와 같이 있는 두 소녀들은 착했다. 이렇게 퇴각하는 길은 그런 소녀들이 있을 만한 곳이 못 됐다. 그 숫처녀들은 신앙심도 두터울 것 같았다. 전쟁만 아니라면 모두 잠들어 있을 시간이었다. 나 역시 침대에 머리를 누였으리라. 잠과 밥. 밥이 중요한 것처럼 잠도 중요하다. 지금쯤 캐서린은 이불 한 장은 바닥에 깔고 한 장은 덮은 채 침대에서 자고 있겠지. 어느 쪽으로 몸을 기울여 자고 있을까? 자지 않을지도 모른다. 누워서 나를 생각하고 있을지도 모른다. 서풍이 불어왔다. 그러나 그 바람은 이슬비가 아니라 폭우를 몰고 왔다. 비는 밤새 내렸다. 내리고 또 내렸다. 오 주여, 사랑하는 사람과 함께 침대에 누워 있게 해주세요. 내 사랑 캐서린, 내 달콤한 사랑 캐서린이 비가 되어 내리고 있는지도 모른다. 바람아, 다시 한 번 그녀를 내게 보내주렴. 우리들은 바람 속에 있었다. 모두들 바람 속에 있었다. 이슬비는 이 바람을 막을 수 없다. "잘 자, 캐서린." 나는 크게 말했다. "당신은 잘 자야 돼. 잠자리가 불편하면 다른 방향으로 누워. 냉수를 갖다 줄까? 잠시 후면 아침이 될 거고, 그럼 괜찮아질 거야. 배 속의 아이가 당신을 그렇게 불편하게 하다니. 좀 더 자려고 애써봐, 자기야."

나는 계속 잘 잤어요, 당신은 잠꼬대를 하던걸요. 괜찮아요? 그녀가 말했다.

당신 정말 거기 있는 거야?

물론이죠, 난 여기 있어요. 난 떠나지 않아요. 아무것도 우리를 갈라놓지 못해요.

당신은 정말로 사랑스럽고 귀여워. 밤에 떠나버리지는 않겠지, 그렇지?

물론이죠. 난 떠나지 않아요. 항상 여기 있어요. 당신이 날 원하면 어디든 갈 거예요.

"대열이 다시 움직입니다." 피아니가 말했다.

"깜빡 잠이 들었나봐." 나는 그렇게 말하고 손목시계를 봤다. 새벽 3시였다. 나는 의자 뒤로 손을 뻗쳐 바르베라 술병을 잡았다.

"큰 소리로 잠꼬대를 하시던데요." 피아니가 말했다.

"영어로 꿈을 꾸고 있었지." 내가 말했다.

비는 약해져 있었고, 차들은 다시 움직이기 시작했다. 그러나 먼동이 트기 전에 또 길이 막혔다. 사방이 환해져 바깥을 내다보니 약간 높은 지대에 와 있었다. 앞으로 멀리까지 뻗어 있는 퇴각로가 보였지만 보병들만이 그 사이로 물처럼 빠져나갈 뿐, 모든 것은 정지 상태였다. 그러다가 다시 움직이기 시작했다. 하지만 어제 낮의 진행 상태로 볼 때, 우디네까지 가려면 이 간선도로에서 벗어나 시골 들판을 가로질러 가야만 할 것 같았다.

밤이 되자 가재도구를 실은 짐마차를 몰고 나온 농부들이 대열에 합류했다. 이불 사이로 거울이 삐져나와 있었고, 병아리와 오리가 짐마차에 묶여 있기도 했다. 비는 계속 내리고 있었고, 우리 차 앞에 있는 짐마차에는 재봉틀 한 대가 실려 있었다. 아마도 그들의 가장 귀한 물건일 것이다. 여자들이 비를 피해 한쪽에 모여 앉은 짐마차도 있었고, 짐마차에 딱 달라붙어 따라가는 여인도 있었다. 마차를 따라가는 개들도 있었다. 도로는 진흙투성이였으며, 길가 도랑에는 물이 불어 있었다. 길가에 서 있는 나무들 뒤의 평야는 완전히 물에 잠겨 있어 그쪽으로 가로질러 갈 수도 없었다. 나는 차에서 내려 도로를 걸어 가면서, 들판으로 빠질 수 있는 샛길이 있는지 둘러봤다. 근처에 샛길은 많았지만, 막다른 길이라면 곤란했다. 평소에는 항상 차가 간선도로를 통과해서 샛길들은 유심히 보지 않고 그냥 지나쳤었다. 더욱이 샛길은 모두 비슷비슷해서 딱히 기억나는 길도 없었다. 하지만 지금은 이 간선도로에서 벗어날 수 있는 샛길을 찾아야 했다. 오스트리아군이 지금 어디 있는지, 상황이 어떻게 돌아가는지 아는 사람은 하나도 없었다. 비가 멈춰 적의 비행기가 날아와 대열을 공격하면 모든 게 끝장날 것이다. 몇 명의 병사들이 트럭을 버리고 도망간다거나 말 몇 마리가 죽으면, 도로는 꼼짝할 수 없는 상태가 될 것이다.

 비가 그리 심하게 내리는 것은 아니라서 날은 곧 갤 것 같았다. 나는 도로를 따라 계속 앞으로 갔다. 평야 사이로 양쪽에 나무 울타리가 쳐진 북쪽으로 뻗은 좁은 샛길이 있었다. 그 길로 가는 게 좋을 것 같아 서둘러 차로 돌아와 피아니에게 그 샛길로 들어가자고 했다. 보넬로와 아이모에게도 그 사실을 알리러 뒤쪽으로 갔다.

 "막다른 길이면 되돌아와 다시 이 대열에 끼면 돼." 내가 말했다.

 "이 친구들은 어떻게 할까요?" 보넬로가 물었다. 두 병장은 앞자리에 그와 나란히 앉아 있었다. 수염도 깎지 않은 상태였지만, 새벽에 보니 그래도 병사처럼 보였다.

 "차를 밀어야 할 때 이 친구들이 도움이 될 거야." 나는 그렇게 말하고 아이모에게로 가서, 이제부터 평야를 가로질러 갈 거라고 했다.

"이 숫처녀들은 어떻게 할까요?" 아이모가 물었다. 두 소녀들은 잠들어 있었다.

"그다지 쓸모없을 것 같은데. 차를 밀 수 있는 사람을 태우도록 해." 내가 말했다.

"그런 친구들은 차 뒤에 태워 갈 수 있습니다. 공간은 충분하니까요." 아이모가 말했다.

"원하면 그렇게 해. 하지만 차를 밀 수 있는, 등판이 넓은 사람을 찾아봐." 내가 말했다.

"저격병이 좋겠군요. 등판이 넓잖아요. 등 넓이를 재서 선발하니까요. 기분은 좀 어때요, 중위님?" 아이모가 미소를 지으며 물었다.

"좋아, 자넨?"

"저도 좋습니다. 근데 배가 너무 고픕니다."

"저 길로 가면 뭔가 먹을 게 눈에 띌 거야. 그럼 차를 멈추고 먹자고."

"다리는 어떻습니까?"

"괜찮아." 내가 말했다. 아이모가 운전하는 앰뷸런스 발판에 서서 앞을 내다보니, 피아니의 차가 조그만 샛길로 들어가 앙상한 나무 울타리 사이로 움직이고 있었다. 보넬로도 방향을 바꿔 그 뒤를 따라갔다. 아이모도 힘들게 간선도로를 헤치고 나가 울타리 사이로 난 좁은 길에 접어들어 앞선 두 대의 앰뷸런스를 따라갔다. 그 길은 어느 농가로 통했다. 피아니와 보넬로가 농가 마당에 차를 세웠다. 낮고 긴 농가 입구에는 포도나무 덩굴이 있었다. 마당에는 우물도 있었다. 피아니가 거기서 물을 길어 라디에이터에 넣고 있었다. 너무 오랫동안 저속 기어로 달려 물이 증발해버렸기 때문이었다. 농가는 비어 있었다. 비스듬히 올라간 들판에 위치해 있어 근처 일대를 내려다볼 수 있었다. 울타리와, 평야와, 퇴각하는 군대가 있는 간선도로의 나무들이 보였다. 두 병장은 능가 안을 들여다보고 있었다. 두 소녀는 잠에서 깨어 마당과 우물, 그리고 농가 앞에 서 있는 다른 두 대의 큰 앰뷸런스와 우물가에 모인 세 운전병들의 등을 바라보고 있었다. 병장 하나가 농가에서 벽시계를 들고 나왔다.

"도로 갖다 놓고 와." 내가 말했다. 그는 나를 쳐다보더니 다시 농가로 들어가 빈손으로 나왔다.

"같이 있던 친구는 어디 갔나?" 내가 물었다.

"화장실에 갔습니다." 그는 그렇게 말하고는 다시 앰뷸런스에 올라탔다. 자기를 버려두고 갈까봐 걱정하고 있었다.

"아침식사는 어떻게 할까요, 중위님? 먹을 만한 게 좀 있을 겁니다. 오래 걸리진 않습니다." 보넬로가 말했다.

"이 길을 따라 저쪽으로 내려가면 어딘가로 이어질 것 같나?"

"물론입니다."

"좋아, 그럼 뭘 좀 먹자고." 내 말이 떨어지자 피아니와 보넬로가 농가 안으로 들어갔다.

"이리 와." 아이모가 소녀들을 부르며 손을 뻗어 내려주려 했다. 하지만 언니는 고개를 저었다. 그들은 텅 빈 농가로 들어가려 하지 않았다. 그곳으로 들어가는 우리 뒤만 바라봤다.

"그것들 참 까다롭네." 뒤따라온 아이모가 말했다. 사람들이 떠난 농가 안은 크고 어두웠다. 보넬로와 피아니는 부엌에 있었다.
"먹을 게 별로 없어요. 깨끗하게도 치우고 갔군." 피아니가 말했다.
보넬로는 단단해 보이는 식탁에서 큰 치즈를 잘랐다.
"그 치즈는 어디서 찾았어?" 내가 물었다.
"지하실에서요. 피아니가 와인과 사과도 찾았습니다."
"훌륭한 아침식사가 되겠군."
피아니는 큰 버드나무로 만든 와인 단지의 코르크 마개를 뽑더니 단지를 기울여 구리 냄비에다 술을 가득 따르고는 말했다.
"냄새 좋은데. 큰 컵을 몇 개 찾아와, 바르토."
두 병장이 안으로 들어왔다.
"치즈 좀 드실래요, 병장님들?" 보넬로가 말했다.
"우리는 떠나야 해요." 치즈를 먹고 와인 한 잔을 마시며 병장이 말했다.
"우리도 떠날 겁니다. 걱정 마세요." 보넬로가 말했다.
"군인은 밥심으로 걷는 거야." 내가 한마디했다.
"무슨 뜻인가요?" 병장이 물었다.
"먹어두는 게 좋다는 거지."
"네, 그렇지만 우린 시간이 없습니다."
"이 자식들은 벌써 실컷 먹었나봐." 피아니가 그렇게 말하자 병장들이 그를 쳐다봤다. 그들은 우리가 거북한 모양이었다.
"길은 아십니까?" 병장 중 하나가 내게 물었다.
"몰라." 내 말에 그들은 서로를 쳐다봤다.
"이젠 떠나는 게 좋지 않을까요?" 병장이 말했다.
"곧 떠날 거야." 나는 그렇게 말하고는 와인을 한 잔 더 마셨다. 치즈와 사과를 먹은 뒤라 와인 맛이 더 좋았다.

"치즈를 챙겨." 나는 그렇게 말하고 밖으로 나갔다. 보넬로가 큰 와인 단지를 들고 뒤따라 나왔다.

"그건 너무 큰데." 내가 그렇게 말하자 그는 아쉬운 듯 그것을 쳐다봤다.

"그렇군요. 술을 채우게 다들 수통을 내놔." 그가 각자의 수통에다 와인을 잔뜩 붓는 동안 와인 방울이 마당 포석 위로 떨어졌다. 와인을 다 붓자 그는 단지를 들어 문 바로 안쪽에다 놓고는 말했다. "이렇게 두면 오스트리아 놈들이 문을 부수지 않고도 이걸 발견할 수 있을 겁니다."

"가자. 피아니와 내가 먼저 출발한다." 내가 말했다. 두 공병대 병장은 보넬로 옆에 앉아 있었다. 소녀들은 치즈와 사과를 먹었고, 아이모는 담배를 피우고 있었다. 우리는 좁은 길을 달렸다. 나는 몸을 돌려 뒤따라오는 두 대의 앰뷸런스와 농가를 바라봤다. 다시 보니 낮고 자그마한 그 농가는 견고한 석조 가옥이었고 우물의 철제 테두리도 훌륭했다. 좁은 도로는 진흙투성이였고 양쪽으로 높은 울타리가 쳐져 있었다. 다른 앰뷸런스들이 바짝 쫓아오고 있었다.

29장

정오에 우리는 우디네까지 정확하게 10킬로쯤 남은 지점에서 진흙 길에 빠졌다. 비는 오전 중에 멈췄다. 거기까지 오면서 비행기가 날아오는 소리를 세 번이나 들었다. 적기는 우리 머리 위를 지나 저 멀리 왼쪽으로 날아갔다. 그러더니 간선도로에 폭탄을 투하하는 소리가 들렸다. 우리는 그물망 같은 샛길을 겨우 빠져나와 도로로 들어섰지만, 그때마다 길이 막혀 되돌아 나와 다른 길을 찾아가며 우디네 쪽으로 전진했다. 그런데 지금 아이모의 차가 막다른 길에서 나오려고 후진하다가 길가 진흙 속에 빠지고 만 것이다. 바퀴가 헛돌면서 점점 깊이 들어가더니, 마침내 차동장치가 땅에 닿아 시동이 완전히 꺼지고 말았다. 바퀴 앞의 흙을 파고, 쇠사슬이 걸릴 만큼 나뭇가지 같은 것을 넣어 차가 길 위로 나올 때까지 밀어야 했다. 우리들은 모두 앰뷸런스에서 내려 아이모의 차를 둘러쌌다. 두 병장은 차를 쳐다보고 바퀴를 점검하더니, 한마디 말도 없이 길 쪽으로 갔다. 나는 그 뒤를 쫓아가 말했다.

"이리 와. 나뭇가지를 꺾어 와."

"우린 가야 합니다." 병장 하나가 말했다.

"빨리 나뭇가지를 꺾어 와." 내가 말했다.

"우린 가야 합니다." 그 병장이 다시 말했다. 다른 한 명은 아무 말도 하지 않았다. 그들은 서둘러 떠나려고 했다. 심지어 나를 보려고도 하지 않았다.

"명령이다. 앰뷸런스로 돌아와서 나뭇가지를 꺾어 와." 내가 말했다. 병장 하나가 돌아서서 다시 말했다. "우린 가야 합니다. 잠시 후에 길이 차단될 겁니다. 중위님은 우리에게 명령할 수 없습니다. 직속상관이 아니니까요."

"명령이다, 나뭇가지를 꺾어 와." 내가 다시 말했다. 하지만 그들은 돌아서서 길을 향해 걸어가기 시작했다.

"멈춰." 내가 말했다. 그들은 양쪽에 울타리가 있는 진흙 길로 계속 갔다. "명령이다, 멈춰!" 내가 말했다. 그들은 좀 더 빠르게 걸어갔다. 나는 권총집을 열고 권총을 꺼내 말이 많은 놈을 조준해 발사했다. 하지만 맞히지 못했고, 그들은 뛰기 시작했다. 나는 세 발을 발사해 한 놈을 쓰러뜨렸다. 다른 한 놈은 울타리를 넘어 사라졌다. 그러다가 평야를 가로질러 달리는 그를 발견하고 나는 울타리 너머로 총을 발사했다. 총알이 떨어졌는지 권총이 찰깍하고 울렸다. 다른 탄창을 넣었다. 그러나 쏘기에는 너무 멀리 도망가 있었다. 그는 머리를 숙인 채 계속 평야를 달리고 있었다. 보넬로가 다가와 말했다.

"제가 저놈을 처치하게 해주십쇼." 나는 그에게 총을 건넸고, 그는 길을 가로질러 쓰러진 병장이 있는 곳까지 걸어갔다. 보넬로는 몸을 숙이고, 그놈의 머리를 향해 방아쇠를 잡아당겼다. 하지만 권총은 발사되지 않았다.

"공이를 세워야 해." 내가 말했다. 그는 공이를 세우고 두 번 발사했다. 그러고는 병장의 다리를 잡고 길가까지 끌고 가서 울타리 옆에다 눕혔다. 그는 돌아와 내게 권총을 돌려줬다.

"개새끼." 그가 그렇게 말하며 누워 있는 병장 쪽을 바라봤다.

"제가 그 새끼 쏘는 거 보셨죠, 중위님?"

"우리는 빨리 나뭇가지를 주워야 해. 내가 다른 한 놈도 맞혔나?" 내가 말했다.

"그놈은 안 맞은 거 같아요. 거리가 너무 멀었어요." 아이모가 말했다.

"쓰레기 같은 놈." 피아니가 말했다. 우리는 모두 나뭇가지를 잘라 모았다. 그러고는 진창에 빠진 차 안에 있는 모든 것들을 내렸다. 보넬로는 바퀴 앞을 팠다. 준비가 다 끝나자 아이모가 차에 타 시동을 걸었다. 하지만 바퀴는 헛돌며 나뭇가지와 진흙만 날렸다. 보넬로와 나는 몸의 관절이 우두둑거릴 때까지 차를 밀었지만 차는 꿈쩍도 하지 않았다.

"차를 앞뒤로 움직여봐, 바르토." 내가 말했다.

그는 기어를 후진으로 놓았다가 다시 전진으로 꺾었다. 하지만 바퀴는 점점 깊이 박힐 뿐이었다. 마침내 차동장치가 땅에 닿아 시동이 완전히 꺼져버렸고, 바퀴는 우리가 판 구덩이 속에서 헛돌고 있었다. 나는 허리를 펴고 일어나서 말했다.

"밧줄로 차를 잡아당겨보자."

"소용없을 것 같습니다, 중위님. 똑바로 끌 수가 없습니다."

"시도는 해봐야지. 차를 빼낼 다른 방법이 없잖아." 내가 말했다.

피아니의 차와 보넬로의 차는 좁은 길을 앞뒤로 겨우 움직일 수 있었다. 그 차들에 밧줄을 연결해 끌어봤지만, 진창에 빠진 차바퀴는 바큇자국 옆으로만 조금 올라설 뿐 여전히 헛돌기만 했다.

"소용없어. 그만해." 내가 외쳤다.

피아니와 보넬로가 차에서 내렸고 아이모도 내렸다. 소녀들은 40야드쯤 떨어진 길가 돌담에 앉아 있었다.

"어떡할까요, 중위님?" 보넬로가 물었다.

"흙을 파고 나뭇가지로 다시 한 번 해보지." 내가 말했다. 나는 길을 내려다보았다. 내 실수였다. 내가 그들을 여기로 끌고 온 것이다. 구름 사이로 해가 나와 있었고, 병장의 시체는 울타리 옆에 있었다.

"저놈 상의와 외투를 아래에 깔아보자." 내가 말했다. 보넬로가 그것을 벗기러 갔다. 나는 나뭇가지를 꺾고 아이모와 피아니는 바퀴 사이의 흙을 팠다. 나는 외투를 두 조각으로 찢어 그것을 진흙에 빠진 바퀴 밑에 깔고 바퀴가 걸리도록 나뭇가지를 수북이 쌓아 올렸다. 준비가 끝나자 아이모가 차에 타서 시동을 걸었다. 우리는 차를 밀고 또 밀었지만 바퀴는 헛돌기만 했다. 아무 소용도 없었다.

"젠장. 바르토, 차 안에 뭐 챙길 게 있어?" 내가 말했다.

아이모는 보넬로와 함께 차 안에서 치즈와 와인 두 병, 그리고 외투를 가지고 내려왔다. 바퀴 뒤에 앉은 보넬로는 병장의 외투 주머니를 뒤지고 있었다.

"그 외투는 던져버려. 바르토가 태우고 온 처녀들은 어떡하지?" 내가 말했다.

"우리 차 뒷자리에 태우고 가죠. 조금만 더 가면 될 것 같으니까요." 피아니가 말했다.

나는 앰뷸런스 뒷문을 열고 말했다.

"이리 와. 이리 들어와." 두 소녀는 차에 올라타 구석에 앉았다. 그들은 조금 전의 발포에 대해선 전혀 모르는 듯 보였다. 길 쪽을 둘러보니, 병장이 더러워진 긴 소매가 달린 셔츠를 입고 누워 있었다. 나는 피아니와 함께 차에 올라 바로 출발했다. 우리는 평야를 가로지를 계획이었다. 평야로 들어서자 나는 차에서 내려 차 앞에서 걸어갔다. 평야 바로 저쪽에 도로가 있었지만, 평야를 가로지를 수가 없었다. 차로 가기엔 땅이 너무 물렀다. 바퀴가 땅에 완전히 묻혀 오도 가도 못하게 되자, 우리는 평야 한가운데 차를 버리고 걸어서 우디네로 향했다.

간선도로로 통하는 길까지 왔을 때, 나는 두 소녀에게 간선도로 쪽을 가리키며 말했다. "저쪽으로 가봐. 사람들을 만날 수 있을 거야." 그들은 나를 바라봤다. 나는 지갑을 꺼내 각자에게 10리라짜리 지폐를 주고 다시 같은 방향을 가리키며 말했다. "저쪽으로 가라고. 친구들과 가족들이 있을 거야."

그들은 내 말뜻을 이해하지 못했지만, 손에 돈을 꼭 쥔 채 걸어갔다. 그러다 내가 돈을 도로 뺏을까봐 걱정되는지 뒤를 돌아다봤다. 나는 숄을 꼭 두른 채 두려워하는 눈빛으로 돌아보며 걸어가는 그들을 바라봤다. 세 명의 운전병은 웃고 있었다.

"제가 저리로 간다면 얼마나 주실겁니까, 중위님?" 보넬로가 물었다.

"애들 단둘이만 있는 것보다는, 사람들 틈에 끼어 따라가는 게 좋지." 내가 말했다.
"2백 리라만 주시면, 저는 곧장 오스트리아까지 걸어가겠습니다." 보넬로가 말했다.
"오스트리아 놈들이 그 돈을 뺏을걸." 피아니가 대꾸했다.
"그동안 전쟁이 끝날지도 모르지." 아이모도 한마디했다. 우리는 되도록 빨리 도로로 나갔다. 태양이 구름 사이로 막 빠져나오려 애쓰고 있었다. 길가에는 뽕나무가 있었다. 그 뽕나무들 사이로 평야 가운데 진흙에 박혀 있는 두 대의 커다란 앰뷸런스가 보였다. 피아니도 뒤돌아서 차들을 쳐다보더니 말했다.
"저 차들을 빼내려면 우선 도로부터 새로 만들어야 할 거야."
"이럴 땐 자전거라도 있으면 좋을 텐데." 보넬로가 말했다.
"미국에선 사람들이 자전거를 탑니까?" 아이모가 물었다.
"옛날엔 그랬지."
"여기서 자전거는 귀중품입니다. 자전거는 훌륭한 물건이죠." 아이모가 말했다.
"자전거가 있으면 좋을 텐데. 난 걷는 게 싫어." 보넬로가 말했다.
"저거 포격 소린가?" 내가 물었다. 멀리서 포성이 들리는 것 같았기 때문이다.
"잘 모르겠습니다." 아이모가 그렇게 말하더니 귀를 기울였다.
"그런 거 같아." 내가 말했다.
"제일 먼저 기병과 마주칠 겁니다." 피아니가 말했다.
"적에겐 기병이 없을 거야."
"제발 그러길 바랍니다. 기병한테 창으로 찔리긴 싫거든요." 보넬로가 말했다.

"중위님 그 병장놈 확실히 쏘셨죠?" 피아니가 물었다. 우리들은 빠른 속도로 걷는 중이었다.

"내가 죽였어. 난 전쟁에서 한 놈도 죽여보지 못했어. 생전에 병장 하나 죽여보는 게 소원이었지." 보넬로가 말했다.

"너는 가만히 있는 놈을 죽였어. 도망도 못 치는 놈을." 피아니가 말했다.

"그러면 어때. 난 늘 기억할 거야. 내가 빌어먹을 병장놈을 죽였다는 걸."

"고해성사 때 뭐라고 말할 거야?" 아이모가 물었다.

"축복해주소서, 신부님, 병장을 하나 죽였답니다." 그러자 모두가 웃었다.

"이 친구는 무정부주의자입니다. 성당 안 다녀요." 피아니가 말했다.

"피아니도 무정부주의자입니다." 보넬로가 말했다.

"자네들 정말 무정부주의자들이야?" 내가 물었다.

"아닙니다, 중위님. 우리는 사회주의자예요. 모두 이몰라* 출신이고요."

"이몰라에 가보신 적 있습니까?"

"없어."

"진짜로 좋은 곳입니다, 중위님! 전쟁이 끝나면 한 번 오세요, 좋은 걸 보여드릴게요."

"모두가 사회주의자라고?"

---

*이탈리아 북중부 에밀리아로마냐 주에 있는 도시.

"모두요."

"이몰라는 좋은 마을인가?"

"훌륭하죠. 그렇게 좋은 마을은 보신 적이 없으실 겁니다."

"어떻게 사회주의자가 된 거야?"

"우리는 모두 사회주의자예요. 모두가요. 항상 사회주의자였습니다."

"이몰라에 오세요, 중위님. 사회주의자로 만들어드릴 테니까요."

조금 앞에서 도로가 왼쪽으로 구부러지더니, 조그마한 언덕이 나오고 돌담 너머로 사과나무 과수원이 있었다. 언덕길로 접어들자 그들은 말을 멈췄다. 우리는 모두 시간을 다투며 앞으로 나아갔다.

30장

 잠시 후 우리는 강으로 통하는 도로로 나왔다. 다리로 이어지는 도로 위에는 버려진 트럭과 짐마차가 길게 늘어서 있었다. 사람은 한 명도 보이지 않았다. 강물의 수위는 높았고, 아치형의 돌다리 한복판은 파괴되어 강 속으로 떨어져 그 위로 검붉은 물이 흐르고 있었다. 우리는 강을 건널 곳을 찾으며 강둑을 따라 올라갔다. 나는 상류에 철교가 있다는 걸 알았기에 그쪽으로 건널 수 있으리라 생각했다. 좁은 길은 젖어서 진창이었다. 아무 부대도 보이지 않았다. 버려진 트럭들과 군수품들뿐이었다. 강둑을 따라 걸어도 젖은 덤불과 진창이 된 흙 외에는 아무것도 보이지 않았다. 강둑 위로 계속 올라가자 마침내 철교가 보였다.
 "아름다운 철교야." 아이모가 말했다. 아무 장식도 없는 기다란 철교였다. 그 아래 바짝 마른 강바닥이 드러나 있었다.
 "폭파되기 전에 서둘러 건너는 게 좋겠군." 내가 말했다.
 "폭파할 놈들도 없어요. 다 가버렸잖아요." 피아니가 말했다.

"지뢰는 설치돼 있을지도 모르죠. 먼저 건너보십시오, 중위님." 보넬로가 말했다.

"저 무정부주의자 놈이 뭐라는 거야? 저놈한테 먼저 건너라고 하세요." 아이모가 말했다.

"내가 먼저 건너지. 사람 하나 건넌다고 폭파될 지뢰는 없을 거야." 내가 말했다.

"알겠냐? 머리를 써, 이 무정부주의자 놈들아. 너희들은 왜 머리를 못 쓰냐?" 피아니가 말했다.

"머리가 있으면 이런 데 오지도 않았어." 보넬로가 말했다.

"저건 맞는 말이네요, 중위님." 아이모가 말했다.

"그러게." 내가 말했다. 철교 근처까지 다다르자 하늘은 다시 구름으로 덮여 조금씩 비가 내리기 시작했다. 철교는 길고 견고해 보였다. 우리는 둑에 올라섰다. "한 번에 한 사람씩 건너와." 나는 그렇게 말하고 철교를 건너기 시작했다. 덫으로 쳐 놓은 철사나 폭약을 설치한 흔적은 없나 침목과 레일을 주의 깊게 살폈지만 눈에 띄지 않았다. 침목 사이 저 아래로는 흙탕물이 빠르게 흐르고 있었다. 비에 젖은 전원 지대 앞으로 비에 잠긴 우디네가 보였다. 철교를 다 건너 뒤를 돌아다보니, 강 상류 쪽에 다리가 또 하나 있었다. 누런 진흙빛 자동차 한 대가 그 다리를 건너려 하고 있었다. 다리 난간이 높아 차가 다리로 들어서자 차체는 보이지 않았다. 그러나 운전병과 그 옆에 앉은 남자, 그리고 뒷자리에 앉은 두 남자의 머리는 똑똑히 볼 수 있었다. 그들은 모두 독일군 철모를 쓰고 있었다. 차는 다리를 건너 나무와 길가의 버려진 차량 뒤로 자취를 감추었다. 나는 철교를 건너고 있는 아이모와 다른 운전병들에게 빨리 오라고 손짓했다. 그러고는 철교를 기어 내려와 철길 둑 옆에 웅크려 엎드렸다.

"저쪽으로 지나가는 차 봤나?" 내가 물었다.

"아뇨, 우리는 중위님만 보고 있었는데요."

"독일군 참모 차 한 대가 저 위쪽 다리를 건너갔어."

"참모 차가요?"

"그래."

"맙소사!"

다른 운전병들도 철교를 건너왔고, 우리는 모두 둑 뒤의 진창 속에 웅크리고 앉아, 철길의 레일과 가로수, 그리고 도랑과 도로를 내다봤다.

"그렇다면 우린 고립된 겁니까, 중위님?"

"모르겠어. 내가 아는 건 그저 독일군 참모 차가 저 다리를 건넜다는 것뿐이야."

"이상한 기분 안 드세요, 중위님? 머릿속에 이상한 생각이 떠오르지 않습니까?"

"쓸데없는 소리 마, 보넬로."

"한잔하는 게 어때요? 만일 고립됐다면 한잔하는 게 좋겠어요." 피아니가 그렇게 말하며 수통을 꺼내 마개를 뽑았다.

"저것 봐! 저것 보라고!" 아이모가 외치며 도로 쪽을 가리켰다. 돌다리 위로 독일군 철모가 움직이는 것이 보였다. 그들은 허리를 굽히고 유령처럼 미끄러지듯 나아갔다. 돌다리를 다 건너자 그들의 모습이 확연하게 드러났다. 자전거 부대였다. 맨 앞 두 사람의 얼굴을 보니 혈색이 좋고 건강해 보였다. 이마와 옆얼굴을 덮을 만큼 철모를 깊숙이 쓰고 있었다. 카빈총은 자전거에 묶여 있었다. 수류탄은 손잡이가 아래로 향한 채 혁대에 달려 있었다. 철모와 회색 군복은 비에 젖어 있었다. 그들은 앞과 양옆을 살피며 가볍게 자전거를 몰았다. 처음에는 두 명, 다음에는 일렬로 네 명, 다시 두 명, 다음에는 약 십여 명, 다시 십여 명, 마지막에 한 명의 독일군이 차례로 지나갔다. 그들은 말이 없었다. 있었다 해도 강물 소리 때문에 들리지 않았을 것이다. 그들은 길 위쪽으로 자취를 감췄다.

"맙소사!" 아이모가 말했다.

"독일군이야! 오스트리아군이 아니야." 피아니가 말했다.

"왜 저들을 막는 사람이 없는 거지? 왜 이 철교를 폭파하지 않은 거야? 왜 이 강둑을 따라 기관총을 배치하지 않았냐고?" 내가 말했다.

"우리에게 명령을 내려주십쇼, 중위님." 보넬로가 말했다.

나는 매우 화가 나서 계속 말했다.

"다들 미친 건가. 하류에선 조그만 다리까지 폭파했는데 여기 간선도로의 다리는 남겨두다니. 다들 어디 있는 거야? 적군을 막으려는 시도조차 안 한단 말이야?"

"명령을 내려주세요, 중위님." 보넬로가 다시 말했다. 나는 입을 다물었다. 그건 내가 해야 할 일이 아니었다. 내 임무는 세 대의 앰뷸런스를 대동하고 포르데노네로 가는 것이었다. 그런데 나는 그 임무에 실패했다. 지금 내가 해야 할 일은 포르데노네로 가는 것뿐이었다. 하지만 우디네에 도착하는 것조차 불가능할지도 몰랐다. 빌어먹을, 불가능할 것 같았다. 이제 할 일은 냉정을 유지하고 총에 맞거나 포로가 되지 않도록 조심하는 것이었다.

"수통을 열지 않았나?" 내가 피아니에게 묻자 그가 내게 수통을 건넸다. 나는 한 모금 쭉 들이켠 후 말했다. "출발하는 게 좋겠어. 하지만 서두를 필요는 없어. 자네들 뭐 좀 먹어야지?"

"여기는 머물 곳이 못 됩니다." 보넬로가 말했다.

"좋아, 그럼 바로 출발하지."

"들키지 않게 이쪽으로 붙어서 가는 게 좋겠죠?"

"위로 올라가는 게 좋겠어. 적들도 이 철교를 따라 올지 모르니까. 우리가 적들을 발견하기 전에 적들이 머리 위에서 우릴 덮치면 안 돼."

우리는 철길을 따라 걸었다. 양쪽으로 비에 젖은 평원이 펼쳐져 있었다. 이 평원을 가로질러 저 앞에 보이는 것이 바로 우디네의 산이었다. 그 산 위로 지붕이 날아간 성채가 보였다. 종탑과 시계탑도 보였다. 들에는 뽕나무가 많았다. 앞쪽으로 파괴된 선로가 보였다. 침목도 파헤쳐져 둑 아래에 널려 있었다.

"내려와! 내려와!" 아이모가 말했다. 우리들은 둑 옆으로 뛰어내렸다. 또 다른 자전거 부대가 길을 따라 지나갔다. 나는 둑 언저리를 주시하며 그들이 지나가는 것을 지켜봤다.

"우리를 보고도 그냥 지나치는데요." 아이모가 말했다.

"위쪽으로 가다가는 죽임을 당할 겁니다." 보넬로가 말했다.

"적들의 표적은 우리가 아니야. 다른 무언가를 쫓고 있어. 그들이 갑작스레 공격해 온다면 더 위험해질 거야."

"눈에 띄지 않는 데로 걷는 편이 나을 것 같습니다." 보넬로가 다시 말했다.

"너는 그쪽으로 걸어. 나머지는 계속 철길을 따라 걷자."

"잘 빠져나갈 수 있을까요?" 아이모가 물었다.

"물론이지. 아직 적의 수가 그리 많지 않아. 어둠을 틈타 빠져나가세."

"그 참모 차는 뭘 하고 있었습니까?"

"누가 알겠나." 내가 말했다. 우리는 철길을 계속 걸었다. 보넬로도 둑의 진흙을 밟고 걷는 게 지겨웠는지 우리와 함께 올라와 걸었다. 이제 철길은 간선도로를 벗어나 남쪽으로 접어들어서, 도로를 따라 또 무엇이 지나가는지는 볼 수 없었다. 운하 위에 세워진 짧은 다리는 폭파돼 있었지만, 우리는 남은 다리 잔해 위로 기어올랐다. 앞쪽에서 포성이 들렸다.

우리는 운하 너머 철길에 다다랐다. 철길은 낮은 들판을 가로질러 읍내를 향해 똑바로 뻗어 있었다. 전방에 철길을 걷는 또 다른 행렬이 보였다. 북쪽으로는 자전거 부대를 목격했던 그 간선도로가 이어져 있었고, 남쪽으로는 양쪽으로 울창한 나무들이 서 있는 작은 지선도로가 들판을 가로질러 나 있었다. 나는 남쪽으로 읍내를 돌아 캄포포르미오로 나와, 다시 타글리아멘토 강으로 통하는 간선도로를 향해 있는 들판을 횡단하는 게 좋겠다고 생각했다. 우디네 너머에 있는 이면 도로로 접어들면, 퇴각하는 무리로 꽉 막힌 간선도로를 피해 갈 수 있을 것이다. 둑 아래로 내려가기 시작했다.

"이리 와." 내가 말했다. 우리는 샛길을 따라 읍내의 남쪽으로 행군하기로 하고, 모두 둑 아래로 내려갔다. 그때 샛길에서 우리를 향해 총알 한 발이 발사됐다. 총알은 둑의 진흙 속에 박혔다.

"물러서!" 내가 외쳤다. 나는 미끄러지면서 다시 둑으로 올라가기 시작했다. 운전병들은 내 앞에 있었다. 나는 가능한 한 빠른 속도로 둑으로 올라갔다. 우거진 덤불에서 두 발이 더 날아왔고, 바로 그때 철길에 서 있던 아이모가 휘청하며 앞으로 쓰러졌다. 우리는 그를 반대편으로 끌고 와서 반듯이 눕혔다.
"머리를 오르막 쪽에 눕혀." 내가 말했다. 피아니가 아이모의 몸을 움직였다. 아이모는 발을 내리막 쪽으로 뻗은 채 불규칙하게 피를 토하며 둑 옆 진창에 누워 있었다. 우리 세 사람은 비를 맞으며 그를 둘러싸고 웅크리고 앉았다. 총알은 그의 목 뒤 아랫부분부터 오른쪽 눈 밑까지 관통한 상태였다. 내가 양쪽 상처 구멍의 피를 막고 있는 동안, 그는 죽었다. 피아니는 그의 머리를 가만히 눕힌 다음 응급용 붕대로 얼굴을 닦아줬다.

"이런 죽일 놈들!" 그가 말했다.

"독일군이 아니었어. 저쪽에 독일군이 있을 리가 없잖아." 내가 말했다.

"이탈리아군이에요. 빌어먹을 이탈리아 놈들!" 피아니는 경멸 섞인 말인 '이탈리아니'라는 표현을 썼다. 보넬로는 아무 말도 하지 않았다. 그는 아이모 옆에 앉아 있었지만, 그를 쳐다보지 못했다. 피아니는 둑 아래에 나뒹구는 아이모의 모자를 주워 와서 그의 얼굴에 덮어줬다. 그러고는 수통을 꺼냈다.

"한잔할래?" 피아니가 보넬로에게 수통을 건넸다.

"아니." 보넬로는 그렇게 말하고 내 쪽으로 돌아서 말했다. "우리도 철길을 걷고 있었다면, 이런 일을 당하게 될 거예요."

"아니야. 이렇게 된 건 우리가 들판을 가로지르려 했기 때문이야." 내가 말했다.

보넬로가 머리를 가로저으며 말했다. "아이모가 죽었습니다. 다음은 누굴까요, 중위님? 이제 우리는 어디로 가야 합니까?"

"총을 쏜 건 이탈리아군이야. 독일군이 아니라니까." 내가 말했다.

"만약 독일군이었다면, 우리 모두를 죽였겠죠?"

"우리에겐 지금 독일군보다 이탈리아군이 더 위험해. 후방 부대는 무엇이든 다 두려워하니까. 차라리 독일군은 자신들의 적을 잘 알고 있지만." 내가 말했다.

"이론적으로는 그렇지요."

"이제 우리는 어디로 갑니까?" 피아니가 물었다.

"어두워질 때까지 어딘가에 틀어박혀 있는 게 좋겠어. 남쪽으로 갈 수만 있다면 괜찮아질 거야."

"저들은 첫 번째 사격이 정당했다는 걸 증명하려고 우리를 모두 쏘아 죽이려 할 겁니다. 저놈들한테 걸려들고 싶지 않습니다." 보넬로가 말했다.

"가능한 한 우디네와 가까운 데서 몸을 숨기고 있다가 어두워지면 빠져나가지."

"그만 가죠." 보넬로가 말했다. 우리들은 둑의 북쪽을 향해 내려갔다. 나는 뒤를 돌아 둑 귀퉁이 진창 속에 누워 있는 아이모를 바라다봤다. 그는 아주 조그마해 보였다. 두 팔은 몸통 양쪽에 붙어 있고, 각반을 찬 두 다리와 진흙투성이의 부츠가 나란히 뻗어 있고, 얼굴에는 군모가 덮여 있었다. 분명 죽은 사람의 모습이었다. 비가 내리고 있었다. 나는 지금껏 알아온 그 누구보다 그를 좋아했었다. 내 주머니 속에는 언젠가 그가 맡긴

신분증이 들어 있었다. 그의 가족에게 편지를 써야겠다는 생각이 들었다.

들판을 가로지르자 앞에 농가 한 채가 보였다. 주위에 나무가 서 있었고, 농가를 마주한 헛간도 보였다. 기둥이 떠받치고 있는 2층에는 발코니도 있었다.

"조금 간격을 두고 걷는 게 좋겠어. 내가 앞장서지." 나는 그 농가를 향해 다가갔다. 들판을 가로지르는 좁은 길이 하나 더 있었다.

밭을 가로지르면서, 누군가가 농가나 그 근처 나무에서 우리를 저격할 수도 있다는 생각이 들었다. 나는 농가를 똑바로 바라보며 그쪽으로 걸어갔다. 2층 발코니는 헛간에 붙어 있었고, 기둥 사이로 건초가 삐져나와 있었다. 뜰은 돌들로 덮여 있었고, 나무들에선 빗방울이 떨어져 내렸다. 크고 텅 빈 이륜수레 한 대가 손잡이가 높이 들린 채 빗속에 놓여 있었다. 나는 뜰을 가로질러 발코니 아래에 섰다. 농가의 문이 열려 있어 안으로 들어갔다. 보넬로와 피아니가 뒤따라 들어왔다. 집 안은 어두웠다. 부엌으로 들어가니 큰 난로에 재가 쌓여 있었다. 재 위에 냄비들이 걸려 있었지만, 속은 텅 비어 있었다. 아무리 둘러봐도 먹을 것은 아무것도 없었다.

"헛간에 숨어 있어야 해. 피아니, 먹을 것 좀 찾아서 헛간으로 가져와." 내가 말했다.

"찾아보겠습니다." 피아니가 말했다.

"저도 찾아보겠습니다." 보넬로가 말했다.

"좋아, 나는 헛간을 살펴보지." 나는 아래쪽 마구간에서 헛간으로 이어지는 돌계단을 찾아냈다. 이 빗속에서도 마구간에선 뽀송뽀송하고 기분 좋은 냄새가 났다. 가축은 한 마리도 없었다. 사람들이 피난을 떠날 때 함께 몰고 간 것 같았다. 헛간은 건초가 반쯤 차 있었다. 지붕에는 창이 두 개 있었는데, 하나는 판자로 막혀 있었고 다른 하나는 북쪽으로 난 좁은 지붕 창이었다. 지붕에는 건초를 가축에게 떨어뜨려주는 장치도 있었다. 빈 공간에는 대들보들이 마루까지 교차되어 세워져 있어, 건초를 실은 수레를 끌고 들어와 건초를 끌어올릴 수 있게 되어 있었다. 지붕을 두드리는 빗소리가 들렸고 건초 냄새가 풍겼다. 마구간으로 내려가자 마른 분뇨 냄새가 났다. 느슨해진 널빤지 사이로 엿보니 남쪽 창을 통해 뜰이 보였다. 또 다른 창으로는 북쪽으로 뻗은 들판이 내다보였다. 계단이 무용지물이 될 경우에는 지붕의 두 창으로 밖으로 나가 아래로 내려가거나 건초 운반 장치를 타고 내려갈 수도 있었다. 헛간이 제법 커서 인기척이 들리면 건초 속에 숨을 수도 있었다. 숨기 적합한 장소 같았다. 놈들이 우리에게 사격을 가하지만 않았다면, 우리는 분명 빠져나갈 수 있었을 것이다. 거기 독일군이 있을 리는 없었다. 북쪽에서 내려온 독일군은 치비달레 아래로 내려가는 중이었다. 그들이 남쪽에서 다시 올라왔을 가능성은 없었다. 그들보다는 이탈리아군이 훨씬 더 위험했다. 두려움에 차서 눈에 띄는 것마다 총질을 해댈 테니까. 지난밤 퇴각할 때 우리는 이탈리아 군복을 입은 독일군 다수가 북쪽에서 퇴각해 내려온 이탈리아군 사이에 섞여 있다는 말을 들었다. 나는 그 말을 믿지 않았다. 그것은 전쟁 때 흔히 들리는 헛소문, 적군이 퍼뜨리는 헛소문에 불과하다고 생각했다. 적군을 교란시키려고 독일 군복을 입고 적진에 들어간 아군이 있다는 얘기는 들어본 적이 없었다. 실제로 그랬다 해도 쉬운 일은 아니었을 것이다. 또한 독일군이 그런 짓을 할 필요도 없어 보였다. 그들이 왜 일부러 우리의 퇴각을 교란시키겠는가. 퇴각하는 대규모 군대로 꽉 찬 도로가 충분히 그 일을 해주고 있는데. 독일군은 물론, 그 누구도 그런 명령을 내리지는 않을 것이다. 그럼에도 그들은 우리를 독일군으로 오인하고 사격할 것이다. 그들은 아이모를 쏴 죽였다. 건초 냄새가 좋았다. 헛간의 건초 더미 꼭대기에 누워 있으니, 이제까지의 세월이 모두 깨끗이 사라지는 것 같았다. 어렸을 적엔 건초 더미 속에 누워 친구들과 얘기를 나누곤 했다. 헛간 벽에 뚫린 삼각 창에 참새가 앉으면 공기총으로 그것을 쏘기도 했다. 그러나 이제 그 헛간은 사라지고 없었다. 어느 해인가 솔송나무 숲이 벌채되어 이제 그 숲 자리엔 그루터기들과 마른 우듬지, 가지들, 잡초만이 남아 있었다. 다시 예전으로 돌아갈 수는 없었다. 밀라노 시절로도 돌아갈 수 없었다. 만약 밀라노로 돌아간다면 어떻게 될까? 우디네가 있는 북쪽에서 사격 소리가 들렸다. 기관총 소리였다. 대포 소리는 없었다. 그것만으로도 마음이 놓였다. 길을 따라 부대가 몇 배치되어 있는 게 틀림없었다. 헛간의 흐릿한 빛 속에서 내려다보니, 피아니가 건초를 운반하는 마루 위에 서 있었다. 긴 소시지 한 개와 항아리 하나를 들고, 겨드랑이 밑엔 와인 두 병을 끼고 있었다.

"건초 위로 올라와. 사다리가 있어." 나는 그렇게 말하고는 그가 들고 있는 물건들을 받아주려고 아래로 내려갔다. 이제껏 건초 속에 드러누워 있어서인지 비몽사몽인 기분이었다.

"보넬로는 어디 있나?" 내가 물었다.

"올라가서 말씀드리죠." 피아니가 말했다. 우리는 사다리를 타고 올라가 들고 있던 것들을 건초 위에 내려놓았다. 피아니는 코르크 마개 따개가 달린 칼을 꺼내, 와인 병의 마개를 뽑았다.

"봉랍이 되어 있는 걸 보니 고급 와인이 틀림없어요." 그가 미소를 지으며 말했다.

"보넬로는 어디 있어?" 내가 다시 물었다.

피아니는 나를 쳐다보더니 말했다.

"도망쳤습니다, 중위님. 차라리 포로가 되고 싶다면서요."

나는 아무 말도 하지 않았다.

"죽을까봐 두려웠나봐요."

나는 와인 병을 손에 쥔 채 아무 말도 하지 않았다.

"아시다시피 저희는 무슨 소신을 가지고 이 전쟁에 참가한 건 아닙니다."

"자네는 왜 도망치지 않았나?" 내가 물었다.

"중위님을 떠나고 싶지 않았어요."

"그는 어디로 갔지?"

"모르겠습니다, 중위님. 그냥 떠나버렸어요."

"알았어. 소시지나 잘라." 내가 말했다.

피아니는 흐릿한 빛 속에서 나를 쳐다보더니 말했다.

"얘기를 나누는 동안 이미 잘라놨습니다." 우리는 건초 더미 속에 앉아, 소시지를 먹으며 와인을 마셨다. 결혼식을 위해 아껴둔 와인임에 틀림없었다. 너무 오래돼서 본연의 색을 잃어가고 있었다.

"피아니, 자네는 이 지붕창으로 밖을 감시해. 나는 다른 쪽 창으로 가서 감시할 테니까." 내가 말했다.

와인을 각자 한 병씩 들고 마시고 있었기에, 나는 내 병을 들고 가서 건초 위에 드러누워 좁은 창을 통해 비에 젖은 마을을 내려다봤다. 내가 무엇을 보려 하는지도 잊은 채, 들판과 앙상한 뽕나무와 내리는 비를 바라봤다. 와인을 마셔도 기분은 좋아지지 않았다. 너무 오랫동안 저장해둔 탓에 와인 본연의 맛도 색도 없어진 상태였다. 밖은 점점 어두워졌다. 밤은 무척 빨리 찾아왔다. 비 내리는 어두운 밤이 될 것 같았다. 어두워져서 더 이상 창밖을 감시할 필요가 없어지자 피아니가 있는 곳으로 갔다. 그는 드러누워 잠들어 있었다. 나는 그를 깨우지 않고 잠시 동안 그의 옆에 앉아 있었다. 덩치가 큰 그는 깊이 잠들어 있었다. 잠시 후, 나는 그를 깨워 함께 출발했다.

매우 이상한 밤이었다. 내가 무엇을 기대하는지, 죽음인지 어둠 속의 저격인지 도주인지 나조차도 몰랐다. 그러나 아무 일도 일어나지 않았다. 우리는 독일군 1개 대대가 지나가는 동안 간선도로를 따라 난 도랑 너머에 납작 엎드려 있다가, 그들이 가버리자 도로를 건너 북쪽으로 나아갔다. 우리는 빗속에서 두 번이나 독일군과 매우 가까이 있게 됐으나 발각되지는 않았다. 우리는 한 명의 이탈리아군도 만나지 않고 북쪽으로 읍내를 빠져나온 후, 곧 퇴각군의 본류에 합류해 타글리아멘토 강을 향해 밤새 걸었다. 나는 그때까지 이 퇴각이 얼마나 대규모인지 알지 못했는데, 군대뿐만 아니라 그 지역 전체가 움직이고 있었다. 우리는 차량보다 더 빠른 속도로 밤새 걸었다. 다리가 아프고 피곤했지만 속도는 계속 유지할 수 있었다. 보넬로가 포로가 되려 한 것은 매우 어리석은 결단이었다. 위험은 없었다. 우리들은 아무 사고 없이 양군 사이를 돌파했다. 만약 아이모가 죽지 않았더라면, 한 번도 위험을 느끼지 못했을 것이다. 철길을 따라 모습을 드러낸 채 걷는 동안에도 우리를 귀찮게 하는 사람은 한 명도 없었다. 아이모가 저격당한 것은 갑자기 찾아온 부조리한 사건이었다. 보넬로는 지금 어디에 있을까.

"기분이 어떠십니까, 중위님?" 피아니가 물었다. 우리는 차량과 부대로 가득 찬 도로 옆을 따라 걷고 있었다.

"좋아."

"저는 이렇게 걷는 데 지쳤어요."

"그럴 거야. 하지만 지금 우리가 할 수 있는 건 걷는 것뿐이야. 걱정할 건 없어."

"보넬로는 바보였어요."

"정말 바보였어."

"그를 어떡하실 작정입니까, 중위님?"

"모르겠어."

"그가 그저 포로로 잡혔다고 처리하실 순 없습니까?"

"모르겠네."

"전쟁이 이대로 계속된다면, 그의 탈영이 알려지면 가족들이 큰 곤경에 빠질 겁니다."

"전쟁은 계속되지 않을 거야." 지나가던 한 병사가 말했다. "우리는 집으로 가게 될 거야. 전쟁은 끝났어."

"모두 집으로 돌아가게 될 거야."

"우리는 집으로 돌아가게 될 거야."

"가시죠, 중위님." 피아니가 말했다. 그는 그들을 앞질러 걷고 싶어 했다.

"중위? 누가 중위야? 장교들은 모두 때려죽이자! 장교들을 죽이자!"

피아니가 내 팔을 붙잡고 말했다. "이름으로 부르는 게 좋겠습니다. 놈들이 소동을 일으킬지 모르니까요. 벌써 장교 몇을 쏴 죽였습니다." 우리는 그들을 앞질러 걸었다.

"보넬로의 가족을 곤경에 빠뜨릴 보고는 하지 않겠네." 나는 다시 대화를 시작했다.

"어쨌거나 이 전쟁만 끝나면 좋겠어요. 하지만 저는 전쟁이 끝났다고 생각되지 않아요. 이걸로 끝이라면 너무 좋겠지만."

"곧 알게 되겠지." 내가 말했다.

"전쟁은 안 끝났어요. 모두들 끝났다고 생각하지만, 저는 그렇게 생각하지 않아요."

"비바 라 파스(평화 만세)!" 병사 한 명이 외쳤다. "우리는 집으로 돌아가게 될 거야!"

"정말로 다들 집으로 돌아갈 수 있다면 얼마나 좋을까요? 중위님은 집으로 돌아가고 싶지 않으세요?" 피아니가 말했다.

"물론 그러고 싶지."

"하지만 결코 가지 못할 겁니다. 전쟁은 끝나지 않았어요."

"안디아모 아 카사(우리는 집으로 돌아가는 거야)!" 병사 한 명이 외쳤다.

"저들이 총을 버리는군요. 행군 중에 총을 풀어서 버리고 있어요. 그러고는 소리를 지르네요." 피아니가 말했다.

"총은 가지고 있어야 하는데."

"총만 내버리면 전쟁이 끝난다고 생각하나봐요."

어둠과 빗속에서 계속 길옆을 따라 걸었다. 병사들 대부분은 여전히 총을 지니고 있었다. 총은 망토 위로 솟아 나와 있었다.

"어느 여단인가?" 장교 한 명이 물었다.

"평화 여단이요." 누군가가 이탈리아 말로 외쳤다. "우리는 평화 여단이다!" 그 장교는 아무 말도 하지 않았다.

"저 사람 뭐라는 거야? 저 장교는 뭐라는 거고?"

"장교를 때려눕혀라! 평화 만세!"

"그냥 가시죠." 피아니가 말했다. 우리는 차량 대열 속에 버려진 두 대의 영국군 앰뷸런스 옆을 지났다.

"저건 고리치아에서 온 차군요. 제가 아는 차들입니다." 피아니가 말했다.

"저들이 우리보다 앞섰군."

"더 일찍 출발했으니까요."

"운전병은 어디 있는지 궁금하군."

"저 앞에 있겠죠."

"독일군은 우디네 교외에 주둔 중이야. 이 사람들은 모두 저 강을 건너겠지." 내가 말했다.

"그렇습니다. 그래서 전 전쟁이 계속될 거라 생각합니다." 피아니가 말했다.

"독일군은 진군해 올 수도 있었는데, 왜 그러지 않았을까." 내가 말했다.

"글쎄요. 이런 전쟁에 대해서는 전혀 모르겠습니다."

"독일군은 수송 차량을 기다려야 하는지도 몰라."

"전 모르겠습니다." 피아니가 말했다. 그는 동료와 함께일 땐 입이 거칠었지만, 혼자 있게 되자 상당히 점잖아졌다.

"결혼은 했나, 피아니?"

"네, 했습니다. 모르셨습니까?"

"그래서 포로가 되고 싶지 않았군."

"그것도 이유 중의 하나죠. 중위님은 결혼하셨습니까?"

"아니."

"보넬로도 안 했습니다."

"결혼 여부로 남자를 판단할 수는 없지. 그렇지만 결혼한 남자는 아내에게 돌아가고 싶을 거라 생각해." 나는 아내에 대해 얘기해보고 싶었다.

"그렇습니다."

"발은 어떤가?"

"제법 아픕니다."

날이 밝기 전 우리는 타글리아멘토 강둑에 다다랐다. 강물이 불어나 있었다. 우리는 퇴각 행렬이 건너고 있는 다리까지 내려갔다.

"이 강에서 적군을 막을 수 있을 텐데요." 피아니가 말했다. 어둠 속에서 강물이 많이 불어 있는 것이 보였다. 강물이 소용돌이쳤고, 강폭은 넓었다. 나무다리는 길이가 약 0.7마일 쯤 됐다. 여느 때에는 저 다리 아래 자갈투성이의 넓은 강바닥엔 좁은 물줄기만 흘렀는데, 지금은 물이 나무판자 아래에 닿을 듯 흐르고 있었다. 우리는 둑을 따라 걷다가, 다리를 건너고 있는 군중 틈에 끼어들었다. 그들 틈에 꽉 낀 채 바로 앞에 가는 포병의 탄약 상자 뒤에 붙어, 불어난 강물 몇 피트 위의 다리를 비를 맞으며 천천히 건넜다. 다리 난간 너머로 강을 내려다봤다. 내 속도 대로 걸을 수 없어서 몹시도 피곤했다. 다리를 건너면 느껴지는 유쾌함도 없었다. 만약 비행기가 대낮에 이 다리를 폭격한다면 어떻게 될까.

"피아니." 내가 불렀다.

"네, 여기 있습니다, 중위님." 그는 군중 틈에 끼어 조금 앞서 있었다. 이야기를 나누는 사람은 아무도 없었다. 모두 가능한 한 빨리 다리를 건너려는 생각뿐이었다. 조금만 더 걸으면 다리를 다 건너게 될 것이었다. 다리 끝에 몇 명의 장교와 헌병들이 양쪽으로 서서 손전등을 비추고 있었다. 지평선을 배경으로 그들의 윤곽이 보였다. 가까이 가자, 장교 한 명이 대열 속에서 한 사내를 가리키는 것이 보였다. 헌병 한 명이 그에게 가서 팔을 붙들고 밖으로 끌고 나갔다. 우리는 그들과 거의 정면으로 마주 선 상태였다. 장교들은 대열 속에 있는 모든 사람들의 얼굴을 조사하고, 때때로 서로 얘기하고, 누군가의 얼굴에 손전등을 비추려고 앞으로 가기도 했다. 우리가 그들 앞에 서기 직전에 그들은 누군가를 끄집어냈다. 나는 그 남자를 보았다. 어느 중령이었다. 그들이 그에게 손전등을 비췄을 때 그의 소매에 있는 네모난 테두리 안의 별들이 보였다. 갈색 머리의 중령은 키가 작고 뚱뚱했다. 헌병은 장교들 뒤로 그를 데리고 갔다. 마침내 우리가 그들과 마주 섰을 때 그들 중 한둘이 나를 살폈다. 잠시 후 한 명이 나를 가리키며 헌병에게 뭐라고 말했다. 그러자 헌병이 대열을 헤집고 내게로 걸어와 내 옷깃을 잡았다.

"뭐야?" 나는 그렇게 말하며 그의 얼굴을 때렸다. 모자 아래로 그의 얼굴이 보였다. 위로 뻗은 콧수염과, 뺨에서 흘러내리는 피가 보였다. 다른 한 명이 우리에게 다가왔다.

"뭐냐고!" 내 말에 그는 대답하지 않고 나를 붙잡을 기회만 살폈다. 나는 팔을 등 뒤로 돌려 권총을 꺼내며 말했다.

"장교에게 손을 대서는 안 된다는 걸 몰라?"

다른 하나가 내 등 뒤로 달려들어 팔을 비틀며 내 목을 졸랐다. 내가 그를 돌아보니 내 목을 졸랐다. 나는 그의 정강이를 걷어차며 왼쪽 무릎으로는 사타구니를 찼다.

"반항하면 쏴." 누군가가 그렇게 말했다.

"저건 또 뭐야?" 나는 큰 소리로 외치려 했으나, 목소리가 크게 나오지 않았다. 그들은 나를 길가로 끌고 갔다.

"반항하면 쏴버려. 뒤로 데리고 가." 장교 하나가 말했다.

"너 누구야?"

"곧 알게 될 거다."

"누구냐고?"

"헌병이다." 다른 장교가 말했다.

"이런 사병 놈들을 시켜 날 붙잡는 대신, 너희들이 내게 와 달라고 하면 됐잖아."

그들은 대답하지 않았다. 대답할 필요가 없었다. 그들은 헌병이니까.

"다른 놈들과 함께 이놈을 뒤로 데리고 가. 알았지? 이놈 이탈리아어 억양이 좀 수상해." 그 장교가 말했다.

"너도 그래, 젠장, 너도 그렇다고." 내가 말했다.

"그자와 다른 놈들을 뒤로 끌고 가." 첫 번째 장교가 말했다. 그들은 헌병 장교들이 서 있는 길 아래 강둑 옆 들판으로 나를 끌고 갔다. 그쪽으로 걸어가는 동안 총이 발사됐다. 소총의 섬광이 보이고 총성이 들렸다. 사람들이 모여 있는 곳으로 가니, 체포된 장교 네 명 양쪽으로 헌병들이 둘러싸고 있었다. 다른 네 명의 헌병은 카빈총을 들고 심문하는 헌병 장교 옆에 서 있었다. 헌병들은 모두 챙이 넓은 모자를 쓰고 있었다. 나를 끌고 온 두 놈이 심문을 기다리는 장교들 틈에 나를 밀어 넣었다. 헌병 장교들의 심문을 받는 한 사람이 보였다. 아까 대열 속에서 끌려 나온, 흰머리가 난 뚱뚱하고 작은 중령이었다. 심문자들은 총을 쏘기만 했지 사격을 받아본 적 없는, 효율적이고 냉정하고 통솔력 있는 이탈리아 헌병 장교들이었다.

"소속 여단은?"

중령이 대답했다.

"연대는?"

중령이 대답했다.

"왜 소속 연대와 함께 있지 않는 거지?"

그가 대답했다.

"장교는 자기 부대와 함께 이동해야 한다는 걸 몰라?"

그가 대답했다.

그게 전부였다. 다른 헌병 장교가 말했다.

"야만인들이 아버지의 신성한 땅을 짓밟는 것은 너, 너 같은 놈들 때문이야."

"지금 뭐라고 했나?" 중령이 대꾸했다.

"우리가 승리의 열매를 잃은 것은 너 같은 놈들의 반역 행위 때문이라고."

"너희들은 퇴각해본 경험이 있나?" 중령이 물었다.

"이탈리아군은 결코 퇴각하지 않는다."

우리들은 빗속에 서서 그 심문을 듣고 있었다. 우리 정면에는 헌병 장교들이 있었고, 죄수 취급을 받는 중령은 우리 앞에서 조금 비켜서 있었다.

"나를 쏘려면, 더 이상 심문은 그만하고 즉시 총살시켜. 이런 바보 같은 심문은 그만둬." 중령은 그렇게 말하고 십자가를 그었다. 헌병 장교들이 모여 의논을 했다. 그중 하나는 서류철에 뭔가를 기록했다.

"부대를 버렸으니 총살에 처한다." 기록하던 장교가 말했다.

두 헌병은 중령을 강둑으로 끌고 갔다. 모자도 쓰지 않은 그 나이 든 중령은 두 헌병에게 이끌려 빗속을 걸어갔다. 나는 헌병들이 그를 총살하는 것을 직접 목격하진 못했지만, 총소리는 분명 들었다. 그들은 또 다른 장교를 심문했다. 그 역시 그의 부대를 이탈한 상태였다. 변명은 허락되지 않았다. 그들이 서류철에 쓴 선고문을 읽자 그는 울음을 터트렸다. 헌병들이 그 사람을 총살할 때, 나머지 헌병들은 또 다른 사람을 심문했다. 심문받은 사람이 총살당하는 사이 다음 사람을 심문하기로 작정한 듯했다. 이런 식이라면, 아무도 그들의 총살을 피할 수 없을 것 같았다. 이대로 심문을 기다릴 것인가 탈주를 할 것인가, 나는 알 수가 없었다. 그들의 눈에 나는 이탈리아 군복을 입은 독일군일 것이다. 나는 그들의 머리가 어떻게 돌아갈지 보였다. 그들에게 머리란 게 있고 그것이 제대로 작동하기는 한다면 말이다. 그들은 모두 젊었고, 이것이 그들 나름대로 조국을 구하는 방식이었다. 제2군은 타글리아멘토 강 너머에서 재편성되고 있었다. 그들은 소속 부대를 이탈한 소령 이상의 장교를 처형하고 있었다. 또 이탈리아 군복을 입은 독일인 선동자들을 즉결 처분하고 있었다. 독일인들은 모두 철모를 썼지만, 우리 중에선 두 명만 철모를 쓰고 있었다. 헌병 몇 명도 철모를 썼지만 나머지는 챙이 넓은 모자를 쓰고 있었다. 그래서 그들은 비행기라 불렸다. 끌려 나온 사람들은 빗속에 서 있다가 한 사람씩 심문을 받고 총살을 당했다. 헌병들은 지금까지 자신들이 심문한 모든 사람을 총살시켰다. 스스로는 목숨의 위협을 느껴본 적 없는 사형 집행자들이 가진 초연함과 엄격한 정의감을 가지고. 이제 그들은 야전 연대의 대령을 심문하고 있었다. 그사이 세 명의 장교가 더 끌려왔다.

"소속 연대는?"

나는 헌병들을 보고 있었고, 그들은 새로 끌려온 장교들을 지켜보고 있었다. 다른 헌병들은 심문받는 대령을 바라보고 있었다. 나는 몸을 숙이고 그들 사이를 밀치고 뛰쳐나와 그대로 강을 향해 뛰기 시작했다. 강가에서 고꾸라지자 그대로 물속에 뛰어들었다. 물은 매우 찼지만 가능한 한 오래 물속으로 잠수했다. 물의 소용돌이 때문에 몸이 빙빙 도는 게 느껴졌고, 이제 두 번 다시 떠오르지 못할 거라는 생각이 들 때까지 깊이 잠겨 있었다. 이윽고 수면으로 떠오른 순간, 숨을 깊이 들이마시고 다시 물속으로 들어갔다. 옷을 많이 껴입고 장화도 신고 있어서 물속으로 가라앉는 건 어렵지 않았다. 두 번째 솟아올랐을 때 바로 눈앞에 나무토막 한 개가 보여서 한 손으로 그것을 붙잡았다. 나는 머리를 나무토막 뒤에 숨기고 그 너머는 쳐다보지도 않았다. 그 강둑 쪽은 더 이상 보고 싶지 않았다. 내가 달릴 때도 총알이 몇 발 날아왔었고, 처음 수면으로 솟아올랐을 때도 몇 발이 날아왔다. 이번에 떠오를 때도 총소리가 들렸지만, 이제는 더 이상 쏘지 않았다. 나는 한 손으로 나무토막을 붙잡고 물결을 따라 흘러갔다. 강둑을 바라보니 내가 대단히 빨리 떠내려가고 있는 것 같았다. 물에는 토막 난 나무들이 떠다니고 있었다. 물은 너무 차가웠다. 물 위에 섬처럼 떠 있는 우거진 덤불을 지나쳤다. 나는 두 손으로 나무토막을 붙잡고, 흐르는 대로 물살에 몸을 맡겼다. 강둑은 이제 더 이상 보이지 않았다.

31장

물이 빠르게 흐르면 강물에 얼마나 오래 있었는지 알 수가 없어진다. 긴 시간이 흐른 것 같아도 실제로는 짧은 순간일 수도 있다. 차가운 물이 강둑을 넘어와 수위가 높아진 강물에는 온갖 잡동사니들이 떠다니고 있었다. 내가 묵직한 나무토막을 붙잡을 수 있었던 건 그야말로 행운이었다. 그 위에 턱을 괸 채 얼음처럼 찬 물 속에서 최대한 편안한 자세로 떠내려갔다. 혹시라도 쥐가 날까 걱정하며, 어서 강기슭으로 이동하기를 바랐다. 나는 큰 곡선을 그리며 강을 따라 떠내려갔다. 날이 밝아서 강가의 수풀을 볼 수 있었다. 전방에는 수풀이 우거진 섬이 있었고, 강물은 강기슭 쪽으로 흐르고 있었다. 군화와 군복을 벗고 강기슭으로 헤엄쳐 갈까 고민하다가 그만두기로 했다. 어떻게든 강기슭에 닿아야 한다는 생각뿐이었지만 맨발로 육지에 닿는 것은 무모한 행동이었다. 어떻게든 메스트레까지는 걸어가야 하기 때문이었다.

나는 강기슭이 가까워졌다가 다시 멀어지고, 또 가까워졌다가 다시 멀어지는 것을 지켜봤다. 전보다는 느리게 떠내려가고 있었다. 강기슭은 이제 바로 눈앞에 있었다. 버드나무 숲의 가지들이 보였다. 나무토막이 천천히 돌아 강둑을 등지게 되자, 나는 소용돌이 안에 들어와 있음을 깨달았다. 계속 천천히 돌자 다시 아주 가깝게 있는 강둑이 보였다. 나무토막에 한 팔로만 매달려 다른 팔을 휘젓고 발을 차며 강둑으로 다가가려 했지만, 전혀 진전이 없었다. 이러다가 소용돌이 밖으로 벗어나 하류로 떠내려갈까 두려웠다. 나무토막 쪽으로 두 발을 끌어당겼다가 다시 강둑 쪽으로 힘차게 내뻗었다. 수풀이 보였다. 가속도를 붙여 힘껏 헤엄쳤음에도 불구하고 물살이 나를 끌어당겼다. 다음 순간 군화 때문에 익사하겠다는 생각이 들었지만, 나는 몸부림치며 물에 맞섰다. 고개를 들자 강둑이 가까워져 있었다. 나는 거기 다다를 때까지 맹렬한 공포 속에서 몸부림치며 헤엄쳐 나갔다. 드디어 나는 버드나무 가지에 매달렸고, 몸을 뭍으로 끌어 올릴 힘은 없었지만 익사하지 않을 거라는 확신은 들었다. 나무토막을 붙잡고 떠내려올 때도 빠져 죽을 것 같다는 생각은 들지 않았다. 힘껏 헤엄을 쳐서인지 속이 텅 빈 것 같고 배와 가슴에 통증이 느껴져 나뭇가지에 매달린 채 잠시 그대로 있었다. 통증이 가시자 나는 버드나무 숲으로 올라가 덤불에 팔을 감고 가지를 두 손으로 꽉 붙잡은 채 휴식을 취했다. 그러고 나서 살금살금 기어 버드나무 숲을 빠져나와 강둑으로 갔다. 날은 반쯤 밝은 상태였고 근처에는 아무도 보이지 않았다. 나는 강둑에 엎드려 강물 소리와 빗소리를 들었다.

    잠시 후 나는 일어나 강둑을 따라 걷기 시작했다. 라티사나에 이를 때까지는 강을 건널 다리가 없었다. 지금 있는 곳은 산비토* 맞은편일 것 같았다. 나는 어떻게 할 것인지 고민하기 시작했다. 전방에 강으로 흐르는 도랑이 있었다. 나는 그쪽으로 다가갔다. 아직까지는 아무도 보이지 않았다. 나는 도랑둑 수풀 옆에 앉아 군화를 벗어 안에 든 물을 빼냈다. 다음으로 외투를 벗어 안주머니에서 물에 젖은 신분증과 지폐가 든 지갑을 꺼내고는 옷을 짰다. 바지도 벗어 짰고 셔츠와 속옷도 짰다. 그러고는 몸을 문지르고 비빈 후 다시 옷을 입었다. 군모는 잃어버린 상태였다.

외투를 입기 전에 소매에서 별표를 떼어 돈과 함께 안주머니에 집어넣었다. 돈은 흠뻑 젖어 있었지만 개의치 않았다. 돈을 세어보니 3천 리라 정도였다. 젖은 옷이 달라붙어 팔을 문지르며 피를 돌게 했다. 모직 내의를 입고 있어서 몸을 계속 움직이면 감기에 걸리지는 않을 것 같았다. 아까 길에서 헌병들에게 총을 빼앗겼기에 권총집만 외투 안에 넣었다. 모자도 없고 비도 와서 추웠다. 나는 운하 둑을 따라 걷기 시작했다. 날은 밝았지만 주변 풍경은 비에 젖어 칙칙하고 우울해 보였다. 들판은 헐벗은 채 젖어 있었다. 저 멀리 들판 위로 종탑이 솟아 있었다. 나는 도로 위로 올라갔다. 전방에 병사 몇 명이 내려오는 게 보여 길가로 비켜 걸었다. 그들은 내 옆을 지나쳤지만 아무런 관심도 보이지 않았다. 그들은 강 쪽으로 올라가는 기총부대였다. 나는 내 갈 길을 갔다.

그날 나는 베네치아 평야를 건넜다. 그 낮은 평지는 비가 내

---

*리티사나와 산비토 모두 이탈리아 남동부 타글리아멘토 강 근처에 있는 소도시.

리고 있어 더 평평해져 있었다. 바다 쪽으로 해수 습지*와 간간이 도로가 보였다. 도로들은 하구를 따라 바다로 이어지기 때문에 평야를 건너려면 운하 옆길을 지나야 했다. 북에서 남으로 평야를 가로지르고 철길 두 개와 수많은 길을 지나, 마침내 길의 끄트머리에 이르렀다. 거기엔 습지를 옆에 낀 철길이 있었다. 높고 견고한 둑과 복선으로 이루어진, 베네치아에서 트리에스테로 가는 간선철도였다. 철길 조금 아래에 있는 간이 정거장에 보초병들이 보였다. 철길 위 습지로 흘러 들어가는 개울 너머로 다리가 보였다. 다리 쪽에도 보초병이 보였다. 아까 북쪽으로 들판을 건너다가 평야를 따라 길게 뻗은 이 철길을 달리는 기차를 보고, 포르토그루아로**에서 오는 기차가 아닐까 생각했었다. 나는 보초병들을 지켜보다가 둑 위에 누워 철길 양옆의 길을 살폈다. 다리에 있던 보초병이 내가 누워 있는 철길 쪽으로 조금 올라왔지만, 다시 다리 쪽으로 돌아갔다. 그렇게 누워 있으니 배가 고팠지만 기차를 기다려야 했다. 아까 본 기차는 굉장히 길어 기관차가 뒤에 달린 차량들을 천천히 끌 수밖에 없었다. 그 정도 속도면 올라탈 수 있을 것 같았다. 지쳐서 기다리기를 포기하려는 순간, 마침내 기차가 다가왔다. 똑바로 다가오는 기차는 점점 더 크게 보였다. 다리에 있던 보초병을 내려다봤다. 그는 여전히 다리 근처에 있었지만 철길 반대편 쪽으로 걷고 있어 기차가 지나가는 걸 못 볼 것 같았다. 나는 기관차가 다가오는 걸 지켜봤다. 기관차는 힘차게

---

*바닷물에 침수되어 있는 지대.
**산비토 남쪽에 위치한 소도시.

달리고 있었고 딸린 차량들이 많았다. 기차에도 분명 보초병이 있을 것이기에 그들의 위치를 파악하려 했지만 그건 불가능했다. 기관차는 내가 누워 있는 곳으로 접근하고 있었다. 기관차가 열심히 연기를 내뿜으며 나를 마주하고 다가오자 기관사가 보였다. 나는 벌떡 일어나 지나가는 차량들 가까이로 다가섰다. 보초병들이 혹시 나를 본다 해도 철길 옆에 서 있으면 의심을 덜 받을 것 같았다. 유개화차 몇 량이 지나가더니, 이윽고 곤돌라라고 불리는 낮고 캔버스 천으로 덮인 무개화차가 다가왔다. 이 차량이 거의 다 지나갈 때까지 서 있다가 기차로 달려들어 곤돌라 뒤쪽 손잡이를 붙잡고 몸을 끌어 올렸다. 그러고는 곤돌라와 그 뒤의 높은 유개화차 연결 부분으로 기어 내려갔다. 아무도 나를 보지 못한 것 같았다. 나는 차량 손잡이에 매달려 발은 계속 연결 부분을 디딘 채 낮게 몸을 수그렸다. 기차는 거의 다리 맞은편에 다다랐다. 문득 그 다리에 서 있던 보초병이 생각났다. 기차가 그를 지나칠 때 그는 나를 쳐다봤다. 철모가 너무도 헐렁한 어린 소년이었다. 내가 개의치않고 쏘아보자 그는 시선을 돌렸다. 나를 그저 기차에서 일하는 사람이라고 생각하는 모양이었다.

보초병은 불안한 표정으로 지나가는 다른 차량들만 지켜봤다. 나는 캔버스 천이 어떻게 고정되어 있는지 보려고 몸을 웅크렸다. 차량에 달린 쇠고리 끄트머리에 끈으로 묶여져 있었다. 나는 칼을 꺼내 그 끈을 자르고 팔을 안으로 집어넣어보았다. 비로 팽팽해진 캔버스 무개화차 바닥에서 딱딱하고 불룩한 것들이 만져졌다. 나는 고개를 돌려 뒤쪽의 화물차를 바라봤다. 거기 보초병이 있었지만 그는 나를 등지고 앞쪽 차량을 향하고 있었다. 나는 연결 부분 난간에서 손을 떼고 무개화차의 캔버스 천 밑으로 기어 들어갔다. 무언가에 이마를 부딪혀 얼굴에 피가 흘렀지만 개의치 않고 안으로 들어가 엎드렸다. 잠시 후 나는 몸을 돌려 펄럭거리는 캔버스 천 아랫부분을 다시 고정시켰다.

그 무개화차에는 대포가 있었다. 대포에서 석유와 윤활유 냄새가 났다. 나는 누워서 캔버스 천을 두드리는 빗소리와 철길 위를 달리는 기차 소리를 들었다. 스며드는 희미한 불빛에 대포들이 보였다. 대포들마다 캔버스 천이 덮여 있었다. 제3군에서 전선으로 수송되는 것들 같았다. 아까 이마를 부딪히는 바람에 난 혹에서 피가 흐르고 있었다. 나는 가만히 누워 피가 굳도록 내버려뒀다. 피가 멈추자 상처 위만 빼고 마른 피를 떼어냈다. 아무렇지도 않았다. 손수건이 없어 캔버스 천에서 떨어지는 빗물로 마른 피가 붙은 손을 씻어내고 외투 소매로 다시 한 번 깨끗이 닦았다. 사람들 눈에 띄지 않으려면, 대포를 손보려고 메트레스 역에 정차하기 전에 이 기차를 빠져나가야 했다. 사람들은 절대로 이 대포들을 잊지 않을 것이다. 나는 굉장히 배가 고팠다.

32장

대포 옆 바닥에 드러누워 있으니 축축한 몸은 오들오들 떨렸고 배도 몹시 고팠다. 나는 몸을 굴려 엎드리고는 머리를 팔 위에 얹었다. 무릎은 뻣뻣했지만 썩 괜찮았다. 발렌티니의 수술 솜씨는 훌륭했다. 이 무릎으로 걷기도 했고 타글리아멘토 강의 지류를 헤엄치기도 했으니, 그야말로 발렌티니의 작품이라 할 만했다. 물론 다른 쪽 무릎은 온전히 내 것이었지만. 의사들이 수술한 부분은 더 이상 자기 몸이 아니게 된다. 하지만 머리는 여전히 내 것이었고 허기진 배 속도 내 것이었다. 배 속이 꾸르륵거리는 것이 느껴졌다. 내 것인 머리는 잘 돌아가지 않아 오로지 기억만 할 수 있었는데, 그나마도 많이 기억할 수는 없었다.

캐서린이 떠올랐지만 다시 볼 수 있을지 확실치 않은 상황에서 그녀 생각을 하니 미쳐버릴 것 같았다. 그래서 그 생각은 되도록 안 하려고, 아주 조금만 하려고 노력했다. 오직 캔버스 천으로 빛이 스며드는 이 느리고 덜컹거리는 기차 안에서, 그녀와 함께 누워 있다는 상상만 했다. 누워 있기엔 너무도 딱딱

한 기차 바닥에서, 나는 다른 건 생각하지 않고 본 지 너무도 오래된 그녀를 느끼기만 했다. 옷은 여전히 축축했고 기차는 느릿느릿하게 움직일 뿐이었다. 그런 고독 속에, 내게는 그녀 대신 축축한 옷과 딱딱한 바닥뿐이었다.

  설령 캔버스 천 아래가 아늑하고 대포와 함께 있는 것이 즐겁게 느껴진다 해도, 무개화차 바닥이나 캔버스에 싸인 대포나 바셀린을 칠한 금속 냄새나 비가 새는 캔버스 천을 사랑할 수는 없는 법이다. 내가 사랑하는 것은 나 아닌 누구, 냉정하게 생각하면 이제 내 가까이 있다고 상상하는 것조차 불가능하다고 느껴지는 누군가였다. 아니, 냉정하다기보다는 너무도 분명해서 공허로운 현실 직시였다. 한 군대가 후퇴하고 다른 군대가 전진하는 동안 그곳에 엎드린 채로 있으면서, 나는 공허하게 그런 현실을 직시했다. 한 번의 화재로 자기 구역의 재고가 다 타버린 매장 감독처럼, 나는 내게 주어진 앰뷸런스와 사람들을 몽땅 잃어버렸다. 들어둔 보험도 없었다. 이제 모든 것이 내 손을 떠났으니 내겐 아무런 의무도 없었다. 화재가 난 후에도 감독들이 전부터 쓰던 억양으로 얘기하면 총으로 쏘아버린다고 하면, 그 매장이 영업을 재개한다 해도 감독들은 복귀하지 않고 다른 직장을 찾을 것이다. 다른 직장이란 게 존재하고 경찰에 잡히지만 않는다면.

  헌병이 내 옷깃을 붙들었던 순간 일었던 내 분노는, 일체의 의무와 함께 강물에 씻겨 나간 상태였다. 나는 겉모습에 그다지 신경 쓰지는 않지만 군복을 벗어버리고 싶었다. 별들은 이미 떼어버렸지만 그건 편의를 위해였지 명예의 문제는 아니었다. 적개심 같은 건 없었다. 나는 그저 이제 이 전쟁에서 손을 뗀 것이다. 나는 병사들에게 행운이 함께하기를 바랐다. 그들 중에는 좋은 사람도, 용감한 사람도, 차분한 사람도, 분별력 있는 사람도 있었다. 그들은 행운을 누릴 자격이 있다. 그러나 더 이상 내가 개입할 일은 아니었다. 이제 내 유일한 소망은 이 망할 기차에서 빠져나가 메스트레까지 가서 뭘 좀 먹고 생각을 그치는 것이었다. 정말이지 생각은 그만해야 했다.

피아니는 헌병들이 나를 쏘았다고 보고할 것이다. 그자들은 주머니를 뒤져 자기들이 쏜 사람의 신분증을 확보했으나 내 신분증은 확보하지 못했으니 내가 익사했다고 보고할 수도 있었다. 미국으로는 뭐라고 알릴지 궁금했다. 부상 같은 다른 이유를 들어 내가 죽었다고 하겠지. 정말이지 배가 고팠다. 이 아비규환 속에 신부는 어떻게 됐을까. 리날디도 궁금했다. 아마 포르데노네에 있을 것이다. 더 멀리 퇴각하지 않았다면. 앞으로는 그를 볼 수 없을 것이다. 전우들 중 누구도 다시 보지 못할 것이다. 이제 그런 삶은 끝났다. 리날디가 정말로 매독에 걸린 건 아니겠지. 걸렸다 해도 빨리 치료하면 낫는다고들 하니까 심각한 상태는 아닐 것이다. 그렇다고 해도 그는 걱정할 것이다. 나도 그 병에 걸리면 그럴 것이다. 누구라도 그럴 수밖에 없다.

내게 필요한 건 생각이 아니다. 먹는 일이다. 정말 그렇다. 먹고 마시고 캐서린과 잠자는 것이 필요할 뿐이다. 어쩌면 오늘밤에 그럴 수도 있다. 아니야, 그건 불가능해. 그럼 내일 밤에는 가능할지 모른다. 그녀와 함께 잘 먹고 침대 시트 위에서 잠을 잘 것이다. 그녀와 단둘이서가 아니라면 아무 데도 가지 않을 것이다. 우리는 거기서도 빨리 떠나야 할는지 모른다. 그녀는 나와 함께 떠나려 할 것이다. 틀림없이 그럴 것이다. 언제 떠나는 것이 좋을까? 생각 좀 해봐야겠다. 날은 어두워지고 있었다. 나는 누운 채 우리가 어디로 떠나면 좋을까 생각했다. 갈 만한 곳은 많았다.

4부

33장

날이 밝기 전, 기차가 속력을 늦추고 밀라노 역에 들어서자 나는 기차에서 뛰어내렸다. 그러고는 선로를 건너 몇 채의 건물 사이를 지나 거리로 나왔다. 문을 연 술집이 한 군데 있어 커피를 마시러 들어갔다. 갓 쓸어낸 먼지, 커피 잔에 잠긴 스푼들, 와인 잔에 남겨진 둥근 물 자국 등에서 이른 아침의 냄새가 풍겼다. 주인은 카운터 뒤에 있었다. 병사 두 명이 테이블에 앉아 있었다. 나는 카운터에 서서 커피를 한 잔 마시고 빵 한 조각을 먹었다. 커피는 우유가 들어가 잿빛이었다. 나는 커피 위에 떠 있는 우유 거품을 빵 조각으로 걷어냈다. 주인이 내 얼굴을 쳐다보더니 말했다.

"그라파 한 잔 하겠어요?"

"아니, 괜찮습니다."

"내가 한 잔 사죠." 그가 조그마한 잔에 그라파를 따라 내 쪽으로 밀었다. "전황은 어떤가요?"

"잘 모르겠어요."

"저들은 취해 있어요." 주인은 손으로 병사들을 가리키며 말했다. 정말로 취한 것 같았다.

"말해봐요, 전선에선 무슨 일이 일어나고 있죠?" 주인이 말했다.

"전선은 잘 몰라요."

"당신이 저 담 쪽에서 오는 걸 봤어요. 기차에서 내렸죠?"

"대대적인 퇴각이 있었어요."

"신문에서 읽었어요. 무슨 일이 있는 겁니까? 전쟁은 끝났나요?"

"아마 아닐 겁니다."

그는 작은 병에 담긴 그라파를 유리잔에 따르며 말했다. "곤란한 상황이라면, 여기 숨겨줄게요."

"난 아무 문제 없어요."

"만약 문제가 있으면 나와 함께 여기서 지내요."

"어디서들 지내나요?"

"이 건물에서요. 많은 사람이 여기서 지내죠. 문제가 있는 사람은 누구든지 여기서 지내고 있어요."

"문제가 있는 사람이 많나요?"

"어떤 것이 문제인지 정의하기 나름 아니겠어요? 혹시 남미 출신인가요?"

"아니요."

"스페인어를 할 줄 아나요?"

"조금은요."

주인은 카운터를 닦으며 말했다.

"지금 출국하는 건 힘들지만 전혀 불가능한 건 아니지요."

"떠날 생각은 없습니다."
"그럼 원하는 만큼 여기 머물러요. 내가 어떤 사람인지는 곧 알게 될 겁니다."
"오늘 아침은 가봐야 할 데가 있지만, 언제라도 돌아올 수 있도록 주소를 외워두죠."
그는 머리를 가로저었다. "그렇게 말하는 걸 보니 돌아오지 않을 것 같군요. 난 정말로 당신이 곤경에 빠진 줄 알았답니다."
"난 문제없어요. 그러나 친구의 주소는 소중하게 생각합니다."
나는 커피 값으로 10리라짜리 지폐를 카운터 위에 놓았다.
"나랑 그라파 한잔해요." 내가 말했다.
"괜찮아요."
"한잔해요."
그는 그라파 두 잔을 따르고는 말했다.
"기억해둬요. 나중에 꼭 여기로 와요. 다른 인간들에게 이끌려 이상한 곳으로 가선 안 됩니다. 여긴 괜찮지만요."
"그렇게 하겠습니다."
"정말이죠?"
"네."
그는 진지했다. "그렇다면 한마디만 할게요. 그 외투 차림으로는 돌아다니지 말아요."
"왜요?"
"양쪽 소매에 별을 떼어낸 자리가 선명하게 보이니까요. 그 부분만 색깔이 달라요."
나는 아무 말도 하지 않았다.

"혹시 서류가 없으면 내가 만들어줄 수도 있어요."
"무슨 서류요?"
"휴가 증명서라든지."
"그런 서류는 필요 없어요. 갖고 있으니까."
"잘됐군요. 그렇지만 서류가 필요해지면 구해줄게요." 그가 말했다.
"그런 서류는 얼마나 하죠?"
"무슨 서류인가에 따라 달라요. 비싸지는 않아요."
"지금은 필요 없어요."
그는 어깨를 으쓱했다.
"나는 괜찮아요." 내가 말했다.
밖으로 나가는데 그가 말했다. "내가 친구라는 걸 잊지 마세요."
"잊지 않을게요."
"또 봅시다." 그가 말했다.
"그래요." 내가 말했다.
나는 밖으로 나와 헌병이 있는 정거장을 피해 조그만 공원 모서리에서 마차를 탔다. 마부에게 병원 주소를 일러주었고, 병원에 도착하자 나는 바로 수위의 숙소로 갔다. 수위의 아내가 나를 껴안았고, 수위는 내 손을 잡았다.
"돌아오셨군요. 무사히."
"그래요."
"아침식사는 드셨습니까?"
"먹었어요."
"그동안 어떠셨어요, 테넨테? 잘 지내셨어요?" 그의 아내가 물었다.

"잘 지냈지요."

"우리랑 같이 아침식사 안 하시겠어요?"

"아니요, 괜찮아요. 근데 바클리 양은 지금 이 병원에 있나요?"

"바클리 양이요?"

"영국 여자 간호사 말이에요."

"중위님 애인 말이군요." 수위의 아내가 내 팔을 가볍게 툭 치며 미소 지었다.

"아뇨. 그녀는 떠났어요." 수위가 말했다.

내 가슴은 철렁 내려앉았다. "확실해요? 키 큰 금발 영국 아가씨 말이에요."

"네. 스트레사로 갔습니다."

"언제요?"

"이틀 전에 또 다른 영국 아가씨하고 같이 갔습니다."

"알았어요. 두 분께 부탁이 있어요. 누구에게도 나를 만났다는 말은 하지 마세요. 꼭 그러셔야 해요." 내가 말했다.

"아무에게도 말하지 않겠습니다." 수위가 말했다. 나는 그에게 10리라짜리 지폐 한 장을 줬지만 그는 돈을 밀어냈다.

"절대로 아무에게도 말하지 않겠다고 약속하겠습니다. 돈은 괜찮습니다." 그가 말했다.

"저희가 도와드릴 건 없나요, 시뇨르 테넨테?" 그의 아내가 물었다.

"그 약속만 지켜주면 돼요." 내가 말했다.

"말하지 않을 거예요. 제가 도울 수 있는 일이 있으면 알려

4부 309

주세요." 수위가 말했다.

"알겠습니다. 그럼 또 만납시다." 내가 말했다.

그들은 문에 서서 나를 배웅해주었다.

나는 마차를 타고 마부에게 성악가 시먼스의 주소를 말했다.

시먼스는 포르타마젠타 방면 교외에서 살고 있었다. 내가 찾아갔을 때, 그는 아직도 침대 속에서 졸린 얼굴을 하고 있었다.

"엄청 일찍 일어났군, 헨리." 그가 말했다.

"새벽 첫차로 도착했어."

"이번 퇴각은 뭐야? 자네 전선에 나가 있었어? 담배 피우겠나? 탁자 위 상자에 있어." 그의 방은 벽 옆에는 침대가, 구석에는 피아노가 있고 서랍장과 탁자가 있는 큰 방이었다. 나는 침대 옆 의자에 앉았다. 시먼스는 베개에 기대앉아 담배를 피웠다.

"난 곤경에 처했어, 심." 내가 말했다.

"나도 그래. 항상 곤경에 처해 있지. 담배 피우지 않겠나?" 그가 말했다.

"아니야. 스위스에 가려면 어떤 절차를 거쳐야 하지?" 내가 말했다.

"자네 거기 가려고? 이탈리아인들은 자네를 출국 못하게 할 걸."

"나도 알아. 스위스 사람들도 어떻게 나올지 모르고."

"자넬 억류하겠지."

"그건 나도 알아. 어쨌거나 스위스에 가려면 어떤 게 필요해?"

"별거 없어. 간단해. 자네는 어디든지 갈 수 있어. 신고 같은 건 해야 할 거야. 그런데 왜? 경찰에게 쫓기고 있는 거야?"

"아직 확실하진 않아."
"얘기하기 싫으면 안 해도 돼. 들으면 재미야 있겠지. 여긴 아무 일도 일어나지 않으니까. 난 피아첸차에서 완전 실패했어."
"유감이야."
"응, 그래. 대실패였어. 내 딴엔 잘 불렀는데. 여기 릴리코 극장에서 다시 해볼 거야."
"나도 가보고는 싶은데."
"자넨 참 예의도 발라. 근데 설마 큰 문제가 있는 건 아니겠지?"
"나도 잘 모르겠어."
"얘기하기 싫으면 안 해도 돼. 그런데 어떻게 피 튀기는 전선에서 빠져나온 거야?"
"이제 난 전선과는 아무런 관계가 없어."
"대단한데. 자네가 분별력 있는 친구라는 걸 전부터 알고 있었지. 내가 도울 건 없어?"
"자네도 무척 바쁘잖아."
"조금도 바쁘지 않아, 이 친구야. 조금도. 헨리, 내가 뭐든 도와주지."
"나랑 옷 사이즈가 비슷할 것 같은데, 그럼 나가서 사복 한 벌 사다 주겠어? 사복은 모두 로마에 있어서 말이야."
"참, 자네 로마에서 살았었지. 어쩌다 그런 더러운 곳에 살게 된 거야?"
"건축가가 되고 싶어서."
"거긴 그럴 만한 곳이 아냐. 옷은 사지 마. 원하는 옷들은 내가 다 줄게. 꼭 맞는 걸로 입혀 멋쟁이를 만들어주지. 저 옷 방에 가봐. 벽장이 있어. 거기서 아무거나 맘에 드는 걸로 골라 입어. 옷을 살 필요는 없어."

"사는 게 나을 것 같은데."

"이 친구야, 밖에 나가서 사 오는 것보다 내 옷을 주는 게 편해서그래. 여권은 있지? 여권이 없으면 멀리 못 갈 거야."

"응, 여권은 아직 갖고 있어."

"그럼 옷을 갈아입고, 그리운 헬베티아*로 출발해."

"그게 그렇게 간단하지가 않아. 우선 스트레사로 가야 해."

"멋진데. 보트로 노를 저어 간단 말이지? 나도 공연만 아니면 같이 가는 건데. 하지만 곧 나도 가게 될 거야."

"요들을 불러보지그래."

"앞으로 요들도 부를지 몰라. 진짜 그럴 수 있어. 좀 이상한 노래이긴 하지만."

"자네는 할 수 있을 거야. 내가 장담하지."

그는 담배를 피우면서 침대에 누워 말했다.

"너무 장담하지는 마. 하지만 난 할 수 있어. 요들이 좀 웃기기는 하지만, 난 할 수 있어. 들어봐." 그는 목청을 돋우어 힘줄을 세우며 〈아프리카나〉를 열창했다. "난 노래할 수 있어. 청중들이 좋아하건 안 하건." 나는 창밖을 내다보았다. "내려가서 마차를 보내고 올게."

"올라오면 아침 먹자." 그는 침대에서 일어나 똑바로 서서 심호흡을 한 다음, 무릎 굽히기 운동을 시작했다. 나는 아래층으로 내려가서 마차 요금을 치렀다.

---

*스위스의 라틴어 이름.

34장

사복을 입으니 가장무도회에 가는 기분이었다. 오랫동안 군복만 입고 있어서, 사복을 입었을 때의 느낌을 잊어버리고 있었다. 바지가 좀 헐거운 것 같았다. 스트레사행 차표는 이미 밀라노 역에 도착했을 때 사놨기에 모자만 새로 사면 됐다. 시먼스의 모자는 맞지 않았기 때문이다. 하지만 옷은 훌륭했다. 옷에서는 담배 냄새가 풍겼다. 기차 승객 칸에 앉아 창유리로 보니 새로 사서 쓴 모자에 비해 옷은 많이 낡아 보였다. 유리창 밖으로 비에 젖은 롬바르디아 지방이 보이자 갑자기 내 신세가 처량하게 느껴졌다. 같은 승객 칸에 조종사도 몇 명 타고 있었지만, 그들은 나 같은 건 관심 밖이었다. 내게 눈길도 주지 않았으며, 내 나이에 군대에 가지 않은 사람을 철저히 경멸하고 있었다. 그러나 모욕감이 들지는 않았다. 옛날 같았으면 나도 그들을 경멸하고 싸움을 걸었을지도 모른다. 그들은 갈라라테*

*이탈리아 북부 롬바르디아 주에 있는 도시.

에서 내렸고, 승객 칸 안에 나 혼자만 남게 되자 마음이 가벼워졌다. 신문을 갖고 있었지만, 전쟁 관련 기사는 읽고 싶지 않아 펼쳐보지 않았다. 나는 전쟁을 잊어버리고 싶었다. 나는 이제 단독강화를 맺은 셈이었다. 나는 무척 외로웠고, 그래서 기차가 스트레사 역에 도착하자 기뻤다.

역에 호텔 수위들이 여럿 있으리라 기대했는데, 아무도 없었다. 관광 철이 지나서인지, 기차를 맞으러 나온 사람은 아무도 없었다. 나는 가방을 들고 기차에서 내렸다. 시먼스의 가방에는 셔츠 두 개만 들어 있어 아주 가벼웠다. 나는 기차가 다시 출발할 때까지 비 내리는 역사 지붕 밑에 서 있었다. 그러고는 한 사람을 붙들고 지금 영업 중인 호텔이 어디냐고 물었다. '그란 호텔 에 데 일 보로메'가 지금 영업 중이고, 1년 내내 영업하는 조그마한 호텔 몇 곳도 있다고 했다. 나는 가방을 들고 비를 맞으며 그 호텔을 향해 걸었다. 마차 한 대가 이쪽으로 오는 것을 보고 마부에게 손짓했다. 마차를 타고 들어가는 게 좋을 것 같아서였다. 큰 호텔 현관으로 마차를 타고 들어가자 수위가 우산을 들고 공손하게 맞이했다.

나는 좋은 방을 잡았다. 방은 매우 넓고 밝았고 마조레 호수가 내다보였다. 호수 위에는 구름이 낮게 덮였지만 햇빛이 나면 분명 아름다울 것 같았다. 나중에 아내가 올 거라고 말해둔 상태였다. 방에는 새틴 커버가 덮인 큰 신혼용 더블 침대가 있었다. 매우 화려한 호텔이었다. 나는 긴 복도를 지나, 넓은 계단을 내려가 여러 방을 지나 술집으로 내려갔다. 바텐더를 보니 전부터 알던 사람이었다. 나는 높은 의자에 앉아 소금에 절인 아몬드와 얇게 썬 감자를 안주로 먹었다. 마티니는 시원하고 산뜻했다.

"사복을 입고 여기서 뭘 하고 계십니까?" 두 잔째 마티니를 만들어주면서 바텐더가 물었다.

"휴가 중이에요, 요양 휴가."

"요즘은 손님이 한 분도 없어요. 왜 호텔을 열어두는지 모르겠어요."

"요새도 낚시를 하나요?"

"좋은 거 몇 마리 잡았습니다. 이맘때엔 괜찮은 놈들을 잡을 수 있죠."

"내가 보낸 담배는 받았고요?"

"네, 제가 보낸 엽서 못 보셨습니까?"

나는 웃었다. 사실 담배는 구할 수가 없었다. 그가 원한 것은 미국산 파이프 담배였는데, 내 친척이 부치는 걸 그만뒀거나 중간에서 압수된 것 같았다. 어쨌든 그래서 그에게 담배를 보낼 수가 없었다.

"다시 구해보도록 하죠." 내가 말했다. "그런데 혹시 거리에서 영국 여자 두 사람 본 적 없어요? 그저께 여기 왔는데."

"이 호텔에는 없습니다."

"간호사인데."

"간호사는 두 사람 봤습니다. 잠깐만요, 어디 있는지 알아볼게요."

"한 명은 내 아내예요. 난 아내를 만나러 여기 왔어요."

"그리고 다른 한 명은 제 아내죠."

"농담이 아니에요."

"쓸데없는 농담해서 죄송합니다. 모르고 그랬습니다." 그가 말했다. 그는 밖으로 나가서 오랫동안 돌아오지 않았다. 나는 올리브와 소금에 절인 아몬드와 감자 칩을 먹으며, 카운터 뒤에 있는 거울에 비친 사복 차림의 내 모습을 들여다봤다. 바텐더가 돌아와서 말했다. "역 근처의 조그마한 호텔에 있답니다."

"샌드위치 좀 먹을 수 있을까요?"

"시켜드리죠. 보시다시피 여긴 아무것도 없습니다. 손님이 없으니까요."

"정말 손님이 한 사람도 없어요?"

"아뇨, 몇 분 계시긴 해요."

샌드위치가 와서 세 쪽을 먹고 마티니를 두 잔 더 마셨다. 그렇게 시원하고 산뜻한 마티니는 난생처음이었다. 덕택에 문명인이 된 것 같은 기분이 들었다. 지금까지는 와인과 빵과 치즈와 맛없는 커피와 그라파만 너무 많이 먹어 그것들이라면 진저리가 났다. 마호가니 탁자와 놋쇠와 거울 앞에 있는 높은 의자에 기분 좋게 걸터앉은 채 난 아무것도 생각하지 않았다. 바텐더가 나에게 뭐라고 질문했다.

"전쟁 얘긴 그만하죠." 내가 말했다. 이제 전쟁은 나와는 상관없는 것이 되어버렸다. 혹은 전쟁 같은 것은 아예 없었는지도 모른다. 여기엔 전쟁이 없었다. 그제야 나에게는 전쟁이 이미 끝났다는 것을 깨달았다. 그러나 정말로 끝났다는 게 실감나지는 않았다. 마치 학교를 무단결석하고 지금쯤 학교에서 무얼 하고 있을까 생각하는 학생 같은 기분이었다.

그 바텐더가 알려준 호텔로 가니, 캐서린과 헬렌 퍼거슨이 식당에서 저녁식사를 하고 있었다. 나는 복도에 서서 테이블에 앉아 있는 두 사람을 바라봤다. 캐서린은 다른 쪽을 보고 있어서 그녀의 머리카락과 한쪽 뺨과 귀여운 목과 어깨만 보였다. 퍼거슨이 무슨 이야기를 하고 있다가, 내가 들어가자 말을 뚝 그쳤다.

"어머나!" 그녀가 말했다.

"안녕하세요." 내가 말했다.

"이런, 당신이군요." 캐서린이 말했다. 그녀의 얼굴이 밝아졌다. 너무도 기뻐서 믿기지 않는다는 표정이었다. 나는 그녀에게 키스했다. 캐서린은 얼굴을 붉혔고 나는 테이블 앞에 앉았다.

"당신 참 대단한 사람이군요. 여기서 뭘 하고 계세요? 식사는 하셨어요?" 퍼거슨이 말했다.

"아니요." 웨이트리스가 들어오자 내게도 먹을 것을 달라고 말했다. 캐서린은 내게서 시선을 떼지 않았다. 두 눈에 행복감이 어려 있었다.

"사복을 입고 뭘 하고 있죠?" 퍼거슨이 물었다.

"정부 내각에 입각했어요."

"무슨 문제가 있군요."

"기운을 내요, 퍼기. 기운 좀 내라고요."

"당신을 만났다고 기운이 나진 않아요. 당신은 이 애를 곤경에 빠뜨렸어요. 그러니 당신을 봐도 전혀 기운이 나지 않아요."

캐서린은 나에게 미소를 던지며 테이블 밑에서 발로 나를 툭 쳤다.

"아무도 날 곤경에 빠뜨리지 않았어, 퍼기. 내가 자초한 거지."

"난 못 참겠어. 이 사람은 비열한 이탈리아식 수법으로 너를 망친 거야. 미국 사람이 이탈리아 사람보다 더 저질이야."

"스코틀랜드 사람이야 도덕적이지." 캐서린이 말했다.
"그런 뜻이 아냐. 난 이 남자의 이탈리아식 비열함을 말하고 있는 거야."
"내가 비열한가요, 퍼기?"
"물론이에요. 비열하다는 말론 부족해요. 당신은 뱀 같아요. 이탈리아 군복을 입은 뱀, 목에 망토를 두른 뱀."
"난 지금 이탈리아 군복을 입고 있지 않아요."
"그것 또한 당신이 비열하다는 증거예요. 여름 내내 연애를 해서 이 아이를 임신시키고는, 이젠 몰래 도망가려는 거죠?"
나는 캐서린에게 미소를 던졌고, 그녀도 미소로 받았다.
"둘이서 함께 도망가려는 거야." 캐서린이 말했다.
"둘 다 똑같아. 난 네가 부끄러워, 캐서린 바클리. 넌 수치도 명예도 몰라, 너도 이 사람과 똑같이 비열해." 퍼거슨이 말했다.
"그만해, 퍼기." 캐서린이 그렇게 말하며 퍼거슨의 손을 가볍게 두드렸다. "날 비난하지 마. 우린 서로 마음이 통하는 사이잖아."
"손 치워." 퍼거슨의 얼굴이 새빨갛게 됐다. "네가 조금이라도 수치심이 있으면 상황이 달라졌겠지. 그런데 넌, 임신한 지 몇 달이나 됐는진 모르지만, 자기를 속인 남자가 돌아왔다고 좋다고 웃고만 있어. 넌 자존심도 감정도 없어." 그녀는 울기 시작했다. 캐서린은 퍼거슨 옆으로 가 그녀의 어깨를 감쌌다. 퍼거슨을 위로하는 그녀의 몸에 눈에 띌 만한 변화는 보이지 않았다.
"나야 상관없는 일이지만 그래도 끔찍한 일이야." 퍼거슨은 흐느꼈.

"자, 자, 그만해, 퍼기." 캐서린이 달랬다. "내가 부끄러워지잖아. 울지 마, 퍼기. 울지 마."

"울긴 누가 울어?" 퍼거슨은 훌쩍거렸다. "난 안 울어. 다만 네가 끔찍한 일에 걸려들고 만 게 슬퍼." 그러고 나서 나를 쳐다보고 말했다. "난 당신이 싫어요. 이 아이가 뭐라고 해도 난 당신이 싫어요. 비열하고 더러운 미국 태생 이탈리아 사람 같으니!" 그녀의 눈과 코가, 울어서 빨갛게 되었다.

캐서린은 나를 보고 미소 지었다.

"날 껴안고 있으면서 저 사람에게 미소를 짓는 거야?"

"넌 지금 이성을 잃었어, 퍼기."

"알아." 퍼거슨은 흐느꼈다. "그러니 둘 다 날 가만 내버려 둬. 난 지금 흥분했어. 이성을 잃었어. 그건 나도 알아. 하지만 두 사람이 행복했으면 좋겠어."

"우리는 행복해. 넌 좋은 사람이야, 퍼기."

퍼거슨은 또 울기 시작했다. "그런 행복을 말하는 게 아냐. 왜 결혼하지 않는 거야? 설마 당신에게 부인이 있는 건 아니겠죠?"

"천만에요." 내가 그렇게 말하자 캐서린은 웃었다.

"웃을 일이 아냐. 다른 데다 부인을 숨겨둔 사람이 얼마나 많은데."

"곧 결혼할게, 퍼기. 그래야 네 맘이 편안해진다면." 캐서린이 말했다.

"지금 내 맘이 문제가 아니잖아. 당연히 결혼해야지."

"둘 다 여러 가지로 바빴어."

"그래, 알아. 아이를 만드느라 바빴겠지." 나는 그녀가 또 울지 않을까 생각했으나, 대신 비통한 표정을 지었다. "오늘 밤 이 사람과 함께 떠나겠구나?"

"그래, 이 사람이 원한다면."

"난 어떡하고?"

"여기 너 혼자 남는 게 걱정되니?"

"응, 그래."

"그럼 너랑 함께 여기 있을게."

"안 돼, 넌 이 사람과 함께 가. 빨리 이 사람을 따라가. 두 사람 보고 있으면 내 기분만 나빠지니까."

"저녁이나 마저 먹어."

"그만둬. 어서 가라고."

"퍼기, 이성적으로 생각해."

"빨리 가버리라니까. 둘 다 가버려."

"그럼 우린 가지." 내가 말했다. 나는 퍼기 때문에 기분이 상한 상태였다.

"당신은 가고 싶겠죠. 식사도 나 혼자 하게 내버려두고 가고 싶겠죠. 난 전부터 이탈리아 호수를 보는 게 꿈이었는데, 이렇게 되고 말다니, 아아." 그녀는 흐느끼다가, 캐서린을 쳐다보더니 목이 메었다.

"네가 저녁을 다 먹을 때까지 여기 있을게. 나랑 같이 있고 싶다면 난 안 갈 거야. 널 혼자 남겨놓고 가지 않을게. 그러진 않아, 퍼기."

"아냐, 아냐. 난 네가 가길 바라. 가기를 바란다니까." 그녀는 눈물을 닦았다. "나 너무 흥분했나봐. 제발 나한테 신경 쓰지 마."

웨이트리스가 눈물바다 소동에 어리둥절해했다. 그러나 그녀가 다음 음식을 가지고 왔을 때는 사정이 괜찮아져서 웨이트리스도 안심한 것 같았다.

그날 밤, 호텔 방 밖의 긴 복도에는 사람 그림자 하나 없었고, 두툼한 융단이 깔린 마룻바닥엔 우리 두 사람의 신발이 놓여 있었다. 창밖엔 비가 내렸지만 방 안은 밝고 즐겁고 쾌적했다. 조금 있다 불을 끄자, 안락한 침대와 그 위에 깔린 반들반들한 시트에 기분이 좋아졌다. 마치 집으로 돌아온 기분이었다. 밤중에 문득 잠에서 깨 캐서린이 아무 데도 가지 않고 옆에 있는 걸 확인하고 나니 이젠 혼자가 아니라는 느낌이 들었다. 그 밖에 모든 것은 비현실적으로 느껴졌다. 우리는 피곤해지면 자고, 하나가 잠을 깨면 또 하나도 잠을 깨서 외롭지 않았다. 가끔 남자는 혼자 있고 싶을 때가 있고, 여자도 그럴 때가 있다. 서로 사랑하는 사이는 상대의 그런 기분을 질투하는데, 우린 그런 질투는 느끼지 않았다고 솔직하게 말할 수 있다. 우리는 오히려 둘만 함께 있는 고독을, 다시 말해 다른 사람들에게서 떨어져 있다는 고독을 느꼈다. 예전에도 그 비슷한 기분을 느낀 적이 있었다. 젊은 여자들 틈에서 혼자 떨어져 있다는 고독을 느낀 적이 있었는데, 사람은 그런 때가 제일 쓸쓸한 법이다. 하지만 우리는 서로에게서는 결코 외로움을 느끼지도 불안을 느끼지도 않았다. 나는 밤이 낮과 같지 않음을 알고 있다. 그 둘은 완전히 달라서, 밤에 겪은 것은 낮에는 설명할 수가 없다. 그런 일은 낮에는 아예 존재하지 않기 때문이다. 고독한 사람이 고독에 휩쓸리게 되면 밤이 가장 무섭다. 그러나 캐서린과 함께 있으면 밤도 낮과 다름없었다. 다른 건 단지 밤이 더 유쾌하다는 것뿐이었다. 사람이 너무 지나치게 용감하게 이 세상을 대하면, 세상은 그를 마치 죽일 듯이 때려 부수고야 만다. 그런 인간들에겐 모두 그렇게 하고야 만다. 그러나 많은 인간들은 얻어맞은 바로 그 장소에서 도리어 더 강해진다. 그럼 세상은 아무리 때려도 부서지지 않는 그 인간을 죽이고야 만다. 선량한 사람, 순진한 사람, 용감한 사람 할 것 없이 모조리 죽여버린다. 그러한 부류에 속하지 않더라도, 세상은 기필코 그를 죽여버린다. 다만 급하게 서두르지 않을 뿐이다.

나는 다음 날 아침 눈을 떴을 때의 일을 아직도 기억한다. 캐서린은 여전히 자고 있었고, 비가 그쳐 창문으로는 햇빛이 들어오고 있었다. 나는 침대에서 일어나 방을 가로질러 창가로 갔다. 나뭇잎은 다 저버린 상태였지만 전체적으로 아름답게 정돈된 풍경이었고 자갈길과 많은 나무들과 호숫가의 돌담이 보였다. 그리고 멀리 산을 등지고 햇빛에 반짝이는 호수가 보였다. 밖을 내다보며 창가에 서 있다가 뒤돌아보니, 캐서린이 눈을 뜨고 물끄러미 나를 쳐다보고 있었다.

"기분은 어때요?" 그녀가 먼저 입을 열었다. "날씨가 참 좋죠?"

"당신 기분은 어때?"

"아주 좋아요. 어젯밤은 참 근사한 밤이었죠?"

"우리 아침 먹을까?"

그녀는 배가 고프다고 했고 나도 마찬가지였다. 그래서 우리는 11월의 햇빛이 창가로 들어오는 방 침대에서, 아침이 차려진 쟁반을 내 무릎에 올려놓고 같이 먹기 시작했다.

"신문 안 봐요? 병원에선 늘 신문을 찾더니."

"싫어, 이젠 보기 싫어."
"신문도 보기 싫을 만큼 참혹한 전투였나요?"
"전쟁 기사는 읽기 싫어."
"나도 전장에 같이 갔으면 좋았을걸. 그럼 나도 알 텐데."
"머릿속에서 다 정리되면 그때 얘기할게."
"당신, 이렇게 군복 안 입고 있으면 체포되지 않아요?"
"분명 총살이겠지."
"그럼 여기 이렇게 있으면 안 되잖아요. 해외로 나가요."
"나도 그렇게 생각하고 있었어."
"빨리 도망가요. 요행이나 바라고 있을 순 없잖아요. 메스트레에서 밀라노까진 어떻게 왔어요?"
"기차로 왔어. 그땐 군복을 입고 있었지."
"위험하지 않았어요?"
"그리 위험하진 않았어. 예전에 받은 이동 명령서를 가지고 있었거든. 메스트레에서 그 명령서의 날짜를 고쳐 썼지."
"여기 있다간 언제 체포될지 몰라요. 가만히 있다가 체포되는 건 바보짓이에요. 당신이 체포되면, 우린 어떻게 되죠?"
"그런 건 생각 말자구. 생각도 하기 싫어."
"체포하러 오면 어쩔 작정이에요?"
"당장 놈들을 쏴 죽여야지."
"바보 같은 소리 말아요. 우리가 여길 떠날 때까진, 당신은 호텔 밖으로 나가면 안 돼요."
"대체 어디로 간단 말이야?"
"제발 그런 식으로 말하지 말아요. 어디든 당신 원하는 데로 가요. 어디로 갈 건지나 빨리 생각해요."

"저 호수를 건너면 스위스가 나와. 거기라면 갈 수 있겠지."
"그거 좋겠네요."
바깥 풍경은 구름이 낮아져 호수도 점점 어두워지고 있었다.
"죄인처럼 살고 싶진 않아." 내가 말했다.
"그런 소리 말아요. 지금껏도 죄인처럼 살진 않았잖아요. 앞으로도 우린 죄인처럼 살지 않을 거예요. 즐겁게 살 거예요."
"그래도 죄인 같은 생각이 들어. 탈영했잖아."
"진정해요. 당신은 탈영한 게 아니에요. 그건 이탈리아 군대잖아요."
나는 웃었다. "당신은 좋은 여자야. 다시 침대로 들어가자. 기분이 좋아질 거야."

잠시 뒤 캐서린이 말했다. "이제 죄인 같은 기분은 없어졌죠?"
"응, 당신과 같이 있으면 그런 기분 안 들어."
"어린애 같아요. 내가 돌봐줄게요. 나 입덧도 하지 않아요. 대단하지 않아요?"
"정말 대단해."
"당신은 자신이 얼마나 훌륭한 아내를 두었는지 모르고 있어요. 하지만 상관 없어. 난 당신이 체포되지 않을 만한 곳으로 당신을 데려갈 거예요. 그럼 둘이서 행복하게 살 수 있을 거예요."
"빨리 그리로 가."
"그래요. 난 당신만 좋다면 언제든지, 어디로든 갈 거예요."
"아무것도 생각 말고."
"네, 그래요."

35장

캐서린은 퍼거슨을 만나러 호숫가를 따라 그 조그만 호텔로 갔고, 나는 우리 호텔 술집에 앉아 신문을 읽었다. 가죽 의자에 앉아 바텐더가 들어올 때까지 신문을 읽었다. 이탈리아군은 탈리아멘토 강에서도 적을 막아내지 못해 피아베 강까지 후퇴하는 중이었다. 나는 피아베 강을 기억하고 있었다. 그 강은 산도나* 근처 철도를 지나 전선으로 흐르고 있었다. 깊고 완만하며 폭이 좁은 강이었다. 거기서 하류로 내려가면 모기가 많은 늪과 운하가 나왔다. 아담한 별장도 몇 채 있었다. 전쟁 전 코르티나담페초로 가는 길에 그 강을 따라 구릉 사이를 몇 시간 걸은 적이 있었다. 상류의 바위 그늘 아래엔 기다란 여울과 조그마한 웅덩이가 있었는데, 물살이 거칠어 마치 송어가 사는 강 같았다. 길은 카도레에서 그 강과 갈라졌다. 나는 그 강 상류까지 올라갔던 군대가 왜 내려와야 했는지가 궁금했다. 그때 바

*베네치아 동쪽의 소도시.

텐더가 들어와 말했다.

"그레피 백작이 만나고 싶어 하십니다."

"누가요?"

"그레피 백작요. 전에 이곳에 오셨을 적에 여기 묵고 계시던 노인 생각나지 않으세요?"

"그분이 지금 여기 묵고 있어요?"

"네, 조카와 같이 계십니다. 선생님이 오셨다는 얘길 했더니, 당구를 치고 싶다고 하시던데요."

"지금 어디 계시죠?"

"산책 중이십니다."

"지금도 정정하세요?"

"전보다도 더 젊어지셨죠. 어제는 저녁식사 전에 샴페인 칵테일을 세 잔이나 하시더군요."

"당구 솜씨도 여전하시고요?"

"잘하십니다. 저보다 낫습니다. 중위님이 여기에 묵으신다고 전했더니 아주 기뻐하시던데요. 여긴 그분과 맞붙을 사람이 아무도 없답니다."

그레피 백작은 아흔네 살이었다. 메테르니히*와 동시대 사람으로 흰 머리칼과 콧수염을 기른 몸가짐이 단정한 노인이었다. 오스트리아와 이탈리아 양국의 외교관을 역임한 분으로, 그의 생일 파티는 밀라노 사교계에서도 비중 있는 연중 행사였다. 백작은 백 살까지 살 수 있을 것 같았으며, 그 나이에도 당구

---

*클레멘스 벤첼 로타르 폰 메테르니히(1773~1859). 재상 자리까지 올랐던 오스트리아의 정치가.

솜씨가 매우 훌륭했다. 전에 비수기에 스트레사에 머물고 있을 때, 그 노인을 만나 함께 당구를 치며 샴페인을 마신 적이 있었다. 그건 그의 좋은 습관 같았다. 그는 100에 15의 핸디캡을 놓고서도 나를 이겼었다.

"그분이 여기 계시다는 걸 진작 말해주지 그랬어요."

"깜박 잊었습니다."

"그 밖에 또 누가 있나요?"

"중위님은 모르시는 분들입니다. 여섯 분밖에 없고요."

"지금 무슨 할 일이 있어요?"

"아무 일도 없습니다."

"그럼 우리 낚시나 하러 갈까요?"

"한 시간 정도라면 같이 가죠."

"그럼 갑시다. 낚시 도구를 가져와요."

바텐더가 코트를 입자 우리는 함께 밖으로 나와 호수로 내려가 보트를 탔다. 내가 노를 젓는 동안 바텐더는 고물에 앉아 빙글빙글 도는 송어 미끼와 무거운 납덩이가 달린 낚싯줄을 물에 떠내려 보냈다. 우리는 호숫가를 따라 노를 저어갔다. 낚싯줄을 손에 쥔 바텐더는 가끔 그것을 휙 잡아당겼다. 호수에서 보니 스트레사는 퍽 황량해 보였다. 벌거벗은 가로수가 줄지어 있었고, 대형 호텔들과 문 닫은 별장들이 보였다. 나는 벨라 섬 쪽으로 노를 저어 갔다. 암벽으로 접근하자 물이 갑자기 깊어지며 투명한 물속으로 경사진 암벽이 보였다. 그 암벽은 '어부의 섬'까지 이어져 있었다. 해가 구름에 가려 물은 컴컴하고 잔잔했으며 매우 차가웠다. 물고기가 뛰어올라 수면에 몇 개의 파문을 그렸지만 낚싯줄에는 걸려들지 않았다. 우리는 어부의 섬으로 갔다. 보트 몇 척이 정박해 있었고, 어부들은 그물을 손질하고 있었다.

"한잔할까요?"

"그거 좋죠."

내가 보트를 방파제에 대자 바텐더는 감아 올린 낚싯줄을 배 바닥에 놓고, 빙글빙글 도는 미끼는 뱃전 끝에 걸었다. 나는 뭍으로 올라 배를 잡아맸다. 우리는 조그만 카페로 들어가 칠이 벗겨진 테이블에 앉아 베르무트를 주문했다.

"보트를 저어 꽤 피곤하시죠?"

"아뇨."

"돌아갈 땐 제가 젓겠습니다."

"난 노 젓는 걸 좋아해요."

"중위님이 낚싯줄을 잡고 있으면 행운이 따를지도 모르죠."

"그럼 그렇게 해요."

"전쟁은 어떻습니까?"

"끔찍합니다."

"전 전쟁에 나가지 않아도 된답니다. 그레피 백작처럼 나이가 많아서요."

"앞으로는 소집될지도 모르죠."

"내년엔 우리 나이도 소집되겠죠. 하지만 전 안 갑니다."

"소집되면 어쩌려고요?"

"외국으로 가버리죠. 전쟁엔 나가고 싶지 않습니다. 저도 한때는 아비시니아 전쟁에 참전한 적이 있지만, 전쟁은 질색입니다. 중위님은 왜 참전하게 됐나요?"

"나도 모르겠어요. 바보 같은 짓이었죠."

"한 잔 더 할까요?"

"좋아요."

돌아오는 길엔 바텐더가 노를 저었다. 우리는 스트레사 쪽으로 올라간 다음, 기슭에서 별로 멀지 않은 곳까지 노를 저어 갔다. 팽팽한 낚싯줄을 손에 쥐고 컴컴해진 11월의 호수와 쓸쓸한 기슭을 바라보고 있는데, 갑자기 빙글빙글 도는 미끼의 진동이 손에 느껴졌다. 바텐더가 힘차게 노를 저어 보트가 앞으로 나갈 때마다 낚싯줄이 떨렸다. 낚싯줄이 갑자기 팽팽해지자 손이 찌릿해진 나는 줄을 당겨봤다. 살아 있는 송어의 무게가 느껴지더니, 낚싯줄이 떨렸다. 나는 송어를 놓쳤다.

"크던가요?"

"꽤 컸어요."

"언젠가 혼자 낚시하러 가서 이로 낚싯줄을 물고 있었는데, 바로 그때 고기가 물어 이가 다 빠질 뻔했죠."

"제일 좋은 건 줄을 다리에다 감는 거죠. 그럼 금방 진동을 느낄 수 있고, 이가 빠질 염려도 없죠."

나는 물속에 손을 담갔다. 물은 매우 차가웠다. 우리는 이미 호텔 앞까지 와 있었다.

"11시까지는 돌아가야 합니다. 칵테일 시간이라서요." 바텐더가 말했다.

"알겠어요."

나는 낚싯줄을 끌어당겨 양 끝을 톱니가 달린 막대기에 감았다. 바텐더는 암벽 사이에 있는 작은 창고에 보트를 넣더니, 쇠사슬과 자물쇠로 잠갔다.

"보트를 쓰시고 싶을 땐 언제든지 말하세요. 열쇠를 드리죠." 그가 말했다.

"고마워요."

우리는 호텔로 가서 술집에 들어갔다. 하지만 아직 이른 시간이라 한 잔 더 하고 싶지는 않아 그냥 방으로 올라갔다. 하녀가 방금 청소를 마친 상태였고, 캐서린은 아직 돌아와 있지 않았다. 나는 침대에 누워 아무 생각도 하지 않으려고 애를 썼다.

캐서린이 돌아오자 다시 기분이 좋아졌다. 퍼거슨이 아래층에 와 있다고 했다. 점심을 먹으러 온 것이었다.

"상관없죠?" 캐서린이 말했다.

"괜찮아." 내가 말했다.

"왜 그래요, 당신?"

"모르겠어."

"난 알아요. 할 일이 없어 그런 거예요. 지금은 당신 곁에 나밖에 없는데, 내가 없었으니."

"맞아."

"미안해요. 갑자기 할 일이 없어지면 기분이 우울해지기 마련이죠."

"내 삶은 가득 차 있어. 하지만 당신이 없으면 난 세상에서 가진 거라고는 하나도 없는 사람이 돼버려."

"이제부턴 계속 곁에 있을게요. 딱 두 시간 정도 외출했을 뿐이에요. 정말 할 게 아무것도 없었어요?"

"바텐더와 함께 낚시를 갔었어."

"재미없었어요?"

"재밌었어."

"내가 옆에 없을 땐 내 생각 하지 말아요."

"전선에 있을 땐 그렇게 했지. 하지만 그땐 늘 할 일이 있었어."

"할 일이 없어진 오셀로*군요." 그녀가 놀렸다.

"오셀로는 흑인이야. 그리고 난 질투도 안 해. 다만 당신을 너무도 사랑해서 다른 건 안중에 없을 뿐이야."

"퍼거슨에게 잘해줘요."

"퍼거슨이 욕만 안 하면 늘 잘해줄 수 있어."

"그래도 잘해줘요. 생각해봐요. 우린 가진 게 많지만, 그 앤 아무것도 없잖아요?"

"우리가 가진 걸 그 여자가 부러워하는 것 같진 않던데."

"영리한 당신도 모르는 게 있군요."

"알았어. 잘해줄게."

"꼭이요. 당신은 좋은 사람이니까."

"그 여자, 식사 끝나고도 계속 여기 있진 않겠지?"

"어떻게든 돌려보낼게요."

"그런 다음 우린 다시 이리로 올라오자고."

"물론이죠. 아니면 내가 뭘 하겠어요?"

우리는 퍼거슨과 점심을 같이하러 아래층으로 내려갔다. 그녀는 호텔과 식당의 호화로움에 아주 감탄했다. 우리는 카프리 두 병을 곁들여 맛있는 점심을 먹었다. 그레피 백작이 식당으로 들어와서 우리에게 인사했다. 그의 조카도 함께 들어왔는데, 그녀는 어딘지 우리 할머니와 닮아 보였다. 내가 캐서린과 퍼거슨에게 백작 이야기를 하니까, 퍼거슨은 매우 놀라워했

---

*질투로 인한 비극을 다룬 셰익스피어의 작품 《오셀로》의 주인공.

다. 호텔은 대단히 크고 화려했지만 텅 비어 있었다. 하지만 식사는 훌륭했고 와인 맛도 좋았다. 와인 덕분에 우리는 매우 유쾌한 기분에 젖었다. 캐서린은 세상에서 가장 유쾌한 사람처럼 보였고 매우 행복해 보였다. 퍼거슨도 아주 쾌활해졌다. 나 역시 기분이 좋아졌다. 점심을 다 먹자 퍼거슨은 자기 호텔로 돌아갔다. 식사 뒤엔 잠시 누워 쉰다고 하면서.

오후 늦게, 누가 우리의 방문을 두드렸다.

"누구십니까?"

"그레피 백작님이 중위님께 당구를 함께 칠 수 있겠냐고 여쭤보십니다."

나는 베개 밑에 놓아둔 시계를 보았다.

"가야 해요?" 캐서린이 속삭였다.

"가는 게 낫겠어." 시계는 4시 15분을 가리키고 있었다. 나는 큰 소리로 외쳤다. "그레피 백작께 전해줘요, 5시에 당구장으로 가겠다고."

5시 15분 전에 나는 캐서린에게 작별 키스를 하고, 옷을 입기 위해 화장실로 들어갔다. 넥타이를 매고 거울을 들여다보니, 사복을 입은 나는 다른 사람처럼 보였다. 와이셔츠와 양말을 꼭 사야겠다는 생각이 들었다.

"오래 걸려요?" 침대 속에 있는 그녀는 너무나 사랑스러웠다. "그 빗 좀 줄래요?"

그녀가 머리를 숙여 머리칼을 전부 한쪽으로 늘어뜨리고 머리를 손질하는 것을 나는 빤히 바라봤다. 밖은 벌써 어둑어둑해지고 있었고, 침대 머리맡의 전등불이 그녀의 머리칼과 목덜미와 어깨를 비췄다. 나는 그녀에게 다가가 키스하며 빗을 든 그녀의 손을 쥐었다. 그녀의 머리가 베개 속에 파묻혔다. 나는 그녀의 목과 어깨에다 키스했다. 너무나 사랑스러워 기절할 것만 같았다.

"가기 싫은데."

"저도 보내기 싫어요."

"그럼 안 갈게."

"갔다 와요. 금방 돌아온다면서요?"

"저녁은 여기서 먹어."

"빨리 갔다 와요."

그레피 백작은 당구장에 와 있었다. 그는 스트로크를 연습하고 있었는데, 당구대 위로 비치는 불빛에 드러난 그의 모습은 아주 약해 보였다. 전등 아래쪽에 있는 카드 테이블 위에는 은으로 만든 얼음 통이 놓여 있었고, 그 얼음 위로 샴페인 병의 목과 코르크 두 개가 보였다. 내가 당구대 가까이 가자 그레피 백작이 몸을 꼿꼿이 편 채 내게로 걸어와 손을 내밀며 말했다.

"와줘서 기쁘네. 당구 상대를 해주다니 고맙구먼."

"저야말로 불러주셔서 감사합니다."

"이젠 다 나았나? 이손초에서 부상을 당했다고 들었는데, 회복되었기를 바라네."

"이젠 괜찮습니다. 백작님께선 건강하십니까?"

"나야 늘 건강하지. 그러나 계속 늙어가고 있지. 나이는 속일 수 없다네."

"못 믿겠는데요."

"사실이야. 한 가지 예를 들어볼까? 이젠 나도 자꾸 이탈리아 말만 쓰고 싶다네. 쓰지 않으려고 매우 조심을 하지만, 피곤해지면 역시 이탈리아 말을 쓰는 게 훨씬 편해. 어쩔 수 없이 늙었다는 걸 깨닫게 되지."

"이탈리아 말로 얘기하시죠. 저도 좀 피곤하니까요."

"중위는 피곤할 때면 영어로 얘기하는 게 편하겠지."

"미국 말 말씀입니까?"

"그래, 미국 말. 미국 말을 사용하게. 참 듣기 좋은 언어던데."

"전 여기서 미국 사람을 만난 적이 거의 없습니다."

"미국 사람이 그립겠군. 사람이란 같은 나라 사람, 특히 모국의 여자가 그리워지는 법이야. 나도 경험이 있어서 잘 알지. 어디 한번 쳐볼까? 너무 피곤한 건 아니지?"

"그다지 피곤하지 않습니다. 아까는 농담이었습니다. 핸디캡은 얼마나 주시겠습니까?"

"그동안 당구는 많이 쳐봤나?"

"전혀 치지 않았습니다."

"원래 잘했잖나. 100에 10점으로 할까?"

"너무 과대평가하지 마세요."

"그럼 15점?"

"좋습니다, 그래도 제가 지겠죠."

"내기를 해볼까? 중위는 항상 내기를 좋아했으니까."

"그게 좋을 것 같군요."

"좋아. 그럼 18점으로 하고, 1점에 1프랑씩 내기로 하지."

그는 능숙한 솜씨로 당구를 쳐나갔고, 핸디캡이 있음에도 나는 50점에서 겨우 4점밖에 앞서지 못했다. 백작은 벽에 붙은 벨을 눌러 바텐더를 부르더니 말했다.

"한 병 따주게." 그러고는 나에게 말했다. "자극제를 좀 들지." 와인은 얼음처럼 차고 씁쌀하고 맛이 좋았다.

"우리 이탈리아 말로 얘기할까? 그러면 중위한테 실례가 될까? 이게 내 결점이야, 요즘."

우리는 당구를 치는 사이사이 술을 조금씩 마시고, 이탈리아 말로 이야기하며 게임을 계속했는데, 사실 게임에만 집중했지 얘기는 그다지 많이 하지 않았다. 그레피 백작이 100점을 돌파했을 때, 나는 핸디캡에도 불구하고 겨우 94점이었다. 그는 미소를 지으며 내 어깨를 두드렸다.

"자, 한 병 마시고, 전쟁 이야기를 해주게." 그는 내가 앉기를 기다렸다.

"다른 얘기를 하는 게 좋겠습니다."

"전쟁 얘긴 하기 싫어? 좋아. 중위는 요즘 어떤 책을 읽고 있나?"

"아무것도 안 읽었습니다. 무미건조한 사람이라서요."

"설마. 하지만 책은 읽어야 해."

"전시 중에 어떤 책이 나왔습니까?"

"바르뷔스라는 프랑스 작가의 《포화》라는 책이 나왔지. 《브리틀링 씨는 다 알아챈다》*라는 책도 나왔고."

"그는 아무것도 알아채지 못하던데요."

"뭐라고?"

"그 주인공은 아무것도 모르더라고요. 그 책은 병원에 있었습니다."

---

*영국의 소설가 허버트 조지 웰스의 소설.

"그 책을 읽었단 말이군."

"네, 하지만 마음에 안 들었습니다."

"난 브리틀링이 영국 중산계급의 정신을 매우 훌륭하게 나타내고 있다고 생각하는데."

"전 정신에 관해선 잘 모릅니다."

"그거야 누구나 다 마찬가지지. 정신에 관해 아는 사람이 어디 있나? 신을 믿나?"

"밤에만요."

그레피 백작은 미소를 지으며 손으로 유리잔을 돌리며 말했다.

"나이를 먹으면 점점 신앙이 두터워질 줄 알았는데 그렇게 안 되더군. 참 유감스러운 일이지."

"백작께선 사후에도 계속 살고 싶으신가요?"

질문을 하자마자 실수했다는 생각이 들었다. 죽음을 입 밖에 내놓다니. 그러나 백작은 그 말에 개의치 않았다.

"어떤 삶이냐에 따라 다르겠지. 지금 현재의 삶은 아주 유쾌해. 이대로 영원히 살고 싶다네." 그는 미소를 지었다. "하지만 난 살 만큼 살았어."

우리는 깊숙이 파묻히는 가죽 의자에 앉아 있었고 샴페인은 얼음 통 속에, 유리잔은 둘 사이에 놓인 테이블 위에 있었다.

"중위도 내 나이가 되면, 여러 가지 것이 이상하게 생각될 거야."

"백작께서는 전혀 나이들어 보이지 않습니다."

"나이 드는 것은 육체뿐이야. 가끔 분필이 부러지듯 손가락이 부러지지나 않을까 불안하지. 그리고 정신은 나이를 먹지 않지만, 그 이상 총명해지지도 않지."

"백작께선 현명하십니다."

"천만에. 나이를 먹으면 현명해진다고 생각하는 건 큰 착오지. 조심성이 많아지는 것뿐이야."

"아마 그게 지혜겠죠."

"매력 없는 지혜지. 중위는 무엇이 가장 중요하다고 생각하나?"

"사랑하는 사람입니다."

"나도 동감이네. 그건 지혜가 아니지. 중위는 생명을 귀중하게 생각하나?"

"네."

"나도 그래. 그게 내가 가진 전부니까. 생일 파티를 위해!" 그는 웃으며 덧붙였다. "중위는 나보다 더 현명한 것 같네. 생일 파티 같은 건 열지 않을 테니까."

우리는 둘 다 와인을 마셨다.

"백작께선 정말로 이 전쟁을 어떻게 생각하십니까?"

"바보짓이라고 생각하지."

"누가 이길까요?"

"이탈리아."

"왜죠?"

"더 젊은 나라니까."

"젊은 나라가 늘 전쟁에 이기는 겁니까?"

"잠깐은 그렇지."

"그 뒤엔 어떻게 되죠?"

"늙은 나라가 되지."

"방금 백작께선 자신을 현명하지 않다고 하셨지만 그래 보이지 않는데요."

"지혜로 한 말이 아니라 냉소였네."

"저에겐 현명하게 들리는데요."

"특별히 현명한 대답은 아니었네. 나는 그 반대의 예도 들 수 있어. 하지만 방금 얘기도 나쁘진 않은 것 같군. 샴페인은 다 마셨나?"

"네, 거의."

"좀 더 마실까? 그러려면 난 옷을 갈아입어야겠군."

"그만 마시는 게 좋을 것 같습니다."

"정말 그만하겠나?"

"네." 그는 일어섰다.

"언제나 행운과 행복과 건강이 함께 하길 빌겠네."

"감사합니다. 백작님도 장수하시길 빕니다."

"고맙네. 난 살 만큼 살았어. 만일 자네가 신앙을 갖게 된다면, 내가 죽었을 때 날 위해 기도나 올려주게. 몇몇 친구들에게도 그렇게 부탁해놨네. 난 나이가 들면 신앙심이 깊어지리라 생각했지만 그렇게는 안 됐거든."

그는 쓸쓸하게 웃는 듯이 보였지만 확실치는 않았다. 나이가 너무 많아 얼굴이 주름투성이라, 조금만 미소를 지어도 주름살이 잡히는 바람에 표정의 변화를 전혀 알 수 없었다.

"저 역시도 신앙심이 두터워질지는 잘 모르겠습니다. 어쨌든 백작님을 위해 기도를 드리겠습니다." 내가 말했다.

"나는 늘 신앙심이 두터워지길 기대했어. 우리 집안 식구는 모두가 다 독실한 신자로 죽었지. 그런데 어찌 된 셈이지 나는 그렇게 안 되거든."

"그러시기엔 아직은 좀 이른지도 모릅니다."

"너무 늦었는지도 모르지. 너무 오래 살아서 종교적 감정이 없어졌는지도 몰라."

"제 종교심은 밤에만 찾아옵니다."

"그럼 중위는 사랑을 하고 있군. 그것이 바로 종교적 감정이라는 걸 잊어선 안 되네."

"그렇게 생각하십니까?"

"물론이지." 백작은 테이블 앞으로 한 걸음 나서 말했다. "게임 상대가 돼줘서 대단히 고마웠네."

"저도 대단히 즐거웠습니다."

"같이 2층으로 올라가세."

36장

 그날 밤 폭풍우가 일었고, 나는 유리창에 부딪히는 빗소리에 잠이 깨었다. 비는 열린 창으로 마구 쏟아져 들어왔다. 누군가가 문을 두드렸다. 캐서린이 잠에서 깰까봐 조용히 걸어가서 문을 열었다. 바텐더가 서 있었다. 외투를 입고 젖은 모자를 손에 들고 있었다.
 "드릴 말씀이 있어서요, 중위님."
 "무슨 일이죠?"
 "좀 심각한 문제입니다."
 나는 주위를 둘러봤다. 방 안은 어두웠다. 창틈으로 스며든 빗물이 마루에 고여 있었다. "들어와요." 나는 그의 팔을 붙잡고 욕실로 끌고 들어갔다. 욕실 문을 걸어 잠그고 불을 켰다. 그러고는 욕조 가장자리에 앉아 물었다.
 "무슨 일이에요, 에밀리오? 문제가 생겼나요?"
 "내가 아니라 중위님 일입니다."
 "그래요?"

"내일 아침 사람들이 중위님을 체포하러 올 겁니다."
"나를?"
"그걸 알리려고 왔습니다. 시내에 나갔다가 카페에서 들었어요."
"알겠어요."
그는 젖은 외투 차림에 젖은 모자를 손에 든 채 가만히 서 있었다.
"왜 날 체포하려는 걸까요?"
"전쟁에 관련된 문제겠죠."
"그게 뭔지 알아요?"
"아니요. 다만 중위님이 전에 여기 묵었을 때는 장교였는데, 이젠 군복을 입지 않고 있다는 게 알려진 것 같습니다. 이번 퇴각이 있은 후 당국은 의심스런 사람은 누구든 잡아들이고 있습니다."
나는 잠시 생각하고는 말했다.
"몇 시쯤 체포하러 올까요?"
"내일 아침입니다. 시간은 잘 모르겠지만."
"어떡하면 좋을까요?"
그는 세면기 위에다 모자를 놓았다. 흠뻑 젖은 모자에선 물이 떨어졌다.
"체포될 이유가 없다면 걱정할 게 없겠죠. 하지만 어쨌든 체포되는 건 좋은 일이 아닙니다. 특히나 지금은."
"난 체포되고 싶지 않아요."
"그렇다면 스위스로 가시죠."
"어떻게요?"

"제 보트로요."

"폭풍우가 몰아치는데요?"

"폭풍은 지나갔습니다. 파도는 높지만, 괜찮을 겁니다."

"언제 떠나면 좋을까요?"

"지금 당장이요. 생각보다 빨리 체포하러 올지도 모르니까요."

"짐은 어떡하죠?"

"바로 짐을 꾸리세요. 부인한테도 당장 옷을 입으라고 하고요. 짐은 제가 맡아두겠습니다."

"여기서 기다려주겠어요?"

"그러겠습니다. 복도에 있다가 누구한테 들키면 안 되니까요."

나는 욕실 문을 열고 나와 문을 살짝 닫은 다음 침실로 들어갔다. 캐서린은 눈을 뜨고 있었다.

"무슨 일이죠?"

"별일 아냐. 지금 바로 옷을 갈아입고 보트로 스위스로 가자."

"당신은요?"

"나야 안 가고 싶지. 다시 침대로 들어가고 싶어."

"무슨 일이에요?"

"바텐더가 그러는데, 내일 아침에 날 체포하러 온대."

"그 바텐더 머리가 좀 이상한 거 아니에요?"

"천만에."

"그럼 서둘러야 하잖아요. 빨리 출발하게 준비해요."

그녀는 침대 한 귀퉁이에 일어나 앉았다. 아직 잠이 다 깬 것 같지는 않았다.

"욕실에 있는 사람이 그 바텐더예요?"

"그래."

"그럼 세수는 안 할래요. 저쪽 보고 있어요. 금방 갈아입을 테니까."

그녀가 잠옷을 벗자 흰 등이 보였지만 부탁대로 딴 쪽으로 고개를 돌렸다. 그녀는 임신으로 조금 부른 배를 나에게 보이고 싶어 하지 않았다. 나 역시 창문으로 부딪는 빗소리를 들으며 옷을 갈아입었다. 가방에 넣을 것은 별로 없었다.

"그 가방이 꽉 찼으면 내 가방에 넣어."

"거의 다 넣었어요. 바보 같은 질문일 수도 있지만, 바텐더는 왜 우리 욕실에 들어가 있는 거예요?" 그녀가 말했다.

"쉿! 우리 가방을 들어주려고 기다리고 있는 거야."

"참 친절한 분이네요."

"나와 오랜 친구야. 전에 그 사람에게 파이프 담배를 보내주려고 한 적도 있었어."

나는 열린 창을 통해 밖을 내다봤다. 밖이 너무 깜깜해 호수는 보이지 않고 그저 어둠과 빗줄기만 보였다. 바람은 꽤 가라앉아 있었다.

"난 준비 다했어요."

"좋아." 나는 욕실로 갔다. "가방 여기 있어요, 에밀리오." 바텐더는 두 개의 가방을 집어 들었다.

"도와주셔서 정말 고마워요." 캐서린이 말했다.

"천만에요. 부인." 에밀리오가 말했다. "전 다만 귀찮은 일에 개입되고 싶지 않아 도와드리는 겁니다. 가방을 종업원 전용 계단으로 들고 나가 보트까지 갈 테니, 두 분께선 산책하는 척 나가십시오."

"산책하기 좋은 밤이네요."

"짓궂은 날씨죠."

"우산이 있어 다행이에요."

우리는 복도를 지나 두꺼운 카펫이 깔린 넓은 계단을 내려갔다. 계단 아래 문 옆에 수위가 책상에 기댄 채 앉아 있다가, 우리를 보고서 깜짝 놀랐다.

"설마 외출하시려는 건 아니겠죠?"

"호숫가로 폭풍우 구경을 하러 가려고요."

"우산은 가지고 계십니까?"

"없어도 돼요. 이 외투는 방수가 되니까." 내가 말했다.

그는 의심쩍다는 듯 내 외투를 쳐다보더니 말했다. "우산을 하나 갖고 오겠습니다." 그는 안으로 들어가더니 큰 우산을 하나 가지고 왔다. "좀 큽니다, 손님." 나는 그에게 10리라짜리 지폐 한 장을 줬다. "정말 고맙습니다, 손님." 그는 그렇게 말하며 우리가 나가도록 문을 열어주었다. 우리는 빗속으로 나갔다. 수위는 캐서린에게 미소를 지었고, 그녀도 그에게 생긋 웃어주었다. "폭풍우가 몰아치니까 너무 오래 돌아다니진 마십시오. 완전히 젖을 테니까요. 선생님도 부인도." 그는 아직 보조 수위였고, 그의 영어는 이탈리아어를 직역한 수준에 지나지 않았다.

"곧 돌아오겠네." 내가 말했다. 우리는 큰 우산을 받쳐 들고 좁은 길을 걸어 비에 젖은 어두운 정원을 지나 거리로 나왔다. 그리고 거리를 가로질러 호숫가를 따라 나뭇가지가 덮인 오솔길을 걸었다. 이제 바람은 호수에서 바다 쪽으로 불고 있었다.

차디찬 습기를 머금은 11월의 바람이었다. 여기서 이렇게 차가운 바람이 분다면, 산간 지방에선 눈이 내릴 것 같았다. 우리는 부두에 도착해 쇠사슬로 매인 몇 척의 보트를 지나, 바텐더의 보트가 있는 곳으로 갔다. 바위에 부딪고 있는 물빛은 어두웠다. 그때 갑자기 바텐더가 나무 사이에서 튀어나왔다.

"가방은 보트 안에 뒀습니다."

"보트 대금을 치르고 싶어요." 내가 말했다.

"얼마나 가지고 계신데요?"

"그다지 많진 않아요."

"그럼 나중에 부쳐줘요. 그게 좋겠네요."

"얼마나요?"

"편하신 대로요."

"얼마인지 말해줘요."

"성공하면 5백 프랑 정도 부쳐줘요. 성공의 대가로는 그 정도 받아도 괜찮겠네요."

"알았어요."

"샌드위치 받아요." 그가 꾸러미를 하나 내밀었다. "브랜디랑 와인도 들어 있어요. 이게 술집에 있는 전부였어요."

나는 그것들을 가방 속에다 넣었다.

"이건 값을 치를게요."

"좋습니다. 그럼 50리라만 내십쇼."

나는 그에게 돈을 줬다. "브랜디는 고급이라 부인께도 좋을 겁니다. 빨리 부인을 보트에 태우세요." 그는 암벽에 부딪혀 위아래로 흔들리는 보트를 붙잡고 있었다. 나는 캐서린을 보트에 앉혔다. 고물에 앉은 그녀는 망토로 몸을 감쌌다.

"방향은 아십니까?"

"북쪽으로 가야 하죠?"

"얼마나 먼지 아십니까?"

"루이노를 지나야 한다는 건 알아요."

"칸네로, 카노비오, 트란차노도 통과해야 합니다. 브리사고에 도착해야 스위스 땅입니다. 몬테타마라를 지나서요."

"지금 몇 시예요?" 캐서린이 물었다.

"11시밖에 안 됐어." 내가 말했다.

"쭉 노를 저어 가시면, 아침 7시엔 도착할 수 있을 겁니다."

"그렇게 먼가요?"

"35킬로입니다."

"어떻게 해서 간담? 이런 빗속에선 나침반이 필요할 텐데."

"우선 벨라 섬을 향해 노를 저으세요. 그런 다음 마드레 섬 반대편에서 순풍을 타세요. 그 바람이 저절로 팔란차까지 데려다 줄 겁니다. 거기 가면 불빛이 보입니다. 그다음부터는 호수를 따라 가세요."

"바람 방향이 바뀔지도 모르잖아요."

"천만에요. 지금 불고 있는 바람은 사흘 동안 같은 방향으로 붑니다. 마타로네 고원에서 곧장 불어오는 바람이니까요. 물을 퍼낼 수 있도록 깡통을 하나 넣어뒀습니다."

"보트 값을 조금이라도 지불할게요."

"아닙니다. 나도 한번 운수를 시험해보죠. 성공하면 많이 보내줘요."

"알았어요."

"물에 빠지지는 않을 겁니다."

"고마워요."

"순풍을 타고 호수를 따라 쭉 올라가십시오."

"알았어요."

나는 보트에 올라탔다.

"호텔 객실료는 놓고 오셨습니까?"

"네, 봉투에 넣어 방에 놓고 왔어요."

"잘하셨습니다. 그럼 행운을 빌겠습니다, 중위님."

"잘 있어요. 정말 고마워요."

"물에 빠지면 고맙지도 않겠죠."

"저 사람 뭐라고 하는 거예요?" 캐서린이 물었다.

"행운을 빈다는 거야."

"당신에게도 행운이 있으시길 빌게요. 정말 고마워요." 캐서린이 말했다.

"준비됐습니까?"

"됐어요."

그는 허리를 굽혀 보트를 밀었다. 나는 노를 물속에 깊이 박고는 한 손을 흔들어 인사했다. 바텐더는 그러지 말라는 뜻으로 손을 저었다. 나는 호텔의 불빛이 보이지 않을 때까지 똑바로 저어 나갔다. 파도는 꽤 높았지만 우리는 바람을 타고 나아갔다.

37장

바람을 받으며 나는 어둠 속에서 계속 노를 저었다. 비는 그쳐 있었지만, 가끔 강한 바람과 함께 갑자기 다시 쏟아지기도 했다. 주위는 어두웠고 바람은 차가웠다. 고물에 앉아 있는 캐서린은 보였지만, 노 끝에 부딪는 물은 보이지 않았다. 기다란 노에는 미끄럼을 막는 가죽이 붙어 있지 않았다. 노를 끌어당겨 위로 들었다가 다시 몸을 굽혀 노를 물속에 담그며 되도록 힘을 들이지 않고 노를 저었다. 바람을 등지고 있어 노를 수평으로 빼지는 않았다. 그래도 결국 손에 물집이 잡히겠지만, 그런 상태는 최대한 늦추고 싶었다. 보트가 가벼워서 노를 젓는 것은 그다지 힘들지 않았다. 나는 어두운 호수를 저어나갔다. 주위가 잘 보이진 않았지만, 빨리 팔란차에 닿기를 바라면서.

그러나 팔란차는 보이지 않았다. 바람은 호수 위쪽에서 불어오고 있었다. 팔란차를 가린 어둠에 싸인 곳을 지났지만, 불빛은 하나도 보이지 않았다. 겨우 호수 저쪽에 깜박거리는 불빛이 보여 가까이 다가가니 인트라*였다. 오랫동안 우리는 불빛 한 점, 기슭 하나 보지 못한 채 파도에 실려 어둠 속을 노 저어 갔다. 가끔 파도가 솟구치면 어둠 속에서 헛되이 노질을 하기도 했다. 물결은 거칠었지만, 나는 쉬지 않고 계속 노를 저었다. 그러는 동안 갑자기 보트가 육지에 접근해서, 좌우에 까마득하게 솟은 바위 모서리에 부딪힐 뻔도 했다. 파도는 바위를 철썩 치며 높이 솟아올랐다가 다시 떨어졌다. 나는 온 힘을 다해 오른쪽 노를 잡아당기고 왼쪽 노를 뒤로 늦춰 다시 호수 한가운데로 나갔다. 뾰쪽하게 솟은 바위가 겨우 시야에서 사라졌다. 앞으로 계속 노를 저어 호수로 올라갔다.

"우리는 지금 호수를 건너고 있는 거야." 내가 캐서린에게 말했다.

"팔란차는 못 본 거 같은데요."

"지나쳤나봐."

"당신 괜찮아요?"

"괜찮아."

"나도 저을 수 있을 것 같아요. 조금은."

"아니, 괜찮아."

"퍼거슨은 어떡해요. 아침이면 우리가 떠난 걸 알 텐데." 캐서린이 말했다.

"난 그것보다 날이 밝기 전에 세관 감시원들에게 들키지 않고 스위스령으로 들어설 수 있을지가 걱정이야."

"아직 멀었어요?"

"30킬로쯤 남은 것 같아."

*마조레 호수 근처에 있는 소도시.

나는 밤새 노를 저었다. 결국 손바닥이 너무 아파 노를 쥘 수도 없을 지경이 되었다. 몇 번이고 뭍에 부딪혀 배가 뒤집힐 뻔했다. 호수 중간에서 방향을 잃고 시간을 낭비할까봐 기슭을 따라 노를 저었기 때문이다. 때로는 뭍에 너무 가까이 가 호수를 따라 쭉 뻗은 도로와 나무가 보일 때도 있었다. 비는 그쳤다. 바람이 구름을 쫓아버려 달빛이 새어 나오고 있었다. 뒤돌아보니 카스타뇰라의 길고 어두운 뾰쪽한 부분과 흰 파도를 일으키는 호수, 그리고 그 너머 눈 덮인 높은 산에 걸린 달이 보였다. 곧 구름이 달도 가로막아, 산도 호수도 보이지 않았다. 그러나 호수는 아까보다 훨씬 밝아져서, 호수의 기슭까지 똑똑히 보였다. 나는 팔란차 도로에 세관 감시원이 나와 있을까봐 보트를 도로 호수 한가운데로 끌고 나왔다. 구름 속에 가렸던 달이 다시 나와 산 중턱에 있는 흰 별장 몇 채와 나무 사이로 난 도로를 하얗게 비추었다. 나는 계속 노를 저었다. 호수의 폭이 넓어지면서 건너편 산기슭에 불빛이 몇 개 보였다. 루이노일 것이다. 저쪽 호수의 산과 산 사이에 쐐기 모양의 협곡이 보였다. 분명 루이노다. 그렇다면 꽤 시간을 번 셈이다. 나는 노를 배 위로 끌어 올리고는 그대로 드러누웠다. 녹초가 된 상태였다. 팔과 어깨와 등이 매우 아팠고, 두 손은 쓰라렸다. "우산을 펴 들고 있을게요. 이게 바람을 맞는 돛 역할을 할 거예요." 캐서린이 말했다.

"키를 잡을 수 있겠어?"

"그럴 수 있을 것 같아요."

"그럼 이 노를 겨드랑이에 끼고 키를 잡아봐. 우산은 내가 들고 있을게."

나는 고물로 가서 그녀에게 키를 잡는 방법을 가르쳐줬다. 그러고는 이물에 앉아 수위가 준 우산을 펼쳤다. 우산은 찰카닥 소리를 내며 펴졌다. 나는 우산 손잡이를 좌석에다 걸고 그 위에 앉아 우산 양 끝을 꼭 붙잡았다. 우산은 바람을 잔뜩 받았다. 온몸의 힘을 다해 양 끝을 잡고 있자니까, 보트는 빨려 들어가듯 앞으로 나갔다. 보트는 빠르게 마구 달렸다.

"아주 빨리 달리네요." 캐서린이 말했다. 나는 우산살밖엔 볼 수가 없었다. 우산은 팽팽히 당겨졌고 마치 우산을 타고 나가는 것 같았다. 나는 다리에 힘을 준 채 우산을 들고 있었다. 그때 갑자기 우산이 비틀어졌다. 우산살 하나가 부러져 이마에 닿는 게 느껴졌다. 나는 바람에 구부러지려는 우산 꼭대기를 붙잡으려 했다. 그러자 우산 전체가 이상한 모양으로 비뚤어지며 뒤집히고 말았다. 이전까지는 바람을 가득 실은 돛을 붙잡고 있는 모양새였다면, 우산이 뒤집히면서 찢어진 우산 손잡이에 앉은 꼴이 된 것이다. 나는 좌석에서 우산 손잡이를 빼서 우산을 이물에다 놓고는 노를 잡으러 캐서린 쪽으로 갔다. 그녀는 큰 소리로 웃고 있었다. 내 손을 잡으면서도 계속 웃었.

"왜 그래?" 나는 노를 집어 들었다.

"우산 붙잡고 있는 모습이 하도 웃겨서요."

"그랬겠지."

"화내지 말아요. 정말 재밌었다고요. 당신 몸이 20피트나 넓어진 것처럼 보였고, 그리고 죽어라 우산 양 끝을 붙잡고 있는 모습이……." 그녀는 숨이 넘어갈 듯 웃었다.

"노를 저을게."

"한잔하면서 좀 쉬어요. 굉장한 밤이에요. 그리고 우리 꽤

왔잖아요."

"보트가 파도에 휩쓸리지 않게 해야 해."

"마실 걸 줄게요. 좀 쉬어요."

나는 노 젓는 것을 멈추고 노를 수평으로 유지했고, 그런 채로 보트는 계속 앞으로 나아갔다. 캐서린은 가방에서 브랜디를 꺼내 내게 주었다. 나는 칼로 코르크 마개를 뜯고 술을 쭉 들이켰다. 술은 부드러우면서도 뜨거워 온몸이 훅 달아올랐다. 몸이 후끈후끈해지며 힘이 생겼다. "좋은 브랜디인데." 내가 말했다. 달은 또 가려졌지만 기슭이 보였다. 앞에는 또 하나의 곶이 호수 한가운데로 길게 뻗어 나와 있는 듯했다.

"이제 좀 따뜻해졌어, 캣?"

"아주 좋아요. 몸이 좀 뻣뻣해졌을 뿐이에요."

"그 물을 좀 퍼내. 그럼 발을 내려놓을 수 있을 거야."

나는 또다시 노를 젓기 시작했다. 노걸이가 삐걱거리는 소리와, 고물 좌석 밑에 고인 물을 퍼내는 깡통 소리가 들렸다.

"그 깡통 이리 줘. 물 좀 먹게." 내가 말했다.

"아주 더러운데."

"괜찮아. 헹구면 되지 뭐."

캐서린이 뱃전 너머 호수 물에 깡통을 담가 헹구는 소리가 들렸다. 그러고는 깡통에 물을 가득 떠서 내게 주었다. 나는 브랜디를 마셔 갈증이 난 상태였고, 물은 얼음처럼 찼다. 너무 차서 이가 시렸다. 나는 호숫가를 바라다봤다. 우리는 기다란 곶 가까이에 있었다. 앞쪽으로 만(灣)의 불빛들이 보였다.

"고마워." 나는 그녀에게 깡통을 돌려줬다.

"별 말씀을. 원하면 언제든 떠 줄게요." 캐서린이 말했다.

"당신, 배는 안 고파?"

"괜찮아요. 하지만 곧 배가 고파질 테죠. 그때까지 참아요."

"알았어."

나는 툭 튀어나온 길고 높은 지점을 돌아가려고 호수 한가운데로 배를 저었다. 이제 호수는 꽤 좁아져 있었다. 달이 또 얼굴을 내밀었다. 만일 세관 감시원이 순찰 중이었다면 수면에 떠 있는 우리 보트를 볼 수 있었을 것이다.

"기분이 어때, 캣?" 내가 물었다.

"괜찮아요. 여기가 어디쯤이죠?"

"8마일 이상은 안 남은 것 같아."

"아직도 갈 길이 머네요. 당신 힘들죠?"

"아냐, 괜찮아. 그저 손이 얼얼할 뿐이야."

우리는 계속 호수 위쪽으로 올라갔다. 오른쪽 둑의 산들 틈으로 낮은 호안선을 그리고 있는 평평한 곳이 있었다. 틀림없이 그곳이 카노비오*일 것 같았다. 나는 거기서부터 호수 안쪽 방향으로 노를 저었다. 그 근처에서 감시원에게 들킬 위험이 가장 높기 때문이었다. 저 멀리 반대편 호숫가에, 둥근 지붕을 덮어놓은 모양의 높은 산이 있었다. 나는 몹시 피곤했다. 남은 거리는 그다지 많지 않았지만, 몸 상태가 좋지 않아 몹시 멀게 느껴졌다. 스위스에 이르려면 다시 저 산을 지나 적어도 5마일은 더 가야 했다. 달은 거의 가라앉고 있었다. 완전히 가라앉기 전에 하늘엔 다시 한 번 구름이 끼어 사방이 몹시 어두워졌다. 잠시 더 저은 뒤 노를 잡은 채 휴식을 취했다. 바람이 노의 날

---

*이탈리아와 스위스 사이의 국경도시.

을 때렸다.

"내가 좀 저어볼게요." 캐서린이 말했다.

"그럴 필요 없어."

"노를 젓는 게 내 몸에 더 좋을 것 같아 그래요. 그래야 몸이 뻣뻣해지지 않을 거예요."

"난 그렇게 생각 안 해."

"아니라니까요. 적당하게 노를 젓는 건 임산부 건강에도 좋아요."

"알았어. 그럼 무리하지 말고 조금만 저어봐. 난 뒤로 갈 테니 당신이 이리 와. 뱃전을 단단히 붙잡고 와야 해."

나는 고물에 앉아 외투를 입고 깃을 세운 다음, 캐서린이 노를 젓는 모습을 쳐다봤다. 썩 잘 젓고 있었지만 노가 길어서 조금 힘들어 보였다. 나는 가방을 열고 샌드위치 두 조각을 꺼내 먹은 다음 브랜디를 한 모금을 마셨다. 그랬더니 한결 기분이 좋아졌다. 한 모금 더 마셨다.

"피곤하면 말해." 내가 말했다. 잠시 뒤에 다시 말했다. "노가 아기가 든 당신 배를 터뜨리지 않게 조심해."

"그렇게 되면 인생이 더 쉬워질 것 같은데요." 캐서린이 계속 노를 저으며 말했다.

나는 다시 브랜디를 마시고는 물었다.

"괜찮아?"

"좋아요."

"그만하고 싶으면 말해."

"알았어요."

나는 또 한 모금을 더 마신 뒤, 보트 뱃전을 붙잡고 이물로 왔다.

"괜찮아요. 잘 젓고 있잖아요."

"난 실컷 쉬었으니까, 이젠 당신이 고물로 가서 쉬어."

잠시 동안은 브랜디의 힘으로 손쉽게 쉬지 않고 노를 저을 수 있었다. 하지만 그 후로는 헛손질을 하기 시작했다. 브랜디를 마신 직후 너무 열심히 저어서인지 신트림까지 올라와 보트를 찰싹거리는 물살 속에 내버려둬야 했다.

"물 한 잔 주겠어?" 내가 말했다.

"네." 캐서린이 말했다.

날이 밝기 전에 이슬비가 내렸다. 바람은 잔잔해져 있었다. 호수가 굽은 부분에 있는 산에 막혀 부드러워진 것일 수도 있었다. 날이 밝기 시작하자, 나는 어디까지 왔는지는 생각도 않고 마구 노를 저었다. 어서 스위스령으로 들어가기만을 바라면서. 날이 완전히 밝았을 때 우리는 호숫가 근처에 이르렀다. 바위투성이의 호숫가와 나무들이 보였다.

"저게 뭐죠?" 캐서린이 말했다. 나는 노 젓는 손을 멈추고 귀를 기울였다. 호수 위를 달리는 모터보트 소리였다. 나는 호숫가 바로 옆에 보트를 바짝 대고 가만히 있었다. 모터 소리가 점점 더 가깝게 들리더니 뒤쪽에 모터보트가 비를 맞으며 나타났다. 고물에 세관 감시원 네 명이 타고 있었다. 알피니 모자를 깊숙이 쓰고, 망토 깃을 세우고, 카빈총을 메고 있었다. 아직 이른 아침이라 그런지 모두 졸린 얼굴이었다. 모자와 망토 칼라에 모두 노란색 마크가 붙어 있었다. 모터보트는 엔진 소리를 내며 그대로 빗속으로 사라졌다.

나는 다시 호수 한가운데로 노를 저었다. 국경 근처까지 와서 보초의 제지를 받고 싶지는 않았기 때문이다. 나는 호숫가가 바라보이는 데까지 나와, 빗속을 약 45분쯤 저어 나갔다. 또다시 모터보트 소리가 들렸다. 나는 그 엔진 소리가 호수 건너편으로 사라질 때까지 가만있었다.

"우리 이제 스위스에 온 것 같아, 캣." 내가 말했다.

"정말요?"

"스위스 군대가 보여야 확실해질 테지만."

"스위스 해군이나요."

"해군을 만나면 큰일 나. 웃을 일이 아니라고. 아까 그 모터보트에 탄 사람들도 해군일지 몰라."

"스위스로 들어가면 우리 거하게 아침을 먹어요. 거기 롤빵과 버터와 잼이 유명하잖아요."

날은 완전히 밝았고 가랑비가 내리고 있었다. 바람은 여전해 호수 바깥으로 흰 물결을 밀어내고 있었다. 이젠 확실히 스위스에 들어온 것 같았다. 호숫가 근처 숲에 집들이 보였고, 위로 뻗은 길엔 돌로 지은 집들과 언덕 위의 별장, 교회가 서 있는 마을이 있었다. 호숫가에 뻗어 있는 도로에 혹시 감시원이 있지나 않을까 살펴봤지만 아무도 보이지 않았다. 그때 도로변 카페에서 병사 한 명이 나왔다. 독일군과 비슷한 철모를 쓰고 있었다. 건강한 얼굴에, 칫솔 모 같은 조그만 콧수염을 기르고 있었다. 그 역시 우릴 보았다.

"손을 흔들어줘." 나는 캐서린에게 말했다. 그녀가 손을 흔들자, 병사는 어색한 미소를 지으며 손을 흔들었다. 나는 천천히 노를 저어 마을 부두 앞을 지났다.

"이젠 국경은 꽤 지난 것 같아."
"정말 그랬으면 좋겠어요. 국경에서 쫓겨나는 건 싫어요."
"거긴 이미 지난 것 같고, 여긴 세관이 있는 마을 같아. 분명 브리사고일 거야."
"이탈리아 사람은 없을까요? 세관엔 양국 사람들이 다 있잖아요."
"전쟁 중에는 안 그래. 이탈리아인은 국경을 넘을 수 없어."
경치 좋은 아담한 마을이었다. 부두에는 어선 몇 척과 여러 개의 그물도 널려 있었다. 11월의 가랑비 속에서도 거리는 활기차고 깨끗해 보였다.
"육지로 올라가 아침을 먹을까?"
"좋아요."
나는 왼쪽 노를 힘껏 당겨 부두로 다가가 보트를 댔다. 그러고는 노를 배 위로 끌어 올린 다음, 쇠사슬을 붙잡고 젖은 돌 위로 올라섰다. 드디어 스위스 땅을 밟은 것이었다. 나는 보트를 잡아맨 다음 캐서린에게 손을 내밀었다.
"자, 올라와, 캣. 기분이 아주 좋은데."
"가방은 어떡해요?"
"보트에 그대로 두지, 뭐."
캐서린도 올라왔다. 우린 함께 스위스 땅에 서 있었다.
"정말로 아름다운 나라예요."
"굉장하지?"
"이제 아침 먹으러 가요."
"정말 대단한 나라 아냐? 신발 밑으로 느껴지는 촉감도 좋아."
"몸이 얼얼해서 그것까지 느낄 순 없지만, 그래도 굉장히 아름다운 나라예요. 그 피비린내 나는 곳을 빠져나와 여기 와 있다는 게 실감이 나요?"
"응, 그래. 이렇게 생생한 기분은 생전 처음이야."
"저 늘어선 집들 좀 봐요. 광장도 멋지네요. 저기 아침 먹을 수 있는 곳이 있을 거예요."
"이 비도 좋지 않아? 이탈리아엔 이런 비는 안 내려. 기분 좋은 비야."
"그리고 우린 여기 있고요! 아, 믿겨져요?"
우리는 카페로 들어가 깨끗한 나무 테이블 앞에 앉았다. 둘 다 몹시 흥분해 있었다. 앞치마를 두른 깨끗한 차림의 여자가 주문을 받으러 왔다.
"롤빵과 잼과 커피요." 캐서린이 주문했다.
"죄송합니다. 전시엔 롤빵이 없습니다."
"그럼 식빵으로 주세요."
"토스트로 해서 드릴까요?"
"그게 좋겠네요."
"난 달걀 프라이도 먹고 싶어."
"몇 개나 해드릴까요, 신사분?"
"세 개요."
"네 개 해달라고 해요."
"네 개요."
여자가 가자, 나는 캐서린에게 키스를 하고 손을 꼭 쥐었다. 우린 서로의 얼굴을 쳐다본 후, 카페 안을 둘러봤다.
"참 좋은 곳이네요."
"최고야."

"롤빵이 없어도 상관없어요. 사실 밤새도록 롤빵만 생각했지만, 그래도 상관없어요. 그런 건 이제 아무래도 좋아요." 캐서린이 말했다.
"우린 곧 체포될 거야."
"괜찮아요. 그 전에 아침이나 먹어요. 그럼 체포돼도 괜찮을 것 같아요. 게다가 그 사람들이 우릴 어떡하겠어요. 우린 영국과 미국의 시민인데."
"당신, 여권 가지고 있지?"
"물론이죠. 그런 얘긴 이제 그만해요. 그냥 즐겨요."
"더 이상 즐거울 순 없을 것 같은데." 꼬리를 깃처럼 세운 살찐 회색 고양이 한 마리가 마루를 가로질러 우리 테이블 밑으로 왔다. 그러고는 내 다리에 몸을 비비며 가르랑 소리를 냈다. 나는 손을 뻗어 고양이를 가볍게 두드려줬다. 캐서린은 행복한 듯 내게 미소를 보냈다. "커피가 왔어요." 그녀가 말했다.

아침을 먹고 나서 얼마 후에 우리는 체포됐다. 마을을 잠깐 산책하다가 가방을 가지러 부두로 내려가니 병사가 보트를 감시하고 있었다.
"이거 당신들 보트입니까?"
"그렇습니다."
"어디서 오셨죠?"
"호수 저쪽에서요."
"그렇다면 저와 같이 가주셔야겠습니다."
"가방은 어떻게 할까요?"
"가지고 오세요."

나는 가방을 들고 캐서린과 나란히 걸었다. 병사는 뒤에서 따라오며 우리를 오래된 세관 건물로 데려갔다. 몹시 마르고 군기가 바짝 든 중위가 우리를 심문했다.

"국적을 대세요."

"미국과 영국입니다."

"여권을 보여주십시오."

나는 내 것을 그에게 주었고, 캐서린은 핸드백에서 자기 것을 꺼내줬다. 그는 오랫동안 여권을 들여다보더니 말했다.

"보트를 타고 스위스에 들어온 이유는 무엇입니까?"

"난 스포츠를 좋아해요. 그중에서도 조정(漕艇)을 가장 좋아하죠. 그래서 기회만 있으면 보트를 타고 노를 젓습니다."

"하필 왜 이곳으로 오셨습니까?"

"겨울 스포츠를 즐기려고요. 스위스는 겨울 스포츠를 하기 좋은 곳이잖아요. 그래서 여행을 온 거죠."

"이곳엔 겨울 스포츠를 할 만한 장소가 없습니다."

"알아요. 여기를 거쳐서 겨울 스포츠를 할 수 있는 곳으로 갈 작정이었어요."

"이탈리아에선 무슨 일을 하셨습니까?"

"나는 건축 공부, 내 사촌 누이동생은 미술 공부를 했습니다."

"왜 당신들은 이탈리아를 떠났습니까?"

"겨울 스포츠를 즐기고 싶어서였다니까요. 전쟁 중에는 공부를 할 수가 없거든요."

"여기서 기다리고 계십시오." 중위는 그렇게 말하더니 우리 여권을 가지고 건물 안으로 들어갔다.

"멋졌어요. 그냥 그런 식으로 밀고 나가요. 정말로 겨울 스포츠를 하고 싶었다고요." 캐서린이 말했다.

"당신 미술은 좀 알아?"

"루벤스는 알죠." 캐서린이 말했다.

"체구가 크고 뚱뚱한 여자를 그렸지."* 내가 말했다.

"티치아노도 알아요."

"적갈색 머리칼을 티치아노의 머리칼이라고 하지. 만테냐도 알아?"

"너무 어려운 건 묻지 마세요. 하지만 그 화가도 알긴 해요. 그림이 너무 신랄해요." 캐서린이 말했다.

"신랄하지. 사람 몸에 온통 구멍을 뚫어놨잖아."

"내가 훌륭한 아내라는 걸 알게 될 거예요. 세관원과 미술 얘기를 할 테니 두고 봐요."

"마침 오는군." 내가 말했다. 깡마른 중위는 우리 여권을 들고 세관 복도를 걸어 우리 앞에 오더니 말했다.

"당신들은 로카르노**로 이송될 겁니다. 병사 하나와 함께 마차로 이동할 겁니다."

"좋아요. 보트는요?" 내가 말했다.

"우리가 압수합니다. 가방을 수색하겠습니다."

그는 가방 두 개를 샅샅이 살피더니 1쿼트짜리 브랜디 병을 쳐들었다. "같이 한잔하시겠어요?" 내가 물었다.

"괜찮습니다." 그는 똑바로 몸을 일으키더니 말했다. "돈은

---

*화가 루벤스는 〈전쟁의 공포〉, 〈모피를 두른 엘렌 푸르망〉 등 대표작들을 통해서 크고 풍만한 여자의 누드를 주로 그렸다.
**스위스 남부 티치노 주에 있는 도시.

얼마나 가지고 계십니까?"

"2천5백 리라요."

그는 내 대답에 호감을 보이며 다시 물었다. "사촌 누이동생은 얼마나 가지고 계시죠?"

캐서린은 천2백 리라 조금 넘게 가지고 있었다. 중위는 역시 만족한 듯했다. 아까까지 우리를 얕보는 듯한 기색이 누그러졌다.

"겨울 스포츠 때문에 오셨다면 벵겐이 좋습니다. 거기 제 부친이 소유하신 훌륭한 호텔이 있습니다. 1년 내내 영업합니다."

"그거 좋은데요. 아버님 성함을 가르쳐주시겠어요?"

"명함에 써드리죠." 그는 아주 정중하게 명함을 내밀며 말했다. "병사가 당신들을 로카르노까지 모시고 갈 겁니다. 당신들 여권은 병사가 가지고 있어야 합니다. 죄송하지만 규칙이라서요. 로카르노에 도착하시면 비자나 경찰 허가증을 받으실 수 있을 겁니다."

그는 여권 두 개를 병사에게 주었다. 우리는 가방을 들고 마차를 잡으러 밖으로 나갔다. 중위가 우리를 호송할 병사를 부르더니 독일 사투리로 뭐라고 얘기했다. 그러자 총을 멘 병사가 우리 가방을 들어줬다.

"훌륭한 나라군." 내가 캐서린에게 말했다.

"일도 실용적으로 처리하네요."

"정말 감사합니다." 내가 중위에게 감사의 뜻을 표하자 그가 손을 흔들며 말했다. "공무를 했을 뿐입니다." 우리는 감시병을 따라 마을로 들어갔다.

병사가 마부 옆 앞자리에 앉자 마차는 로카르노를 향해 출발했다. 로카르노에 도착해서도 그다지 불쾌한 일은 없었다. 심문이 있기는 했지만 우리는 여권과 돈을 가지고 있었기에 정중한 대접을 받았다. 그들이 내 말을 곧이곧대로 믿는 건 아니었다. 내가 말도 안 되는 소리를 늘어놓기도 했지만, 그건 법정 앞에서 하는 증언과도 같아서 이치가 맞지 않아도 형식만 맞으면 됐다. 그 후론 설명할 필요도 없고 버티기만 하면 됐다. 우리는 여권도 가지고 있고 이 나라에서 돈도 쓸 거라고 말하자 임시 비자를 받을 수 있었다.

언제 취소될지 모르는 비자고, 가는 곳마다 그걸 경찰에 제출해야 한다고 했다.

어쨌거나 이것만 있으면 가고 싶은 곳엔 아무 데나 가도 됩니까? 물론이죠. 어디로 가고 싶나요?

"어디 가고 싶어, 캣?"

"몽트뢰."

"참 좋은 곳이죠. 마음에 드실 겁니다." 첫 번째 공무원이 말했다.

"여기 로카르노도 참 좋은 곳이죠. 마음에 드실 겁니다. 매력적인 곳이니까요." 두 번째 공무원이 말했다.

"겨울 스포츠를 하고 싶어서 몽트뢰에 가고 싶어요."

"거긴 그럴 만한 곳이 없습니다."

그러자 첫 번째 공무원이 입을 열었다. "실례지만 제가 몽트뢰 출신입니다. MOB* 철도상엔 확실히 겨울 스포츠를 즐길 수 있는 곳이 있습니다. 자네가 그걸 부정하는 건 잘못이야."

---

*몽트뢰-오베를랑-베르누아 철도의 약칭.

"부인하지는 않았어. 다만 몽트뢰엔 없다고 했지."
"그 말은 틀렸어. 난 그 말에 동의할 수 없어."
"난 맞다고 생각하는데."
"아니야. 난 몽트뢰 거리를 루지*를 타고 들어간 적이 있어. 그것도 한두 번이 아니라 여러 번. 루지도 확실히 겨울 스포츠야."

두 번째 공무원이 나를 돌아보며 말했다.

"당신들이 생각하신 겨울 스포츠가 루지인가요? 여기 로카르노에 계셔도 아주 즐거우실 텐데요. 기후도 좋고 환경도 아름다우니, 퍽 마음에 드실 겁니다."

"이 신사분은 몽트뢰로 가시겠다잖아."
"루지가 뭡니까?" 내가 물었다.
"봐. 이분은 루지란 말을 들어보신 적도 없잖아."

두 번째 공무원은 자신의 입장이 유리해졌다고 생각했는지 기분이 좋아 보였다.

"루지라는 건 터보건**을 말하는 겁니다." 첫 번째 공무원이 설명했다.

"아니야, 달라." 두 번째 공무원이 머리를 흔들며 말했다. "의견이 또 다른 것 같군. 터보건과 루지는 달라. 터보건은 캐나다에서 타는 얇은 판자로 만들어진 썰매고, 루지는 미끄럼쇠가 붙은 보통 썰매지. 정확하게 알아야지."

"터보건을 탈 순 없을까요?" 내가 물었다.

---

*빙판길을 달리는 썰매 혹은 썰매 경기.
**바닥이 편평하고 긴 썰매.

"물론 탈 수 있죠." 첫 번째 공무원이 대답했다. "얼마든지 탈 수 있습니다. 몽트뢰에선 캐나다제 고급 터보건을 팔고 있으니까요. 오크스 형제 상점이 직접 수입해서 팔고 있지요."

두 번째 공무원이 우리 쪽으로 돌아서며 말했다. "터보건은 특별한 활강 코스가 필요합니다. 그래서 터보건으론 몽트뢰 거리로 들어갈 수 없어요. 여기선 어디 묵고 계시죠?"

"아직 숙소를 잡진 못했어요. 방금 브리사고에서 왔거든요. 밖에서 마차가 기다리고 있어요." 내가 말했다.

"몽트뢰에 가시면 즐거울 겁니다." 첫 번째 공무원이 말했다. "기후도 좋고 경치도 좋으니까요. 멀리 가지 않아도 겨울 스포츠를 즐길 수 있고요."

"정말로 겨울 스포츠를 하고 싶으시다면, 엥가딘이나 뮈렌으로 가세요. 겨울 스포츠 장소로 몽트뢰는 아닙니다."

"몽트뢰 위쪽 레자방에선 모든 겨울 스포츠를 즐길 수 있어요." 몽트뢰 옹호자인 공무원이 동료를 노려보며 말했다.

"우린 이제 떠나야겠네요. 누이동생이 몹시 피곤한 것 같아서요. 우선 몽트뢰로 가보겠습니다."

"좋은 결정이십니다." 첫 번째 공무원이 악수를 청했다.

"로카르노를 떠난다면 분명히 후회하실 겁니다. 하여튼 몽트뢰에 가시면 먼저 경찰에 보고하세요." 두 번째 공무원이 말했다.

"경찰에서도 불쾌하게 대하진 않을 거예요. 그곳 사람들은 모두 더할 나위 없이 예의 바르고 친절하니까요." 첫 번째 공무원이 말했다.

"두 분 다 여러 가지로 고맙습니다. 조언 감사해요." 내가 말했다.

"안녕히 계세요. 두 분 다 정말 감사했어요." 캐서린이 말했다.

그들은 문까지 나와 우리에게 인사했다. 하지만 로카르노를 옹호했던 공무원은 약간 차가운 표정이었다. 우리는 계단을 내려가 마차에 올라탔다.

"맙소사, 좀 더 빨리 빠져나왔다면 좋았을 텐데." 캐서린이 말했다.

방금 공무원이 추천해준 호텔 이름을 마부에게 말하자 그는 고삐를 잡았다.

"잠깐만요. 우리랑 같이 온 병사가 아직 저기 있잖아요." 캐서린이 말했다. 나는 그제야 마차 옆에 서 있는 병사를 발견하고는, 그에게 10리라짜리 지폐 한 장을 주며 말했다. "아직 스위스 돈이 없어서요." 그는 나에게 고맙다고 말한 다음 경례를 하고 가버렸다. 마차가 호텔로 향하기 시작했다.

"왜 몽트뢰를 고른 거지? 당신 정말 몽트뢰로 가고 싶어?" 나는 캐서린에게 물었다.

"제일 먼저 생각난 게 거기였어요. 좋은 곳이잖아요. 산 위에서 좋은 곳을 찾을 수 있을 거예요." 그녀가 말했다.

"졸려?"

"지금도 반은 자는 거나 마찬가지예요."

"이제 곧 푹 쉬게 될 거야, 캣. 힘든 밤이었어."

"즐겁기도 했어요. 특히 당신이 우산을 돛 삼아 붙들고 있었을 땐."

"우리가 정말 스위스에 와 있다는 게 믿어져?"

"아니요. 믿어지지 않아요. 잠에서 깨면 꿈일까봐 두려워요."

"나도 그래."

"하지만 현실이에요, 그렇죠? 설마 당신을 배웅하려고 밀라노 정거장으로 마차를 타고 가는 건 아니겠죠?"

"나도 그게 아니길 빌어."

"그렇게 말하지 마요. 무서워요. 정말로 호텔로 가는 중일 거예요."

"너무 지쳐서 아무것도 모르겠어."

"당신 손 좀 보여줘요."

나는 두 손을 내밀었다. 두 손이 전부 껍질이 벗겨지고 물집이 잡혀 있었다.

"그래도 예수처럼 옆구리에 구멍은 안 났어." 내가 말했다.

"그런 죄받을 말은 하지 마요."

너무 피곤해 머리가 띵했다. 좀 전의 흥분은 흔적도 없이 가라앉아 있었다. 마차는 거리를 달려갔다.

"불쌍해라, 이 손 어떡해." 캐서린이 말했다.

"손 만지지 마. 여기가 어디지? 지금 어디로 가는 거죠?" 내가 말했다. 마부는 마차를 세우고는 말했다.

"메트로폴 호텔로요. 그곳으로 가시는 것 아닙니까?"

"맞아요." 내가 말했다. "제대로 가고 있어, 캣."

"모든 게 제대로 되고 있어요. 그러니 마음 가라앉혀요. 푹 자면 내일은 괜찮아질 거예요."

"완전 그로기 상태야. 오늘 하루는 꼭 한 편의 희극 오페라 같았어. 배도 고픈 것 같아."

"그냥 피곤해서 그래요. 곧 괜찮아질 거예요." 마차가 호텔 앞에 서자, 누군가가 우리 가방을 받아 들었다.

"이제야 기분이 좋아지네." 내가 말했다. 우리는 호텔 안으로 통하는 보도로 내려섰다.

"이제 곧 괜찮아질 거예요. 당신은 그저 피곤할 뿐이에요. 오랫동안 한잠도 못 잤으니까."

"어쨌든 우린 여기 있어."

"그럼요. 정말로 여기 있어요."

우리는 가방을 든 종업원 뒤를 따라 호텔로 들어갔다.

5부

38장

 그해에는 늦가을이 되어서야 눈이 내렸다. 우리는 소나무 숲으로 둘러싸인 산 중턱의 갈색 목조 산장에 살았다. 밤에는 서리가 내릴 만큼 추워 아침에 일어나면 서랍장 위 물그릇에 살얼음이 얼어 있었다. 구팅겐 부인이 아침 일찍 방으로 들어와 창문을 닫고 큰 옹기 난로에 불을 지펴줬다. 그럼 탁탁 소리를 내며 소나무 장작이 타오르기 시작했다. 잠시 후면 부인은 다시 굵은 장작과 더운 물이 담긴 주전자를 가져왔다. 방이 따뜻해지면 아침식사를 가져다줬다. 그럼 우린 침대에 앉아 아침을 먹으며 호수와 호수 너머 프랑스 쪽 산들을 바라봤다. 산봉우리는 눈으로 덮여 있고, 호수는 흐릿한 강철 빛을 띠고 있었다.
 산장 앞쪽에는 산으로 향하는 도로가 있었다. 수레바퀴가 남긴 울퉁불퉁한 자국에 서리가 얼어붙어 길은 쇳덩이처럼 단단했고, 숲을 지나 목장이 있는 데까지 나선형을 그리며 뻗어 올랐다. 그 숲 끝에 있는 목장의 헛간과 오두막에서는 저 멀리 계곡이 내려다보였다. 깊은 계곡 바닥을 흐르는 물은 호수로 흘러들어갔고, 그 계곡을 넘어 바람이 불어오면 물이 바위에 부딪혀 철썩이는 소리가 들렸다.

가끔 우리는 그 도로를 벗어나 소나무 숲 사이로 난 오솔길을 걸었다. 숲 바닥은 부드러워 걷기에 좋았다. 서리가 내려도 도로처럼 얼어붙어 딱딱해지지 않기 때문이었다. 사실, 우리는 밑창과 뒤꿈치에 징이 박힌 부츠를 신어서 단단한 도로를 걷는 데도 아무런 문제가 없었다. 징이 언 바큇자국에 미끄러지는 걸 막아주었기 때문이었다. 징 박힌 부츠를 신고 도로를 걸으면 기분이 좋아졌다. 하지만 숲 속을 걷는 건 정말 매력적이었다.

우리가 사는 산장 앞에서 산은 가파른 경사를 이루며 호숫가의 조그만 들판까지 뻗어 있었다. 우리는 햇볕이 잘 드는 현관에 앉아 산 중턱의 구불구불한 길과 그 아래 계단식 포도밭을 바라봤다. 겨울이라 포도 줄기는 죄다 앙상했고, 밭은 돌담으로 구분되어 있었으며, 밭 아래 좁은 들판엔 호수를 따라 집들이 서 있었다. 호수에는 두 그루의 나무가 있었는데, 마치 어선의 쌍돛처럼 보였다. 호수 건너편 산들은 험준하고 가팔랐으며, 호수 끝의 두 산맥 사이로는 론 계곡의 들판이 펼쳐져 있었다. 계곡 위편 산맥으로 가려진 부분에 당뒤미디 산이 있었다. 그 눈 덮인 산은 계곡을 내려다보듯 우뚝 솟아 있었지만, 너무 멀리 있어 여기까지 그림자를 드리우지는 못했다.

햇살이 환하게 비칠 때는 현관에서 점심을 먹었지만, 그 외에는 꾸미지 않은 수수한 나무 벽과 구석에 커다란 난로가 있는 2층의 작은 방에서 식사를 했다. 우리는 마을에서 책과 잡지, 그리고 호일*의 책도 한 권 사 와서, 둘이서 하는 여러 카드

놀이를 익혔다. 난로가 있는 작은 방이 우리의 거실이었다. 우리는 밥을 먹고 나면 편안한 의자 두 개와 책과 잡지를 읽는 테이블이 있는 그 거실에서 카드놀이를 했다. 구팅겐 부부는 아래층에 살고 있었는데, 저녁에 가끔 들려오는 그들의 말소리를 들으면 그들 역시 매우 행복하다는 걸 알 수 있었다. 남편은 호텔 급사장이었고 아내도 같은 호텔의 종업원이었는데, 함께 돈을 모아 이 집을 장만했다고 했다. 역시 급사장이 되려고 공부하는 아들 하나는 취리히에 있는 호텔에서 일하고 있었다. 아래층에는 와인과 맥주를 파는 넓은 가게가 있었다. 때때로 저녁이면 길에 짐마차 서는 소리와, 와인을 마시려고 계단을 올라오는 남자들 소리가 들렸다.

 거실 밖 복도에는 장작 한 상자가 놓여 있었고, 나는 그 장작으로 계속 난로에 불을 지폈다. 그러나 우린 밤 늦게까지 거실에 있지는 않았다. 어둠이 내리면 침대가 있는 큰 침실로 갔고, 나는 옷을 벗은 채 창문을 열고 밤과 차가운 별과 창 밑의 소나무들을 보다가 서둘러 침대에 들었다. 차고 맑은 공기와 창밖의 어둠에 둘러싸여 침대에 드는 건 정말 즐거웠다. 우리는 잘 잤다. 내가 밤에 잠을 깨는 이유는 단 한 가지였다. 그럼 나는 캐서린이 깨지 않게 가만히 깃털 이불을 덮어주고는, 볼 일을 보고 돌아와 얇은 이불의 가벼움과 포근함 속에서 다시 잠이 들었다. 전쟁은 마치 다른 대학의 풋볼 게임처럼 나와는 상관없게 느껴졌다. 그러나 아직 눈이 내리지 않았기 때문

---

*애드먼드 호일(1672~1769). 각종 카드 놀이 규칙을 집대성한 인물. '호일의 책'은 그의 저작뿐 아니라 게임 가이드북 전반을 가리키는 말이기도 하다.

에 산악 지대에선 여전히 전투가 계속되고 있다는 것은 신문을 통해 알고 있었다.

우리는 가끔 산을 내려가 몽트뢰까지 가곤 했다. 오솔길도 있었지만 너무 가팔라서 주로 들판의 넓은 도로를 이용했다. 넓고 단단한 그 길을 걸어, 우리는 포도밭 돌담 사이를 지나 마을의 집들 사이로 내려왔다. 셰르네, 퐁타니방, 그리고 이름을 잊어버린 또 하나의 마을을 지난 다음, 도로를 따라 산 중턱에 튀어나온 바위 위에 있는 사각형 형태의 오래된 석조 성을 지났다. 그 성은 계단식 포도밭 사이에 있었는데, 쓰러지지 않도록 말뚝에 매인 포도 줄기는 말라 갈색이 되어 있었고, 땅은 눈이 오기를 기다리고 있는 듯했으며, 아래쪽에 있는 잔잔한 호수는 강철 같은 잿빛이었다. 도로는 성 아래로 길게 뻗다가 다시 오른쪽으로 구부러졌는데, 그 길을 따라 매우 가파른 자갈길을 내려가면 몽트뢰가 나왔다.

몽트뢰에는 아는 사람이 아무도 없었다. 우리는 호숫가를 거닐며, 사람이 가까이 가면 공중으로 날아올라 호수를 내려다보며 소리를 지르는 백조와 갈매기, 그리고 제비갈매기를 보았다. 호수 가운데에는 조그맣고 까만 논병아리 떼가 긴 파문을 남기며 헤엄을 치고 있었다. 마을로 들어서면 대로를 따라 상점의 쇼윈도를 구경했다. 큰 호텔들은 대개 휴업 중이었지만 상점들은 대부분 열려 있어 우리를 반갑게 맞아주었다. 캐서린은 머리를 하러 깨끗한 미용실에 들어갔다. 미용실을 경영하는 부인은 아주 쾌활한 여자로, 몽트뢰에서 우리가 알게 된 유일한 사람이었다. 캐서린이 머리를 손질하는 동안,

나는 맥줏집에 가서 뮌헨 맥주를 마시며 신문을 읽었다. 나는 〈코리에레 델라 세라〉지와 파리에서 오는 영국과 미국 신문을 읽었다. 적과의 통신을 방지하기 위해서인지 광고는 까맣게 지워져 있었다. 신문에는 좋지 않은 내용이 많았다. 여기저기서 사태는 더욱 악화되어가고 있었다. 나는 흑맥주를 큰 잔으로 들고 구석에 앉아 셀로판 봉지를 뜯었고, 프레첼의 짭짤한 맛 덕분에 한결 좋아진 맥주 맛을 느끼며 비참한 내용의 전쟁 기사들을 읽었다. 캐서린이 올 때가 된 것 같은데도 오지 않자 나는 신문을 신문 걸이에 걸고 맥주 값을 치른 다음, 그녀를 찾으러 거리로 나갔다. 춥고 어두운 겨울이어서 건물의 돌까지도 차갑게 보였다. 캐서린은 아직도 미용실에 있었다. 미용사가 그녀의 머리에 파마를 하고 있었다. 나는 좁은 구석 자리에 앉아 그녀를 쳐다봤다. 파마 구경은 재밌었고, 캐서린은 흥분했는지 조금 잠긴 목소리로 웃으며 내게 재잘댔다. 고데기는 기분 좋은 딸깍 소리를 냈고, 나는 세 개의 거울을 통해 캐서린을 바라봤다. 미용실은 기분 좋고 따뜻했다. 미용사가 캐서린의 머리를 올리자, 캐서린은 거울을 보며 핀을 빼기도 하고 꽂기도 하며 약간 손질을 하더니 곧 일어섰다. "너무 오래 기다리게 해서 미안해요."

"그래도 남편분께서도 재밌으셨죠? 그렇죠?" 미용실 여주인이 미소를 지으며 말했다.

"네."

우리들은 밖으로 나와서 거리를 걸었다. 밖은 겨울 날씨답게 춥고 바람이 불었다. "당신을 진심으로 사랑해." 내가 말했다.

"너무 행복하지 않아요? 어디 가서 차 대신 맥주 한 잔 마셔요. 꼬마 캐서린에게도 맥주가 좋아요. 몸집을 조그맣게 만드니까." 캐서린이 말했다.

"꼬마 캐서린은 게으름뱅이야." 내가 말했다.

"이 애는 아주 얌전해요. 조금도 말썽을 부리지 않아요. 의사가 맥주는 내게도 좋고, 또 이 아이도 해준대요." 캐서린이 말했다.

"남자아이가 태어나면 경마 기수가 되겠군."

"이 애가 태어나면 결혼해야 해요." 캐서린이 말했다. 우리는 맥줏집의 구석 테이블에 자리를 잡았다. 밖은 어두워졌다. 시간은 아직 일렀지만 황혼이 빨리 찾아왔다.

"지금 당장 결혼해." 내가 말했다.

"싫어요. 지금은 창피해요. 임산한 표가 너무 나잖아요. 이런 상태로 사람들 앞에서 결혼하진 않을 거예요." 캐서린이 말했다.

"진작 결혼식을 할 걸 그랬어."

"그게 더 좋았을 것 같아요. 언제쯤 결혼하게 될까요?"

"나야 모르지."

"분명한 건, 이런 상태로 결혼식을 올리진 않겠단 거예요."

"당신, 전혀 아줌마 같아 보이지 않아."

"아니, 그렇게 보여요. 미용사가 첫 아기냐고 묻던걸요. 그래서 사내애 둘하고 계집애 둘이 있다고 거짓말했어요."

"언제 결혼할까?"

"아이를 낳고 몸이 날씬해지면 언제든지요. 모두가 선남선녀가 결혼한다고 생각할 만큼 멋진 결혼식을 올리고 싶어요."

"무슨 걱정거리는 없고?"

"내가 왜 걱정을 해요? 딱 한 번 기분이 상했던 적이 있었죠. 그때 밀라노 호텔에 있을 땐 매춘부가 된 기분이었거든요. 하지만 딱 7분간만 그랬어요. 게다가 방 안의 가구가 좀 그랬잖아요. 이젠 당신의 좋은 아내죠?"
"사랑스러운 아내지."
"그럼 형식적인 것엔 너무 신경 쓰지 말아요. 몸이 다시 날씬해지면 곧 결혼식을 올려요."
"그래."
"맥주 한 잔 더 해도 괜찮죠? 의사 선생님이 난 골반이 좁아서 꼬마 캐서린을 조그맣게 해놓는 게 좋다고 했어요."
"그 외 다른 얘기는 없었어?" 나는 걱정이 되었다.
"없었어요. 혈압도 정상이래요. 내 혈압이 좋다고 칭찬했어요."
"골반이 작은 것에 대해선 뭐라고 안 그래?"
"아무 말 없었어요. 전혀요. 다만 스키 타는 건 안 된다고 했어요."
"맞아."
"전에 타본 경험이 없다면 시작하기엔 너무 늦었다고 했어요. 하지만 넘어지지만 않으면 괜찮대요."
"그 사람 참 마음씨 좋은 농담꾼이군."
"정말 아주 좋은 사람이에요. 아이를 낳을 때 그분을 모셔와야겠어요."
"결혼해도 좋은지 그 사람에게 물어봤어?"
"결혼한 지 4년이라고 말한걸요. 내가 당신과 결혼하면 난 미국인이 되고, 미국 법률에 따라 이 아이도 합법적인 우리 자식이 돼요."

5부 377

"그건 어떻게 알았어?"

"도서관에 있는 《뉴욕 세계 연감》에서 찾아봤죠."

"대단한 여자야."

"미국인이 되면 아주 기쁠 거예요. 그리고 우린 미국으로 가게 되겠죠, 안 그래요? 나이아가라 폭포도 보고 싶어요."

"당신은 멋진 여자야."

"다른 것도 보고 싶은 게 많은데 생각이 안 나요."

"가축 사육장들?"

"아뇨, 생각이 안 나네요."

"울워스 빌딩*?"

"아뇨."

"그랜드캐니언?"

"아니에요. 하지만 그랜드캐니언도 보고 싶어요."

"보고 싶은 게 뭔데?"

"아 맞아, 금문교. 그게 보고 싶어요. 그건 어디에 있어요?"

"샌프란시스코."

"그럼 그리로 가요. 샌프란시스코에 가보고 싶어요."

"좋아, 그곳으로 가."

"이제 산으로 올라가요. 괜찮죠? MOB를 탈 수 있을까요?"

"5시 조금 너머 출발하는 차가 있어."

"그걸 타요."

"그래. 그 전에 난 맥주 한 잔 더 할게."

---

*현재까지도 뉴욕에서 가장 유명한 초고층 빌딩 중 하나로, 이 작품의 배경인 1910년대 초반에는, 세계에서 가장 높은 건물이었다.

밖으로 나와 거리를 걷다가 역까지 계단을 올라가는데 몹시도 추웠다. 론 계곡에서 불어오는 찬바람 때문이었다. 상점 창문엔 불이 켜져 있었고, 우리는 가파른 돌계단을 올라가 거리로 나와 또다시 돌계단을 올라가 정거장으로 갔다. 기차가 불을 환하게 켜고 대기 중이었다. 출발 시각을 가리키는 문자반은 5시 10분을 가리키고 있었다. 역 시계를 보니, 5분 후면 출발이었다. 우리는 기차에 올라탔고, 그제야 운전사와 차장이 역사의 와인 술집에서 나오는 게 보였다. 우리는 자리에 앉아 창문을 열었다. 난방 때문에 답답할 정도로 더웠다. 다행히 창문으로 차갑고 신선한 바람이 들어왔다.

"피곤해, 캣?"

"아뇨, 기분 좋아요."

"오래 타진 않을 거야."

"괜찮아요. 난 기차 타는 게 좋아요. 걱정 말아요. 기분 아주 좋으니까." 그녀가 말했다.

눈은 크리스마스 사흘 전까지도 내리지 않았다. 그러다 어느 날 아침 일어나보니 눈이 오고 있었다. 우리는 활활 타오르는 난로 옆의 침대 속에 나란히 누워 눈이 내리는 것을 바라봤다. 구팅겐 부인이 아침상을 치우고 난로에 장작을 더 지폈다. 엄청난 눈보라였다. 한밤중부터 내리기 시작했다고 그녀가 말했다. 창문으로 가서 밖을 내다봤지만, 건너편 도로는 눈 때문에 보이지 않았다. 바람도 눈발도 거칠었다. 나는 침대로 돌아와 누워서 캐서린과 이야기를 나눴다.

"스키를 탈 줄 알면 좋을 텐데. 그것도 못 타다니 난 형편없어요." 캐서린이 말했다.

"봅슬레이를 구해서 도로까지 내려가보자. 차를 타는 것보다 그게 더 좋을 거야."

"무리가 가진 않을까요?"

"해보면 알겠지."

"너무 무리가 가지 않으면 좋겠는데."

"좀 있다가 일단 눈길을 산책해보자고."

"점심 전에요. 그러면 식욕이 돋을 거예요." 캐서린이 말했다.

"난 언제나 배가 고픈데."

"나도 그래요."

우리는 눈 속으로 나갔지만 눈이 너무 쌓여 멀리 가지는 못했다. 내가 앞장서서 발자국으로 길을 만들며 역까지 내려갔다. 눈길이라 거기까지 가는 데도 너무 멀리 왔단 생각이 들었다. 눈보라가 시야를 가리고 있었다. 우리는 역 옆에 있는 조그만 술집으로 들어가 솔로 서로의 눈을 털어주고는 자리에 앉아 베르무트를 마셨다.

"엄청난 눈보라예요." 여자 바텐더가 말했다.

"네."

"올해는 눈이 퍽 늦게 왔어요."

"네."

"나 초콜릿 먹어도 되겠죠? 곧 점심 먹을 테니 그만둘까요? 하지만 난 항상 배가 고파요." 캐서린이 말했다.

"괜찮아, 가서 하나 골라서 먹어." 내가 말했다.

"개암 열매가 든 걸로 주세요." 캐서린이 말했다.

"그게 맛있어요. 저도 그걸 제일 좋아한답니다." 여자 바텐더가 말했다.

"난 베르무트 한 잔 더 주세요."

그곳을 나와 다시 아까 우리 발자국이 만든 길을 따라 돌아가는데, 그 길은 이미 눈으로 채워져 있어 희미한 흔적만 남아 있었다. 눈보라가 얼굴로 불어와 거의 앞을 볼 수 없었다. 우리는 눈을 털어내고 점심을 먹으러 우리 숙소 안으로 들어갔다. 구팅겐 씨가 점심을 가져왔다.

"내일은 스키를 탈 수 있겠군요. 스키를 타시나요, 헨리 씨?" 그가 말했다.

"아니요. 하지만 배우고 싶어요."

"쉽게 배울 수 있을 겁니다. 아들이 크리스마스를 보내려고 여기로 오는데, 녀석이 가르쳐드릴 겁니다."

"그거 좋네요. 언제 옵니까?"

"내일 밤에요."

우리는 점심을 다 먹고 좁은 방 난롯가에 앉아 눈 내리는 창밖을 내다봤다. 캐서린이 불쑥 말했다. "당신 혼자 어디 가고 싶진 않아요? 남자들끼리 스키를 탄다든가."

"아니. 내가 왜 그러고 싶겠어?"

"가끔은 나 말고 다른 사람을 만나고 싶을 거예요."

"당신은 그래?"

"아뇨."

"나도 마찬가지야."

"난 아기를 배고 있어서 아무것도 안 해도 만족감을 느끼지만, 당신은 달라요. 게다가 내가 요즘 바보스러울 정도로 수다스럽잖아요. 당신이 나한테 질리지 않으려면, 잠시 떠나도 좋다고 생각했어요."

"정말로 내가 당신 곁을 떠나길 바라?"

"아뇨, 옆에 있으면 좋죠."

"나도 그래."

"이리 와요. 당신 머리에 난 혹을 만져보고 싶어요. 혹이 아주 크네." 그녀는 손가락으로 혹을 만졌다. "턱수염 기르지 않을래요?"

"내가 수염을 기르면 좋겠어?"

"네. 당신이 턱수염 기른 모습을 보고 싶어요."

"좋아. 지금부터 길러볼게. 좋은 생각이야. 할 일이 생겼잖아."

"할 일이 없어 걱정이었어요?"

"아니, 난 지금 이 생활이 좋아. 즐겁잖아. 당신은 안 그래?"

"나도 좋아요. 하지만 내가 이렇게 배가 불러서 당신이 싫증을 느낄까 걱정이에요."

"아, 캣. 내가 당신을 얼마나 사랑하고 있는지 당신은 몰라."

"이런 상탠데도요?"

"난 지금의 당신 그대로를 사랑해. 우린 좋은 시간을 보내고 있어. 안 그래?"

"그래요. 하지만 당신이 따분해질까봐 걱정했어요."

"아냐. 가끔 전선이나 지인들 안부가 궁금하긴 하지만, 신경 쓸 거 없어. 난 어떤 것이든 많이 생각 안 하니까."

"누가 궁금해요?"

"리날디와 신부와 내가 알고 있는 많은 사람들. 하지만 그렇게 많이 생각하지는 않아. 전쟁은 생각하기 싫어. 난 전쟁과 이제 아무런 상관이 없어."

"지금은 뭘 생각해요?"
"아무 생각도 안 해."
"생각하고 있잖아요. 말해줘요."
"리날디가 정말 매독에 걸렸을까 생각했어."
"그게 전부예요?"
"응."
"그 사람 정말 매독에 걸렸어요?"
"나도 모르지."
"당신이 그 병에 걸린 게 아니어서 기뻐요. 당신 그런 병에 걸린 적 있어요?"
"임질에 걸린 적은 있지."
"듣기 싫어. 많이 아팠어요?"
"그랬지."
"나도 걸려볼 걸 그랬어요."
"말도 안 되는 소리."
"정말이에요. 당신처럼 그 병에 걸려 당신과 관계한 모든 여자들을 놀려주고 싶어요."
"그거 멋지겠는걸."
"당신이 임질에 걸린 모습을 상상하는 건 조금도 멋지지 않아요."
"그건 그래. 이제 눈 구경이나 하지."
"당신을 보고 있는 게 더 좋아요. 여보, 왜 머리를 기르지 않아요?"
"얼마나 기를까?"
"조금만 더 길게요."

"지금도 충분히 긴데."

"당신이 조금 더 기르고 나도 머리를 짧게 자르면, 우리는 비슷해 질 거예요. 하나는 금발이고 하나는 검은 머리란 것만 빼면."

"난 당신이 머리 안 잘랐으면 좋겠어."

"재밌을 거예요. 난 이제 이 머리에 질렸어요. 밤에 잠자리에서 아주 불편해요."

"그래도 난 좋아."

"내 머리가 짧아지는 게 싫어요?"

"그럴 거 같아. 지금 그대로가 좋아."

"짧은 게 좋을지도 몰라요. 그러면 당신과 비슷해지잖아요. 당신을 너무도 원해요. 아예 당신이 되어버렸으면 좋겠어요."

"벌써 그래. 우리는 한 몸이야."

"알아요. 밤에는 그래요."

"그래, 밤은 멋져."

"둘이 아주 완전히 섞여버렸으면 좋겠어요. 당신이 어디로 가는 건 싫어요. 아까도 말했잖아요. 가고 싶으면 가도 좋지만, 빨리 돌아와야 해요. 당신이 없으면 난 살 수 없어요."

"난 아무 데도 안 갈 거야. 당신이 곁에 없으면 난 불행해. 난 더 이상 나만의 삶은 갖지 않을 거야." 내가 말했다.

"난 당신이 당신 삶을 갖길 바라요. 멋있는 삶을요. 하지만 둘이서 함께 갖는 거예요, 알겠죠?"

"그런데 정말로 내가 수염을 기르길 원해?"

"길러요. 재밌을 거예요. 새해까지는 기를 수 있을 거예요."

"체스할까?"

"난 그냥 당신과 사랑을 나누고 싶어요."

"체스하자."
"그럼 체스 끝내고 사랑해줄 거죠?"
"응."
"좋아요."
나는 체스 판을 꺼내 말을 늘어놓았다. 밖에는 아직도 눈이 내렸다.

밤중에 한 번 잠에서 깼는데 캐서린도 깨어 있었다. 창밖으로 달이 빛나고 있어 침대 위에 창살 그림자가 드리워져 있었다.
"깼어요, 당신?"
"응. 당신은 왜 안 자?"
"깨버렸어요. 처음 당신을 만나 내가 거의 제정신이 아니었을 때를 생각하고 있었어요. 당신 그때 기억나요?"
"맞아. 당신은 좀 제정신이 아니었지."
"이제는 그렇지 않아요. 난 지금 행복해요. 당신도 행복하다고 말해줘요. 부드럽게, 행복하다고 해봐요."
"행복해."
"아, 달콤해. 그리고 난 지금 제정신이에요. 정말 정말 행복해요."
"어서 자." 내가 말했다.
"둘이서 똑같이, 동시에 잠들어요."
"좋아."
그러나 그렇게는 안 되었다. 나는 여러 가지를 생각하며, 달빛을 받은 채 잠들어 있는 캐서린의 얼굴을 바라보며 오랫동안 깨어 있었다. 그러다가 이윽고 나도 잠이 들었다.

39장

1월 중순쯤이 되자 내 수염은 제법 많이 자라나 있었고, 맑고 냉랭한 낮과 매섭게 추운 밤의 겨울이 계속되었다. 우리는 다시 도로에 나가 산책할 수 있었다. 건초를 실은 썰매와 장작을 실은 썰매, 산에서 잘라낸 통나무가 오르락내리락 하다보니 눈은 더욱 단단해져 도로는 미끄러웠다. 몽트뢰 근처까지 눈에 쌓여 있었다. 호수 건너편 산들도 온통 흰빛이었고, 론 계곡의 들판도 눈에 덮여 있었다. 우리는 산 반대편 쪽까지 한참 걸어서 뱅드랄리아*까지 갔다. 캐서린은 징 박힌 부츠에 망토를 입고 끝이 뾰족한 강철 지팡이를 들고 있었다. 망토에 그녀의 불룩한 배가 가려졌다. 우리는 너무 빨리 걷지 않도록 조심했으며, 그녀가 피로를 느끼면 멈춰 서서 길가 통나무에 걸터앉아 쉬었다.

뱅드랄리아의 숲 속에는 나무꾼들이 술을 마시는 술집이 있

*제네바 호수에 위치한 소도시.

었다. 우리는 난로를 피워 훈훈한 그 술집에 앉아 향료와 레몬이 든 따끈한 레드와인을 마셨다. 그들은 그걸 '글뤼바인'이라고 불렀는데, 몸을 따뜻하게 해주며 축하주로 좋은 술이었다. 술집 안은 어둡고 연기가 자욱했지만, 밖으로 나와 숨을 들이켜니 날카로운 찬 공기가 폐로 들어와 코끝이 무감각해질 정도였다. 술집 창문으로 불빛이 새어 나왔고, 마부의 말은 추위를 견디려고 발을 구르며 머리를 흔들어대고 있었다. 말의 콧잔등 위엔 서리가 서려 있었고, 숨을 내쉴 때마다 깃털 같은 김을 내뿜었다. 집으로 돌아가는 길은 미끄럽고 반들거렸으며, 나무를 나르는 도로가 갈라지는 지점까지는 말 발자국 때문에 길이 오렌지색이었다. 그 앞으로는 숲 사이로 깨끗한 눈길이 뻗어 있었다. 그렇게 돌아오는 길에 두 번이나 여우를 보기도 했다.

그곳은 경치가 좋았고, 외출할 때마다 늘 재미있었다.

"수염이 멋져요. 꼭 나무꾼 같아요. 당신, 조그만 귀걸이를 한 사람 봤죠?" 캐서린이 말했다.

"그는 영양 사냥꾼이야. 귀걸이가 더 잘 듣게 해줘서 귀걸이를 한대." 내가 말했다.

"정말요? 못 믿겠어요. 그냥 자기가 영양 사냥꾼이라는 걸 티내려고 하는 거겠죠. 이 근처에 영양이 있어요?"

"응. 당드자망 너머에."

"여우를 보니 재밌어요."

"여우는 잘 때 추위를 막으려고 꼬리로 몸을 감아."

"느낌이 좋을 것 같아요."

"나도 늘 그런 꼬리가 있으면 싶었어. 우리도 여우처럼 꼬리를 달고 있다면 재밌겠지?"

"옷 입기는 불편할 거예요."
"거기 맞는 옷을 만들거나, 옷 따위는 상관없는 나라에 살면 되지."
"우리는 지금도 모든 게 상관없는 나라에 살고 있잖아요. 아무도 만나지 않고 이렇게 사는 거, 정말 멋지지 않아요? 당신도 사람들 만나고 싶지 않죠?"
"응."
"우리 잠깐 여기에 앉을까요? 조금 피곤해요."
우리는 통나무에 바짝 붙어 앉았다. 도로 앞에는 숲을 가로지르는 내리막길이 있었다.
"이 애가, 이 장난꾸러기가 우리 사이를 갈라놓진 않겠죠?"
"그러지 못하게 해야지."
"돈은 충분해요?"
"충분해. 일람불어음을 은행에서 돈으로 바꿨어."
"스위스에 와 있는 걸 가족들이 알면 당신을 데려가려고 하지 않을까요?"
"그럴지도 모르지. 편지에 뭐라고 써 보내지 뭐."
"아직 편지 안 보냈어요?"
"아니, 일람불어음 지불 청구만 했지."
"당신 가족이 아니라는 게 다행이네요."
"전보를 칠게."
"가족에게는 신경 안 쓰는 거예요?"
"많이 싸운 다음부터는 관심이 없어졌어."
"난 당신 가족들이 좋아질 것 같아요. 아주 많이요."
"가족 얘기는 하지 마. 가족들이 걱정되기 시작하니까."

잠시 후 내가 말했다. "다 쉬었으면 다시 가지."
"다 쉬었어요."
우리는 다시 길을 내려갔다. 이제 사방은 어두워졌고, 장화 밑에서는 눈이 뽀드득 소리를 냈다. 밤은 건조하고 춥고 맑았다.
"난 당신 수염이 참 좋아요. 대성공이에요. 보기에는 뻣뻣하고 거칠어 보이지만, 부드럽고 기분 좋아요." 캐서린이 말했다.
"없는 것보다 있는 게 더 좋아?"
"네. 꼬마 캐서린을 낳을 때까지 나도 머리는 안 자를 거예요. 너무 배가 불러 이젠 완전히 임산부 같죠? 하지만 아이를 낳고 다시 날씬해지면 머리를 자를 거예요. 그리고 당신을 위해 아주 새롭고 색다른 소녀가 될게요. 같이 가서 자를까요? 아니면 나 혼자 자르고 와서 당신을 깜짝 놀라게 할 수도 있어요."
나는 아무 말도 하지 않았다.
"말리지는 않을 거죠?"
"아니. 재밌을 것 같아."
"당신은 멋져요. 나도 다시 날씬해져 사랑스럽게 보일 거예요. 당신을 흥분하게 만들 거고요. 그럼 당신은 다시 나를 사랑할 거예요."
"이런. 난 지금도 충분히 당신을 사랑해. 더 이상 뭘 원하는 거야? 날 아예 망가뜨리려고?"
"그래요. 당신을 망가뜨릴 거예요."
"좋아. 나도 그걸 원해." 내가 말했다.

40장

우리는 행복한 나날을 보냈다. 1월과 2월도 지났다. 겨울은 날씨가 좋았고 우리는 매우 행복했다. 따뜻한 바람이 불고 눈이 녹자 봄기운이 느껴지는 짧은 해동기가 있었지만, 다시 매서운 추위가 찾아와 겨울로 되돌아가곤 했다. 3월로 들어서자 비로소 겨울이 끝났다. 밤에는 비가 내리기 시작했다. 아침에도 계속 비가 내리자 눈길이 진창으로 변해 산 중턱의 경치는 보기 흉했다. 호수에도 계곡에도 구름이 끼어 있었다. 산 정상에도 비가 내렸다. 캐서린은 무거운 덧신을, 나는 구팅겐 씨의 고무장화를 신고 밖으로 나갔다. 점심 전에 술집에서 베르무트를 마실 생각이었다. 진창이 된 도로의 얼음을 씻어내는 빗속에서, 우리는 우산을 쓰고 역으로 걸어갔다. 빗소리에 귀를 기울이면서.

"마을로 내려가서 사는 거 어떻게 생각해?"

"당신은 어떻게 생각해요?" 캐서린이 되물었다.

"겨울이 지나고 비가 계속 오면 여기는 재미없을 거야. 꼬마 캐서린이 나오려면 얼마나 남았지?"

"한 달쯤요. 좀 더 늦을지도 모르고."

"산에서 내려가 몽트뢰에 머물까?"

"로잔*은 어때요? 거긴 병원도 있어요."

"하지만 거긴 너무 큰 도시 같아."

"큰 도시일수록 더 단둘이서만 있을 수 있어요. 그리고 로잔은 멋진 곳일 거예요."

"언제 갈까?"

"난 상관없어요. 당신이 원하는 때에 가요. 당신이 원하지 않으면, 나도 여길 떠나고 싶지 않아요."

"날씨가 어떻게 되는지 좀 두고 보자고."

비는 사흘 동안 내렸다. 역 아래 산 중턱의 눈도 완전히 녹아버렸다. 도로에는 눈 녹은 흙탕물이 빠르게 흘렀다. 너무 습하고 길도 진창이라 밖에 나갈 수가 없었다. 비가 내린 지 사흘째 되는 날 아침, 우리는 시내로 내려가기로 결정했다.

"괜찮습니다. 헨리 씨." 구팅겐 씨가 말했다. "방을 비운다고 미리 알릴 필요는 없었습니다. 어차피 이 악천후에 계속 머무르실 거라곤 생각 안 했습니다."

"아내 때문에 병원 가까운 데 있어야만 해요." 내가 말했다.

"알겠습니다. 언젠가 다시 오실 거죠? 아기와 함께요."

"네, 방이 있으면요."

"봄이 되어 날씨가 좋아지면 한 번 더 와서 즐기세요. 아기와 유모는 비워둔 큰 방을 주고, 선생님 부부는 호수가 내다보

*스위스 서부 레만 호 북쪽 연안에 있는 도시.

이는 지금 계신 방을 사용할 수 있을 겁니다."

"오게 되면 편지로 알리겠습니다." 내가 말했다.

우리들은 짐을 꾸리고 나서 점심식사 후에 전차로 떠났다. 구팅겐 부부는 우리를 역까지 배웅해주었다. 구팅겐 씨는 진창길을 마다 않고 썰매로 짐을 날라주기까지 했다. 그들은 비를 맞으며 역 모퉁이에 서서 손을 흔들어 작별 인사를 했다.

"참 친절한 사람들이에요." 캐서린이 말했다.

"우리에게 정말 잘해줬어."

우리는 몽트뢰 역에서 로잔행 열차를 탔다. 창밖으로 우리가 살던 쪽을 바라봤지만 구름 때문에 산은 보이지 않았다. 열차는 브베*에 정차했다가 한쪽에는 호수가, 다른 쪽에는 비에 젖은 갈색 밭과 헐벗은 나무들과 집들이 있는 곳을 지나치며 달렸다. 로잔에 도착해서는 중간 수준의 호텔에 투숙했다. 마차를 타고 거리를 가로질러 호텔 현관에 들어설 때까지도 비가 내렸다. 접은 옷깃에 놋쇠 열쇠들을 달고 있는 수위, 엘리베이터, 마룻바닥의 카펫, 번쩍거리는 장식이 달린 하얀 세면기, 놋쇠 틀의 침대, 넓고 편안한 침실, 그 모든 것이 구팅겐 씨 집에서 생활한 다음이라 그런지 호화롭게 보였다. 방 창문에서는 철 울타리가 둘러진 담으로 둘러싸인, 젖은 정원이 보였다. 가파르게 경사진 거리 건너편에도 비슷한 담과 정원이 있는 호텔이 있었다. 나는 정원 분수로 떨어지는 비를 지켜봤다.

캐서린은 방 안의 불을 모두 켜고 짐을 풀기 시작했다. 나는 위스키소다를 주문하고 침대에 누워 역에서 사 온 신문을 읽었

---

*몽트뢰 옆의 작은 소도시.

다. 1918년 3월, 프랑스에서 독일군의 공격이 시작되고 있었다. 캐서린이 짐을 풀면서 이리저리로 움직이는 동안, 나는 위스키소다를 마시며 신문을 읽었다.
"내가 꼭 사야 할 게 있다는 거 당신 알고 있죠?" 그녀가 말했다.
"뭔데?"
"아기 옷이요. 이렇게 될 때까지 아기 옷을 준비하지 않은 사람은 많지 않을 거예요."
"그럼 사도록 해."
"내일 사려고요. 필요한 걸 찾아봐야겠어요."
"당신은 잘 알 거야. 간호사였으니까."
"하지만 병원에서 임신을 시키는 군인은 거의 없어요."
"나는 그랬잖아."
그녀가 베개로 날 치는 바람에 위스키소다가 엎질러졌다.
"또 한 잔 주문할게요. 엎질러서 미안해요." 그녀가 말했다.
"어차피 조금밖에 남아 있지 않았어. 침대로 와."
"싫어요. 이제부터 난 이 방을 멋있게 만들겠어요."
"어떻게?"
"우리 집처럼."
"연합국 깃발을 걸어."
"아, 조용히 해요."
"또 한 번 말해봐."
"조용히 하라고요."
"아주 조심스럽게 말하는데? 누구의 기분도 상하게 하고 싶지 않은 것처럼." 내가 말했다.

"기분 상하게 하기 싫어요."

"그럼 침대로 와."

"알았어요." 그녀는 침대로 와서 앉았다. "나 보기 흉하죠? 큰 밀가루 통 같잖아요."

"천만에. 당신은 아름답고 상냥해."

"당신 아내가 되자마자 이런 보기 흉한 모습이 됐어요."

"그렇지 않아. 당신은 항상 더 아름다워지고 있어."

"다시 날씬해질 거예요."

"지금도 날씬해."

"당신 취했어요."

"위스키소다 딱 한 잔 마셨어."

"또 한 잔 갖고 올 거예요." 그녀가 말했다. "우리 저녁 주문해서 여기서 먹을까요?"

"그게 좋을 거 같네."

"우리 나가지 말아요, 괜찮죠? 오늘 밤은 방에만 있어요."

"그리고 재미있게 보내는 거야." 내가 말했다.

"나도 와인 좀 마실래요. 해롭지 않을 거예요. 우리가 마시곤 했던 화이트 카프리가 있을 거예요."

"있을 거야. 이 정도 호텔에는 이탈리아 와인이 있지."

종업원이 노크를 했다. 그는 얼음을 넣은 위스키가 든 유리잔과 소다수 작은 병을 쟁반에 가져왔다.

"고마워요. 거기 놔요. 저녁식사 2인분하고 독한 화이트 카프리 두 병, 얼음을 방으로 갖다 줘요." 내가 말했다.

"식사는 수프부터 시작하시겠습니까?"

"수프 먹을 거야, 캣?"

"네."

"1인분만 갖다 줘요."

"감사합니다." 그는 문을 닫고 나갔다. 나는 또다시 신문을 들고 전쟁 기사를 읽으며, 천천히 위스키 속 얼음 위로 소다수를 부었다. 다음부턴 위스키에 얼음을 넣지 말라고, 따로 갖다 달라고 해야지. 그럼 위스키가 얼마큼 남았는지 알 수 있고 소다수를 부어도 술맛이 싱거워지지 않을 테니까. 위스키를 한 병 사고, 얼음과 소다수는 따로 갖다 달라고 해야겠어. 그게 현명한 방법이야. 좋은 위스키는 정말 사람을 즐겁게 해. 인생의 즐거움 중 하나지.

"뭘 생각해요?"

"위스키 생각."

"위스키의 어떤 점을?"

"얼마나 좋은지를."

캐서린은 얼굴을 찡그리며 말했다. "정말 그래요."

우리는 그 호텔에 3주간 머물렀다. 나쁘지 않았다. 식당은 대개 비어 있었지만 저녁식사는 거의 방에서 했다. 우리는 산책을 하기도 하고 톱니식 궤도 철로로 우시*까지 가서 호숫가를 걷기도 했다. 날씨는 따뜻해져 봄 같았다. 그러자 산으로 돌아가고 싶었지만, 봄 같은 날씨는 겨우 며칠만 계속되었고, 겨울의 춥고 으스스한 날씨가 다시 찾아왔다.

캐서린은 거리로 나가 아기에게 필요한 물건들을 샀다. 캐

---

*스위스 로잔의 항구도시.

서린이 아침에 늦잠을 자는 사이엔, 대형 상가 건물 안에 있는 체육관으로 가서 운동 삼아 권투를 했다. 무늬만 봄인 가짜 봄날에, 권투한 후에 샤워를 하고, 봄기운이 도는 거리를 걷고, 카페에 들러 사람 구경도 하고, 신문을 읽고, 베르무트을 마시는 건 정말 즐거웠다. 그런 다음 호텔로 돌아와 캐서린과 함께 점심을 먹었다. 체육관 권투 사범은 콧수염을 기른 사람이었다. 주먹은 정확하고 빨랐지만 상대방이 달려들면 쩔쩔맸다. 그래도 체육관에 가면 유쾌했다. 공기도 좋고 밝기도 해서 나는 열심히 운동을 했다. 줄넘기도 하고 섀도복싱도 했으며, 열린 창으로 들어오는 햇빛을 받으며 마루에 누워 복부 운동도 했고, 때로는 사범과 권투 시합을 해서 사범을 놀라게 했다. 수염을 기른 채로 권투를 하고 있는 내 모양새가 이상해 보여, 처음에는 커다란 거울 앞에선 섀도복싱을 할 수 없었다. 그러나 마침내 그게 재밌게 느껴졌다. 권투를 시작하면서 수염을 깎아 버리고 싶었지만 캐서린이 말려서 그러지 못했다.

가끔 캐서린과 함께 마차로 교외로 나갔다. 화창한 날 마차를 타면 기분이 좋았고, 우리는 식사하기 좋은 장소를 두 군데 발견했다. 캐서린은 이제 멀리까지 걷지 못했으므로, 그녀와 마차로 시골길을 즐겨 달렸다. 날씨 좋은 날엔 유쾌한 시간을 보냈다. 출산일이 아주 가까워지자 조급함이 느껴졌고, 그래서 우리는 함께하는 시간을 조금도 헛되이 보내지 않았다.

41장

새벽 3시경, 캐서린이 침대 속에서 뒤척이는 소리에 잠에서 깼다.
"괜찮아, 캣?"
"진통이 오고 있어요."
"규칙적으로?"
"그렇지는 않아요."
"규칙적으로 진통이 오면 병원으로 가자."
나는 너무 졸려서 다시 잠들었다가 한참 후에 다시 일어났다.
"의사를 부르는 게 좋겠어요. 아기기 나오려나봐요." 캐서린이 말했다.
나는 전화가 있는 곳으로 가서, 의사에게 전화했다. "진통이 얼마나 자주 옵니까?" 그가 물었다.
"얼마나 자주 진통이 오지, 캣?"
"15분 주기예요."
"그렇다면 병원으로 오시는 게 좋겠습니다. 나도 옷 입고 곧 병원으로 가겠습니다." 의사가 말했다.

나는 전화를 끊고, 택시를 보내달라고 역 근처에 있는 차고에 전화를 했다. 오랫동안 전화를 받지 않았다. 마침내 한 남자가 전화를 받았고, 그는 즉시 택시를 보내겠다고 약속했다. 캐서린은 옷을 입었다. 그녀의 가방은 병원에서 필요한 자기 물건과 아이 물건으로 몽땅 채워졌다. 나는 복도로 나가 벨을 눌러 엘리베이터를 불렀다. 아무런 응답이 없었다. 나는 아래층으로 내려갔다. 아래층에는 야간 경비원 말고는 아무도 없었다. 나는 직접 엘리베이터를 올려 캐서린의 가방을 옮기고, 그녀를 태워서 아래층으로 내려갔다. 야간 경비원이 문을 열어주었고, 우리는 밖으로 나와 도로로 내려가는 계단 옆 돌바닥에 앉아 택시를 기다렸다. 청명한 밤이어서 별을 볼 수 있었다. 캐서린은 몹시 흥분한 상태였다.

"진통이 시작돼서 기뻐요. 이제 조금만 있으면 모든 게 다 끝날 거예요." 그녀가 말했다.

"당신은 멋지고 용감한 여자야."

"무섭지 않아요. 그래도 택시가 빨리 와야 할 텐데."

택시가 오는 소리가 들리더니 헤드라이트 불빛이 보였다. 택시가 차도로 들어서자 나는 캐서린이 타는 것을 도왔고, 운전사가 가방을 앞자리에다 놓았다.

"병원으로 갑시다." 내가 말했다.

우리는 도로를 벗어나 언덕 위로 달렸다. 병원에 도착해 우리는 안으로 들어갔고, 나는 가방을 날랐다. 접수대의 여자가 캐서린의 이름, 나이, 주소, 친척, 종교를 장부에다 적었다. 캐서린이 종교가 없다고 하자 여자는 그 칸에 줄을 그었다. 캐서린은 자기 이름을 캐서린 헨리라고 했다.

"제가 병실로 안내할게요." 여자가 말했다. 우리는 엘리베이터를 타고 위로 올라갔다. 여자는 엘리베이터를 세웠고, 우리는 밖으로 나와 그녀를 따라 복도를 걸어갔다. 캐서린은 내 팔을 꼭 잡고 있었다.

"이곳이 병실입니다. 옷을 벗고 침대에 누워 계시겠어요? 여기 잠옷이 있어요." 여자가 말했다.

"잠옷은 가지고 왔어요." 캐서린이 말했다.

"이 잠옷을 입으시는 게 나을 겁니다." 여자가 말했다. 나는 밖으로 나와 복도에 있는 의자에 앉았다.

"이제 들어오세요." 여자가 문을 열고 말했다. 캐서린은 올이 투박해서 마치 시트 천으로 만든 것 같은 네모난 무늬의 잠옷을 입고 좁은 침대에 누워 있었다. 그녀는 내게 미소 지었다.

"진통이 와요." 그녀가 말했다. 여자가 그녀의 손목을 잡고 손목시계로 진통이 오는 간격을 측정하고 있었다.

"이번 건 굉장했어요." 캐서린이 말했다. 그녀의 표정에서 진통이 컸다는 것을 알 수 있었다.

"의사 선생님은 어디 계시죠?" 내가 여자에게 물었다.

"지금 주무시고 계십니다. 필요할 땐 이리로 오실 겁니다."

"저는 부인께 분만 전 조치를 해야 합니다. 다시 나가 주시겠어요?" 간호사가 말했다.

나는 복도로 나왔다. 창이 두 개 있고, 복도 끝에 꼭 닫힌 문이 있는 텅 빈 복도였다. 병원 냄새가 났다. 나는 의자에 앉아 마루를 내려다보며 캐서린을 위해 기도했다.

"들어오세요." 간호사가 말했다. 나는 들어갔다.

"안녕, 자기." 캐서린이 말했다.

"어때?"

"이제 진통이 너무 자주 와요." 그녀는 얼굴을 찌푸리더니 미소를 지었다.

"이번 진통은 진짜였어요. 내 등에 다시 손을 얹어주세요."

"도움이 된다면 그렇게 하죠." 간호사가 말했다.

"나가줘요, 자기. 밖에 나가서 뭘 좀 먹고 와요. 간호사가 상당히 오래 이럴 거래요." 캐서린이 말했다.

"초산은 대체로 진통이 좀 오래갑니다." 간호사가 말했다.

"밖에 나가서 뭘 좀 먹고 와요. 난 괜찮으니까." 캐서린이 말했다.

"아니 여기 있을게." 진통은 규칙적으로 반복되었고, 그러다가 또 가라앉곤 했다. 캐서린은 매우 흥분하고 있었다. 진통이 심해지면 그게 좋은 거라며 자랑스러워했다. 그러다가 진통이 가라앉으면 실망하고 부끄러워했다.

"자기, 밖으로 나가줘요. 당신이 거기 있으니까 신경이 쓰여요." 그녀의 얼굴은 굳어져 있었다. "이번 진통은 좋았어요. 난 좋은 아내가 되고 싶어요. 그리고 바보 같은 모습 보이지 않고 이 아이를 낳고 싶어요. 나가서 아침 먹어요. 그러고 나서 와요. 당신이 여기 없어도 섭섭하지 않아요. 간호사님도 잘해주시고요."

"아침 드실 시간은 충분해요." 간호사가 말했다.

"그럼 다녀올게. 잘 있어."

"다녀와요. 내 몫까지 먹고 와요." 캐서린이 말했다.

"아침을 먹을 수 있는 곳이 어디죠?" 내가 간호사에게 물었다.

"이 길로 내려가시면 아래쪽 광장에 카페가 있어요. 아마 지금쯤은 열었을 거예요." 그녀가 말했다.

바깥은 날이 밝아지고 있었다. 나는 카페까지 텅 빈 거리를 걸어갔다. 창에 불이 켜져 있었다. 나는 안으로 들어가 함석으로 된 카운터 앞에 섰고, 노인이 화이트와인 한 잔과 브리오슈*를 줬다. 브리오슈는 어제 만든 것이었다. 나는 그걸 와인 속에 담그고, 커피를 한 잔 마셨다.

"이런 시간에 뭘 하고 있어요?" 노인이 물었다.

"아내가 병원에서 아이를 낳는 중입니다."

"그래요? 행운을 빕니다."

"와인 한 잔 더 주세요."

노인이 와인을 잔에다 따르다가 조금 흘려 함석 카운터 위로 떨어졌다. 나는 와인을 마시고 계산을 한 다음 밖으로 나왔다. 길가에는 집집마다 내놓은 쓰레기들이 청소부를 기다리고 있었다. 개 한 마리가 쓰레기통에 코를 박고 있었다.

"뭘 원하니?" 나는 개에게 묻고는, 개를 위해 꺼내줄 것이 있나 하고 쓰레기통 속을 들여다봤다. 커피 찌꺼기와 먼지 그리고 마른 꽃이 몇 개 있을 뿐이었다.

"아무것도 없어, 이 친구야." 개는 거리를 가로질러 가버렸다. 나는 병원으로 들어가 캐서린이 있는 층까지 계단을 올라 그녀의 병실까지 걸어갔다. 문을 두드렸으나, 아무런 대답이 없었다. 문을 열었다. 의자 위에 캐서린의 가방이 있고 벽에는 그녀의 가운이 걸려 있을 뿐, 방은 비어 있었다. 나는 사람을

---

*버터와 계란을 일반 빵보다 듬뿍 넣어 만든 프랑스의 대표적인 빵.

찾으려고 밖으로 나와 복도를 걸었다. 그러다가 간호사 한 명을 만났다.
"헨리 부인은 어디 있죠?"
"어떤 부인이 방금 분만실로 갔어요."
"분만실이 어디죠?"
"이쪽으로 오세요."

그녀는 나를 복도 끝으로 데려갔다. 문이 조금 열려 있었다. 이불을 덮고 침대에 누워 있는 캐서린을 볼 수 있었다. 한쪽에는 간호사가, 반대쪽에는 의사가 몇 개의 원통 옆에 서 있었다. 의사는 한 손에 튜브가 달린 고무 마스크를 들고 있었다.
"가운을 드릴 테니, 입고 들어가세요." 간호사가 말했다. "여기로 오세요."

그녀는 나에게 흰 가운을 입히고, 등 쪽 목 있는 곳에 안전 핀을 꽂아주었다.
"이제 들어가세요." 그녀가 말했다. 나는 분만실 안으로 들어갔다.
"안녕, 자기. 아직 안 끝났어요." 캐서린이 긴장한 목소리로 말했다.
"헨리 씨인가요?" 의사가 물었다.
"네. 좀 어떻습니까, 선생님?"
"괜찮습니다. 진통을 완화해주는 마취 가스를 주입하려고 이 방으로 왔습니다." 의사가 말했다.
"지금 마취를 해주세요." 캐서린이 말했다. 의사는 고무 마스크를 그녀의 얼굴에다 대고 다이얼을 돌렸고, 나는 캐서린이 깊고 빨리 숨을 쉬는 모습을 지켜봤다. 그런 다음, 그녀는 마스크를 떼었다. 의사가 작은 마개를 비틀었다.

"이번엔 그리 심하지 않았어요. 좀 전에 큰 게 왔었어요. 의사 선생님이 견디게 해주셨어요. 그렇죠, 선생님?" 그녀의 목소리가 이상했다. "선생님"이라는 단어에서 목소리가 높아졌다.

의사는 미소 지었다.

"다시 해주세요." 캐서린이 말했다. 그녀는 고무 마스크를 얼굴에다 꼭 대고는 빠르게 호흡했다. 그녀는 신음 소리를 내더니, 잠시 후 마스크를 떼고 미소를 지었다.

"이번 것도 컸어요. 정말 컸어요. 하지만 걱정 말아요. 밖으로 나가 아침을 먹고 와요."

"그냥 여기 있을게." 내가 말했다.

우리가 병원으로 간 것은 새벽 3시쯤이었다. 정오에 캐서린은 여전히 분만실에 있었다. 진통은 또다시 가라앉았다. 그녀는 매우 피곤하고 지쳐 보였지만 여전히 쾌활했다.

"잘 안 돼요. 미안해요. 쉽게 끝날 줄 알았는데. 지금 또 진통이 있네요." 그녀는 손을 뻗어 마스크를 집어 얼굴에 갖다 댔다. 의사는 다이얼을 돌리며 그녀를 자세히 살폈다. 잠시 후에 진통이 그쳤다.

"대단하진 않았어요. 난 마취 가스를 좋아하는 바보예요. 이거 참 대단해요." 캐서린이 말했다.

"집에 몇 개 사둘게." 내가 말했다.

"아, 또 와요." 캐서린이 급하게 말했다. 의사는 다이얼을 돌리고 시계를 봤다.

"간격이 어느 정도입니까?" 내가 물었다.

"약 1분입니다."

"점심은 안 드셨습니까?"

"곧 먹을 겁니다." 그가 말했다.

"뭘 좀 드세요. 선생님. 너무 오래 걸려서 죄송해요. 남편이 마취 가스를 주입해주면 안 될까요?" 캐서린이 말했다.

"원하신다면……." 의사가 말했다. "2라고 쓰인 숫자까지 돌리세요."

"알겠습니다." 내가 말했다. 다이얼 위에는 손잡이로 돌릴 수 있는 바늘이 있었다.

"지금이에요." 캐서린이 말했다. 그녀는 얼굴에다 마스크를 꼭 댔다. 나는 다이얼을 2라는 숫자까지 돌렸고, 캐서린이 마스크를 떼자 나는 가스가 안 나오게 다이얼을 다시 제자리로 돌렸다. 나에게 뭔가 할 일을 준 의사가 매우 고마웠다.

"당신이 했어요?" 캐서린이 물었다. 그녀는 내 손목을 쓰다듬었다.

"물론."

"당신 멋져요." 그녀는 가스를 마셔 약간 몽롱했다.

"그럼 옆방에서 간단히 식사를 하겠습니다. 언제든지 불러주세요." 의사가 말했다. 잠시 후 의사가 식사를 한 후 침대에 누워 담배를 피우는 모습이 보였다. 캐서린은 더욱더 지쳐 있었다.

"내가 정말 아이를 낳을 수 있을까요?" 그녀가 물었다.

"물론이지, 당신은 할 수 있어."

"할 수 있는 데까지 노력하고 있어요. 힘을 주면 진통이 금방 사라져버려요. 아, 또 시작됐어요. 마취 가스를 줘요."

2시에 나는 밖으로 나가 점심을 먹었다. 카페에는 남자 몇 명이 테이블에 커피와 키르슈인지 마르인지가 담긴 술잔을 놓고 앉아 있었다. 나는 자리에 앉았다. "식사할 수 있어요?" 웨이터에게 물었다.

"점심시간이 지났습니다."

"뭐 먹을 거 없어요?"

"슈크루트는 있습니다."

"그럼 슈크루트와 맥주를 줘요."

"반 잔 드릴까요, 한 잔 드릴까요?"

"약한 걸로 반 잔 줘요."

웨이터는 와인으로 절인 따뜻한 양배추 속에 소시지와 얇게 썬 햄을 넣은 슈크루트 한 접시를 가져왔다. 나는 그걸 먹고 맥주를 마셨다. 그래도 배가 고팠다. 카페 안에 있는 사람들을 둘러봤다. 한 테이블에선 사람들이 카드놀이를 하고 있었다. 옆 테이블에선 두 남자가 담배를 피우며 떠들고 있었다. 카페 안은 연기로 자욱했다. 내가 아침을 먹었던 함석 바 뒤엔 세 사람이 있었다. 주인 노인과 카운터 뒤에 앉아 테이블에 내놓을 음식을 일일이 검사하고 있는 검은 옷을 입은 통통한 여자, 그리고 앞치마를 두른 젊은이였다. 그 여자는 아이를 몇이나 낳았을까, 아이를 낳을 때 어땠을까.

슈크루트를 다 먹고 다시 병원으로 향했다. 거리는 이제 깨끗했다. 쓰레기는 하나도 없었다. 하늘은 흐렸지만 곧 다시 해가 나올 것 같았다. 나는 엘리베이터를 타고 위로 올라가서, 내 흰 가운을 벗어놨던 캐서린의 병실을 향해 걸어갔다. 가운을 입고 목 있는 곳을 핀으로 꽂았다. 거울을 보니, 마치 내가 수염을 기른 돌팔이 의사 같았다. 나는 분만실을 향해 걸어갔다. 문이 닫혀 있어 노크를 했다. 아무 대답도 없어 손잡이를 돌려 안으로 들어갔다. 의사가 캐서린 옆에 앉아 있었다. 간호사는 한쪽 구석에서 무언가를 하고 있었다.

"남편께서 오셨습니다." 의사가 말했다.

"아, 이분은 매우 훌륭한 의사 선생님이에요." 캐서린은 아주 이상한 목소리로 말했다. "방금도 재밌는 얘기를 해주셨고, 진통이 심했을 땐 진통도 제거해주셨어요. 선생님은 훌륭해요. 대단한 의사 선생님이세요."

"당신 마취 가스에 취했어."

"알아요. 그래도 그런 소리 말아요." 그런 다음, 캐서린은 다시 말했다. "그거 줘요. 그거 줘요." 그녀가 마스크를 움켜쥐고 짧고 깊은 숨을 헐떡이자 가스 흡입기에서 딸깍 소리가 났다. 그런 다음 그녀는 긴 한숨을 내쉬었고, 의사는 왼손으로 마스크를 떼었다.

"이번 진통은 너무 컸어요." 캐서린의 목소리가 아주 이상했다. "이젠 죽지 않아요. 죽을 고비는 넘겼어요. 기쁘지 않아요?"

"죽을 고비라니, 그런 소리 마."

"안 할게요. 죽는 게 무섭지는 않지만, 나는 죽지 않을 거예요."

"그런 바보 같은 말 하지 마세요." 의사가 한마디했다. "부인은 죽지 않을 거고, 남편을 혼자 남겨두지도 않을 겁니다."

"맞아요. 난 죽지 않을 거예요. 안 죽어요. 죽는 건 바보 같은 거예요. 또 시작이야. 그거 줘요."

얼마 지나지 않아 의사가 말했다. "헨리 씨, 잠깐 밖으로 나가주세요. 진찰을 해야겠습니다."

"내가 어떤지 진찰하는 거예요. 끝나면 다시 와요. 그래도 되죠, 선생님?" 캐서린이 말했다.

"네. 들어오셔도 좋을 때 알려드리죠." 의사가 말했다.

나는 문밖으로 나와, 캐서린이 아이를 낳은 뒤에 있게 될 병실을 향해 복도를 걸어갔다. 나는 그 병실 의자에 앉아 안을 둘러봤다. 점심을 먹으러 갔을 때 샀던 신문이 윗옷 주머니에 있었다. 나는 그것을 꺼내 읽었다. 밖은 어두워지기 시작해서 신문을 읽으려면 전등을 켜야 했다. 잠시 후 나는 읽는 것을 멈추고, 불을 끄고 어두워지는 밖을 보았다. 왜 의사는 나를 부르러 사람을 보내지 않을까? 내가 없는 게 더 나은가? 내가 잠시 동안 나가 있기를 원한 걸까? 손목시계를 보았다. 10분 뒤에도 사람을 보내지 않으면 가봐야겠다고 생각했다.

내 가여운 캣, 이것이 나와 자서 당신이 치르는 대가야. 이것이 사랑이라는 함정에 걸린 결말, 사랑해서 얻는 고통이야. 어쨌든 신이여, 마취 가스는 감사합니다. 마취제가 나오기 전에는 어땠을까? 일단 진통이 시작되면 물방아처럼 멈출 줄 모르는 법이다. 캐서린은 임신 중엔 좋은 시간을 보냈다. 나쁘지 않았다. 입덧도 거의 없었다. 거의 마지막까지 그다지 심한 불편함은 없었다. 그러다가 마지막인 지금에야 진통이 그녀를 붙잡았다. 달아날 수도 없었다. 달아나다니! 50번을 결혼해도 마찬가지 고통을 겪을 것이다. 그녀가 죽으면 어떡하지? 아냐, 그녀는 죽지 않아. 요즘 사람들은 아기를 낳다 죽지 않아. 모든 남편들처럼 나 역시 그렇게 생각했다. 하지만 혹시라도 그녀가 죽으면? 아냐, 죽지 않을 거야. 단지 힘든 시간을 보내고 있는 거야. 초산은 대개 오래 걸려. 그녀는 단지 힘든 시간을 보내고 있을 뿐이야. 나중에 내가 '정말 힘든 시간이었지'라고 말하면, 캐서린은 '사실은 그렇게 힘들진 않았어요'라고 말하겠지. 그러나 만약 그녀가 죽으면? 아냐, 그녀가 죽을 리 없어. 하지만 만약에라도 죽는다면? 그녀는 죽지 않아. 바보 같은 생각은 그만두자. 단지 힘든 시간을 견디는 것뿐이야. 그녀가 지옥만큼 힘든 건 당연해. 초산이니까. 초산은 거의 항상 오래 걸리니까. 그래, 하지만 만일 그녀가 죽는다면? 아냐, 그럴 리 없어. 왜 그녀가 죽어야 하지? 죽을 이유가 뭐야? 단지 밀라노에서 즐거운 저녁을 보낸 부산물로 아기가 태어나는 것뿐이야. 지금은 골치를 좀 썩이지만 아기는 결국 태어날 거고, 우리는 아기를 돌보면서 그 애를 좋아하게 될 거야. 그러나 만약 그녀가 죽는다면? 그녀는 죽지 않아. 그러나 만약 그녀가 죽는다면? 죽지 않는다니까. 그녀는 괜찮아. 그러나 그녀가 죽으면? 그녀는 죽을 수 없어. 그러나 만약 죽으면? 이런, 그러면 어쩌지? 그녀가 죽는다면?

의사가 방으로 들어왔다.

"어떻습니까, 의사 선생님?"

"순조롭지 않습니다." 그가 말했다.

"무슨 뜻이죠?"

"그뿐입니다. 진찰해봤는데요······." 그는 진찰 결과를 자세히 설명했다. "그 후로 경과를 보는 중이지만 순조롭지가 않습니다."

"그럼 어떻게 하면 좋을까요?"

"두 가지 방법이 있습니다. 하나는 핀셋 분만인데, 이것은 열상을 내는 일이 있어 매우 위험하고 태아에게도 나쁜 영향을 줄 가능성이 있습니다. 또 하나는 제왕절개수술입니다."
"제왕절개엔 어떤 위험이 있습니까?" 만일 그녀가 죽기라도 한다면?
"보통 분만보다 더 위험하진 않습니다."
"선생님께서 직접 하시나요?"
"네. 필요한 장비와 인원을 갖추는 데 한 시간쯤 걸립니다. 조금 덜 걸릴 수도 있고요."
"선생님은 어떻게 생각하십니까?"
"제왕절개를 권하고 싶습니다. 제 아내라도 제왕절개를 하겠습니다."
"후유증은요?"
"전혀 없습니다. 흉터만 남을 뿐이죠."
"세균에 감염될 위험은요?"
"그 위험이라면 핀셋 분만만큼 높지는 않습니다."
"만일 아무것도 안 하고 그냥 있으면 어떻게 될까요?"
"결국엔 어떤 조치든지 취해야 합니다. 부인은 이미 힘이 다 빠졌어요. 더 빨리 수술할수록 부인은 더 안전합니다."
"그럼 가능한 한 빨리 수술해주세요." 내가 말했다.
"그럼 가서 그렇게 지시하겠습니다."
나는 분만실로 갔다. 침대에 누워 큰 배에다 이불을 덮고, 창백하고 피로한 얼굴을 하고 있는 캐서린과 함께 간호사가 있었다.
"의사에게 수술해도 좋다고 했어요?" 그녀가 물었다.
"응."
"잘했어요. 그럼 한 시간 후에 모든 게 끝날 거예요. 나 너무 힘들어요. 몸이 산산조각 날 것 같아요. 그거 좀 줘요. 듣질 않아요. 아, 듣질 않는다고요."

"숨을 깊이 쉬어."

"그렇게 하고 있어요. 아, 이제 소용이 없어요. 듣질 않아요."

"다른 마취 통을 주세요." 내가 간호사에게 말했다.

"그게 새 통이에요."

"나 정말 바보처럼 굴죠? 하지만 더 이상 듣질 않는걸요." 그녀는 울기 시작했다. "나는 아무 문제 없이 아이를 낳고 싶었어요. 그런데 지금 난 기진맥진해 거의 산산조각 날 거 같고, 이건 소용이 없어요. 전혀 도움이 안 된다구요. 이 진통만 막을 수 있다면 죽어도 상관없어요. 아, 제발, 이 진통을 막아줘요. 또 시작이네. 아아아!" 그녀는 마스크 속에서 훌쩍거리며 숨을 쉬었다. "듣질 않아, 안 들어요. 소용없다고요, 나 신경 쓰지 마요, 울지 마요, 신경 쓰지 마요. 이제 산산조각 날 거 같아요. 가여운 당신, 난 당신을 너무 사랑하니까 빨리 괜찮아질 거예요. 이번엔 꼭 괜찮아질 거예요. 여기 이 사람들이 날 좀 어떻게 해줄 수 없나요? 이 사람들이 무슨 조치를 취해주면 좋을 텐데."

"내가 이걸 고쳐볼게. 다이얼을 완전히 돌려볼게."

"지금 그거 나한테 대줘요."

나는 다이얼을 완전히 돌렸고 그녀는 강하고 깊게 숨을 쉬었다. 마스크를 잡고 있던 그녀의 손에 힘이 빠졌다. 나는 가스를 막고 마스크를 떼었다. 그녀는 머나먼 곳에 갔다가 돌아온 것처럼 점점 의식을 회복했다.

"좋았어요, 자기. 당신이 너무 좋아요."

"용기를 가져. 그리고 이걸 항상 대고 있을 순 없어. 계속 이러다간 죽고 말 거야."

"난 더 이상 용감하지 않아요, 자기. 난 완전히 부서졌어요. 이 사람들이 날 부서지게 만들었어요."

"모두가 그런 방식으로 해."

"하지만 끔찍해요. 내 몸이 찢어질 때까지 이 사람들은 이것만 하고 있어요."

"한 시간 후면 다 끝날 거야."

"그러면 좋겠어요. 나 죽진 않겠죠, 그렇죠?"

"물론이야. 당신은 죽지 않아. 내가 약속할게."

"당신만 남겨놓고 죽긴 싫어요. 하지만 너무 지쳤고, 죽을 것 같아요."

"말도 안 돼. 산모는 모두 그렇게 느끼는 거야."

"그래도 정말 죽을 것 같아요."

"당신은 안 죽어. 죽을 수 없다고."

"하지만 만약 죽으면요?"

"당신이 죽도록 내버려두지 않을 거야."

"빨리 그거 줘요. 그거 줘요."

그런 다음, 잠시 후 그녀가 말했다. "난 죽지 않을 거예요. 나 자신을 죽게 내버려두지 않을 거예요."

"물론이지. 당신은 안 죽어."

"당신, 나와 함께 있어줄래요?"

"하지만 수술은 보고 싶지 않아."

"그래요, 그냥 옆에만 있어줘요."

"물론이지. 항상 당신 옆에 있을게"

"당신은 참 좋은 사람이에요. 그거 좀 대줘요. 더 대줘요. 아, 작동이 안 돼요."

나는 다이얼을 3으로, 그리고 4로 돌렸다. 그러면서 의사가 돌아오기를 바랐다. 2이상의 숫자로 돌리는 게 두려웠다.

마침내 다른 의사가 간호사 두 명과 같이 왔다. 그들은 캐서린을 바퀴가 달린 들것으로 옮겼고, 모두가 복도로 나갔다. 들것은 빠르게 복도를 지나 엘리베이터 안으로 들어갔으며, 모두가 엘리베이터 벽에 몸을 붙였다. 그런 다음 엘리베이터는 위로 올라갔고, 문이 열리자 모두가 엘리베이터에서 나와 고무바퀴가 달린 들것을 밀면서 복도를 지나 수술실로 들어갔다. 의사는 수술 모자와 마스크를 쓰고 있어 누군지 알아볼 수 없었다. 또 다른 의사 한 명과 간호사 몇 명도 있었다.

"어떻게 좀 해줘요. 무슨 조치를 좀 취해주세요, 선생님." 캐서린이 말했다.

의사 한 명이 그녀의 얼굴에 마스크를 씌웠다. 나는 조금 열린 문틈을 통해 원형극장 같은 조그마한 수술실을 들여다봤다.

"저쪽 문으로 들어가서 앉아 계세요." 간호사가 내게 말했다. 난간 뒤쪽에 흰 수술대와 조명이 내려다보이는 긴 의자들이 있었다. 나는 캐서린을 보았다. 얼굴에는 마스크가 덮여 있었고, 이젠 꼼짝도 않고 있었다. 그들은 들것을 앞으로 밀었다. 나는 돌아서서 복도로 나왔다. 간호사 두 명이 수술 참관실의 입구를 향해 서둘러 가고 있었다.

"제왕절개야. 제왕절개를 한대." 간호사 하나가 말했다.

다른 하나가 웃으며 말했다. "우리 시간 잘 맞췄네. 운이 좋은 거 아냐?" 간호사들은 참관실로 통하는 문으로 갔다. 다른 간호사가 또 한 명 더 왔다. 그녀도 서두르며 내게 말했다.

"어서 들어가세요. 들어가세요."

"난 바깥에 있겠습니다."

그녀는 서둘러 들어갔다. 나는 복도를 왔다 갔다 했다. 안에 들어가기가 무서웠다. 창밖을 보았다. 밖은 어두웠고, 창에 비친 불빛으로 빗줄기를 볼 수 있었다. 나는 복도 끝에 있는 방으로 들어가, 유리 상자 안에 있는 이름표가 붙은 병들을 바라봤다. 그런 다음 다시 밖으로 나와 텅 빈 복도에 서서 수술실 문을 쳐다보고 있었다.

의사 한 명이 간호사를 데리고 나왔다. 그는 방금 껍질을 벗긴 토끼 같아 보이는 것을 두 손으로 잡고, 재빨리 복도를 가로질러 다른 문으로 들어갔다. 그가 들어간 문으로 가보니, 병실 안에서 그들이 갓난아이에게 뭔가 처치를 하고 있었다. 의사는 내가 볼 수 있도록 아이를 들어 올렸다. 그러고는 아이의 두 발목을 붙잡고는 몸을 찰싹 때렸다.

"아기는 괜찮습니까?"

"굉장히 크네요. 5킬로그램은 될 것 같아요."

나는 그 아기에게 아무런 감정을 느낄 수 없었다. 나와는 아무 상관 없는 것처럼 보였다. 부성애 같은 건 느껴지지 않았다.

"아기가 자랑스러우시죠?" 간호사가 말했다. 그들은 아기를 목욕시키고, 뭔가로 쌌다. 나는 작고 어두운 얼굴과 손을 보았다. 그러나 아기가 움직이는 것을 보거나 우는 것을 들을 순 없었다. 의사가 아기에게 다시 어떤 조치를 취했다. 그는 당황한 듯 보였다.

"이 아이는 엄마를 거의 죽일 뻔했어요." 내가 말했다.

"그건 이 작은 아기 잘못이 아니잖아요. 아들을 원하셨나요?"

"아니요." 내가 말했다. 의사는 아기에게 조치를 취하느라 바빴다. 그는 아기를 거꾸로 들고 때렸다. 나는 복도로 나왔다. 이제 캐서린이 있는 수술실을 볼 용기가 생겼다. 나는 문 안으로 들어가 참관실로 갔다. 난간에 앉아 있는 간호사들이 자기들이 있는 곳으로 내려오라고 손짓했다. 난 고개를 저었다. 내가 있는 곳에서도 충분히 볼 수 있었다.

캐서린은 죽은 것 같았다. 그녀의 잿빛 얼굴을 일부나마 볼 수 있었다. 조명 밑에서 의사가 크고 긴 핀셋으로 벌려놓은 두꺼운 상처를 꿰매고 있었다. 마스크를 쓴 또 다른 의사는 마취제를 주입하고 있었다. 마스크를 쓴 간호사 두 명은 여러 가지 기구들을 의사에게 건네고 있었다. 마치 종교재판 같아 보였다. 나는 그 장면을 바라보면서, 아까도 보려고만 했으면 전부 볼 수 있었겠지만 보지 않은 것이 다행이라고 생각했다. 그들이 캐서린을 절개하는 것을 차마 보고 있을 수는 없었을 테다. 그들은 구두 수선공처럼 빠르고 능숙한 솜씨로 상처를 꿰맸다. 그 꿰맨 부분이 조그만 산등성이처럼 불쑥 솟아오른 것을 보자, 나는 기뻤다. 상처가 모두 꿰매지는 걸 본 뒤 복도로 나와 다시 서성거렸다. 조금 있다가 의사가 나왔다.

"그녀는 어떻습니까?"

"산모는 괜찮습니다. 보셨죠?"

그는 피곤해 보였다.

"선생님이 꿰매시는 걸 봤습니다. 절개된 곳이 매우 길어 보이더군요."

"그렇게 생각하셨나요?"

"네. 흉터는 평평해질까요?"

"네."

잠시 후, 그들은 들것을 밀고 나와 빠른 속도로 엘리베이터 쪽으로 갔다. 나도 그 뒤를 따라갔다. 캐서린은 신음하고 있었다. 아래층에 도착하자 그들은 그녀를 병실로 데려가 침대에 눕혔다. 나는 침대 발치에 있는 의자에 앉았다. 병실에는 간호사가 한 명 있었다. 나는 일어나 침대 옆에 섰다. 방 안은 어두웠다. 캐서린이 손을 뻗으며 말했다. "안녕, 자기." 매우 약하고 지친 음성이었다.

"자기, 괜찮아?" 내가 말했다.

"남자아이예요, 여자아이예요?"

"쉿. 말하면 안 됩니다." 간호사가 말했다.

"아들이야. 키도 크고, 어깨도 넓고, 얼굴은 가무잡잡해."

"아기는 괜찮아요?"

"응." 내가 말했다. "튼튼해."

간호사가 이상한 얼굴로 나를 바라봤다.

"나 너무 피곤해요." 캐서린이 말했다. "그리고 너무 아파요. 자기는 괜찮아요?"

"괜찮아. 말하지 마."

"당신 내게 정말 잘해줬어요. 아아, 나 너무 아파요. 아기는 어떻게 생겼어요?"

"노인 같은 주름살이 있고, 껍질 벗긴 토끼 같아 보여."

"선생님은 나가주셔야겠어요. 부인께서는 애길 해선 안 됩니다." 간호사가 말했다.

"밖에 나가 있을게."

"가서 뭐 좀 먹어요."

"아니야. 문밖에 있을게." 나는 캐서린에게 키스했다. 그녀는 잿빛이었고, 약하고 지쳐 있었다.

"얘기 좀 할까요?" 내가 간호사에게 말했다. 그녀는 나를 따라 복도로 나왔다. 나는 복도를 조금 걷다가 물었다.

"아이는 어떻게 됐죠?"

"모르셨어요?"

"몰라요."

"살아나지 못했습니다."

"죽었습니까?"

"아이를 숨 쉬게 만들 수가 없었어요. 탯줄이 목에 감겼거나 다른 이유가 있었겠죠."

"죽었군요."

"네. 참 애석한 일이에요. 아주 예쁘고 튼튼한 아기였는데. 아시는 줄 알았어요."

"몰랐습니다." 내가 말했다. "아내 곁으로 가서 간호해주세요."

나는 클립으로 끼운 간호사의 보고서가 올려져 있는 책상 앞 의자에 앉아 창밖을 봤다. 어둠과, 창밖으로 새어 나가는 빛과, 교차되어 떨어지는 비 말고는 아무것도 볼 수 없었다. 결국 그렇게 됐다. 아이는 죽었다. 그래서 의사가 그렇게 피곤한 얼굴을 하고 있었던 것이다. 그런데 왜 그들은 병실에서 아이에게 그렇게 했었지? 아마도 아이가 되살아나 숨을 쉬어줄지 모른다고 생각한 모양이다. 나는 종교가 없지만, 아이에게 세례를 해줘야 한다는 것쯤은 알고 있었다. 그러나 아이가 한 번도 숨을 쉬어보지 못했다면? 사실이 그랬다. 그 아이는 한 번도 숨을 쉬지 못했다. 아이는 살아 숨 쉬어본 적이 없었다. 캐서린의 배 속에서만 살아 숨 쉬었다. 나는 아이가 캐서린의 배를 발로 차는 것을 몇 번이나 손바닥으로 느꼈었다. 그러나 지난 일주일 동안은 그런 움직임을 전혀 느끼지 못했다. 어쩌면 그때 아이는 질식해 죽어 있었는지도 모른다. 가여운 아기. 젠장, 차라리 내가 그렇게 질식해버렸으면 좋았을걸. 아니야. 그건 거짓말이야. 하지만 그랬더라면 이런 죽음을 겪진 않았을 거야. 이번엔 캐서린이 죽을지도 모른다. 내가 그렇게 만든 거다. 인간은 죽는다. 하지만 난 죽음이 무엇인지 모른다. 배울 시간도 없었다. 우리는 무작정 경기장에 던져져 규칙을 듣고는, 베이스를 벗어나자마자 공에 죽임을 당한다. 아이모처럼 아무 이유도 없이 죽거나, 리날디처럼 매독에 걸리는 것이다. 결국 우리는 죽는다. 이건 틀림없는 사실이다. 어디론가 달아나려 해도 결국 죽게 돼 있다.

언젠가 캠프를 갔을 때, 장작 하나를 불 위에 놓았다. 그 장작에는 개미 떼가 붙어 있었다. 장작에 불이 붙기 시작하자, 개미 떼는 처음에는 불이 있는 곳을 향해 걸어갔다. 그러고 나서 뒤로 돌아 나무 끝으로 도망갔다. 그 끝에서 개미들은 불 속으로 떨어졌다. 몇몇 개미들은 도망쳤지만 그것들도 타서 납작해진 채 우왕좌왕할 따름이었다. 대부분은 다시 불 쪽으로 갔다가 또다시 덜 뜨거운 끝으로 몰려갔지만, 결국엔 불 속으로 떨어지고 말았다. 마치 세상의 종말 같았다. 나는 구세주가 될 절

호의 기회라고 생각하며, 장작을 불에서 꺼내 개미들이 땅 위로 도망칠 수 있게 밖으로 던지려고 했다. 그러나 정작 내가 한 일은 컵에 든 물을 장작에다 끼얹은 것뿐이었다. 그것도 그 컵을 비워 위스키나 물을 담으려고 말이다. 타고 있는 장작에 물을 끼얹은 것은 개미들을 삶아 죽이는 행위나 마찬가지였다.

나는 복도에 그렇게 앉아 캐서린이 어떻게 되었는지 말해주기를 기다렸다. 그러나 간호사는 나오지 않았다. 잠시 후 나는 병실 문 앞으로 가서, 조용히 문을 열고 안을 들여다봤다. 복도는 밝았지만 방 안은 어두워서 처음에는 잘 보이지 않았다. 잠시 후 침대 옆에 앉아 있는 간호사와 베개 위에 놓인 캐서린의 머리가 보였다. 그녀는 이불 아래에 납작하게 누워 있었다. 간호사가 입술에다 손가락을 대고, 일어서서 문밖으로 왔다.

"아내는 어떻습니까?" 내가 물었다.

"괜찮습니다. 가서 저녁식사를 하시고 나서 다시 오세요." 간호사가 말했다.

나는 복도로 나와 아래층으로 내려가 병원 문밖으로 나가, 비 내리는 어두운 거리를 걸어 카페로 향했다. 가게 안은 환하게 전등이 켜져 있었고, 많은 사람이 테이블에 앉아 있었다. 내가 앉을 곳을 찾지 못하자 웨이터가 다가와 내 젖은 코트와 모자를 받아 들더니, 맥주를 마시며 저녁 신문을 읽고 있는 노인 반대편 테이블로 안내했다. 나는 거기 앉아 웨이터에게 '오늘의 메뉴'가 뭐냐고 물었다.

"송아지 스튜지만 벌써 다 떨어졌습니다."

"그럼 뭘 먹을 수 있죠?"

"햄에그, 치즈 에그, 또는 슈크루트가 있습니다."

"오늘 점심때도 슈크루트를 먹었어요." 내가 말했다.

"맞아요. 정말 그렇군요. 점심때 슈크루트를 드셨죠." 그는 벗겨진 정수리를 머리카락으로 가리고 있는 중년 남자였다. 친절해 보이는 사람이었다.

"뭐로 하시겠습니까? 햄에그, 아니면 치즈 에그?"

"햄에그 주세요. 그리고 맥주도요." 내가 말했다.

"약한 맥주로 반 잔 드릴까요?"

"네."

"기억납니다. 점심때도 그렇게 드셨죠." 그가 말했다.

나는 햄에그를 먹고 맥주를 마셨다. 둥근 접시에 나온 햄 아래에 달걀이 있었다. 너무 뜨거워서 맥주 한 모금을 마셨다. 그걸 다 먹고도 배가 고파 웨이터에게 다른 것을 주문했다. 나는 맥주를 몇 잔 마시면서 아무 생각도 하지 않고, 반대편에 앉은 남자가 들고 있는 신문을 읽었다. 영국군의 전선이 돌파됐다는 기사였다. 남자는 내가 자기 신문 뒷면을 읽는 것을 알고는 신문을 접었다. 웨이터에게 신문을 사달라고 할까 생각해봤지만, 신문에 집중할 수 없을 것 같았다. 가게 안은 덥고 공기는 탁했다. 테이블에 앉아 있는 많은 사람들은 서로 잘 아는 사이였고, 카드놀이도 벌어졌다. 웨이터들은 카운터에서 테이블로 술을 나르느라 바빴다. 두 사람이 더 들어왔는데 앉을 자리가 없었다. 그들은 내가 앉은 테이블 반대편에 와서 섰다. 나는 맥주를 한 잔 더 주문했다. 아직 떠날 준비가 되지 않았던 것이다. 병원으로 돌아가기에는 너무 빨랐다. 나는 아무것도 생각 않고 마음의 안정을 찾으려고 노력했다. 두 사람은 계속 서성였지만 아무도 카페를 떠나지 않자 밖으로 나갔다. 나는 맥주를 한 잔 더 마셨다. 내 테이블에는 접시 몇 개가 쌓여 있었다. 반대편 남자는 안경을 벗어 안경집에 넣고 신문을 접어 주머니에 넣더니, 술잔을 든 채 술집 밖을 바라봤다. 갑자기 돌아가야 한다는 생각이 들었다. 웨이터를 불러 계산을 하고, 코트를 입고 모자를 쓰고 문밖으로 나왔다. 나는 병원까지 빗속을 걸어갔다.

위층에서 복도를 걸어오는 간호사와 마주쳤다.

"막 호텔로 전화를 걸었어요." 그녀가 말했다. 가슴이 덜컹 내려앉았다.

"무슨 일 있어요?"

"부인의 출혈이 멈추지 않아요."

"들어가서 볼 수 있어요?"

"아니요, 아직. 의사 선생님이 계세요."

"위험해요?"

"매우 위험해요." 간호사는 병실 안으로 들어가 문을 닫았다. 나는 복도에 앉아 있었다. 모든 것이 삽시간에 내 안에서 빠져나갔다. 나는 아무것도 생각하지 않았다. 생각할 수가 없었다. 지금 그녀가 죽어가고 있다는 것만 알 수 있었다. 나는 그녀를 살려달라고 기도를 했다. 신이여, 그녀를 살려주세요, 데려가지 마세요. 당신이 그녀를 살려만 주신다면 무슨 일이든지 하겠습니다. 제발, 제발, 제발. 신이여, 그녀를 살려주십시오. 신이여, 그녀가 죽지 않게 해주세요. 제발, 제발, 제발 그녀를 죽지 않게만 해주세요. 신이여 제발 그녀를 데려가지 마세요. 그녀를 살려주시면 당신이 말하는 대로 무엇이든지 하겠습니다. 당신은 우리의 아이를 데려갔습니다. 그러니 그녀만큼은 살려주세요. 아이를 데려갔으니 그녀는 죽지 않게 해주세요.

제발, 제발, 신이여, 그녀를 데려가지 마세요.

간호사가 문을 열고 들어오라고 손짓했다. 그녀를 따라 병실로 들어갔다. 내가 들어가도 캐서린은 돌아보지 않았다. 나는 침대 옆으로 갔다. 의사가 침대 반대편에 서 있었다. 캐서린은 나를 보고 미소 지었다. 나는 침대 위로 몸을 굽히고 울기 시작했다.

"가엾은 자기." 캐서린이 아주 부드럽게 말했다. 그녀는 잿빛이었다.

"당신은 괜찮아, 캣. 괜찮아질 거야."

"나는 죽을 거예요." 그런 다음 조금 있다가 다시 말했다. "나는 죽기 싫어요." 나는 그녀의 손을 잡았다.

"날 만지지 말아요." 나는 그녀의 손을 놓았다. 그녀는 미소를 지으며 말했다. "가엾은 자기, 원하면 만져도 좋아요."

"당신은 괜찮아질 거야. 캣. 난 당신이 좋아질 거라는 걸 알아."

"만일의 경우를 생각해서 당신에게 편지를 쓰려고 했는데, 못 썼어요."

"신부님이나 누구를 부르고 싶어?"

"당신만 있으면 돼요." 얼마 후에 그녀가 다시 말했다. "난 무섭지 않아요. 단지 죽음이 싫을 뿐이지."

"그렇게 많이 얘기하시면 안 돼요." 의사가 말했다.

"알았어요." 캐서린이 말했다.

"내가 뭘 해줄까, 캣? 뭘 갖다 줄까?"

캐서린은 미소를 지었다. "없어요." 그러고 나서 잠시 후에 말했다. "당신, 우리가 같이했던 일을 다른 여자와 하거나, 내게 한 말을 다른 여자한테 똑같이 말하진 않겠죠?"

"절대 그러지 않아."

"그래도 당신에게 애인이 생겼으면 해요."

"난 그런 거 바라지 않아."

"너무 많이 말하고 계세요." 의사가 말했다. "남편께선 나가주셔야겠습니다. 잠시 후에 다시 들어오세요. 부인은 죽지 않을 겁니다. 어리석은 생각 마세요."

"알았어요." 캐서린이 말했다. "나 당신에게 돌아가 매일 밤 같이 있을 거예요." 말하는 것이 힘들어 보였다.

"제발 밖으로 나가주세요." 의사가 말했다. "말해서는 안 됩니다."

캐서린은 나에게 윙크했다. 그녀의 얼굴은 잿빛이었다. "문 밖에 있을게." 내가 말했다.

"걱정 말아요." 캐서린이 말했다. "난 조금도 무섭지 않아요. 이건 그저 비열한 장난일 뿐이에요."

"자기는 용감해."

나는 복도에서 기다렸다. 오랫동안 기다렸다. 간호사가 밖으로 나와 나에게 오더니 말했다.

"부인께서 위독해요. 걱정이네요."

"죽었나요?"

"아니요. 하지만 의식이 없어요."

계속 출혈이 있었던 모양이다. 그들은 그것을 막아낼 수가 없었다. 나는 병실로 들어가 캐서린이 숨을 거둘 때까지 함께 있었다. 그녀는 의식이 없었고, 숨을 거두기까지는 오랜 시간이 걸리지 않았다.

병실 밖 복도에서 나는 의사에게 말했다. "내가 할 수 있는 게 뭐가 있죠?"

"아무것도 없습니다. 제가 호텔까지 바래다 드릴까요?"

"아니요, 괜찮습니다. 잠시 여기 있겠습니다."

"뭐라고 드릴 말씀이 없습니다. 드릴 말씀이……."

"아니요. 아무 말 안 해도 됩니다." 내가 말했다.

"안녕히 가십시오. 제가 호텔까지 바래다 드리면 안 되겠습니까?"

"아니요. 괜찮아요."

"어쩔 수 없었습니다. 수술을 해보니……."

"그 얘긴 하고 싶지 않아요." 내가 말했다.

"호텔까지 바래다 드리고 싶습니다."

"아니요, 괜찮습니다."

그는 복도를 떠났다. 나는 다시 병실 문으로 갔다.

"지금은 들어오실 수 없습니다." 간호사가 말했다.

"아니, 들어가겠어요." 내가 말했다.

"아직 들어오실 수 없어요."

"당신 나가요." 내가 말했다. "당신도."

그들을 쫓아내고 문을 닫고 전등을 꺼보았지만, 아무런 소용이 없었다. 조각상에게 작별 인사를 하는 것 같았다. 잠시 후, 나는 밖으로 나와 병원을 떠나 빗속을 걸어 호텔로 돌아왔다.

해설

폭력과 폐허와 죽음의 세계에서 길 잃은 세대의 고립과 고뇌

김성곤(서울대 영문과 교수)

헤밍웨이와 전쟁

어니스트 헤밍웨이가 1929년에 발표한 장편소설 《무기여 잘 있어라(A Farewell to Arms)》는 그의 처녀 장편인 《태양은 다시 떠오른다(The Sun Also Rises)》(1926), 그리고 처녀 단편집인 《우리들의 시대에(In Our Time)》(1924)와 더불어 소위 '길 잃은 세대(Lost Generation)'의 문학을 대표하는 금세기 초의 걸작이자 헤밍웨이 초기 문학의 금자탑이었다.

《태양은 다시 떠오른다》가 전후 사회의 '길 잃은' 세대 젊은이들이 어떻게 당대의 사회 현실에 적응하지 못하고 절망과 좌절과 허무 속에서 방황하고 있는지를 그린 소설이었다면, 《무기여 잘 있어라》는 그들의 좌절과 허무감의 이유와 배경을 전쟁으로 인해 모든 것을 '잃어버린' 한 참전 군인의 허무한 삶을 통해 제시해준 작품이었다. 그러므로 시간적으로 볼 때, 《무기여 잘 있어라》는 《태양은 다시 떠오른다》 이전의 세계를 묘사하고 있으며, 그런 의미에서 두 작품의 순서는 서로 바뀐 셈이 된다.

헤밍웨이는 《무기여 잘 있어라》라는 제목을 조지 필(George Peele)의 시에서 빌려 왔는데, 아이러니컬한 것은 필은 그 구절을 통해 자신이 참전할 수 없음을 한탄하고 있는 데 반해, 헤밍웨이의 경우엔 그것이 전쟁에 대한 환멸을 의미하고 있다는 점이다. 이 소설은 전쟁과 죽음을 미화시키는 모든 이데올로기에 대해서 강력한 회의를 제기하고 있다. 전쟁과 그 전쟁을 일으킨 사회, 그리고 전쟁에서의 죽음을 애국, 희생, 영광과 결부시켜 미화하는 정치가들에 대한 이 소설의 주인공 헨리 중위의 환멸은 다음의 독백에서도 잘 나타나 있다.

> 나는 '신성한', '영광스러운', 또는 '희생' 같은 쓸모없는 표현들을 들을 때마다 언제나 당혹스러웠다. 우리는 늘 그런 말들을 들어 왔다. 때로는 고함 소리밖에 들리지 않는 빗속에 서서도 그런 말을 들어야 했다. 오랫동안 게시판에 붙여진 게시물에서도 그런 말들을 읽어야 했다. 그러나 나는 신성한 것은 아무것도 보지 못했고, 영광스럽다는 것 속에서 영광스러운 것을 본 적도 없었다. 희생적인 행동이라는 것도 시카고의 도살장에서 벌어지는 일과 다를 바 없음을 목격했다. 고기를 먹지 않고 묻는 것만 다를 뿐이었다. 차마 들어줄 수 없는 말들이 너무 많아서, 결국은 지명만 위엄 있는 말이 됐다. 숫자나 날짜만 지명과 더불어 가치 있고 의미를 부여할 수 있는 말들이 됐다. 영광이나 명예나 용기나 성스러움 같은 추상적인 말들은 마을의 구체적 이름이나, 도로의 숫자나 강의 이름이나 연대 번호나 날짜 앞에서 그저 외설스럽게만 들렸다.

《무기여 잘 있어라》는 모두 5권 41장으로서, 1권에서 5권까지는 봄, 여름, 가을, 늦가을, 겨울이 그 배경이며, 그러한 계절적 배경과 더불어 전쟁, 사랑, 후퇴, 탈출, 죽음이 서로 긴밀하게 병치되어 있다. 주인공인 미국인 프레더릭 헨리 중위는 이탈리아군의 의무 부대에 근무하는 도중, 적의 포탄에 맞아 다리를 크게 다치고 머리에도 약간의 부상을 입은 채 밀라노의 병원으로 후송된다. 거기에서 영국인 간호사 캐서린 바클리를 만난 헨리는 그녀와 짧지만 강렬한 사랑을 불태운다. 잠시나마 전쟁을 잊고 있었던 그들에게 다시 이별의 시간이 온다. 헨리의 부상이 회복되어 다시 전선으로 귀대해야 될 날이 온 것이다. 둘은 헤어지고 전선으로 나간 헨리는 아군이 대패하는 바람에 유명한 카포레토 후퇴 행렬에 끼어 퇴각하게 된다.

그러나 같이 후퇴하다가 아군 헌병에게 잡힌 장교들이 탈영 군인으로 오인되어 약식 군법회의 후 그 자리에서 총살당하는 것을 목격한 헨리는, 처형되기 직전 강으로 뛰어들어 목숨을 건진다(물속에 뛰어듦으로써 살아나는 것은 그의 낡은 자아의 죽음과 새로운 자아의 탄생을 상징한다. 다시 뭍으로 나온 그는 이제 군대와 무기와 전쟁으로부터 영원히 떠날 것을 결심한다). 화물열차를 몰래 타고 밀라노까지 간 그는 캐서린이 이미 다른 곳으로 떠나버린 것을 발견하지만, 그곳까지 쫓아가 결국 두 사람은 기쁨의 해후를 하게 된다. 헌병들의 눈을 피해 두 사람은 어느 날 밤 보트를 타고 스위스로 탈출하는 데 성공한다(이때 물을 건너 전쟁이 없는 세계로 가는 장면 역시 새로운 인생의 탄생을 상징하고 있다). 그러나 중립국 스위스에서 평화를 찾았다고 생각하는 순간, 임신한 캐서린은 제왕절개수술을 받게 되고 결국 그 와중에 그녀와 어린아이는 둘 다 죽게 된다. 전쟁과 무기에게 작별을 고하고 전장으로부터 도망쳤음에도 불구하고 사랑과 평화와 미래를 모두 '잃어버린' 헨리는 다시 혼자가 되어 비를 맞으며 병원을 떠나 호텔로 돌아온다. 헤밍웨이가 극적 효과를 살리기 위해 수십 번 고쳐 쓴 후 비로소 완성시켰다는 소설의 유명한 마지막 문장은 다음과 같이 간결하고도 강력하게 끝난다.

잠시 후, 나는 밖으로 나와 병원을 떠나 빗속을 걸어 호텔로 돌아왔다.

작품 전반을 통해 암울한 비가 내리고 있는 이 소설은 좌절과 환멸로 끝나는 한 병사의 사랑과 그가 참여하고 있는 전쟁을 대비시켜, 전후의 허무 의식과 부조리한 세계를 신랄하게 고발하고 있는 '길 잃은 세대'의 탁월한 대표작이다. 동시대 시인 T. S. 엘리엇에게는 '비'가 메마르고 황폐한 황무지에 새로운 삶을 가져다주는 '재생'과 '풍요'의 상징이었지만, 헤밍웨이에게 있어서 '비'는 언제나 죽음을 가져다주는 '암울'과 '폐허'의 상징이었다. 그래서 《무기여 잘 있어라》에서는 해는 잘 떠오르지 않고 처음부터 끝까지 우울하게 비가 내리고 있다.

헨리는 고국을 떠나 타국에서 살고 있는 방랑객이다. 그는 다친 병사들을 후송해주는 앰뷸런스 담당 의무장교지만, 오히려 자신이 부상을 입고 육군병원의 병상에서 많은 시간을 보낸다. 결국 그는 전쟁에 염증을 느껴 사랑하는 여인과 함께 스위스로 탈출하지만, 중립국 스위스도 헨리에게 평화를 가져다주지는 못하고, 스위스의 병원 또한 캐서린의 상처를 치료해주지는 못

한다. 임신한 캐서린은 출산 도중 과다 출혈로 죽게 되고, 갓난 아이마저 사산하고 만다. 어린아이는 미래의 상징이다. 그러나 헤밍웨이가 보는 전후의 세계는 어린아이에게 물려줄 수 있는 안정된 평화의 세계가 아니었다. 그러므로 헨리는 아이를 가질 수 없다. 파괴와 폭력과 죽음의 세계에서 아이를 키워야만 하는 아버지로서의 역할을 도저히 제대로 해낼 수 없기 때문이다. 그런 헨리에게는 가정을 꾸리고 정착할 집이 없다. 그는 모든 것을 상실한다. 모든 것을 잃은 후, 그가 돌아갈 수 있는 곳은 다만 방랑객들이 잠시 투숙했다가 떠나는 호텔뿐이다. 헨리 중위는 무기(arms)를 버리고, 위안과 평화를 찾아 캐서린의 품(arms)으로 돌아가지만, 그를 기다리고 있는 것은 아내와 아이의 죽음뿐이다.

그렇다면 《무기여 잘 있어라》에서 'arms'는 비단 '무기'만을 의미하는 것이 아니고 동시에 여성의 부드러운 '품'을 의미한다고도 볼 수 있다. 왜냐하면 헤밍웨이가 보는 부조리한 이 세상은 '무기'와 작별하고 평화스럽게 살려고 노력하는 인간에게 결코 평화와 안정과 사랑의 '품'을 허용하지 않기 때문이다. 결국 헨리는 두 가지 모두와 작별하고, 상실과 좌절과 허무의 세계 속에서 혼자 남아 방황하는 '길 잃은 세대'의 일원이 된다. 또 국내 학생들 중에는 간혹 이 소설의 영문 제목만 보고, 이 작품이 전장에서 두 팔을 잃어버린 사람의 이야기이며, 따라서 제목을 '두 팔과의 작별'로 생각하는 사람도 있어 웃음을 자아내게 한다. 그건 물론 'arms'가 '무기'라는 것을 모르는 학생들이 벌이는 해프닝이기는 하지만, 그래도 이 소설 제목에서 'arms'는 비단 '무기'뿐 아니라 '여성의 품' 그리고 '팔'까지도 포함하는 복합적인 의미를 갖고 있는지도 모른다. 상징적으로 보면 헨리는 캐서린과 그녀가 사산한 아이를 둘 다 상실함으로써, 두 팔을 다 잃어버린 사람이라고 볼 수도 있기 때문이다.

과연 이 소설은 일견 상충되는 것처럼 보이는 '전쟁의 모티브'와 '사랑의 모티브'가 긴밀하게 병치되어 있는 이중적 구조를 갖고 있다. 이 작품을 잘 살펴보면, 헨리와 전쟁과의 관계가 가벼운 관계에서 진지한 참여, 부상, 회복, 후퇴, 탈영의 여섯 단계로 이어지는 것과 나란히, 그와 캐서린의 관계도 역시 가벼운 애정 관계에서 진지한 사랑, 임신, 도망, 스위스로의 도피, 그리고 죽음의 여섯 단계로 진행된다는 것을 알 수 있다. 이것은 궁극적으로 인간은 사회적으로 그리고 개인적으로 함정에 빠져 있어서, 결코 그 운명의 덫과 속임수에서 벗어날 수 없고, 결국은 그 대가를 치를 수밖에 없다는 헤밍웨이의 비관주의를 잘 보여주고 있다. 헤밍웨이의 이 소설에서는 심지어 '사랑'까지도 고통을 수반하며 인간을 함정에 빠지게 만든다.

내 가여운 캣, 이것이 나와 자서 당신이 치르는 대가야. 이것이 사랑이라는 함정에 걸린 결말, 사랑해서 얻는 고통이야. 어쨌든 신이여, 마취 가스는 감사합니다. 마취제가 나오기 전에는 어땠을까? 일단 진통이 시작되면 물방아처럼 멈출 줄 모르는 법이다. 캐서린은 임신 중엔 좋은 시간을 보냈다. 나쁘지 않았다. 입덧도 거의 없었다. 거의 마지막까지 그다지 심한 불편함은 없었다. 그러다가 마지막인 지금에야 진통이 그녀를 붙잡았다. 달아날 수도 없었다. 달아나다니! 50번을 결혼해도 마찬가지 고통을 겪을 것이다.

캐서린은 죽으면서 "난 조금도 무섭지 않아요. 이건 그저 비열한 장난일 뿐이에요"라고 헨리에게 속삭인다. 과연 헤밍웨이에게 있어서 '죽음'은 어쩔 수 없는 불운이자 함정이었고 비열한 장난이었다. 마치 〈프랜시스 매컴버의 짧고 행복한 삶(The Short Happy Life of Francis Macomber)〉(1936)에서 매컴버('매커머'로 발음하기도 하는 'Macomber'는 '미국 헤밍웨이 학회'에 의하면, 스코틀랜드 이름이어서 '매컴버'로 발음한다고 한다)가 마지막 공포를 극복하고 죽음과 대면할 수 있는 진정한 용기를 얻는 순간, 자기 아내의 비열한 속임수에 의해 함정에 빠진 채 죽어야만 했듯이, 그리고 마치 〈킬리만자로의 눈(The Snows of Kilimanjaro)〉(1936)에서 헨리가 불운으로 인해 우연히 다친 다리의 상처가 덧나서 죽어가듯이.

후기의 헤밍웨이는 좀 더 긍정적이 되었고, 인간의 의지와 신념에 대한 신뢰를 갖게 되었다고 알려져 있다. 예컨대 《누구를 위하여 종은 울리나(For Whom the Bell Tolls)》(1940)에서 헤밍웨이는 평소 반전주의자였던 자신의 소신에도 불구하고, 자신의 신념과 이념을 위해 전쟁에 뛰어들어 스스로를 희생시키는 인물 로버트 조던을 창조해냈으며, 후기의 마지막 걸작인 《노인과 바다(The Old Man and the Sea)》(1952)에서도 불굴의 투지력을 가진 노인을 통해 '인간은 파멸할 수는 있지만 패배할 수는 없다'라는 유명한 말을 남기기도 했다.

헤밍웨이는 1953년 퓰리처상을, 그리고 1954년에는 노벨문학상을 수상했으나, 노년의 질병과 작가로서의 번민, 그리고 자신감의 상실 등으로 인해 침울해지고 괴로워하다가 1961년 7월 2일 이른 아침, 아이다호 주 케첨의 자택에서 자신이 아끼던 엽총으로 스스로 목숨을 끊었다. 20세기 소설의 내러티브 기법과 대화에 혁명적인 영향을 끼쳤고 수많은 모방자들과 추종자들을 가졌던 헤밍웨이는, 자신의 생을 스스로 폭력과 상처와 죽음으로 끝맺음으로써 그러한 것들을 고발해온 자신의 위대한 문학을 완성시켰다.

헤밍웨이와 여성

헤밍웨이의 작품에서 여성은 흔히 주인공 남성에게 위로와 위안을 주는 존재거나, 아니면 주인공을 파멸시키는 여자로 제시되고 있어서, 최근 페미니스트들로부터 신랄한 비판을 받았다. 헤밍웨이의 남성 주인공들은 늘 모험에 목숨을 걸어야만 하는 군인이거나 사냥꾼이거나 투우사여서 여성의 위로와 위안을 필요로 한다. 반대로 주인공의 아내가 너무 강인해서 주인공을 지배하려고 하다가 여의치 않으면 그를 제거하는 경우도 있다. 그리고 헤밍웨이의 주인공이 작가이거나 작가 지망생일 경우에, 여성은 물질적 풍요와 안락한 삶을 제공함으로써 주인공의 문학적 재능과 성공을 심각하게 방해하는 존재로서 제시되기도 한다.

《무기여 잘 있어라》의 여주인공 캐서린은 헤밍웨이가 이탈리아 전선에 있을 때 실제 사랑에 빠졌던 아그네스(Agnes H. von Kurowski)를 모델로 해서 창조되었다(《우리들의 시대에》에 수록된 단편 〈아주 짧은 이야기(A Very Short Story)〉는 바로 이 여인과 주인공과의 이루어지지 않는 사랑을 다룬 것으로서 《무기여 잘 있어라》의 전신이 된다). 헤밍웨이의 작품 중에서 캐서린은 예외적으로 긍정적인 역할을 맡고 있다. 캐서린은 비록 아이를 사산하고 자신도 죽음으로써 헨리에게 절망을 가져다주기는 하지만, 그래도 헨리에게 부정적인 역할을 한다기보다는 오히려 사랑과 평화와 안정을 상징하는 존재로서 제시되고 있기 때문이다. 여주인공이 긍정적인 이미지로 등장하는 또 하나의 작품이 《누구를 위하여 종은 울리나》인데, 이 작품의 여주인공인 마리아는 전쟁과 이데올로기의 순진한 피해자로서, 그리고 주인공 로버트 조던에게 잠시나마 삶의 의미를 느끼게 해주는 존재로서 등장한다.

그러나 만일 캐서린이 죽지 않고 살아남았다면 어떻게 되었을 것인가? 그래도 그녀는 계속해서 헨리에게 긍정적인 의미를 가질 수 있을 것인가?(레슬리 피들러 같은 비평가는 헤밍웨이가 캐서린이나 마리아 같은 외국 여자들에게는 이례적으로 관대했다고 지적하고 있다.) 죽지 않고 살아남았을 때 그녀가 미래에 보여주었을지도 모를 모습의 한 가능성은 헤밍웨이가 1936년에 발표한 두 중편인 〈킬리만자로의 눈〉과 〈프랜시스 매컴버의 짧고 행복한 삶〉에 등장하는 여주인공들에게서 찾아볼 수 있다.

〈킬리만자로의 눈〉은 아내 헬렌과 같이 아프리카에서 사냥하다가 다리에 입은 조그마한 상처가 악화되어 죽어가는 실패한 작가 해리가 마지막 비행기를 타고 눈으로 뒤덮인 킬리만자로 산봉우리를 향해 날아가는 환상에 사로잡힌 채 죽는다는 이야기이다. 이 작품은 그레고리 펙과 수전 헤이워드 주연으로 영화화되었는데, 영화에서는 원작과는 달리 해리가 살아남아 구조된다. 이 작품 속에서 부유한 과부였던 헬렌은 해리와 결혼한 후 돈과 안락함으로 해리의 예술가적 재능과 작가적 의욕을 마비시키는 여인으로 등장한다. 헬렌은 다음과 같은 여인으로 묘사되고 있다.

> 그녀는 사격 솜씨가 좋았다. 이 부유한 계집, 이 친절한 후견인, 그의 재능의 파괴자는······.

〈킬리만자로의 눈〉의 헬렌이 착한 여인이지만 돈과 안락함으로 남편의 작가적 재능을 마비시킨 여자였다면, 반대로 자기 남편이 죽음과 대면하고 그것을 극복할 수 있는 진정한 용기를 얻는 순간, 그를 쏘아 죽이는 악한 여자가 바로 〈프랜시스 매컴버의 짧고 행복한 삶〉의 여주인공 마고다. 이 작품에서 부유한 미국인 매컴버는 아프리카 사냥터에서 사자 사냥을 하던 중 처음에는 죽음의 공포에 못 이겨 비겁하게 도망치지만, 드디어는 죽음의 공포를 극복할 수 있는 용기를 갖고 사자보다 더 위험한 들소 사냥에서 상처 입은 들소와 정면 대결을 한다. 그러나 그가 용기를 회복하는 바로 그 순간, 그는 자기 부인이 쏜 총에 맞아 죽는다는 아이러니컬하면서도 강렬한 주제의 이야기다.

남편의 돈과 사회적 지위가 필요해서, 그리고 아내의 미모가 필요해서 각각 이혼하지 못하고 계속되는 이들의 타산적인 부부 관계 속에서, 아내 마고는 매컴버의 비겁함을 핑계로 남편을 무시하고 자기 마음대로 조종할 뿐만 아니라, 심지어는 남편의 사냥 안내인인 영국인 윌슨과 아무런 죄의식도 없이 정사를 즐기기도 한다. 그러나 매컴버가 진정한 용기를 회복하고 죽음과 대면해서 그 공포를 극복하는 순간, 그녀는 이제 더 이상 자신의 방종한 생활 태도가 용납되지 않으리라는 것을 깨닫고, 자신으로부터 독립해 떠나가 이제는 자신에게 오히려 위협적인 존재가 될 남편을 향해 방아쇠를 당긴다.

〈킬리만자로의 눈〉의 헬렌과 〈프랜시스 매컴버의 짧고 행복한 삶〉의 마고는 서로 각기 다른 방법으로 헤밍웨이의 남자 주인공들을 파멸시키는 여인들이다. 그녀들은 《무기여 잘 있어라》의 캐서린이 살아남아 중년 여인이 되었을 때의 모습으로, 역시 중년이 된 헨리 중위의 모습인 해리와 매컴버를 간접적 또는 직접적으로 살해한다. 그렇다면, 역설적으로 말해 캐서린이 아이를 낳다가 죽은 것은 헨리를 위해서는 어쩌면 다행한 일이었는지도 모른다. 왜냐하면 이 폭력적인 세상에서 날마다 죽음과 대면해야만 하는 헤밍웨이의 남자 주인공들에게 있어서 여자는 아무런 위안도, 새 생명을 탄생시킬 희망도 되지 못하기 때문이다. 헤밍웨이의 작품들 속에서 여자는 자주 남자의 예술 세계를 위협하고 결국엔 예술가로서의 남편을 상징적으로 살해하는 존재로 제시된다.

헤밍웨이의 유작 《에덴동산(The Garden of Eden)》에서도 이러한 헤밍웨이의 여성관은 잘 나타나 있다. 《에덴동산》의 시대적 배경은 1920년대이고, 장소는 프랑스의 지중해 연안과 스페인이며, 주인공은 1차세계대전 참전 용사이자 소설가인 20대 중반(또는 후반)인 데이비드 본이라는 미국인이다. 그는 아내 캐서린과 함께 프랑스 남부와 스페인으로 신혼여행을 와서 파라다이스의 분위기를 즐긴다. 그러나 그 파라다이스는 데이비드의 문학적 명성이 서서히 올라감에 따라 붕괴되기 시작한다. 데이비드는 출판사로부터 방금 발표한 두 번째 소설에 대한 좋은 서평들이 동봉된 편지들을 받게 되는데, 아름답고 부유한 캐서린은 남편의 명성을 질투하여 그의 저술 활동을 방해한다. 그녀의 이상한 성벽은 침실에서 남자의 역할을 하려고 하는 것이나, 머리를 아주 짧게 깎는 것에서도 나타나지만, 마리타라는 젊은 여자를 끌어들여 데이비드와 관계를 갖도록 유도하는 데에서 그 극치를 이루고 있다. 헤밍웨이는 한때 "진정으로 악한 모든 것들은 순진함에서 시작된다(All things truly wicked start from innocence)"라고 말한 적이 있다. 그야말로 에덴동산의 아담과 이브처럼, 리비에라 해안에서의 데이비드와 캐서린은 처음엔 순수하고 순진한 관계로 시작하지만, 곧 타락의 그림자가 낙원을 오염시키기 시작한다. 주도권을 쥐고 낙원의 위기를 초래하는 것은 물론 남편의 관심을 문학에 뺏기지 않으려고 노력하는 캐서린이다. 그런 의미에서 캐서린은 데이비드의 예술 세계 곧 '에덴동산'을 위협하고 방해하는 '외부세계'를 상징하고 있으며, 그런 면에서 이 소설은 예술(내면세계)에 대한 사랑과 아내(외부세계)에 대한 사랑 사이에서 갈등하는 한 작가의 고뇌를 그린 작품이라고 할 수 있다.

한 가지 더 주목해야 할 것은, 비록 이 소설의 화자가 데이비드이기는 하지만, 사실 그와 소설의 내러티브를 동시에 지배하고 있는 것은 능동적이고 강렬한 성격의 소유자인 캐서린이라는 점이다. 과연 데이비드는 헤밍웨이의 다른 주인공들과는 달리 대형 야수 사냥을 싫어하고 여성에 의해 지배되는 수동적인 인물로 묘사되고 있다. 그런 의미에서 보면, 《랙타임(Ragtime)》과 《다니엘서(The Book of Daniel)》의 저자로 유명한 닥터로(E. L. Doctorow)가 〈뉴욕 타임스〉 북 리뷰에서 "이 소설의 주요 업적은 캐서린이다. 헤밍웨이의 문학을 그만큼 지배했던 여주인공은 아직 없었다. 캐서린은 사실 헤밍웨이의 작품 속의 그 어느 여주인공보다 더 인상적이다"라고 말한 것은 대단히 정확한 지적이다.

헤밍웨이에게 있어서 여자는 결코 안락함을 제공해주거나 구원의 가능성을 시사해주는 존재가 되지 못했을 뿐 아니라(예컨대 《무기여 잘 있어라》나 《누구를 위하여 종은 울리나》), 심지어는 주인공의 예술 세계를 위협하는 파괴적인 존재이기도 했다. 여성에 대한 헤밍웨이 주인공들의 강박관념은 곧 헤밍웨이 자신의 강박관념에서 비롯된 것이라고 볼 수 있다. 예컨대 1936년에 쓴 전술한 두 훌륭한 중편은, 1929년 《무기여 잘 있어라》를 쓰고 난 후(이 책은 나온 지 넉 달 만에 8만 부가 팔렸다) 거의 7년 동안이나 좋은 작품들을 쓰지 못하고 슬럼프에 빠져 있었던 자신에 대한 일종의 반성문과도 같은 글이었는데(예컨대 《오후의 죽음(Death in the Afternoon)》(1932), 《승자는 아무것도 얻지 못한다(Winner Take Nothing)》(1933), 《아프리카의 푸른 언덕(Green Hills of Africa)》(1935)은 크게 성공하지 못했다), 헤밍웨이는 그 이유를 부와 안이함 때문이라고 보았으며, 거기에 큰 역할을 한 것이 바로 여자라고 생각했었다. 또한 《에덴동산》에서 데이비드, 캐서린, 마리타의 삼각관계가 빚어내는 위기도 헤밍웨이 자신이 첫 부인 해들리와 파리의 《보그》지 기자였던 폴린 파이퍼와 셋이서 같이 지냈던 어느 여름의 상황과 대단히 흡사하다(결국 폴린은 헤밍웨이의 두 번째 아내가 되었다).

무기 및 여성과의 작별
비록 전쟁은 끝나서 무기와 작별하고 고국에 돌아오기는 했지만, 헤밍웨이가 보는 현실은 여전히 폭력과 죽음으로부터 자유

롭지 못한 허무하고 황폐한 세계였다. 그러한 불모의 세계에서 새로운 생명은 탄생할 수 없었고, 태어난다고 한들 아이에게 물려줄 희망찬 세상도 미래도 없었다. 《무기여 잘 있어라》의 마지막에 캐서린이 분만 중 아이를 사산하는 것도 바로 그러한 상징적 의미가 담겨 있다고 볼 수 있다. 뿐만 아니라, 그러한 황폐와 불모의 세상에서는 사랑하는 여인과의 사랑도 허용되지 않으며, 아늑하고 따뜻한 여성의 품조차도 상처 입은 주인공의 마음에 아무런 위안도 되지 못한다. 그래서 프레더릭은 사랑하는 캐서린과 아이를 잃고 암울한 비를 맞으며 혼자 쓸쓸하게 호텔로 돌아온다. 그런 의미에서, 헤밍웨이의 문학 세계는 그의 단편집의 제목처럼 언제나 고독한 '남자들만의 세계(Men without Women)'였다.

**어니스트 헤밍웨이
연보**

7월 21일 미국 시카고 근교의 부유한 프로테스탄트 백인들이 살던 오크파크에서 의사인 아버지 클래런스 헤밍웨이와 오페라 가수인 어머니 그레이스 홀의 2남 4녀 중 둘째로 태어남. 낚시와 사냥을 즐기는 아버지와 감정이 풍부한 예술가 어머니 사이에서 풍족한 어린 시절을 보냄. 아버지를 따라다니며 사냥, 낚시, 캠핑 등을 즐겼고, 이 시기에 형성된 자연과 야외 활동에 대한 사랑이 평생 지속됨. 이때의 기억은 초기 단편집 《우리들의 시대에》의 토대가 됨.	1899
오크파크 고등학교에 입학해 학교 주간신문인 〈트래피즈〉와 잡지 《타뷸라》에 글을 기고함.	1913
고등학교 졸업 후 대학에 진학하지 않고 〈캔자스시티 스타〉 신문사의 기자로 6개월	1917

간 일함. 〈캔자스시티 스타〉의 문체 가이드(간결한 문장을 쓸 것, 힘 있는 영어를 구사할 것, 과장된 형용사를 자제할 것 등)는 훗날 헤밍웨이 '하드보일드' 문체의 바탕이 됨.

1918 1차 세계대전에 참전하기 위해 지원하지만 시력 문제로 입대하지 못하고, 적십자 부대의 앰뷸런스 운전병으로 투입됨. 곧 북이탈리아 전선에 배치되나 박격포 포격으로 두 다리에 중상을 입어 6개월간 입원함. 부상에도 불구하고 동료 이탈리아 병사를 구한 공로로 이탈리아로부터 무공훈장을 받음. 당시 치료를 받던 밀라노의 적십자병원에서 일곱 살 연상의 미국인 간호사 아그네스 폰 쿠로브스키를 사랑하게 되고, 이때의 경험은 《무기여 잘 있어라》를 비롯한 여러 작품에 모티브가 됨.

1919 종전 후 전쟁 영웅으로 귀향. 아그네스로부터 다른 사람과 결혼한다는 작별 편지를 받고 실의에 빠짐.

1920 오크파크를 떠나 시카고에 정착. 헤밍웨이의 첫 번째 부인이 되는 여덟 살 연상의 여인 엘리자베스 해들리 리처드슨을 만남. 소설가 셔우드 앤더슨과 교류 시작.

1921 9월 해들리 리처드슨과 결혼. 〈토론토 스타〉 신문사의 유럽 특파원으로 채용되어 파리로 이주. 카르티에라탱 지구의 카르디날 르무안가 74번지에 정착. 파리의 국외자 그룹을 형성하고 있던 거트루드 스타인, 에즈라 파운드, 제임스 조이스 등 당대의 걸출한 문인들과 교류.

〈토론토 스타〉 특파원으로 그리스-터키 전쟁 취재. 해들리가 파리의 리옹 역에서 헤밍웨이의 습작 원고를 모두 분실.	1922	
아내와 함께 처음으로 스페인 팜플로나를 여행하고 투우에 매혹됨. 토론토에서 장남 존(애칭 '범비') 출생. 첫 작품집 《세 편의 단편과 열 편의 시》를 파리의 컨택트퍼블리싱 컴퍼니에서 한정판으로 출간.	1923	《세 편의 단편과 열 편의 시》
소설가이자 비평가인 포드 매덕스 포드를 도와 《트랜스애틀랜틱 리뷰》 편집에 참여. 자전적 인물 '닉 애덤스'가 등장하는 단편집 《우리들의 시대에》가 파리의 스리마운틴스 프레스에서 출간됨.	1924	《우리들의 시대에》
아내의 친구이자 《보그》지의 기자인 폴린 파이퍼를 알게 됨. 몽파르나스의 바 '딩고'에서 당시 이미 작가로서의 명성을 얻은 F. 스콧 피츠제럴드를 우연히 만남. 헤밍웨이의 재능을 알아본 그가 자신의 편집자인 미국 스크리브너 출판사의 맥스웰 퍼킨스를 소개해주려 했으나, 간발의 차이로 먼저 계약한 뉴욕의 보니앤드리버라이트 출판사에서 미국판이 나옴. 그러나 이후 헤밍웨이의 모든 작품은 스크리브너 출판사에서 출간됨.	1925	
5월 단편집 《봄의 격류》 출간. 6월 아내 해들리와 아내의 친구 폴린 파이퍼와 함께 투우 경기를 보러 스페인 팜플로나를 여행함. 폴린과 사랑에 빠지면서 8월 아내와 이혼. 10월 첫 장편인 《태양은 다시 떠오른다》를 출간. 전후 삶의 방향을 잃은 젊은이들의 방황을 사실적으로 묘사한 이 소설로 문단의 호	1926	《봄의 격류》 《태양은 다시 떠오른다》

평과 대중의 인기를 얻으며 큰 주목을 받음.		
5월 폴린 파이퍼와 결혼. 가톨릭 신자인 폴린 파이퍼를 따라 가톨릭으로 개종함. 10월 단편집 《남자들만의 세계》 출간.	1927	《남자들만의 세계》
폴린과 함께 파리를 떠나 플로리다의 키웨스트로 이주. 6월 둘째 아들 패트릭 출생. 겨울과 여름을 플로리다의 키웨스트와 와이오밍을 오가며 생활. 12월 아버지 클래런스 헤밍웨이가 우울증으로 자살해 큰 충격을 받음.	1928	
1차 세계대전 참전 때의 경험을 담은 《무기여 잘 있어라》 출간. 상업적으로 큰 성공을 거둠.	1929	《무기여 잘 있어라》
11월 캔자스시티에서 셋째 아들 그레고리 출생.	1931	
쿠바의 수도 아바나에 머무르며 낚시 여행을 함. 투우에 관한 논픽션 《오후의 죽음》 출간.	1932	《오후의 죽음》
폴린과 함께 스페인과 파리를 여행하고 케냐에서 사파리 여행을 함. 10월 단편집 《승자는 아무것도 얻지 못한다》 출간.	1933	《승자는 아무것도 얻지 못한다》
배를 구입하고 '필라'호로 이름 지음.	1934	
10월 아프리카에서의 사냥과 사파리 이야기를 담은 에세이집 《아프리카의 푸른 언덕》 출간.	1935	《아프리카의 푸른 언덕》

《에스콰이어》지에 단편 〈킬리만자로의 눈〉 발표. 《코즈모폴리턴》지에 단편 〈프랜시스 매컴버의 짧고 행복한 생애〉 발표.	1936	
'북아메리카신문연맹' 특파원으로 스페인 내전을 취재함. 영화감독 요리스 이벤스와 함께 내전에 관한 다큐멘터리 〈스페인의 대지〉를 제작하고 해설을 씀. 이곳에서 미국의 저널리스트이자 소설가인 마사 겔혼과 처음 만남. 10월 《가진 자와 못 가진 자》 출간.	1937	《가진 자와 못 가진 자》
다큐멘터리의 해설을 《스페인의 대지》로 출간. 〈킬리만자로의 눈〉과 〈프랜시스 매컴버의 짧고 행복한 생애〉가 포함된 《제5열 및 첫 번째 49편의 단편》 출간. 〈제5열〉은 헤밍웨이의 유일한 희곡 작품임.	1938	《스페인의 대지》 《제5열 및 첫 번째 49편의 단편》
폴린과 별거하고, 쿠바 아바나 근교의 농장에서 마사 겔혼과 지냄. 헤밍웨이는 이 농장을 '핑카 비히아(전망 좋은 농장)'로 명명.	1939	
10월 스페인 내전의 경험을 토대로 한 《누구를 위하여 종은 울리나》 출간. 폴린과 이혼하고 마사 겔혼과 결혼. 플로리다의 집을 폴린에게 주고 마사와 함께 '핑카 비히아'에 정착.	1940	《누구를 위하여 종은 울리나》
일본의 중국 침략 전쟁을 취재하는 마사를 따라 극동아시아 여행. 미국이 2차 세계대전에 참전함에 따라 자신의 배 '필라'호를 일종의 Q보트(독일군 잠수함을 공격하기 위해 상선으로 위장한 영국 군함)로 운영하도록 허가받아 쿠바 해안을 순찰했지만 성과는 없었음.	1941	

10월《전쟁하는 사람들》을 편집하고 서문을 씀.	1942	《전쟁하는 사람들》
《콜리어》지 특파원으로 유럽 전쟁을 취재하며 연합군의 노르망디 상륙작전, 파리 입성, 독일 진격 등을 취재. 전투 자격이 없는 취재원이면서 의용군을 이끈 것이 문제가 되어 고발당하지만 결국 취재 등의 공훈을 인정받아 1947년 청동성장 훈장을 받음.	1943	
런던에서 만난《타임》지 기자 메리 웰시와 사랑에 빠짐. 마사 겔혼과 이혼.	1945	
헤밍웨이의 마지막 아내가 될 메리 웰시와 결혼 후 아이다호 주 케첨으로 이주.	1946	
메리와 유럽을 여행하고, 베네치아에서 수개월 체류. 이곳에서 열아홉 살 소녀 아드리아나 이반치치에게 연정을 품고 그녀에게서 받은 영감으로《강을 건너 숲 속으로》의 여주인공 레나타를 그림.	1948	
10년 만에《강을 건너 숲 속으로》를 출간하지만 평론가들의 혹평을 받음.	1950	《강을 건너 숲 속으로》
어머니 그레이스 헤밍웨이 사망.	1951	
9월《라이프》지에〈노인과 바다〉발표 후 단행본으로 출간. 잡지 발행 이틀 만에 530만 부가 팔리고 단행본 선주문만 5만 부에 달하는 화제를 불러일으킴.	1952	《노인과 바다》
《노인과 바다》로 퓰리처상 수상. 메리와 아프리카로 사파리 여행을 떠남.	1953	

아프리카에서 두 번의 비행기 사고를 당하고 중상을 입음. 조난 후 소식이 두절된 사이 헤밍웨이가 사망했다는 소문이 퍼지며 각종 신문에 부고가 실렸고, 이후 구조되어 병원에 입원한 헤밍웨이는 이를 흥미진진하게 읽음. 노벨문학상 수상. 부상으로 인해 시상식에는 참석하지 못함.	1954
스페인을 방문해 투우 관람. 고혈압 등의 여러 질병으로 건강 악화.	1959
피델 카스트로가 재산국유화를 선언하자 쿠바를 떠나 아이다호에 정착. '핑카 비히아'는 정부에서 소유함(나중에 헤밍웨이 박물관으로 개조). 《라이프》지에 투우에 관한 글 〈위험한 여름〉 기고. 과대망상증과 우울증으로 미네소타의 병원에 입원.	1960
몇 번의 자살 시도와 입원을 거친 후 7월 2일 아이다호 케첨 자택에서 엽총으로 생을 마감.	1961
〈토론토 스타〉 시절의 기사들을 모아서 편찬한 《헤밍웨이:격정의 시절》 출간.	1962 《헤밍웨이: 격정의 시절》
파리 시절에 대한 회고록들을 모은 에세이집 《움직이는 축제》 출간.	1964 《움직이는 축제》
헤밍웨이의 신문 기사들을 모은 《필자:어니스트 헤밍웨이》 출간.	1967 《필자:어니스트 헤밍웨이》
기존에 발표된 희곡 〈제5열〉에 미발표 단편 4편을 엮은 《제5열과 스페인 내전 단편 4편》 출간. 헤밍웨이 사후 쏟아져 나온 수많은 전기들 중 현재까지도 가장 표준적 준거	1969 《제5열과 스페인 내전 단편 4편》

로 여겨지는 카를로스 베이커의 《어니스트 헤밍웨이:인생 이야기》가 스크리브너에서 출간됨.

미완의 소설 《만류 속의 섬들》 출간. 〈캔자스시티 스타〉 시절의 기사들을 모은 《통신원 어니스트 헤밍웨이:캔자스시티 스타 이야기》 출간.	1970	《만류 속의 섬들》
고등학교 신문과 잡지에 실은 글들을 모은 《어니스트 헤밍웨이의 도제시절:오크파크, 1916~1917》 출간.	1971	
'닉 애덤스 단편'을 모두 모아 연대기순으로 편집한 소설집 《닉 애덤스 이야기》 출간.	1972	《닉 애덤스 이야기》
매사추세츠 월섬의 미국국립문서보존소 분관에서 헤밍웨이의 원고와 편지들을 대중에게 공개, 헤밍웨이 연구가 더욱 활성화됨.	1975	
헤밍웨이의 시들을 모은 《88편의 시》 출간. '헤밍웨이 산업'이라 불릴 정도로 활발한 비평적 관심의 결과 헤밍웨이에 대한 평론만을 싣는 저널 〈헤밍웨이 노트〉가 창간됨.	1979	
헤밍웨이의 원고들이 미국국립문서보존소에서 보스턴의 존 F. 케네디 도서관 특별전시실로 옮겨짐.	1980	
〈헤밍웨이 노트〉가 정식학술지 《헤밍웨이 리뷰》가 됨. 카를로스 베이커가 편찬한 《어니스트 헤밍웨이:편지 선집, 1917~1961》 출간.	1981	《어니스트 헤밍웨이:편지 선집, 1917~1961》

《시 전집》 출간.	1983	《시 전집》
〈토론토 스타〉에 기고한 기사들을 모은 《날짜 기입선:토론토》 출간. 미공개 글 몇 편과 함께 《라이프》지에 기고했던 〈위험한 여름〉을 표제작으로 하여 단행본 출간.	1985	《날짜 기입선: 토론토》 《위험한 여름》
유작 《에덴동산》 출간. 여성의 광기와 양성성을 가진 남자, 동성애 등 기존 헤밍웨이 소설의 남성적 이미지와 다른 파격적 소재를 다룬 작품으로, 헤밍웨이 작품에 관한 젠더 문제 연구에 새 장을 열어줌.	1986	《에덴동산》
《어니스트 헤밍웨이 단편 전집》 출간.	1987	《어니스트 헤밍웨이 단편 전집》
7월 헤밍웨이 탄생 100주년을 기념하기 위해, 미완성된 유고작을 아들 패트릭이 완결하여 《여명의 진실》이란 제목으로 출간.	1999	《여명의 진실》

옮긴이 김성곤

미국 뉴욕주립대학교 영문과에서 박사학위를 받았으며, 하버드 대학교, 버클리 대학교, 펜실베이니아주립대학교, 영국의 옥스퍼드 대학교 등에서 객원교수를 지냈다. 현 서울대학교 영문과 교수로, 한국 현대영미소설학회장, ㈜문학과사상사 주간, 서울대학교 출판문화원장 및 언어교육원장 등을 역임했으며, 2012년 현재 계간 《21세기 문학》 편집위원, 한국문학번역원(LTI Korea) 원장 직을 맡고 있다. 문학평론가와 번역가로 활동하고 있으며, 1990년에는 출판저널이 뽑는 〈한국을 대표하는 번역가〉에 선정된 바 있다. 지은 책으로는 《탈모더니즘 시대의 미국문학》 《김성곤 교수의 영화에세이》 《하이브리드 시대의 문학》 등이 있고, 옮긴 책으로는 《제49호 품목의 경매》와 《미국의 송어낚시》 등이 있다.

시공 헤밍웨이 선집

무기여 잘 있어라

2012년 3월 17일 초판 1쇄 발행
2020년 5월 22일 초판 5쇄 발행

지은이 | 어니스트 헤밍웨이
옮긴이 | 김성곤
발행인 | 윤호권 박헌용

발행처 | ㈜시공사
출판등록 | 1989년 5월 10일(제3-248호)

주소 | 서울 서초구 사임당로 82(우편번호 06641)
전화 | 편집 (02)2046-2817 · 마케팅 (02)2046-2881
팩스 | 편집 · 마케팅 (02)585-1755
홈페이지 | www.sigongsa.com

ISBN 978-89-527-6458-4(04840)
　　　978-89-527-6454-6(set)

본서의 내용을 무단 복제하는 것은 저작권법에 의해 금지되어 있습니다.
파본이나 잘못된 책은 구입하신 서점에서 교환하여 드립니다.

시공 헤밍웨이 선집

우리들의 시대에(1924) | 김성곤 옮김

헤밍웨이 문학의 시원을 보여주는 초기 걸작 단편집

각각의 독립적인 이야기이면서도 '닉 애덤스'라는 한 인물로 연결되어 있는 독특한 형식의 단편집으로, 작가의 분신인 '닉'이라는 어린 소년이 탄생과 죽음, 사랑과 상실을 경험하며 비정한 현실세계에 눈떠가는 성장 과정을 그렸다. 아버지의 그림자, 고독한 낚시, 야구에 대한 추억 등 후기 작품들의 근간이 되는 문학적 원형들이 모두 담겨 있다.

태양은 다시 떠오른다(1926) | 권진아 옮김

'길 잃은 세대(Lost Generation)'를 대표하는 헤밍웨이의 첫 장편

청년 헤밍웨이를 일약 미국 문단의 총아로 떠오르게 한 작품. 전쟁을 겪은 후 삶의 방향을 상실한 젊은이들의 방황과 고뇌를 사실적으로 그린 헤밍웨이의 첫 장편으로, "만취 상태로 보낸 기나긴 주말"로 표현되는 당대의 불안과 상실감을 헤밍웨이 특유의 간결하고 예리한 문장으로 묘사했다.
| 타임 선정 100대 영문소설 | 모던라이브러리 선정 100대 영문소설 | 뉴스위크 선정 100대 세계소설

누구를 위하여 종은 울리나(1940) | 안은주 옮김

미국 문학사의 지평을 넓힌 헤밍웨이 중기문학의 대표작

스페인 내전에 참가한 헤밍웨이의 경험을 토대로 한 장편소설. '길 잃은 세대'의 기수로서 주목받던 초기와 달리 헤밍웨이의 인간관과 사회관의 변화를 뚜렷하게 보여주는 작품이다. 파시스트에 반대하는 미국 청년 로버트 조던과 게릴라 부대 동료 대원들의 이야기가 중층적으로 펼쳐지는 대작이다.
| 뉴스위크 선정 100대 세계소설 | 르몽드 선정 20세기 100대 명저

노인과 바다(1952) | 장경렬 옮김

노벨문학상에 빛나는 헤밍웨이 만년의 역작

자신의 평생에 걸친 삶의 철학을 절제된 문장으로 응축하여 그려낸 살아생전의 마지막 작품. 거대한 청새치를 잡은 늙은 어부가 바다에서 상어 떼와 사투를 벌이다 끝내 빈손으로 돌아온다는 100여 쪽 분량의 짧은 이야기 속에 불굴의 인간 정신에 대한 찬사를 담아냈다.
| 1953년 퓰리처상 수상 | 1954년 노벨문학상 수상 | 국립중앙도서관 선정 청소년 권장도서 50선